替我生活

吕兵

武汉文学院作家年度（2017）作品选

长江出版传媒 | 长江文艺出版社

阿毛 卷

002```我看见
002```火车驶过隧道
003```彭于晏，看这里
004```延村聊斋
005```开　封
005```从港科大的玻璃幕墙眺望大海
006```万物生
007```小孩提问承德避暑山庄
007```兴隆雾灵山
008```围场滚坡
008```花果山庄
009```西伯利亚荒原
009```乌兰巴托
010```读诗标准
010```低音区
011```雾锁家园
012```天还未亮
012```普世真理
013```冬天的婚姻生活
014```徐娘曲
014```东湖丽日
015```早春的紫叶李路
016```心脏有风
016```医院隔壁有禅寺
017```菜薹颂
017```核磁共振
018```五十肩
018```花泥路
019```迎春花的午后
020```雨天的奔马
021```脑子里住着马蜂窝
022```经318国道回故乡
022```当我老了
023```重逢记
023```每个人都有一座博物馆
024```尼泊尔诗章(组诗)
纳加阔特的群星
星星说
班迪布尔的钟声
班迪布尔的云雾
费瓦湖上
加德满都的梦幻花园
尼泊尔妇女
游巴德岗论肉体与灵魂的统一

寻找马拉国王的寝宫
尼泊尔的风铃
行万里路与读万卷书之区别
尼泊尔归来
032```大孤山也可以是大别山(组诗)
去江夏路遇所有的雨
大余湾
车一直开
五年前大姑山的二月三日
重阳节龙王尖登高有感
义门陈村
夜入云居山
德安博物馆
访陶渊明故里
导航寻大孤山不遇
牵牛花编年史

田天 卷

044```到武汉看什么
049```站在天池口，仰望黄柏山
052```也说“我的科学梦”
055```武汉新港　点亮长江
064```情歌乐园
077```教授进村

池莉 卷

122```成为富人
128```大意失荆州，糊涂毁沔阳
131```夜雨埋愁别书房
136```时尚那一点小灵魂
142```BS鸡汤
148```最必要的一趟旅行
153```婚姻课
157```现在流行简单粗暴
161```爱真的是终身的事
166```远方没你会更好
169```亲爱的十月祝你生日快乐
171```作家最扯淡的一句话
174```千万不要辜负我们这个时代的草
178```所谓佳人　咬牙炼成
182```后悔药　当然有
186```我的婚礼
189```假如你没有吃过菜薹

李修文 卷

196```香港沦陷

张执浩 卷

278```写诗是……
278```被词语找到的人
279```召　唤
280```白芝麻，黑芝麻
280```你把淘米水倒哪儿去了
281```春雷3号
281```春日垂钓
282```疾病忍受者
282```当我们谈论爱情时
283```补丁颂
284```诗歌中的马桑木
284```左对齐
285```敲　击
286```树　兜
286```走　禽
287```中午吃什么
287```平原上的瓜棚
288```我不是一个可以把秋千荡得很远的人
288```晚安之诗
289```一个老掉牙的故事
290```开　花

胡坚卷

290```危险的梦话
291```遗弃的火车头
291```飘 拂
292```她
292```形 色
293```替我生活
293```斜长的山坡
294```听说你那里的梨花开了
295```熬猪油的男人
296```给花旦找墓地
296```丘陵之爱
297```落日为什么那么好看
297```在烈日下想象一场暴雨
298```无 题
298```我陪江水走过一程
299```红糖与油条
299```生活从来没有容易过
300```那些能当作引火的事物
301```忠 告
304```衣帽侦探
309```秋冬问暖
314```羊绒德行
318```再说羊绒
325```皮装英豪
330```大衣殊途
334```西装以西
340```顶上功夫
343```婚礼破坏者
346```长靴上马难
350```夏鞋一脚蹬
353```牛仔不老
356```花花公子
361```水银偶像
364```腕前推下水晶珠
370```砖 家
375```家 具

阿毛 一卷

我看见

我看见诵诗者
他的善和悲悯

我看见甲壳虫
它的禅和摇滚

我的现在
抱着我的从前

呢喃冲着海浪
耳语似惊雷

世道有变，我们亦然
不论是故乡还是异域

我们有不同的眼光、道路
和暮色

火车驶过隧道

火车驶过红安
隧道

河流奔向远方
桥飞越她的腰部

苍松之中的瓦房
均是红色圣地

火车再入隧道
再次进入黑暗

我要写的这首诗
想成一座博物馆

没写成
就不会开门

彭于晏，看这里

我第二次看到他时
叫他吴亦凡

儿子说我脸盲
因此我再也不会叫错他

第三次看到他时
戴着浪琴的手表

这次在中山大道
在水塔的斜对面

他依然戴着浪琴手表
看着街上的时尚男女

我透过武汉总商会铁门窗
这个超大的量角器，拍他：

“彭于晏，看这里！”
这里是手机或单反

不是聚光灯
也没有多少人戴手表了

男神，从墙上下来，不吃西餐了
改吃豆皮或热干面

延村聊斋

山东的蒲松龄
到江西的延村拍聊斋

狐女在油菜花地
或桃树旁出生

服侍徽派古宅里
伏案的书生

画皮、幽魂
人鬼恋……

蒲公依然会沿用
自己编剧的大胆故事

拍摄北上的官人
南下的落第生

只是公映时
他也会剪去毛片里

不能曝光的
最黑暗部分

开　封

这座拒建高楼和地铁的古都
只剩下古城墙、仿古建筑
和埋在包公湖下九米的
开封府

我们走的御道，鸣的锣鼓
都是仿品

清明上河图一半在北京一半在台北
我们所见的只是石刻

新修的上河园往来穿古装的今人
下午打响大宋保卫战
晚上穿越东京梦华

挂帅的将领、执扇的词人
都是从办公楼、商宅、民居里走出来的
手机客

从港科大的玻璃幕墙眺望大海

一片蓝色高嵌天空
一片蓝色深伏大海

云朵、水雾、树木、梦境
乐在其中

教学楼、图书馆
和hall3

赛马会、高峰论坛
帆船和无人机

玻璃幕墙内的绿色座椅
学者和学子

在商学和科技的加速器里
涌动的优雅与骄傲

驶出牛尾海、清水湾
和维港

万物生

用形色软件
辨认植物——

菖蒲、芍药
柳兰、翠雀

大雨把它们隔在室外
我在室内辨认自己——

身体、灵魂
和身外之物

有时是山茶花有时是蝴蝶兰
有时是稻米有时是瓜果

更多时候是莲蓬是蘑菇
是飞翔之鸟

是不断生长的万物

小孩提问承德避暑山庄

路是皇帝的
字是皇帝的

龙椅是皇帝的
龙床是皇帝的

江南是皇帝的
塞北是皇帝的

寺庙也是皇帝的

“皇帝在哪?”

兴隆雾灵山

我说它是灵雾山
我记住的是灵,而不是雾

雾哪里都有
如我家乡的大别山

这里生长地榆和翠雀
大别山生长杜鹃和兰

白天风起云涌
夜晚繁星璀璨

山中一日
我成为雾灵灵的仙姑

将万丈雾衣,或满天星光
披在身上

围场滚坡

从河北的塞罕坝森林高山
滚到内蒙古的乌兰布统军马场

从外婆家的童年
滚到学校里的青春

此刻在围场里的
中年

紫白色干枝梅花环
代替儿时的柳条花环

框住一棵树和一个人的
多重曝光

不到秋天，童声变成老声
风吹草低，儿女成群

花果山庄

她看了一小时山楂
一小时核桃
一小时梨子

她们年幼时
月见草、南瓜藤开黄花
锦带、蜀葵开紫花

而黄刺玫结红果
碧玉簪挂白雾

后山上是绿森林
绿森林旁边的草地
开着满天星

星星落到肩上
黑字落到白纸上

西伯利亚荒原

极昼或极夜
木舟搁在乱石堆

火车再也没来过
空站台铺满荒草或冰雪

他们有度过极端天气的
脸庞和

信仰
他们有极端情感

追着苍鹰飞翔
推着巨石上山冈

乌兰巴托

草原上一面正衣镜后
醒目的乌蓝之下

彪悍的马群
罩着温驯的羊羔

一位被劫的
寡言的女儿

有着母狼一样
凌厉而惊怯的眼睛

读诗标准

恋爱者的诗我不读
它们太腻

抽烟者的诗，我读首句
喝酒者的诗，我读半卷

赌徒的诗，我读尾节
失眠者的诗，我读一部

对在天花板上数星星的诗者
我读全部

并鼓动全世界的牛群
当听众

低音区

我盼望这个冬季能下雪
盼望雪白得像我的梦境

或像此刻的阳光
盛大，足以覆盖一生

又如大理石
光洁、冰冷

刻着永恒的名字
天上云、海底针

所有大于自身的事物
比如厨房，比如睡床

比如笔墨，比如纸帕
还有等待被治愈的长夜和伤口

雾锁家园

风中浅唱低吟的白杨
路过福利院的爱人

正迅速衰老

作为治疗师的诗歌
在睡去

我爱的家园
在梦中

我不能关灯
不能写下让你悲伤的句子

有一天
天窗开启

多个我
会飞离自己的身体

天还未亮

我唱歌
经常在梦里唱

我想是现实
欠我一副好歌喉

走夜路时
我大声唱

吓鬼
也吓自己

风更要命
它卷着我跑

我一身冷汗
天还没亮

普世真理

每个家族
都有
几个

拖后腿的
穷
亲戚

和
不会
打酱油的
傻
孩子

风知道
它跑遍全世界

冬天的婚姻生活

下雪了
她在阳台上

看见梦中的自己
不停地织毛衣

他拉着线头
不停地旋转

多奇怪
爱侣如春蚕

而猫，猫过来
逗线团

她看着雪
抱紧自己

阻止羊毛披肩
滑落成锦绣地毯

徐娘曲

不知不觉就老了
叫自己徐娘

或
老女人

但不用年轻女子的
恶毒语气

而用母亲的无助和
慈爱

你看紫玉兰要开了
世界又年轻了

青色的旧衣缀着
满天星

而你们
你们都是我所生

东湖丽日

我们两口子和朋友两口子
走绿道

人多花少
门口有烧烤

骑车者
成双成对

我们在阳光下晒
家长里短、皱纹白发

天蓝湖绿
但照片里中年的臃肿

破坏了
我们的好心情

早春的紫叶李路

他从树林出来
仿佛一夜未睡

斗篷由开花的紫叶李剪裁
高枝有风

暮年的病
送走计步器

白昼刚醒
他就奔往另一条黑路

心脏有风

“你轻度……”
医生指着我的心脏彩超

“像陈年的门窗
渗进风。”

每一次的电闪雷鸣
每一次的鞭炮枪声

密集哄闹的人群
和世上所有的呼吸

时时摔打，挤压
我的门窗

医院隔壁有禅寺

医院里人多，话多
不适于抒情

医院里嘈杂，安静
不适于大笑

我同室的陪床者
在安慰他老伴的

低泣之后
鼾声如雷

我借着微弱的床头灯
看滴水成冰

想着明早可以溜出医院
到隔壁的宝通禅寺

呼吸新鲜空气
倾听鸟鸣和禅语

我就安心睡着了

菜薹颂

洪山宝塔下的菜薹
越来越高越来越壮

越来越多的人享用着
苏词人错过的紫衣黄花

禅寺里的黑猫总能撞见
用香钱供奉神灵的香客

瞬间变身成
厨房里的烟火姑娘

核磁共振

作为一个幽闭症患者
我极力避免被推进

那个白色舱
可病情不允许

我用棉球塞住耳朵
闭着双眼，等待就义

两刻钟，一世纪
脑子里噼啪着科幻片

出舱时
我重新披上隔离的金属件

顿觉自己是
太空归来的宇航员

五十肩

有人在解放路的拐角
手舞足蹈

今天
我跨过五十岁的门槛

五十个我
依次转过解放路的拐角

花泥路

紫叶李花瓣点染
和紫玉兰花瓣工笔的

路面，仍然很脏
早晨的清洁工此刻在午休

立在垃圾旁的扫把
架着几枝花叶

昨天丽阳下和枝头花朵
合影的人，此刻拍落红

还有更多拍客
在朋友圈晒美图

唯不见花锄
和葬花吟

混响招摇而过
碎花裙避不开黑制服

迎春花的午后

驶过武汉客厅的红色轿车
泊在沃尔玛的对面

在三十三楼的高层
坐进鱼的武昌府

一个天才少年和他满室
游弋的鱼

不羡慕大学城的
蓝色游泳池

斜戴长辫帽的毛娘
初画

迎春花的午后
覆盖倒春寒的芳名

诗者将高空的鱼群
请进书籍

那将被命名的童真
谓之无限美、无限可能

雨天的奔马

昨夜暴雨
吵得我很晚才睡
今上午醒来时
汉马已经跑完全程
朋友圈都在刷汉马
刷雨中流汗的马
过汉江过长江奔东湖
今天的东湖终成大海

一些凑热闹的汉马
一路拍豪情拍街景
我一边洗刷一边听电视
白发还在头上
黑发掉了一地
我拢起来，不点数
也不给谁作信物
直接放入垃圾袋

窗外很多落红直接入土
我直接入画
站成雨中的母马

脑子里住着马蜂窝

清明节，与族人去祭祖
一行人捧着花、香、冥币
纸车马、纸服装
一桶挂鞭、两箱冲天炮
至祖坟前
敬花、烧香、燃币、叩头
到了要炸鞭炮时
突然冲来一群飞机
停在祖坟前的松树上

小孩要上树掏马蜂窝
大人慌忙制止
有人轻轻移走了挂在树枝间的鞭
和树下的冲天炮
祭祖的人撤离了祖坟
在不相干的空地上
炸响了挂鞭和冲天炮

现在，我的脑子住进了两只马蜂窝
（另一只悬挂在去年的寺庙里）
我在想，来年敬神、祭祖
我们要不要穿防蜂衣？

经318国道回故乡

我多年埋首书斋
到暮年才爱上自然

爱喜马拉雅山谷
忙碌的蜂箱

爱图片中
剪掉的电线和鸟窝

和人去楼空
长荒草的寺庙

爱故园的灰尘、蛛网
蒙垢的弹珠

和孤石、素颜
冷寂的心

当我老了

当我老了
我不会再见年轻时的朋友

当我老了
我会取下遮住白发的帽子

当我老了
我不会再去远方

而无限热爱
戏院、广场和十字路

重逢记

我在给家人
做麻婆豆腐

一个失联三十年的旧友
打来电话

“感谢上帝
让我找到你!”

豆腐还没出锅
我在想:

该如何怜爱那些
飞越高山与波浪的雄鹰

和绕着地球转圈的
卫星

每个人都有一座博物馆

左边的青丝，右边的白发
和中间的石子

你的室内有勾践、编钟
刀剑、针具、苦脸和蜜

有沙漏、竹筒、羊皮卷
指南针和火药

你的胸中有酒樽、马匹
块垒、日月、山川和灰

有心脏和白色骷髅
有蝴蝶标本和黑暗居室

伪和平的射灯照着
啃过疆域、咬过界石的

牙齿

尼泊尔诗章(组诗)

纳加阔特的群星

天气终会顺人意
微雨过后

升起的红月亮
可以安抚今晚

登高的人带来万寿菊、啤酒瓶
多拉克鼓、萨伦古琴

今晚高冈上的运草车
载着自由的男女

和喜马拉雅的雪山
与群星

星星说

在班迪布尔的酒店露台
我和星星唱诗

很多年前我是这群
最高星辰的闺蜜

今晚
我仍是她们的妹妹

我们在喜马拉雅的苍穹里
传诵着汉语和尼语的美妙诗篇

班迪布尔的钟声

她用手
抚摸了一下钟

银手镯
碰响了古铜

身旁走过一群
背驮巨木板的女子

瞬间
带她进入中世纪

那里备有烛台和灯盏
那里神在低语，雨在下

那里是我们的幼年
和未曾回过的家

班迪布尔的云雾

我们住在班迪布尔的
山冈上

穿着喜马拉雅的
云裳——

这么多曼妙的白绸
也一定出自古镇里

那群车白布的
裁缝

参天古树下的离别背影
成为旅行片的艺术海报

祈福声和我遗落在此的
钟形银耳环

会是我下次重临仙境的
指南

费瓦湖上

我们划过博卡拉的
蓝天白云和群山

划过一只蜻蜓两只蜻蜓
一群蜻蜓

点出的圆圈
和鸟的翅膀与飞机的航线

上岸前我抚摸了
戏水者荡过来的涟漪

又拍了一摞
垂钓者坐拥群山的倒影

加德满都的梦幻花园

白色的围墙把滚滚红尘
挡在泰米尔街区

入园的柱廊里
摆放着精致的雕像

左边的斜坡草坪上
躺着望天或看书的青年

右边的池塘里
铺满碧绿的睡莲

长廊旁有美人蕉、天堂鸟
有站立的象雕、亲吻的情侣

青藤挂满白柱和红墙
蜘蛛悬在它们隐秘的吊床上

北边酒店的罗马柱前
站着一位大理石女神

我辨不出她的洲籍
但我认出了她的自由之姿

尼泊尔妇女

她们擦洗木刻和浅浮雕
她们背运货物

锃亮的紫色茄子和绿色苦瓜
堆放在琳琅满目的店铺前

喜马拉雅南麓的
流云和常住雪啊

罩着你鲜艳的衣裙
和沉默的首饰

我们在滑翔机或滑翔伞里
看到的处女峰

投影在大地的经幡上
和湖泊里

雄鹰飞翔在高山之巅
你们匍匐在神庙周围

天空、大地之眼或
唵嘛呢叭咪吽

游巴德岗论肉体与灵魂的统一

游了巴德岗杜巴广场后
我们在古街逛尼泊尔服装店

一款赭红色长裙和绿色外披的
两件套吸引了我们

赭红色长裙质朴简洁
绿色外披则有着

五十五扇窗那样
精美木雕的镂空与繁复

我却单单爱上了
绿色外披

可我不能只买走它的外披
而摒弃它的内衬

或者用它的外披
去配别的内里

就像我们爱一个人
不能只爱她的美貌而忽视她的灵魂

寻找马拉国王的寝宫

我们拍了杜巴广场上的鸽子、人群
和博物馆的铜雕、木雕、石雕

还以一处庭院里的石池、石柱
和大石块作背景拍了合影

后来，在花园喝咖啡的间隙
又拍了粉色、紫色的曼陀罗

为了找到西露所说的国王寝宫
我们在博物馆的里外又寻了一遍

最后，在石狮护卫的
黄金门前的指示图上发现——

我们合影前的大石块
才是一个王朝遗留在露天下的眠床

尼泊尔的风铃

像穿过门帘的电话那般
有着蝴蝶的轻颤和飞跃

彩色羽毛铺满天
风铃突然空荡荡

苍茫的人世啊，你供奉的神
可听见我的摇铃声

旅行者眼里噙满小星星
双手攥着喜马拉雅的风声和流云

在回国的航班上
写着给尼泊尔的骊歌

行万里路与读万卷书之区别

从加德满都到昆明的
傍晚航班

可以看到半小时的雪峰
一个小时的繁星

我和上过珠峰的人
一样相信

珠峰从此不在心里
而在脚下

繁星不在天上
而在身上

尼泊尔归来

纺纱织布
打磨木雕、银饰

造香纸、画唐卡
做陶艺

古道上走着背筐的
赤脚女子

神庙外坐着用逝者骨灰
涂抹全身的苦行僧

从尼泊尔归来
出丽阳三天，下豪雨三天

失眠三夜
头疼三天酣睡三天

闲置的仙人掌花盆
长出菩提树、佛铃花

和慢节奏的老灵魂

大孤山也可以是大别山(组诗)

去江夏路遇所有的雨

这一天
我们去了三个地方

去小朱湾时，小雨
去龙湾时，中雨
去东篱老屋时，大雨

回程中，过梁子湖大道时阵雨
过民族大道时，毛毛雨
过雄楚大道时，太阳雨

我们的衣服湿了，又干了
我们大笑

大余湾

俞伯牙先祖的发祥地
和岳飞的世系遁隐村

后来成为
婺源余姓的迁居地

现在，石砌屋的深闭后院
和清冷前庭

已没有床幔、戏台和
官车的吱呀声

抽自制烟的老人
和玩手机的孩童

不再捕捉萤火虫
不再追赶流星

新派的画家和摄影师
不单工笔古木与流光

还聚焦墙头草
和瓦上花

而学究们
则专注墙角的几堆草绳

车一直开

我们在乡路上
拍金色银杏树

后面开来一长条
戴白花的车队

我们迅速上车往前开
它们不在后眼的视线里了

但开白花的山茶树
却出现在眼前

山下民居、山上墓碑
都是白色

像遇到冰刺
我突然感到冷与痛

后来到了一片棕红色植物的草场
我还是不敢下车

我害怕这些天鹅绒的毯子下
有午休的忘魂

五年前大姑山的二月三日

送姑姑去火化的途中
太阳大得刺眼

快到火葬场时
突然一声霹雳下起雨

像是炮轰下来的

红色的棺柩排队
推入火化室

我扭头看外面
又是刺眼的大太阳

一个小时后
表弟捧出的瓷坛

白得刺眼

而天阴下来
下起了暴雨

直到我们跟姑姑
找到一处松下的新家

雨才停

重阳节龙王尖登高有感

菜市场想着龙王尖
线装书里也想着

木兰故里的纺车
和兵器也想着

秋天的寂静与辉煌
被十分钟一次的城际高铁

剪破

登高远眺的人
拍着夕阳中的古寨遗址

遍地植物，唯缺茱萸

义门陈村

山川有姓氏，故土也有
比如,义门陈是陈姓祖居地

五祖祠仍在原地
陵园已然清寂

而分庄纪念碑
在西边高耸入云

一口管三千九百余人伙食的
大铁锅自梁上摔成二百九十一片

自此江州的一个大色块
漫延成华夏的点彩

只有淘米池仍旧映着
悠悠蓝天和乡愁别恋

如今这村里
多是外姓人了

聪明的，身后别葬此处啊
因为太有名的故土不会改姓

夜入云居山

古木笼罩的盘山路
近似隧道

路边的点点小白花
似出游的满天星

又似高速路的
反光带

我们没看到云和云居寺
也没见到蝉和真如禅寺

但见黑灯的工地
开路的挖掘机

和拎着砍刀
与酒瓶的山民

德安博物馆

隔着几千年几百年的物与人
此刻只隔着玻璃罩

我不敢细看
我害怕博物馆里的一切

比如，在红漆棺木里的星宿图下
睡着的女子

和她一起入睡的彩冠、素罗
一对粽子和三条卫生带

已经睡了七百一十五年
并且还将睡下去

还有睡得更久的青铜剑
青白釉点彩粉盒在别厅

还有将要出土的
如此种种，让我羞愧

我为本该速朽的欢爱、血迹与名声
成为不朽的展品而羞愧

访陶渊明故里

导航搜不到
一路并列着电线

驱车驶过吴山镇
走上河堤和田埂

南山已见　菊花未开
鹅鸭戏水　竹影摇曳

金柿树下的多彩布衣
飘荡在石刻的诗书上

我为金黄的稻田
拍上青色的天际线

每一个弯腰田园的农人
我都视作归隐的陶公

导航寻大孤山不遇

大孤山也是有掌故
有姓名和ID的

导航指从吴山镇出发
过八公里乡路

及至目的地，路人和居民
皆曰：此大孤山

但见众山挽袖依偎
济济群峰似大别山

谷地的河堤和稻田
飘起烧荒的浓烟

我们被逼回车内
热泪盈眶中想起

大孤山在苏轼和陆游的
鄱阳湖中

牵牛花编年史

灰墙上的
蓝色小喇叭

我梳小辫的童年
常吹它

我写诗的青年
常拿它做书签

现在我穿着
用它们缝制的衣裙

靠着墙头
给晚辈讲故事

田天一卷

到武汉看什么

在武汉市第十三次党代会上，市委书记陈一新在提出建设“长江新城”的宏伟蓝图之后，自信地说：“今后，人们在中国看城市，就到武汉来!”

到武汉看什么？当然是规划中的即将横空出世的“长江新城”。这些天我也非常关注万众瞩目的“长江新城”最终会落子何处、花开何方，是谌家矶、南岸嘴，还是武昌，或者长江主轴两岸的其他什么地方？

不过作为一个文学工作者，我最关心的，是我们究竟能给“长江新城”赋予一个什么文化主题，让它能够体现我们这座伟大城市的精神个性、形象风采，让我们的城市从“千城一面”的钢筋水泥丛林中独树一帜，让我们这些城市主人和广大中外人士确实觉得武汉值得一看？

换句话说，我们的“长江新城”能不能做到，像巴黎纽约伦敦那样成为名副其实的世界级文化城市？能不能像维也纳那样，建设一座“世界音乐之城”？起码要向个头虽小却雄心勃勃的新加坡学习——新加坡把城市文化战略发展目标定为“21世纪的文艺复兴城市，即国际文化中心城市之一”，近期目标则是5至10年内赶上香港、格拉斯哥、墨尔本，远期目标是与伦敦、纽约“平起平坐”……

而我们不得不承认，大武汉其实是缺乏城市文化主题的，大则大矣，历史那么悠久，文化如此灿烂，但我们似乎始终没有找到一个既能突显城市特色，又能体现城市精神，还能“号召天下”的城市文化主题。难怪有人说，武汉找一个最亮点找不到，但找五六个亮点还是有的。

是的，我们可以说汉口是商业重镇，武昌是科教中心，汉阳是工业基地；但是三城合一的武汉是什么？不知道。现在我们说武汉是国家中心城市，至少是中部龙头，但是，我们也不过是国内数座中心城市之一。“之一”就没有个性，“之一”必须变成“唯一”。

我相信，这次“长江新城”概念的提出，明确要求城市格局要向“长江时代”跨越，建设“长江左岸大道”和“长江右岸大道”，立体式建设长江主轴，这就为我们这个多年来无主题或者说多主题的城市，终于找到了自己独一无二、个性鲜明，而且声雄气壮、独步古今的城市文化主题——这就是“长江文化之都”！

目前，随着中国城市化建设步伐的加快，过去那种以单一“土地使用功能”和以“基础设施建设”为主导的传统城市规划方法，已经越来越不适应城市化发展的需要了。

因为城市主题文化设计与建设，已经成为世界城市化的发展潮流。城市地区经济学家帕斯卡尔·马拉加尔说：“将来对世界大多数来说，区别他们的是城市而不是国家。城市主题文化已作为全球一体化经济和全球文化一体化参加竞争的重要手段。”

然而，从城市文化的角度来讲，我们不得不说，武汉其实是个没有明确城市主题，或者说主题多元的城市。

读过《诗经》的武汉人一定记得这首《汉广》吧：南有乔木，不可休思；汉有游女，不可求思。汉之广矣，不可泳思；江之永矣，不可方思……

当然对这首楚地情歌有多种理解和解读，但我的理解很简单：它是写武汉的，因为不管是《诗经》时代还是今天，只有在武汉你才能同时看到长江与汉水，才能同时感受汉之广与江之永，才能目睹两江交汇、江汉合流的奇美壮景！我甚至和友人开玩笑，其实不必写什么市歌了，《汉广》就是最古老最贴切的武汉市歌！

除开《汉广》，《诗经》里还有多处同时描绘长江与汉江，比如“滔滔江汉，南国之纪”、“江汉浮浮”、“江汉汤汤”、“如江如汉，如山之苞，如川之流”等等；《尚书·禹贡》有“江汉朝宗于海”、《孟子》有“江汉以濯之、秋阳以暴之”等语。也就是说，最古老的《诗经》《书经》，都给我们绘制了江汉并称、两江融流的城市版图！

我们知道，从屈原开始，武汉就是一座诗情画意、诗酒风流的诗词之城。屈原肯定到过武汉，否则不会有“遵江夏以流亡”、“过夏首而西浮”、“背夏浦而西思”、“登大坟以远望”等句子；《高山流水》是古琴曲，其实也是最古老的“音诗画”；陶渊明的祖父陶侃曾主政江夏地区；到了唐宋就更不用说了，当时著名的诗人词客几乎都到过武汉，李白、白居易、王维、孟浩然、崔颢以及韩愈、苏轼、陆游等等，杜甫没到过，在前往武汉的路途上死了，不过也写了一首《余下沔鄂及登舟将适汉阳诗》；古代关于武汉的诗文真是数不胜数，名篇佳作比比皆是，仅李白一人，就为武汉写过三十多首诗，还顺便送给武汉一个“江城”的美名：黄鹤楼中吹玉笛，江城五月落梅花！

阅读大量有关武汉的诗词曲赋，你会发现一个重要现象，那就是多与长江有关，与汉江有关，即使是写到黄鹤楼、鹦鹉洲、晴川阁等著名景点，也都是以长江或汉江为背景，无论是汉代苏武的“俯观江汉流，仰视浮云翔”，或者李白的“孤帆远影碧空尽，唯见长江天际流”，或者苏轼的“江汉西来，高楼下，葡萄深碧。犹自带，岷峨雪浪，锦江春色”，或者毛泽东同志为武汉写的两首词，《菩萨蛮·黄鹤楼》的“烟雨莽苍苍，龟蛇锁大江”以及《水调歌头·游泳》中的“万里长江横渡，极目楚天舒”等等，无一不是把目光投向长江和汉江，饱蘸浓墨赞美江城的壮丽山河、风景文物，写下他们对武汉这片人类的风水宝地的深情而又永恒的爱恋！

可以说，长江是武汉诗词、武汉文学从古至今的主题，也是数千年武汉文化的永恒主题。

当代文学中以长江为主题的优秀作品更是汗牛充栋、琳琅满目。这里我只举两个宜昌老乡的例子。一是原湖北省作协主席鄢国培，他的“长江三部曲”至今仍是湖北长篇小说的一座艺术高峰；其次是长江诗人黄声笑，他的《站起来的长江主人》洋溢着新中国的文化自信，“左手搬来上海市，右手送走重庆城”，抒发了我们这些长江主人们改天换地、重整山河的万丈豪情！

如今武汉大张旗鼓建设“长江新城”，我觉得首先就要把“长江文化”这面城市文化旗帜打出来、高高举起来！武汉文学作为长江文化的重要一翼，我们时不我待、任重道远！

四年前，市委宣传部和市文联党组曾经交给我一个写作任务：寻访武汉上下三千五百年，写一部长篇报告文学《武汉精神传》。当时之所以把任务交给我，可能主要考虑到我这些年主要以采写报告文学为主，加之从1992年起就承担了我市重要大型电视文艺晚会的策划、撰稿，应该说对武汉历史文化以及现实发展还是有所了解的。

但是，我遭遇了个人写作史上最大的困境——事实证明，我对这座城市并不真正了解，虽然我1979年就定居武汉了，当了三十多年武汉市民，在武昌、汉阳、汉口都居住过，但是对武汉只有一些浮光掠影的印象，缺乏深刻的、独到的、个性化的文化把握，因此，断断续续、磕磕巴巴写了几十万字，却被我自己一次次抛弃，每一次都完全推倒重来。

为什么写作不畅，拖延至今？其实归根结底一句话：没找到主题，没找到城市文化主题、也就没找到作品的写作主题。于是我大量搜罗武汉文史资料，甚至包括一些未曾公开出版的内部书刊个人回忆录之类，凡能找到的，都找来研读。老实说，我现在完全能开一个武汉资料的私人图书馆了，不说一卡车，但一部三轮车是装不下的。

在这个漫长的苦读研究、寻章摘句、调查访问、实地踏勘的过程中，直到去年下半年，我才隐隐约约觉得找到一个写作主题了。

这个主题与“长江新城”不约而同：就是长江，就是长江文化。因为对于武汉来说，只有长江，无论是古代“九省通衢”的“帆船城市”、近代“沉沉一线穿南北”的“铁路城市”，或者新中国的“大桥城市”，现在的“地铁城市”以及九州通衢通江达海的现代化城市，在各个不同历史时期、各个发展阶段，长江与汉江始终是大武汉的根基与主角，那种江汉朝宗、劈波斩浪、昼夜奔腾、永远向前的长江精神，和“敢为人先、追求卓越”的武汉精神一样，永远是我们的城市精神！

现在，在有关领导和朋友的关心点拨下，我已最终确立一个稍有创意的文本结构框架：那就是从长江和汉江入手，以我个人的视角——从千里之外万山丛中的三峡来到武大念书，通过武大这个“武汉之门”进入武汉市落籍生根写起，既写一座城市，也写一所大学，尤其注意书写城市与大学血脉相通、心心相印、哺育与反哺、融合发展的情节人物；同时，我在书中也斗胆提出了武汉三镇的汉口“汉正街文化（码头文化）”、汉阳“知音文化”、武昌“珞珈山文化”以及当代高科技高智力的“光谷文化”等等文化概念，但是，最后江汉朝宗、百川归海，始终以大气磅礴、激情浪漫的“长江文化”统领全篇——

于是，三千多年的武汉历史、历朝历代的城市英雄、星罗棋布的风景名胜、眼花缭乱的文字图像……这一切都顿时有了生命，有了精神，有了主心骨，于是，我可以顺利写作了。

到武汉看什么？看“汉之广、江之永”，看江汉朝宗、长江新城！

（本文系作者在武汉市政协“长江新城”专家座谈会上的发言）

站在天池口，仰望黄柏山

田太富——看姓名你就知道，这是一个出于鄂西地区强宗大姓田氏，而且是长阳天池口“雁门堂”田氏的土家人，一个地地道道、原汁原味的土家人。

根据天池口族谱，其中一句“派行”是“宏祥开太贞”，他是“太字辈”，我是“贞字辈”，因此我们“贞字辈”的，就称呼他“太富叔”、“富叔”或“叔叔”。

其实我们都知道，太富叔并不生在天池口，他的老家住在天池河对岸的巍巍黄柏山。那里有一座高耸云天的“将军岭”，日夜俯瞰着八百里清江和它的美丽支流天池河，而天池口村，就坐落在将军岭下两江交汇处的一面葱绿山坡上。

站在天池口，仰望黄柏山。我们家打开门，就能仰望云里雾里的将军岭，仰望将军岭一侧那个叫做布湾的小村子，许多祖籍天池口的田家人就生活在那里——你可以看到那里是不是下雪了，是不是起雾了，看到哪户人家是不是冒出了袅袅炊烟……

我祖父几乎每年都要跋涉几十里“杵鼻子”的陡峭山路登上黄柏山，拿河边的特产柑橘、柚子或者鱼，换取山上的特产洋芋、包儿菜、纸核桃，或者麂子獐子山羊肉，遇到年成不好青黄不接时，还得背着“脚背子打杵”挨家挨户去借粮食，然后以一把一百根的多少把“苕秧子”偿还……也就是说，尽管天池口祠堂的二十多代后辈分散各处，有的在高山，有的在河下，有的在长阳，有的在五峰，甚至相隔千山万水，但是来往走动并不少，彼此关怀牵挂更多，毕竟是一个老祖宗的后裔，毕竟血浓于水！

我祖父经常说，布湾有个田太富，他是“我们屋里”出的一个“很人”（优秀人物）！

他怎么很的？——我们不禁要问。

我祖父便告诉我们一件事，说了一遍又一遍：他是我们天池口家族“最大的官”，但是没有一点点官架子。其实是一件小事。有一次祖父背着一袋洋芋种，正在吭哧吭哧爬山，拎着公文包的太富叔偶然遇见了，非要帮他替换着背一截，祖父自然不干，心想你一个“县官”，过去百姓见到都要下跪的……但是太富叔十分坚决，他夺下祖父的“背架子”，硬是帮着背了几里山路，直到热汗淋漓，自己都快走不稳路了，才把一百多斤的负重交还我祖父。

我祖父呢，一路上小心翼翼战战兢兢地拎着他的“县长包”。祖父是个普通农民，解放前曾有过被“抓壮丁”、给国民党县长背行李的经历，如今拿国共两个县长一比，顿时比出了霄壤之别！于是，这件事便成了我祖父一辈子最感激、最温暖、最刻骨铭心的记忆。

本世纪初，太富叔调往宜昌市担任市民宗局党组书记、局长。有一天，他正在开会，偶然听说我八十多岁的老祖母正在宜昌住院，而且是癌症晚期，他便提前休会了，立即赶到病房探望，慰问。当他感觉到一个同房病友对我祖母似乎不大友好、对这个山里来的老人甚至有所歧视时，他便把那个病友拉到一旁，悄声说，你应该感到幸运啊——这个土家族老人可不简单，她上过中央电视台的新闻呢（确实如此），是我们宜昌市少数民族的骄傲；然后，又询问那个病友生病了最想吃什么。她说想吃基围虾，就是吃不起！堂堂田局长当即拍胸保证，我要送你吃！病友只当是开玩笑，可是，就在当天中午，一家酒楼专程送来一盘基围虾……

我祖母生前常常对我们说，她只有一个儿子，但有几十个侄儿侄女，升官发财的也不少，在大城市工作的也很多，但是她认定——太富虽然不是她的亲侄儿，却是所有侄儿里最好的一个，她最喜欢的一个！

我们家兄弟四个，各自大学毕业后都在外地工作，只有到了年关春节，才有机会千里迢迢乘车坐船回到天池口。还没到家，总能接到太富叔的问候电话——此时他可能已经回到黄柏山老家，或者资丘镇他岳父岳母家过年了。眺望着近在咫尺的天池口，他关心你的车船落实没有，关心孩子们的学习成绩和老人的身体健康，甚至帮你安排老人的养老难题——我父亲去世后，他曾建议我们把祖父祖母搬到资丘镇的福利院去生活，因为那里条件好，有专人看护，而有关优抚政策，则由他负责协调办理。虽然最终并没响应他的建议，但是对他的叮嘱和关怀，我们总是感念不忘。

太富叔不是土生土长的天池口人，甚至祖上不姓田而姓覃，但是只要他来到田氏聚居的天池口，不管是乘车路过，还是寻亲访友，或者以干部的身份深入基层开展工作，不管遇见谁，他都会首先问明你的辈分，然后叔男伯爷哥哥嫂子地问候你，喊得一团亲热，热热闹闹……

我告诉你——天池口的乡亲们早就认定了田太富是属于天池口祠堂的，这里的妇孺老幼全都认识他，几乎每个人都能像我一样，讲述他的热心快肠、助人为乐；讲他的平等待人，不分尊卑老幼；讲他的幽默风趣、他的“礼性”……

（本文系《我的历程：田太富纪念相册》序言）

也说“我的科学梦”

面对征文，凝视着“我的科学梦”这个主题，假若你是武汉市百万中小学生之一，你写什么?

不久前应邀担任武汉市第三届中小学生科普征文活动的评委，现在《武汉科技报》又将获奖征文汇集成书，可以说，我不但一篇篇通读过这些优秀作文，有的还捧读再三；但是因这篇序文的篇幅所限，这里就不对获奖文章一一评点了（老师们已有精彩评点），而是借此机会，也来说一说“我的科学梦”。

我，——我说的是16岁之前的我，——面对“我的科学梦”这个题目，一定是抓耳挠腮、无从下笔的，交白卷也说不定。因为那时我还生活在千里之外的万山丛中，没有电，没见过汽车火车，没打过电话，也没读过任何一种当日的报纸（我们的邮递员一个月才背着背篓到村里来一趟）……也就是说，我的少年生活，压根儿就跟“科学”不沾边。就算你充满好奇心，求知欲旺盛，甚至敢于鼓起勇气大胆做梦，但你也做不出一个“科学梦”。

直到1979年，凭着高考数学几乎满分的成绩，我考进武汉大学生物系遗传学专业。这时，才算多少懂得一点什么叫科学了。比如教室里不再是煤油灯；比如自来水，不必亲自背着一只大木桶，到长江或汉江里去舀起来，背回来；还有实验室里的动物解剖，你得杀死一只活蹦乱跳的大白兔，然后一一清点它五脏六腑的内部结构……

可是我更爱写作。我在读小学时就在家乡报纸上发表过诗歌，“成名成家”的野心早早被点燃了。但是一步踏进生物系，你就只能从事科普写作了：不但写科普文章到处投稿，什么《我们爱科学》《八小时以外》等等，我还主持创办了当时武大第一个学生科普杂志《生物天地》，刻字打印，免费发到每一间学生寝室；才学过两年基础英语，我就斗胆翻译了著名科幻小说《万能脑袋侦破记》，还手心痒痒如法炮制，花上一个假期，创作了我自己的科幻小说《枕头边上的谋杀案》……

然而遗憾的是，这个科普写作的“科学梦”，我没能继续做下去，而是羡慕那些满脑子唐诗宋词的文科生，忽然做起了“作家梦”——大三时，我就从生物系转学中文系了；1984年毕业后，则进入到文学编辑和职业写作的行列中。

虽说我的职业、工作，看起来似乎与科学关系不大，不过，“我的科学梦”一直不曾消失。毕竟读过两年理科专业吧，这个缘分至今难解难分。我的书房里搜罗积攒了大量科学、科普著作，没有哪个专业作家像我一样对凡尔纳、阿西莫夫、伊林等人的作品情有独钟；我的一些写作，也常常与文理兼容的知识背景相关，比如，曾为裘法祖院士等科学家作传，也曾只身一人跑到神农架，采写我国“野人”考察的长篇报告文学……

是的，就算偶尔有些“科学写作”的小尝试，但我还是耿耿于怀、心有不甘：什么时候，我也能像前辈作家徐迟当年写《哥德巴赫猜想》的报告文学那样，写出咱们武汉这座名副其实的“科学之城”的文学形象？或者，至少像科幻小说《三体》《北京折叠》的年轻作者那样，偶尔也在世界科幻创作的舞台上风光一把……

如今，我已在文学行业扑腾了三十多年。其间还担任了五六年的《少年文学报》社长兼总编，天天拜读来自全国各地中小学生作文——一些当年的小作者，如今已是各个行业的栋梁之材，也有成名的科学家、作家。由此我也敢说，今天这些科普征文的作者，——不管获奖没获奖，明天一定是城市的未来、武汉的主人，是东西南北各行各业的一代风流！

话题扯远了。我估计拿这些话去参加“恒大杯”武汉市第三届中小学生科普征文，十之八九进不了获奖范围——比之小作者们那些五彩缤纷想象奇特的“科学梦”，我的“科学梦”，实在是太寒酸，太贫乏，哎，太单调也太无趣了。

别怪我！不是我天生缺乏想象力，而是我的少年时代，严重缺乏生长“科学梦”的阳光和土壤；要怪就怪我比你们早生了几十年，没有赶上今天这个崇尚科学、精神自由、驰骋想象、放飞梦想的好时代！

（本文系《“我的科学梦”获奖作品集》序言）

武汉新港 点亮长江

【行驶中的长江轮船，两江交汇，长江大桥、黄鹤楼、江汉关、汉口江滩……】

当万里长江在巍峨的黄鹤楼下与三千里汉江深情相拥，当江汉关的悠扬钟声回荡在古老江城的两江四岸时，你知道，“九省通衢”的武汉到了，雄踞长江黄金水道中游的武汉新港，到了！

【阳逻港，码头上一片繁忙……】

阳逻港是武汉新港的核心港，是长江中上游首个“亿吨大港”，是中西部集装箱货物的最佳“出海口”。

【巨大的集装箱、集装箱货场、现代化吊装、装运……】

这里汇聚了湖北省内80%以上的进出口货物和80%的集装箱，而来自川、渝、湘、豫、陕等多个中西部省市的国际集装箱，也带着岷峨雪浪与锦江春色，在这里集聚中转、通江达海。

【调度室的指令下达，一艘货轮即将出港——它是“江海直达”的“天天班”……】

“江海直达”，是指重载货轮从武汉阳逻港到上海洋山港一气呵成，中间不停靠，全程72小时。

“江海直达”，这是占据中国半壁江山的长江流域内陆地区共同的渴望与向往!

【航运企业负责人同期声】

“天天班”是中远、上港集团、中海运等3家企业发起，每天开通一班江海直达货船……

【“泸汉台”“武汉—东盟四国”“武汉—日韩”等品牌航线……】

随着“泸汉台”、“武汉—长江流域线”、“武汉—日本、韩国集装箱快班航线”以及“武汉—九江—岳阳中三角省际集装箱公共班轮”等品牌航线次第开通，武汉新港每周到发航次有150多个，以武汉中转为衔接的干线、支线运输体系，已水到渠成，蔚为大观。

【动画——武汉新港集装箱增长示意图】

“上游全中转、下游全分流。”

自从集装箱年吞吐量2014年一举突破100万标箱以来，武汉新港已成为中国内河水运最大集装箱港口，并以连续三年稳居长江中上游第一宝座的赫赫业绩，昂首跨入世界内河集装箱港口的第一方阵……

【一望无际、气势逼人的汽车厂货场……神龙、东本、通用等整车厂……】

“海进江、江出海。”

当武汉制造的汽车以每年数百万辆的庞大规模走下生产线，并驶向多个汽车滚装码头时，作为长江内河运输第一大商品车港，武汉新港实至名归。

【金口、沌口等汽车滚装码头】

2016年，武汉新港完成汽车滚装运输61万辆，同比增长45.96%，约占武汉年产汽车量的三分之一。

到2020年，武汉新港将达到150万辆汽车的年吞吐能力，武汉将成为长江内河运输最大的汽车物流集聚分拨中心。

【阳光下的阳逻港码头，满载集装箱的货轮靠岸，卸货……】

此时此刻的阳逻港，不再是从前那个设施简陋的寂寞码头了，而是通江达海、走向世界的枢纽港、现代港、国际港，是“大武汉大码头”的奇迹再现！

武汉新港，直通海洋！

【字幕】武汉新港，直通海洋

【老武汉、古代《江汉揽胜图》、旧时商贸繁荣的汉正街……】

大武汉，大码头。

早在明末清初，汉口已是“十里帆樯依市立，万家灯火彻宵明”的著名码头；19世纪汉口开埠，武汉被誉为“中国内陆第一大码头”“东方芝加哥”……

【辛亥首义、孙中山在武汉图像资料、《建国方略》】

一百年前，孙中山先生为武汉勾画了一幅“东方大港”的宏伟蓝图——“……此点实吾人沟通大洋计划之顶水点，中国本部铁路系统之中心，而中国最重要之商业中心也。”

【长江和汉江两岸的老码头、港口，帆船、航运……】

是的，武汉自古以来就是大洋沿海通向内陆可实现江海直达的最远的地方，而武汉港，则是长江流域通江达海港口的起始点！

【毛泽东游长江、新中国的武汉客运港、江汉关码头……】

新中国春回大地，武汉港也曾一度成为中国内河第一大客运港口。

然而，天时地利缺一不可，那时的武汉港也只能收敛锋芒，默默眺望大江尽头那一片“沟通大洋”的曙光！

【武汉新港所辖各地港口、岸线示意图，实拍鄂州、黄冈、咸宁、黄石等港口工作画面】

2010年7月，武汉新港横空出世。

这不是普通港口，不是“单一码头”，而是跨行政区域，整合武汉、黄冈、鄂州、咸宁等地优良港口岸线资源，举全省之力共同建设的一个长江新区，整体规划，统筹布局；协力同心，重整河山！

【欣欣向荣的阳逻、花山、北湖等临港新城，优美的环境、悠闲的生活……】

武汉新港就像一线串珠，串起了长江、汉水27个港区，串起了长达627公里的港口岸线，就像一幅“长江万里图”的壮美画卷，在长江两岸9300平方公里经济腹地范围内缤纷展开！

【今天的长江汉江千帆竞发、武汉三镇繁荣壮观……】

短短几年，充满改革激情的武汉新港不但让阳逻港等核心港区迅速崛起，也让武汉这座古老的码头城市百年梦圆，豪迈挺起长江中游无可替代的“顶水脊梁”！

字幕：武汉新港，顶水脊梁

【气势磅礴的阳逻港全景】

2013年7月21日上午，中共中央总书记、国家主席、中央军委主席习近平来到武汉考察，一下飞机就驱车前往武汉新港阳逻集装箱港区。

【港区中控室】

就是在这里，当时中控室的员工正在调度指挥港区作业。中控员余立麒介绍了码头营运管理系统操作流程，武汉新港管委会主任张林向总书记汇报了武汉新港成立以来的建设发展情况，总书记表示肯定和赞许。

【码头实景，习近平打伞照片】

那天雨下得很大，习近平卷起裤腿，打着雨伞，向工作人员了解物流运行、港区机械设备等情况，留下这一张著名的照片。

【繁忙的码头工作……】

在武汉新港，在这个集现代航运物流、综合保税服务、临港产业开发为一体的“第四代港口”，习近平作出重要指示——

长江流域要加强合作，发挥内河航运作用，把全流域打造成黄金水道。

【中央、省、市主要领导在武汉新港的活动画面……】

谆谆叮嘱，言短意长，总书记对武汉新港建设寄予厚望，为复兴大武汉、建设国家中心城市，指明了前进的方向！

【新港委工作场景、研讨《武汉长江中游航运中心核心区建设规划（2030）及近期实施计划（2014年—2020年）》等】

对于武汉新港来说，总书记所指“全流域黄金水道”，就是全力建设“武汉长江中游航运中心”。

【长江委、长航局、造船厂、理工大学、航运研究中心成立……】

事实上，武汉新港与“武汉长江中游航运中心”几乎是个“同义词”。早在诞生伊始，它就将建设武汉长江中游航运中心的理想，浓墨重彩地写在了自己的旗帜上。

【武汉新港、港航集团等活动画面】

2011年1月，国务院正式将“武汉长江中游航运中心建设”提升到国家战略层面，武汉新港闻声而起，主动作为，把打造武汉航运中心作为武汉新港建设的首要任务。

【公共物流信息平台、电子口岸】

于是你看见，武汉新港敢为人先，创立了长江中游第一个公共物流信息平台和电子数据交换中心（EDI）。

在这里，你可以依托这个独特的信息平台在线开展经营业务，实时查获通关信息、物流动态信息及交易相关信息。

也可以通过武汉电子口岸·国际贸易单一窗口，享受一单式、一站式和一个标准的通关业务服务，享受贸易、物流、金融、信息及大数据的综合服务。

【武汉市民中心、航运交易所】

走进武汉航运交易所，你就走进了货运、船舶及船舶技术、航运人才、航运融资等八大交易与服务平台。

作为中国四大航运交易中心之一，它是武汉长江中游航运中心的核心载体，是航运市场的要素集聚平台和交易服务平台。

【阳逻港国家进口粮食、水果、肉类指定口岸】

伴随着阳逻港作为国家进口粮食、水果、肉类指定口岸分别获批设立，武汉新港空港综合保税区，也在2016年3月被国务院正式批复设立，2017年3月，正式通过国家验收，封关运行。

【武汉新港空港综合保税区】

综合保税区规划面积4.05平方公里，采用“一区两园”模式，其中阳逻港园区1平方公里。

通过“江海直达”等多条航线，你在这里与“海上丝绸之路”实现高效对接。

【东西湖火车站，汉新欧集装箱班列鸣笛登程……】

与此同时，你也可以从武汉新港出发，通过“汉新欧集装箱班列”，阔步迈上“丝绸之路经济带”的遥远征程！

【多式联运示范工程——阳逻电厂场站项目开工】

“一带一路”，在武汉新港找到了“铁、水、公、空”多式联运的最佳组合；武汉长江中游航运中心，成为“一带一路”在中国中部的重要节点和水陆枢纽。

作为承载国家使命、体现武汉担当的长江中游航运中心，已经蓝图初现，呼之欲出！

字幕：武汉新港，国家担当

【龟蛇锁大江、长江汉江交汇处】

三千多年前，有一个樵夫登临武汉龟山，面对江汉朝宗的浩浩大水，不禁发出了这样的慨叹：汉之广矣，不可泳思。江之永矣，不可方思……

【大街上洋人行走在人群里、武汉召开的国际大河会议画面、国际友人访问武汉新港……】

今天，武汉新港笑迎这些来自密西西比河、莱茵河或者伏尔加河的客人，此时，当代的诗人也许会修改《诗经》的古老诗句——

汉之广矣，武汉新港；江之永矣，点亮长江！

字幕：武汉新港，点亮长江！

【本片由武汉新港管委会、武汉电视台摄制，撰稿：田天 黎云】

情歌乐园

【万山丛中，崎岖山道上……】

我们跋涉在海拔430米至1800米的湖北省长阳土家族自治县乐园乡，寻访土家山歌手李德芝和唢呐艺人胡昌海，他们是当地人命名的“金梭”和“银梭”。

【山路上抛锚的采访车，扛运摄录机器攀登山路的编导、记者……】

乐园是著名的“山歌之乡”。“不唱山歌喉咙痒”——青山绿水的这方水土，养育着世世代代爱“喊山歌”的土家人。婚丧嫁娶、春耕秋收、男欢女爱、喜怒哀乐，你都可以通过山歌“喊”出来——这座山喊给那座山；这颗心，喊给那颗心。

【山坡上的农家，翠竹掩映，土墙瓦屋，狗在叫唤。李德芝正在她家门口的稻场上剁猪草……】

在乐园，在长阳，几代人都熟悉李德芝的“金嗓子”，坡上坎下方圆几十里都有她的“追星族”。她喊过六十多年山歌了，喊的、唱的大半是情歌——每一首都是生活的油盐，都是生命的颂歌。

【屋内摆设，跟踪拍摄李德芝的生活实况……】

这里，别看只是几把木椅子，几间烟熏火燎的老屋，可它却是城里一些大名鼎鼎的艺术家学唱山歌的原始课堂。记录词谱，探讨发声，一字一字反反复复跟唱学会，一句一句录下来，他们从李德芝这里发掘艺术的金子，并且把它带上了城里的舞台。

可是，如今76岁的李德芝至今没有到过集镇和县城之外的任何城市，她一辈子守着祖传老屋，也守着她心中那么多那么多原汁原味的山歌宝库。

【李德芝登上木楼梯，教几个邻居孩子唱歌……】

她的女儿女婿和孙女都在镇上的乡卫生院工作，不常回家，现在几个邻家孩子的到来，唤醒了她心中沉睡已久的歌声。她依稀记得，当年学唱第一首山歌的时候，就是眼前孩子的这个年龄。

【李德芝在屋前屋后忙碌……她拿着一把锯子，一下一下锯着一个黑色的物件——不不，不是木柴，而是一只黑不溜秋的熏猪蹄……】

看得出来，今天将有贵客临门，只有远道而来的亲朋好友才有资格享受腊猪蹄炖洋芋坨的最高招待。当然酒是现成的，就是那漫山遍野的“苞谷烧”。

贵客是唢呐艺人胡昌海。原来，李德芝唯一的孙女婚期已定，就要招婿进门了，当奶奶的没本事置办什么高档嫁妆，但她可以请全乡最有名的“响匠”亲自出马，把喜事办得热热闹闹的。

【胡昌海家。火塘边，一家四代人喝茶，聊天，其乐融融；红漆木桌上，唢呐、长号擦得锃亮，闪闪发光……】

胡昌海15岁拜师学吹唢呐。记不清有多少恋人被他吹进洞房，多少孩子被他迎来世上，多少寿终正寝的乡亲，被他的长号呜呜长鸣，一步一步陪送“上山”（安葬）。

【门前稻场上，胡昌海教5岁重孙吹唢呐……】

5岁的重孙子非要跟老太爷一道出门玩耍，当然不行；吹唢呐是胡昌海正经八百的工作时间，怎能带个小尾巴?

在胡昌海多年艺人生涯里，他的工具是唢呐、长号，还有一个永不离身的铜烟袋。

【胡昌海独自一人走在山路上……】

在土家人的婚丧嫁娶中，无论红白喜事，都需要一个“响匠”班子到场助威，唢呐则是不可或缺的主要乐器；一支唢呐，有时陪你笑，吹吹打打直到天亮；有时陪你哭，如泣如诉彻夜不眠。

【胡昌海和其他“响匠”在不同场合的吹奏画面……】

胡昌海的师傅活到85岁，也吹到85岁；如今胡昌海已年满80岁，仍然是有请必到，不论贵贱，不分远近，把他的艺术作为一件礼物，免费送给需要他的乡亲们。

在各种临时组合的“响匠”班子中，如果能请到胡昌海“主吹”唢呐，那可是主人家天大的面子。

【李德芝家，李德芝正在洗刷腊肉，采摘青菜，准备柴火……】

李德芝昨天捎来口信，想请胡昌海前去商谈她孙女大婚时吹吹打打的“响匠”事宜，他二话不说就闻风而动，因为李德芝是他多年来走村串户“巡回演出”的老搭档了，又有点沾亲带故，所以乡亲们喜欢调侃他们是什么“金梭”和“银梭”：一个吹，一个唱，吹也吹得好，唱也唱得棒，琴瑟和鸣，相得益彰。

【沿着一条陡峭小路，胡昌海爬着坡一步步走近李德芝家；李德芝正在推磨子，准备打“懒豆腐”……】

人没进门，唢呐声早已进门。

正在准备茶饭招待贵客的76岁的“金梭”听得出来，只有80岁的“银梭”，才吹得出这么悠扬激情、这么悦耳动听的唢呐。

【李德芝和胡昌海在火塘房见面，并不握手，也不说话，只是拖椅子请坐，倒茶，装烟，李德芝还拿起火钳，夹起一粒“火石”（烧红的木炭），为胡昌海点燃烟袋……】

虽说是亲戚，但他们两家相距几十里山路，隔山隔水，难得一见；过去，他们只是相遇在别人家办喜事的堂屋，今天，自家的喜事即将登场，算是搭好了会面的舞台。

李德芝（同期声）：您今年有80岁了吧？

胡昌海（同期声）：比你大4岁，快满80了……

【丰盛的餐桌，咕噜咕噜沸腾的火锅……胡昌海客客气气坐在上席，和李德芝的家人邻居等一道吃饭，李德芝为胡昌海夹起一块腊肉……】

土家人特别讲究待客礼性，礼尚往来格外热情，你来我家做客，虽然没什么燕窝鱼翅美味佳肴，但是我一定翻箱倒柜倾囊而出，你的酒足饭饱，就是我的最大幸福！

【谈论孙女的婚事……】

胡昌海是为李德芝孙女的婚事礼仪而来，他主张一切都按照土家族的传统婚俗进行：既要“陪十兄弟”，也要“陪十姊妹”；“乐园歌王”李德芝的孙女，怎能办一场没有歌声、没有唢呐的婚事呢？

【在火塘前喝茶，谈话……】

李德芝唱了一辈子情歌，如今她的最大愿望，就是要让那些古老的情歌，见证孙女崭新的爱情！

胡昌海（同期声）：……只有德芝，还有另两个，全乡只有三个人跟得上我的唢呐……

李德芝（同期声）：我们在车上就开始喊起来……

【山歌节图像资料】

每年7月1日是乐园乡的山歌文化节。山山岭岭的土家山民，对歌赛歌，把嗓子和美貌亮给所有人，把热乎乎的情歌，当作绣球抛给人群中某个意中人、某个相好。

【长阳民族文化村的歌舞表演……】

土家族是一个生产和养育了大量情歌的歌舞民族。从前土家人男女同行，无拘无束，道途相遇，以歌为媒；如今的土家情歌从大山深处走向舞台，走向荧屏，甚至编进艺术学院的教科书，口耳相传，推陈出新。

【在乡亲们的簇拥下，李德芝、胡昌海分别换上各自的“演出服”：也就是比平常衣裳显得体面一点、干净一点的民族服饰……】

今天，在众多乡亲的注目下，两个土家老人试图重演当年情歌与唢呐的对话。虽说人老力衰，气力有限，但古老的优美旋律依然记忆犹新，依然火火辣辣。

【在大门口，李德芝喊“穿号子”，胡昌海唢呐伴奏……】

歌词：

远望姐儿穿身花，
她爱我来我爱她，

她爱我的年纪小，
我爱她的一枝花，
还一个玩伴隔远哒……

【山野上鲜花盛开，男女孩子们玩乐追逐……】

四季常开的各种鲜花，是土家情歌的永恒主题。在土家人看来，任何季节，都是开花的季节，寒冬腊月也不例外，因此，即使七老八十，你也是唱情歌的年龄，一辈子都是开花的年龄！

【远山，雪景，雪地上的小花，冬日枯树上蹦跳的小鸟……】

转眼就到了孙女李洪娥的婚期，李德芝请来乡邻帮助她整修房屋……

【房屋外景，做卫生，贴对联；点鞭炮，放土铳……】

按照土家婚俗，一门婚事要经过求肯、过礼、上头、合八字、升号匾、发亲、圆亲、回门等等繁琐仪式，虽说可以删繁就简移风易俗，但不能没有情歌，也不能没有唢呐。

【李德芝家已经来了许多贺喜客人，许多人跑前跑后忙个不停，她脚不沾地穿行在人群中……】

当年，“陪十姊妹”、“陪十兄弟”是土家婚礼的必备程序，可以说是爱情的通行证，可是，如今的年轻人对这些古老的婚俗已经生疏了，李德芝忧心忡忡，今天，她想让不会唱情歌的孙女从头唱起。

【胡昌海带着几个“响匠”到来……】

“支客师”（代表主人管理全局、招呼客人的总负责人）高喊（同期声）：来客哒，小盘子筛茶呀！

【李德芝笑容满面上前迎接……】

这么多客人，这么多淳朴的笑脸，李德芝知道，都是来“送情”的，也许就是一斤红糖、五斤挂面，但都是对孙女最好的祝福，都是为了帮孙女唱好她的人生情歌，这一首用四季花朵谱写的幸福情歌……

【大门外一侧，很快布置起一个“响匠桌”，摆放茶杯茶壶及大小锣钹、唢呐、长号等乐器；胡昌海和徒弟们围坐在一起，根据不同情形演奏不同曲子……】

“唢呐王”送来的“情”是一支唢呐，是通宵达旦一遍又一遍不断演奏的不同曲子，可以说，这是世界上最敬业、最到位，同时又分文不取的公益乐队了……

【堂屋里，在唢呐声中，李德芝和中年歌手李德翠等客人在一起谈笑……】

李德翠（同期声）：……孙姑娘结婚……享福呀……

【李德芝、李德翠笑呵呵地商量唱什么歌……】

李德翠曾经跟随李德芝学歌，青出于蓝而胜于蓝，如今她已成为乐园乡乃至整个长阳土家族自治县新一代最出色也最出名的农民歌手了。

此刻，只有那些祖祖辈辈传承下来的情歌，才能表达她真心的喜悦。

【在乡亲们的鼓励下，李德翠大大方方唱起来……】

李德翠（唱“四声号”）——

歌词：

一树樱桃花，
开在岩脚下，
蜜蜂不来采，
空开一树花……

【婚礼已经开始，“支客师”在高声讲话……】

实在说，这里没有任何一树空开的花，这不，一只人高马大的采花蜜蜂，已经翩翩飞来。

【新郎、新娘给客人筛茶、敬烟……】

这不但是新郎新娘的大喜婚期，同样也是乡亲们共同的节日。

【堂屋中央，“支客师”指挥大家摆好铺盖红布的“香案”（用两张八仙桌拼接而成），摆好茶点水果之类，十个小伙子穿戴齐整围桌而坐，簇拥着新郎，他们“陪十兄弟”，说“令歌”……】

甲男（同期声）：

……
你莫拿“令歌”来“很”（降服）我，
讲文我也有，

讲武我也多，
文武双全怕哪个！

乙男（同期声）：
门口一个岩，
岩里出花鞋，
说得到“令歌”的穿花鞋，
说不到“令歌”的喊妈来！
……

【还是在香案旁，现在坐着十个美丽姑娘，她们围着新娘“陪十姊妹”，唱“哭嫁歌”……】

伶牙俐齿的小伙子陪过新郎，现在轮到如花似玉的小姐妹，来陪伴她们的新娘大姐姐了。

十姊妹（唱）——
歌词：
姊妹亲，姊妹亲，
捡个石榴平半分，
打开石榴十二格，
多年的姊妹舍不得……

【歌声慢慢带上几丝忧伤，原来是开始“哭嫁”了……李德芝来到哭嫁席上……】

从前土家族哭嫁，以歌代哭，哀声一片，能把脸哭肿，要把眼哭红；可如今还有谁哭呢？笑还笑不够呢！

“哭嫁”只剩下唱的形式，而不再有哭的内容。

【李德芝教唱“哭嫁歌”，姑娘们认真学唱，旁观者也一道哼唱……】

虽说“哭嫁”早已不再时兴，但李德芝还是要教教孩子们怎么唱，怎么“哭”，怎么“别爹娘”，怎么“骂媒婆”，怎么避开父母锐利的眼睛约会你的“情哥哥”……

土家人的古老山歌、不朽情歌，那些“五句子”“穿号子”“花鼓子”“薅草锣鼓”等等，就是这样口耳相承，代代相传的。

【在七嘴八舌的起哄声中，在胡昌海的唢呐伴奏下，能说会道的“支客师”也放开嗓子，喊出一首古老的长阳情歌……】

“支客师”唱《挨到些》——

歌词：

歇了头一歇，
挨到情姐姐，
出他妈的怪奇事，
挨到新鲜些！
挨到些，挨到些，
挨到哒还要挨到些，
这时候你才来……
栀子花的姐，
牡丹花的郎，
郎要挨到姐，
姐要挨到郎……

【歌声伴随着土家族青年坐渔船恋爱、抬花轿登山、生孩子“打喜”、“响匠”卖力吹奏等剪辑画面】

记不住歌词不要紧，但记得住世代相传的曲牌旋律；记不住曲牌旋律也没关系，但记得住唢呐所传达的美好情感，哪怕就是一个小调几声号子，传承的却是那千年不衰的民族精神！

【凌晨，悠扬的唢呐声冲出家门，闹腾了整整一夜的人们，三五成群围观婚车，“支客师”大声吆喝着，让帮忙的人一件件搬出彩电、洗衣机、自行车等现代嫁妆……】

150桌四方来客通宵未眠。“金梭”的歌声唱了一夜，“银梭”的唢呐也吹了一夜。

【山村的早晨，鸡鸣犬吠，炊烟袅袅……】

一个人的喜事，沸腾了全村。

这一夜，整个村子灯火通明，周围几里路的村民住户也敞开门户，协助招待远亲近友，有说有笑彻夜狂欢。当然，也有俊男靓女趁着月色躲在庄稼地里，伴着隐约传来的情歌声，喁喁私语谈情说爱。

【一声铳响，鞭炮齐鸣，李德芝手牵新娘走出家门——奶奶和孙女都在流泪；浩浩荡荡的送亲队伍走在山路上，胡昌海带着几个“响匠”走在最前头……】

是春天了。每一朵山花，都被情歌喊醒，都被唢呐吹开。花的时令，正是结婚的时令，更是喊歌的季节。

【山景，桃花、油菜花、木瓜花……】

乐园的山花都开了。每朵山花都揣着一首爱的情歌，每朵山花都有一个春天的梦。

【满眼金黄的油菜地里，弯腰薅草的李德芝缓缓站起身子，她喘喘气，擦擦汗水，然后抬起头来，一曲“天籁之音”顿时脱口而出，弥漫四野……】

李德芝唱“对声子”（同期声）——

葛藤开花有个梦……

【乐园中学操场上，千名学生齐声高唱，惊天动地……】

歌词：

葛藤开花有个梦，
木瓜开花满山冲，
桃红李白样样乖（美丽），
春兰秋菊香喷喷，
我爱家乡的映山红……

（本片由武汉电视台摄制，导演：李洪　梁志强）

教授进村

1. 地图上没有文楼村

驻马店到了。只有五分钟停车时间。

列车员打开车门。桂希恩一把拎起行李，头一个下车。

前几天他到天津出席全国传染病学术会议，散会后本该直接回武汉，但驻马店有个事，对他来说还是一件刻不容缓的大事，于是就提前下车了。

还是上午。又是个炎热的日子。下车时才九点多钟，就已暑气蒸腾，没有风，没有一丝凉意。

这是桂希恩第一次到驻马店。他要去的地方全称是：河南省驻马店市上蔡县卢岗乡文楼村。

地址拿在手上。是一个眼下正在武汉大学中南医院（原湖北医科大学附属二医院）进修的河南籍学生写的。

进修生还给上蔡县一位姓陈的外科医生写了介绍信，让桂教授去后找他带路，因为外科医生就是本乡本土人，家住文楼村。

到天津开会前，桂希恩研究了地图，想从广袤无垠的中原大地上找到文楼村。河南这个中国第一人口大省自不必说，它在“世界地图”上拥有大块地盘；在“中国地图”上，驻马店市和上蔡县也有一席之地；在“河南省地图”上，卢岗乡勉强也有，尽管只是大片密密麻麻地名中一个小点；然而，没有文楼村，翻遍中外地图，即使手持放大镜，你也找不到它的踪影——在这纷纷扰扰、五光十色的世界上，文楼村仿佛并不存在，从来就不存在！

桂希恩教授要去的，就是这个地图上根本找不到的文楼村！

据说那里有些村民患上一种“怪病”，看上去就像感冒，可是谁也治不了，中药西药都无效，当地医生全都束手无策，有的病人已经不明不白死了，死在身强力壮、生龙活虎的年龄！

于是他决定到现场看看。

病人不可能到医院来，医生就到病人跟前去，仅此而已。

在天津开会期间，他找人打听过驻马店和上蔡县。他说要去看望几个病人。可是人家以为他一个医学教授忙里偷闲要去高价出诊，只是感叹一番那地方穷啊，人也不好打交道，说你一定要先拿上钱再看病，不然骗得你连回家的路费都没有。他想解释他不是去赚钱，只是想看看那几个患上“怪病”的农民，条件允许就做些流行病学调查，自费出诊，分文不取，谁会骗他呢？不过他什么也没说，微微一笑就算了。他怕生出更多误解，让人家反以为他吹牛不打草稿，把他看成了言行不一的“伪君子”。话不投机，闭嘴为佳。

大步走出火车站。眼前是个无遮无挡、热浪滚滚的站前广场。广场一侧有个停车场，无序停放着准备发往各地的班车。其中有辆又破又旧的国产中巴，灰蒙蒙的车前玻璃上写着“驻马店——上蔡”几个字。

桂希恩正要上前打听，还没开口，就被两个夫妻模样的人连拉带扯弄上了车。“坐满人就发车。转眼就到上蔡了，老师傅啊您别着急。俺这车别看没空调，主要是马力带不动，可是一点不热，凉快得很！出门在外就图个舒服，图个安全，图个物美价廉，师傅您说是不是这个理？”

卖票的中年妇女也许担心桂希恩等不及跑掉，立刻收了钱，然后就有一搭没一搭聊天，努力安抚这个短发灰白、满面愁容的外地乘客。

坐在车里等候乘客坐满，桂希恩一直等了将近两个钟头。没有空调，而且在烈日下暴晒烘烤，你可以想象当时他大汗淋漓、坐立不安的情形。他很着急，但没有办法。人在屋檐下，哪敢不低头？他对这个地方一无所知，若提出退票退钱说不定要挨顿好揍，再说他也不知道别处是否有车。不过他也小有收获，从售票员口里知道了文楼村距县城并不远，坐个三轮车立马就到。

中巴出发时已快到中午。从驻马店市到上蔡县其实只有七八十公里车程，但由于路况不佳，还要时不时停车带人，这老爷车竟磨磨蹭蹭走了近三小时。

好在桂希恩还有一个座位。他靠窗坐着。他必须尽量把身子缩小，变薄，因为旁边的座位上挤了两个人，坐一个，腿上还抱一个。而路上拦车上来的人只能站着，摇摇晃晃，东倒西歪。每次停车上人，都是一次对有限空间的激烈争夺和重新分配。你必须前攻后拱，左挡右避，必须一不怕苦，二不怕死，才能得到一小块立锥之地，才能保住安身立命的位置。天气太热，车子跑起来才有一点风，风也是滚烫的。车内人满为患，空气污浊。

但桂希恩并不觉得这有什么。对这一切他早就司空见惯，习以为常了。他心平气和，随遇而安，甚至如鱼得水，乐在其中。为了调查传染病疫情，为了普及防治知识，他每年都会利用节假日主动深入农村，自己安排几次东奔西走、挤车搭船的旅行活动。一到寒暑假，他就带着大学生、研究生参加社会实践，给贫苦百姓送医送药，去的都是一些交通不便、环境艰苦的地方。

在一大片黎黑发亮的面孔之中，在扁担箩筐的夹缝里，在满车大呼小叫的豫东乡音伴奏下，桂希恩顺利到达上蔡县城。

上蔡县城沐浴在1999年6月的万丈阳光下。这是个平原县城，占地辽阔，街道笔直，不过高层建筑不多，街面店铺也有些萧条。行人寥寥，多半是光脊梁的汉子。当然可能是时值午间，多数人乘凉睡觉去了。汽车则以微型面包车为主，三五成群时行时停，竞相拉客。那种有半边顶棚的人力三轮车旁若无人行走在马路中央。说话间便冲过来一个，龙头一扭，不由分说横在桂希恩面前。

县城不大，两块钱车费就找到要找的人。

“我叫桂希恩，你的朋友介绍我来找你。” 桂希恩掏出进修生开的“路条”，“我想到文楼村看看病人。想请你当个向导，不知方便不方便。”

年轻的陈宝印医生看罢信，不禁喜出望外。“我老家就在文楼村。您来得真是太及时、太及时了！”他紧紧握住桂希恩的手，“一直想请个专家来帮乡亲们瞧瞧病，没想到您还真来了！”

不但来了，还是孤身一人长途奔波赶来的。没有重金礼聘、三请四接，没有专车接送、前呼后拥，一位大学老教授、大医院大专家，就这么火车汽车人力三轮车，风尘仆仆到了你面前。

寒暄中得知桂教授没吃午饭，陈医生想尽地主之谊，便建议先上馆子吃点东西，等太阳落山再去文楼村。

“不必了。我灌你一点开水就够了。”

桂教授说着，就从塑料袋里拿出玻璃茶杯灌水，又打开行李箱，取出一只面包，大口大口吃起来。

陈医生看得目瞪口呆：难道桂教授就这么马马虎虎对付生活呀？不是说城里的大知识分子都在追求高品质高档次生活吗?

“有人揣测乡亲们可能感染了艾滋病，”陈医生说，“因为前几年他们卖过血的。”

桂希恩神色凝重。在武汉听进修生描述“怪病”有关症状时，他也怀疑过，因为那些症状与艾滋病实在太相似了。但是他不能乱下断语，一个从医四十年的老医生是不能一触即跳、意气用事的。他始终出言谨慎，没说出那三个沉重的字眼。像面对真正的感冒那样不动声色。

“现在还是耳听为虚，我也不知道怪病怪在哪里。”桂希恩说着，立刻从行李中拿出一个总是伴随他走南闯北的医药箱，“但我相信眼见为实。所以咱们还是抓紧时间吧！”

从县城到文楼村只有5公里左右，不过全是坑坑洼洼、杂草丛生的简易公路。陈医生打算找辆轿车接送一下。他觉得三轮车毕竟与桂教授身份不符。

桂教授一听哈哈大笑：“是奔驰还是林肯啊？三轮车已经很奢侈了。在湖北一些山区看望病人，三轮车还坐不上呢！翻山越岭全凭两条腿，只有羊肠小路，有时连茅草路都没有。其实我坐板车也习惯，安全到达就行。”

于是，桂希恩在陈医生陪同下，弓着身子爬上一辆农用机动三轮车。车厢低矮狭小，一块遮阳的花布帘迎风飘荡。也许是刚刚运过蔬菜，地板上还残留一些烂菜叶子。自然没有正经座位，只有两三只几寸高的木头小板凳。

三轮车主也是文楼村人。

他感慨地说，他的车跑过几年了，又载客又运货，可谓见多识广，但教授进村还是第一回。

2. 夺命“怪病”

一阵鞭炮响，文楼村又死了人。

死人的事并不经常发生。因为村子不大，文楼自然村不过八百多人，两百户人家。俗称“小文楼”。就是加上小文楼周边邻近的高庄、韩庄、张坡楼、骆庄等自然村，在文楼行政村即“大文楼”的整个地盘上，也才七百九十六户人家，总共三千二百多村民。

这么一个小地方，一年到头按部就班，家家户户风平浪静，难得发生什么大事。偶尔听见鞭炮，那也是有人娶亲嫁女，有人孩子满月，有人新房上梁，而不是给人送葬；万一有，也是风烛残年的老人寿终正寝，身患绝症的老病号得到解脱，最惨的，则是谁家媳妇一时糊涂喝了农药……

可是，从1999年春天起，文楼村忽然风水大改，生病的一病不起，倒床的接二连三，隔三差五还响起鞭炮，送身强体壮、正当盛年的亲人上路！小小村庄一时间哀声四起，天昏地暗……

这回轮到40岁出头的何玲。她最后一次看病是在县医院，回来四天就死了。

她至死不知道死在什么病上。反正是种“怪病”：咳嗽，咳得昏天黑地；气喘，喘得惊心动魄；没日没夜地发烧，没完没了地拉肚子……死前，她连自己的丈夫孩子也不认得了。

何玲最初发病是两年前。那天她在责任地里收花生，独自一人，因为三个孩子都在上学，而丈夫长年外出打工，在东北齐齐哈尔。家里几亩地自然由她操持。她是个勤劳能干的女人，地里总有她起早贪黑的身影，所以收获的花生就比别家多。那天她煮了一锅花生当午餐，顺便也尝尝新，享受一下丰收喜悦。花生没吃完，胸口倒痛起来；先想忍一忍，撑一撑，后来实在不行，才一步一停到了村诊所。

村诊所过去是“合作医疗”打针开药的地方，只收五分钱的医药费，穷人看得起。然而八十年代忽然当作“共产风”废掉了。合作医疗变成私人诊所，一分钱一分货，没钱谁敢看病？何玲是穷人，其实乡亲们几乎都是，于是村诊所不敢购进好药贵药，用些孬药便宜药勉强对付就是了。

在村诊所打了点滴。最高级的医疗手段就是打点滴。不知道是药物作用还是心理作用，反正那钻心刺骨的疼痛有所缓解了。

第二天她就下地干活。只不过没过几天又犯了。又打点滴，又犯，间隔时间日益缩短，打点滴成为家常便饭。

直到去年年底，丈夫打工归来，何玲才离开村庄，踏上寻医问药的漫长旅程。

这是求生之旅，也是辛酸与绝望之旅。

先到县医院。因为她已不能走路，风吹就倒，丈夫就把她抱到板车上，沿着乡村公路一步步拉她进城。丈夫下定决心不让她死，卖房卖地也要救活她，宁死做官的老子，不死讨饭的娘啊！

可是县医院不管用。开回来几百块钱药，吃几天似有起色，但是过不多久又无效了。而且说不出患了什么病，这次说肺炎，下次又说是肠胃毛病。而病人再也不能拖，再拖就没命了。

丈夫咬紧牙关说，上驻马店！此时，打工挣回的几千块钱已经全部花光，想救命就得借钱。何玲哭着说，我没治了，别花冤枉钱，给我点老鼠药吧！孩子哭，老人也哭，最后丈夫哭着出门，找四户亲戚一共借了五百块。

借了一台农用小货车，连人带被窝拖到驻马店。这是城市大医院，医生通常不见笑容，对躺在脏兮兮被窝上的农民尤其没有好脸色。一见病人还剩一口气，年轻的医生并不走近看一眼，就说要住院，立刻开出了许多名目的检查单。

然而检查费不是小数目，住院更是住不起，在驻马店折腾了两天，还是回来了，连个检查结果也没得到。

回来继续借钱。每次雄心勃勃出门，总是两手空空归家。因为三亲六眷都是农民，都是穷人，无钱可借又怕面子挂不住，于是躲起来不见你。回到家，在院子里转悠，只想到卖房子一个办法。可是卖了房子，孩子们明天住哪里？再说文楼村哪来买主，缺房的人必定拿不出现钱，有钱他自己早做房了。

在家煎熬了一段日子，眼看何玲已经时日无多，她丈夫便卖掉几棵树，一头猪，几百斤口粮也卖了，亲戚又凑点，这才把她送到郑州一家大医院。郑州是省城，从乡到县到市如今都到了省了，再要没治，那就只得认命了。住院钱不够，两口子便在那家几元一晚、比猪圈还不如的小旅店栖身。上医院做了不少检查，就是始终没明说何玲到底咋啦，只是每天交钱、开药、打点滴，除了贵得吓人，跟村诊所也没啥差别。

有一次，何玲她丈夫瞅着旁边没人，就“卟嗵”一声给一个医生跪下了，这医生帮着看看病历，又瞟何玲一眼，然后有些同情地说：“还是回家吃点喝点吧，肯定没治了！”

癌症吗?

医生摆摆手，转身走了。

从郑州回来就只有出气没有进气，两眼陷进去，颧骨鼓出来，瘦得只剩六七十斤，几个孩子都不敢看妈妈了。何玲闭上眼睛不再说话，不再抱希望，想死，可是她连死的力气也没有。

最后又去县医院。拖在板车上，孩子帮她打把破雨伞挡太阳，丈夫拉着不敢快跑，只能缓行，他怕几颠几簸把老婆颠断气了。

这回医生提出验血。不过没给验血结果。医生怀疑是几年前何玲卖血感染了艾滋病，偷偷对丈夫讲了，但是县里化验条件有限，不能确诊，谁也不敢乱说是或者不是。医生当时讲个活话，“回去吃药，有好转就不是艾滋病；挨不过三五天，可能就是。”

第四天，鞭炮响起，何玲死了。

何玲确实卖过血。不但她卖，全村大多数青壮年男女都卖过。她有两本“献血证”，封皮上都有亮闪闪的“献血光荣”四个字。上面潦潦草草记载着她的卖血历程。仅在1992年9月30日至12月18日之间，两个半月就卖血12次，有时只间隔一天。不过与村里其他人比，她算次数少、频率低的。

何玲丈夫始终没把医生对“怪病”的怀疑对外张扬。卖血大家都卖，为什么别人活得有滋有味，偏偏你就卖出病来？还是个不光彩的“脏病”！你一辈子本本分分、清清白白，到头来却患上个外国人的病！谁愿把屎盆子往自己老婆头上扣啊……说出来只会惹人笑话。

更何况，村里早就有闲言碎语，说程东善在城里当保安时讲潇洒，爱风流，一来二去就患上了艾滋病……

29岁的程东善住在村庄东头。那天听到不远处何玲家传来鞭炮声，心想坏了，炸得离俺家越来越近了！

当时他们正在吃饭，一家三代都在吃，不过并不围着桌子，而是你吃你的，我吃我的，有的坐，有的蹲，上小学的女儿和5岁的儿子还跑到了院子里。但是一听鞭炮响，程东善“砰”地丢了碗筷，不吃了。

“别人家死了人，你咋就不去看看？”

他黑着脸，瞪着眼，平白无故冲老婆发脾气。

老婆平静地看丈夫一眼，还是自顾自吃捞面，没接茬。

“别人家死了人你不闻不问，等到哪天我也死了，抬棺材你都找不到人！”

程东善噼里啪啦吼叫着。

老婆是个好老婆，首先就是脾气好，不吵架，不骂娘，对父母孩子从没红过脸，对丈夫什么都不计较。不顶不撞，不急不躁，不和你一般见识。她放下碗筷，抱着5岁儿子出了门。

剩下程东善孤零零一个人了。老婆和儿子一走，上小学的女儿也赶紧背起书包去上学，老父老母则一声不吭拿起农具，顶着太阳出了院子。

程东善赤膊光腿，只穿一条花裤衩，蓬头垢面，口里叼着香烟，手拿一把破蒲扇，趿拉着黑腻腻的拖鞋，在破落的小院里晃来晃去。

他既不下地干活，也不外出打工，家务事也不伸手，根本不出家门，整日无所事事，几个月一蹶不振，人不人鬼不鬼……

因为——他是“病人”。

是的，就是那个盘古开天没见过、祖宗八辈没得过、方圆几百里没听说过、说起来非常拗口的……艾滋病！

从1996年起，村里就传言他得了绝症，活不了多久了。他们说，他得的是富人才得的病，洋人才得的病，道德败坏、乱搞女人的坏男人才得的那个病……

其实，程东善自己也不知道是谁给他造谣，糊里糊涂被扣上一顶“艾滋病”帽子。

是因为前几年他在海南打工，在娱乐场所干过保安吗？想象一下，那里有红男绿女进进出出，常在河边走，岂能不湿鞋呀！

也可能因为他生得模样端正、形象上对得起观众？事实上他打小就爱好文艺，吹拉弹唱能来一点，还喜欢跟着电影上的英雄人物鹦鹉学舌，虽说高中都没念完，却有过报考艺术院校的勃勃野心……

或者是张冠李戴了？比如患病的是另一个，在传播过程中因为同名同姓而换成他？同他有某种相似而嫁祸于他？

当然，也许是有人在暗暗恨他吧！把诅咒变成恶毒谣言，让你患上某种绝症，别人方可解心头之恨，才能大快人心哪……

当时村里没几个人知道“艾滋病”这个新鲜词儿，念也念不顺，但大家都知道得了这病没法治，是比癌症还厉害的绝症，而且传染，见谁传谁，逮谁灭谁。

然而，他绞尽脑汁也没想出他怎么就得了艾滋病。他在一本书上看到，感染这个病只有血液传播、性接触传播和母婴传播三个渠道，而他没搞同性恋，没有婚外情，也没钱嫖娼，从没见过毒品是什么样子，一个吸毒的人也不认识，更不懂什么静脉注射……

剩下唯一的感染渠道，就是输血！因为他卖过血……

但是文楼村是个“卖血专业村”，谁没卖过？为什么别人不得艾滋病，偏偏要他得呢？

起初程东善没把风言风语当回事。何况跟人解释也没人听，浑身是嘴也说不明白……身正不怕影子歪嘛！他不相信。

直到明显感觉自己成了“不受欢迎的人”，程东善才算领教了“艾滋病”有多么可怕。比如几个人正在乘凉聊天，他走过去，远远就客客气气掏出香烟准备挨个撒烟，但是没人接，纷纷声称“刚丢”或者“感冒不能抽”，然后就找个由头各自溜掉了，说是“有事”，而他没出现时他们谈得正欢呢！偶然坐了别人家凳子，哪怕只坐一分钟，他刚一走，别人一脚就踢开了，听说还要用开水烫，拿火烧……

反正是程东善坐过的凳子也传染，碰过的杯子也传染，走过的路也传染，咬过他的蚊子再咬别人也传染，吹过他的风再吹别人也传染……

后来就发生了那件轰动全村的事。

他家有个亲戚生了病，他作为晚辈前去探望。乡下规矩是不能空手登门，于是他拎着一挂刚买的香蕉，大摇大摆就去了。不料刚刚跨进院子，亲戚的儿子就一脸惶恐迎了出来，程东善递上礼物，心想你也别太客气，一挂香蕉就把你感动成这样，可是他做梦也没想到，就在眨眼间，就当着送礼人的面，那挂香蕉忽然飞起来，飞得又高又远，像垃圾一样落到院墙之外！

亲戚的儿子他瞧不起礼物也就算了，却还要跺脚大骂：“不是个东西！俺不是个东西！俺不想活也不想别人活啊……”

骂谁呢？

程东善气得全身发抖，七窍生烟，可是他不能争辩，不好发火，因为主人说他骂他自己，跟你程东善根本没关系……

程东善从小到大都是讲面子的人，在村里也算得上有头有脸，平常谁会给他这般待遇？何曾遭受过如此羞辱？

然而此刻他无可奈何，只得强咽屈辱，默默忍受，灰溜溜转身走开，一边走一边暗自掉泪……

打那以后，程东善就自关禁闭，深居简出，婚丧嫁娶概不参加，红白喜事决不出席，亲朋好友断绝往来，外面发生天大的事，他也不敢出门凑热闹了。别人不和他玩，他就独个儿呆着，独来独往。除了家人，他不和任何人打交道。就是家人，也主动分开碗筷，怕无意间坑害了他们。这人烟稠密、鸡犬相闻的村庄，对于他无异于荒无人烟的孤岛、与世隔绝的监狱。

疑心生暗鬼，习惯成自然，不久之后，程东善自己也信以为真了，认为自己确实患了艾滋病，虽说还没有任何身体反应，但是已经病入膏肓，无可救药……

……他在哭，哭自己，哭这个家……

他父母虽然不到花甲，可是已经头发灰白，弯腰驼背，但为了这个家，每天还在硬撑着起早贪黑，勤扒苦做，两个老人身体都不好，那是累出来的一身病呀！

父母还卖过血。

不过程东善卖得更多。因为他年轻身体棒。

那几年大伙都卖。不卖不是好男人，要么是懒汉，要么是病秧子。姑娘看婆家，没卖血的根本瞧不上，你连卖血的本事都没有，谁敢托付终身？小伙处对象，要你绾起袖子露胳膊，光是粗壮结实不行，光是白嫩光滑也不中，还看是否有针眼。针眼？对。否则拜拜。因为姑娘胳膊上已经有针眼了。咱们的女人不是每月都要白白浪费血么，你干吗舍不得拿去卖点钱，为家庭作贡献？

但程东善死活没允许他老婆卖血。他说，有的媳妇抽血抽干了身子，奶水也不生产了，你没奶水俺儿子吃啥呀？

话是这么说，其实还是心疼老婆。老婆善良，勤劳，贤惠，孝顺，是父母心目中好得不得了的好媳妇，也是这个家庭的大功臣：没点水平，谁能生出一儿一女来？

程东善知道，现在有些媳妇坏毛病不少，比如好吃懒做不干活，东游西逛不理家，一心向往城市的富裕生活，天天嚷嚷着要进城擦皮鞋，当保姆，甚至讨饭也愿意……可他老婆没这些毛病，当程东善外出打工挣钱时，她就老老实实留守在家拖儿带女，没半句怨言……

可是这个家，这一切，就要因为程东善的“艾滋病”而走到尽头……如果他真是艾滋病，没几天活头，他父母咋办？白发人要送黑发人吗？他女儿和儿子咋办？让这对孤儿当街讨饭，或者哭哭啼啼被送给别人？刚刚26岁的老婆咋办？当然可以改嫁，可这个家要是没有她，简直不堪设想！而你程东善已经变成了地里一堆土，这家……还能留住她吗……

就在程东善把他想过一百遍的事再想一遍时，老婆抱着儿子回来了。

老婆忧心忡忡地说：“何玲走了，她一走孩子咋办哪！”

老婆又说：“为了给她治病，刘家把钱都花光了，丧事也是借钱办的；上面规定必须火葬，说不烧就挖出来烧，光这就要一千多块啊！”

农村讲礼性，街坊四邻一旦有事需要“送情”，于是老婆让程东善拿个主意，打算送多少人情。

程东善一直紧闭嘴唇沉默着，脸色铁青，两眼发直。一听连“送情”的事也要他作决策，顿时又火了：

“这点事还用问？你自己做主、自己当家！该咋的咋的，就是别指望俺！哪天没俺了，你去问谁呀！”

程东善没在何玲的丧事上露面。倒不是他不通人情世故，乡里乡亲不愿搭把手，而是他不能把别人的事弄砸了。他一去，一些人就会如临大敌，避之惟恐不及……何必没有自知之明呢！

何玲去世没几天，村子里一切又平静下来。不再有人议论何玲的病，不再追问“怪病”究竟是什么，也没人把“怪病”同卖血联系起来。人死不能复生，日子还得过下去。除了村头坟地上又添一座新坟，死者的家人有时去烧些纸钱，没人感觉到文楼村有什么异样。

后来，当桂希恩教授揭开“怪病”之谜后，村里人便把何玲视为文楼村死于艾滋病第一人。但是实际上，在她之前就有几个不明不白死于“怪病”的，症状也差不多，也是前几年自恃年轻力壮卖过血的……

而村民心目中的“第一个艾滋病人”程东善，却至今没有发病迹象，他看上去可是快活得很，滋润得很：就在大伙有意无意孤立他、远离他的时候，他却得意洋洋买回一部电视机！虽然只是黑白的，可也是一般人家望尘莫及的奢侈品哪！

买电视那天下了一场瓢泼大雨。雨水溅在土路上，刹那间就是满地泥泞。走到村口时，那个帮程东善送货的三轮车主说什么也不愿往前走了。

程东善也不想多说，把电视机往肩上一扛，扭头就走进了淅淅沥沥的风雨中。心想，老子正好大张旗鼓，招摇过市，让老少爷们都看见，都知道！

都看见是“艾滋病人”买了电视机，都知道咱还是比你过得好！

你们不是嫌弃俺，不和俺玩吗，电视它跟咱玩！

你们不是对俺家大人孩子不顺眼，不待见吗，俺叫他们天天看港台电视剧，想咋看就咋看……

3. 天下还有不收钱的医生

桂希恩首先走进村民孔留柱家。

孔家是普通的北方农家小院。几间平房看上去没盖几个年头，却满眼破败。青砖砌墙，水泥盖顶，但不曾粉刷，没做地坪，窗玻璃也没安上，就钉着塑料薄膜马虎对付。这里农家多有院墙，红砖砌就，孔家也不例外，但他家院墙只围了半圈，还剩一个大豁口没砌上。

带路的陈医生悄声告诉桂希恩：这房子是孔留柱夫妻卖血盖的。后来政府禁止有偿输血了，又没别的挣钱门路，接着人也病了，于是房子就成了“烂尾楼”……

孔留柱30岁刚出头，已经病得不轻，他只穿一条花裤衩睡在地上一块铺板上，裸露的身体皮包骨头，蜷缩一团。

陈医生请病人坐起来，起初孔留柱不理不睬，说话的力气也没有。但陈医生介绍桂希恩的大学教授身份之后，他还是挣扎着爬了起来。面带痛苦，两眼无神。

“我是个老医生，就叫我老桂吧！”桂希恩蹲在孔留柱面前，和蔼地说，“如果你愿意，我就帮你检查检查。”

陈医生在一旁帮腔：“这可是千载难逢！你到城里弄个专家门诊，要预约，要挂号，挂号费你也缴不起！就算看上，也是几分钟糊弄你。现在桂教授送医上门了，这是请都请不来的专家啊！”

一听来人是专家，孔留柱的双眼亮了一刹那，但是一想起昂贵的专家诊断费，那几丝刚刚升起的希望之光，忽然又消失得无影无踪。

他有些紧张地问道：“那得多少钱？”

“不要钱！”

桂希恩脱口而出。

陈医生也赶紧解释，桂教授是在武汉听说乡亲们患病后专程赶来看望的，他知道大家经济条件不好，所以免费检查，免费治疗，从头到脚不要一分钱。

孔留柱一脸惊诧：有这样的好事？天下还有不收钱的医生吗？自从村里解散合作医疗后，就再没听说过还有看病不要钱的事。别说城市大医院天天狮子大开口，就是乡村小诊所，也是看病先谈钱，少一分不行，就是死到临头也不给救。

“俺没钱，要钱俺就不看了。”

孔家老母亲也在一旁嘀咕。这个医生看病居然不要钱，她根本不相信。该不是骗局吧，先口口声声不要钱，然后连本带利赚回来，这点小把戏俺河南人还见得少吗？

桂希恩哭笑不得。医生不要钱，病人竟然不信任，把你当江湖郎中，当无证游医，下一步就要扭送公安局了。他只好掏出工作证，战战兢兢说明自己的身份。

“国家每月给我发工资，可能比你们县长工资还高，所以给你们看病我就不必要钱了。”

保证不要钱之后，桂希恩才给孔留柱检查身体。他取出听诊器、温度计、血压计等常用检查工具，按部就班检查一遍。

病情不能乐观，甚至可以说已经十分严重了：有发烧，有腹泻，有消瘦，让他张开嘴巴瞧瞧——真菌感染清晰可见。而这些，明显就是艾滋病症状！

也给孔留柱妻子曹俊美检查了。她初看还是健康人，可是嘴角溃烂——这也是艾滋病发病症状。

真是万幸，他家8岁的男孩和4岁的女孩都健康可爱，似乎没有问题。

在给孔留柱夫妻检查身体的过程中，在他们胳膊上，桂希恩愕然发现大块大块疤痕，不是别的，那是因频繁抽血而留下的累累针眼！

他从医四十年，阅人无数，百病不惊，可他没见过有谁抽血抽到体无完肤的程度；即使是生命垂危的病人，到了最后时刻难得找到打针的部位，那针眼疤痕也没如此触目惊心！

桂希恩哀其不幸，深感痛心，忍不住掉泪了。一个人如果不是迫不得已，不是走投无路，谁愿意卖血为生，拿生命换钱呢？

但是为了查明病源，确诊病情，桂希恩又必须触及卖血问题，不得不勾起病人的伤心往事。

“我能不能问你一个问题？”

桂希恩小心翼翼地问道。

孔留柱摸摸胳膊，惨然一笑：“俺就知道您要问啥。”

“你们卖过血？”

两口子点头承认。

“卖过多少次？”

丈夫说，卖多少次记不清了，卖了七八年，少说也有两千次。妻子少些，但几百次是有的。

两口子都是爽快人，直来直去实话实说，因为贫穷才去卖，盼望发家致富才去卖，又不是偷盗抢劫，又没杀人放火，也不是什么见不得人的丑事，所以没有什么值得隐瞒的。

“你们的血卖给谁了？”

“县里市里的血站。都是正规的、合法批准的。1996年之后，政府不让卖了，才有‘血头’到村里来收购。”

“一次卖多少？”

“因为是单采浆，先抽800毫升，另外给你回输400毫升，所以只卖了400毫升。”

“给你多少钱？”

孔留柱叹息一声:“一般就给40几元。还要抽走5元手续费。”

听听，400毫升血浆卖了40几块钱，这就是人血的市场价!

尽管如此贱价，如此微不足道，可它却是贫苦农民养家糊口的“活钱”、“大钱”，是孩子的学费、娶亲的彩礼、砌墙的砖、点灯的电……

然而他们根本不知道，在那些不规范的采血以及回输血球的过程中，可能就感染了乙肝、丙肝、梅毒等等病毒，甚至就感染了艾滋病毒，埋下了死亡的种子!

桂希恩提出给孔留柱夫妻采一点血样。因为通过化验，可以发现血液是否带病毒，什么病毒，从而帮助医生正确诊断。他怀疑他们的病情与卖血历史有关。

孔留柱夫妻满口答应，争先恐后伸出胳膊。

桂教授取出负压试管和一次性针头，很快就给夫妻俩抽了血。

不愧是老专家，他的整个采样过程动作娴熟，准确快捷，几乎是一气呵成，果然身手不凡!而且他连手套也没戴，口罩更没拿出来……

作为同行，陈医生深受感动，也大开眼界，不禁叹服不已。

在桂希恩和陈医生离开孔家时，孔家老母亲噙着眼泪跟出了院子。走了一段后，估计儿子媳妇听不见了，才拦在桂希恩面前，哆哆嗦嗦、战战兢兢问道:

“大夫，俺儿子俺媳妇这病，还有救吗?”

桂希恩不知该怎么回答。思索片刻后他说:“我会亲自把诊断结果送来，您放心。但无论如何不要丧失信心，不能破罐子破摔。也许没那么严重。也许通过治疗可以缓解，可以延长生命。我下回会带些药来。告诉他们，让他们鼓起战胜疾病的勇气来，他们年轻，我这个老医生愿意帮他们一把!”

一番话在情在理，既是鼓励又是安慰，说得孔家老母亲连连点头，灰暗的脸庞上有了几丝神采……

桂希恩一连走访了十几户农家。从村东到村西，从南街到北街。树木不多，村道上没有多少阴凉，只好顶着烈日赶路，汗流浃背，气喘吁吁，连只草帽也没有。有个村民找到一把雨伞请他打上，可他认为这副形象有点“脱离群众”，婉言谢绝了。

一路走来，身后总是跟着一些人，簇拥着他走进一户又一户人家，众星捧月一般。有一脸兴奋的顽皮小孩，也有沉默寡言的成年男女。家有病人的，请他检查诊病，请他抽血化验；没有病人的，或者看热闹，或者咨询一些头疼脑热的医疗常识。

不过，当桂希恩在某户人家检查病人时，他们并不跟进院子，而是静悄悄在外等候，大人们聚在阴凉处默默抽烟，孩子们也无声无息，偶尔才在院子门口探出小脑袋，热汗水流。

文楼村由于地处豫东大平原，又大致在一条东西向的主街两旁集中建房，所以看上去与一个城市居民区没有多少差别。仅从房屋看，村庄不算穷，不少住房是钢筋水泥结构的二层小楼，多数人家门前建有小院，有的还高高耸立起漂亮气派的门楼。

只是不能跨进院门。因为院子里关着另一个文楼村，也就是当代中国农民的真实生活：多半没有什么像样的家具摆设，来了客，找个板凳都困难；大热天，也没个电扇，黑白电视机还是稀罕之物，除了手电筒再也没有家用电器；瞟一眼卧室，都是乱糟糟的床铺，要么没蚊帐，就是挂了，也是又黑又旧，大窟窿小眼的；更别提厨房，那里简直就是垃圾堆，燃料多是麦草牛粪，锅里除了面汤就是馍馍，加几筷子咸菜就对付一餐，难得吃上一回可口饭菜；同是平原农村，在湖北江汉平原，那里的贫寒之家也被主人收拾得干干净净，而这里就不大讲究环境卫生，主人自己体体面面，院里院外却杂乱无章……

随便推开一扇门，就有几个卖过血的人在等着你。故事都从贫穷讲起，情节也大同小异，都说是除了种田就没有别的挣钱门路，而人多地少，人均不到一亩，才几分地，粮价又贱，几毛一斤，一千斤麦子只卖几百元，辛苦一年顶多勉强糊口，要是扣掉化肥农药种子等开支，就成了亏本买卖……

没有资源可以开发，能开发的资源是自己的身体；缺乏本钱搞经营，唯一能动用支配的本钱，就是身上的鲜血……

于是卖血。夫妻同时卖。兄弟姐妹一起卖。父子母女接力卖。左亲右邻比赛卖。几代人倾巢而出，全村青壮年蜂拥而上……

村民说，文楼自然村有300多青壮年，只有5个人没卖过血——或者因为身体素质太差，或者因为家里人在外挣工资，不在乎这点小钱。

村民告诉桂希恩，1992年到1995年是卖血的高潮，同时也是家家户户竞相盖房的高潮。这些新式楼房十之八九是卖血而来。谁家房子面积最大，楼层最高，必定主人卖血年头最长，次数最多；谁家门楼最体面，院子最讲究，这家必定有多人卖血……

桂希恩一路走访下来，心情越来越沉重，接触的病人越多，对艾滋病的怀疑也就越来越强烈。

如果只是贫穷，那也并不可怕。只要人还在，心不死，穷人也有翻身的一天。但是，如果因为贫穷而卖血，因为卖血而染病，搭上自家身体性命不说，同时还会感染更多人，毁灭更多家庭，那就不单是个人生命的悲剧，而是社会的悲剧、人类文明的悲剧！

他已采了10份血样。

来文楼村之前，他以为一个小村，不过三五个病人而已。谁曾料到，这里的情况比想象的严重得多——已经发病的痛苦不堪，健康在一点点消失，生命在一点点耗损；暂时没发病的，因为卖过血而疑神疑鬼，惊恐不安——在这里，别说10根试管，就是100根也是杯水车薪……

遗憾的是这次只带了11根试管。还剩一根管子，他打算留给一位传说中的“艾滋病人”。

伴随一阵犬吠，程东善家院子里亮起电灯。不一会儿，一个精精神神的小伙子迎出门来。

但是那些一直跟在桂希恩身后的村民不再靠近院子了，他们远远站着，有些害怕。既然程东善得的是要命的“艾滋病”，吹阵风就要传染，那就离他远点，再远点，以免惹祸上身，自取灭亡。

程东善下意识地把两只手背在身后，一脸歉意，“早想去求您给俺诊诊病，可是怕吓着旁人，就没敢去……”

已是黄昏时分，不过天色尚明，还看得见院子外那些好奇观看的村民。桂希恩于是伸出双手，毫不戒备地握住程东善的手，握了手还去拍拍他裸露的肩膀。他想用行动表明：就算程东善真是艾滋病人，也并不可怕，握手之类的日常接触没有任何危险。

程东善看上去非常健康；没有发病迹象，相貌和善，五官显出几分傻气；个头不高，身子也有些单薄，不像普通北方汉子那般高大健壮，肌肉发达。

桂希恩里里外外打量一眼，发现这个家也是家徒四壁，同样生计窘迫，唯一值得一提的，就是那台正在播送《新闻联播》的黑白电视机。

“你们家日子不赖呀！”桂希恩真心夸奖，“我走过的几家都没电视，就你这有。新买的？”

程东善一愣，随即关掉电视，有些难为情地说：“才买的，打发寂寞的。因为别人说我艾滋病，不和我玩了，我一生气就买了。我和电视玩，它不嫌弃人。还能看看国家大好形势，欣赏电视晚会。”

桂希恩见程东善并不避讳艾滋病话题，于是趁热打铁：“大伙说你有病，应该有医院诊断证明，你拿我看看！”

程东善尴尬摇头：“没有。”

“没有医院诊断，你怎么就认了？”

程东善垂下头，自言自语道：“我看了书的，输血可能感染。”

有次去驻马店，他到一家书店找有关艾滋病的书。找了半天没找到，又不敢开口问人，怕人家像村里人那样害怕艾滋病。后来买了本《家庭健康大全》，上面有对艾滋病的简单介绍。

那些介绍，把高中没念完的程东善给吓坏了！

它说艾滋病感染早期可以没有任何症状，和常人一样，而潜伏期竟能长达十年之久！

关键是书上说，艾滋病感染的一条重要途径是经血液传播。而他，他父亲、母亲，还有他伯他叔，他堂兄弟、堂姐妹……除了他老婆不曾输血，他们都是所谓“献血光荣、救死扶伤”的“有偿献血员”呀……

桂希恩严肃告诫：“你早就该去医院检查一下，做个艾滋病毒专项检测。免得担惊受怕。”

是的，程东善去过。他曾专程到郑州，积攒了几百元打算查病，但到了省卫生防疫站，走到门口又打退堂鼓了。他忽然觉得查不查都一样，查出来岂不死得更快？急也急死了！再说，他也舍不得千辛万苦挣来的钱，听说检查一次就要千儿八百的，拿它干点什么不好呢！

桂希恩发现程东善思路清晰，能说善道，而且怀着强烈的倾诉欲望。尽管文化程度不高，在农村却属于有见识、有头脑的青年人。也许是平常憋得太久，此刻想一吐为快。

“如果你愿意，”桂希恩说，“我就帮你查一查。不要你的钱。”

程东善十分乐意，积极配合，马上让桂教授采了血。

程东善请求也给他爸妈化验化验，这才知道桂教授带的管子已经用完了，只得留待下次。

离开文楼村已是深夜。在三轮车旁与几个村民告别时，在旁人警觉目光的注视下，桂希恩再次和程东善握手，紧紧地握手。

“不论检测结果如何，”他挨个跟乡亲们道别，“我都会把结果送到村里来，交到你们每个人手上。”

三轮车突突开过一程后，桂希恩回头一看，只见几个孤零零的身影仍然伫立在村街上，他们并没立刻散去，而是默默呆立，无声目送，好像是恋恋不舍，又好像在恐惧着什么……

4. 从“洋病”到“中国病”

1981年，作为访问学者，桂希恩在美国一家医学院进修。

世界第一例艾滋病，正是那年1月在全美疾病控制中心发现的。患者来自洛杉矶，是个男性模特，只有三十多岁。他被抬到急诊室时，半年前的英俊潇洒已经不复存在，不明疾病摧毁了仪表堂堂，体重不到100磅，而半年前是220磅以上；医生发现他呼吸艰难，喉咙里布满凝乳般的真菌，把食道也堵塞了。

初步诊断为某种罕见肺炎。医生采取了一些堪称全球最先进的医疗手段。会诊的专家也是大名鼎鼎。可是都没用。既不能改善患者近乎窒息的呼吸，也不能阻止肺部的急剧肿胀。更让人吃惊的是，两星期后，病人身上出现了紫黑色肉瘤，斑斑点点疯长……

谁也不能挽救他，这个模特死了。死于一种致命性怪病，世界疾病史没见先例。

当时医生掌握的唯一事实是，患者生前是同性恋者。此后几个月，又在纽约等地相继发现几例患者症状相似，无一例外是男性同性恋者。

1981年6月5日，美国疾病控制中心在《死亡与发病率周报》上宣布："一种致命性传染病——获得免疫缺损综合征，开始威胁人类。"

与此同时，在医学权威刊物《新英格兰医学杂志》上，麦肯鲁·科德利浦博士发表《洛杉矶男同性恋间流行卡氏肺囊虫肺炎及白色念珠菌症》，亨利·马斯阿博士发表《纽约男同性恋间流行卡氏肺囊虫肺炎》，两篇论文同一个主题，就是警告人类：艾滋病时代来临了!

对这种新发现的疾病，世界卫生组织1982年正式命名为"获得性免疫缺陷综合征"，英文缩写"AIDS"，而艾滋病毒的英文缩写是"HIV"。至于"艾滋病"三个中文字，则是英文"AIDS"的汉语音译。

桂希恩在第一时间读到有关新闻报道和论文。他在美国医学院进修的正是传染病课程，这种新发现的流行病自然属于他的研究对象。

不过他当时并没太在意。因为它发生在同性恋人群中，是美国特色，而中国的文化传统不同，道德观念、生活方式都与美国不一样，没有同性恋，哪来艾滋病?

但美国导师要求桂希恩密切关注。他把中国进修医生叫到办公室，严肃地说："看来这是一个世界性疾病，希望你这个中国医生重视它。现在关于卡氏肺囊虫肺炎、白色念珠菌症以及卡波济氏肉瘤的临床报告越来越多，来势凶猛，15个国家都有发现。虽然中国暂时还是空白，但是谁也不能保证你们永远空白!"

桂希恩不同意导师的看法。他认为导师有点草木皆兵，有点杯弓蛇影。这病明明是西方生活方式的产物，是“性革命”的恶果，与中国有什么关系，神州大地根本就没有生长的土壤！于是他振振有词地告诉导师：“我们中国人崇尚传统道德，严格实行一夫一妻制，卖淫嫖娼、吸毒、同性恋之类丑恶现象，早在新中国成立之初就绝迹了，因为中国法律不允许……所以我敢肯定，中国不可能流行这种‘西方文明病’，至少在我的有生之年难得见到！”

见桂希恩如此自信，甚至还露出几分东方文明的优越感，导师不禁大为吃惊，同时也有点好奇。于是他不再“上课”，而是 “教学相长”，立刻和学生讨论中国文化，讨论疾病与不同文明的复杂关系。他也衷心希望古老中国创造医学奇迹、文明奇迹，中国永远是艾滋病的一片净土！

其实，当时美国导师也觉得桂希恩并非盲目乐观，传统道德可能战胜艾滋病的说法确有一定道理。

然而，事实证明桂希恩错了，学生和老师都错了。

对于中国来说，艾滋病是个“洋病”。

1985年6月4日，美籍阿根廷人阿斯克莫希那在北京游览长城。他是中国对外开放后纷至沓来的无数外国人之一，但是谁也不知道他已在美国被确诊为艾滋病。他不是一般感染者，而是晚期艾滋病患者。他有多年同性恋史。到中国旅游，是他此生最后一个梦想。

这天他在游览途中忽然晕倒，于是被送往协和医院紧急抢救。初步诊断为重症肺部感染免疫缺陷，但没法救，多种救治方案也降不下他40度以上的体温。两天后他死了，死在从无艾滋病记录的中国。

距美国出现首例艾滋病不过短短四年，中国便不再空白，成为当年43个发现患者和感染者的国家之一。

不过阿斯克莫希那毕竟是外国人，越洋跨海而来，他身上的病毒已经因他去世而烟消云散，似乎不值得大惊小怪。

但万分不幸的是，“洋病”很快就在中国人身上发现了。1987年，中国科学院曾毅院士从血友病人血样中成功分离出本土第一例艾滋病毒。由于几个病人都曾使用过名为凝血第八因子的美国血液制品，据此推测，病毒最早来自美国，传入中国是在1983年。

为了把艾滋病阻挡在国门之外，从1984年起，中国政府就制订出台了一系列政策法规，包括限制进口血液制品，不准患有艾滋病、性病等传染病的外国人入境等，卫生部成立预防艾滋病工作小组指导全国工作，立即在北京、上海、广州等大城市设立艾滋病监测点……

而与此同时，从1985年到1988年，中国每年都有几十例感染者被发现。除了浙江省报告4例国外血液制品的感染者之外，其余感染者均在沿海城市，涉及7个省市。因为感染者多为外国人和海外华人，或者有国外经历，或者因某种“不检点”行为而染病，所以这个时期被研究者称为“国外病例传入期”。

此时，艾滋病似乎仍然与普通百姓无关。只要你洁身自好，循规蹈矩；只要你遵纪守法，远离毒品。在生活中你也根本见不到一个艾滋病人，就连多年从事传染病教学与研究的桂希恩教授也没见过。

直到1988年12月1日第一个“世界艾滋病日”来临，中国差不多还是一片远离艾滋病的世外桃源。

1989年2月，全国人大常委会颁布《传染病防治法》，首次把艾滋病纳入法定传染病范围进行管理。

就在这年，中国进入艾滋病流行播散期。当年10月，云南省卫生防疫部门在靠近“金三角”毒品产地的边境地区进行艾滋病抽查，一次就检测出146例艾滋病毒感染者。全部是静脉注射吸毒人员。感染比例估计高达70%—80%。

从此不再是零零星星，似有若无，而是开始局部流行：随毒品流传路线而传播，随商业化性行为的逐渐弥漫而扩散。

1991年，北京佑安医院接收国内第一例艾滋病患者。到1994年，艾滋病疫情已波及中国22个省、市、自治区。

艾滋病在中国进入高速增长期。过去每年报告全国感染人数只是几十例、几百例，1995年却一下子蹿至1567例！1998年更是高达11170例，其中患者338例，死亡184人。不但在吸毒人群、有偿献血人群、暗娼人群、男性同性恋人群中急剧增加，而且在孕妇、输血病人等一般人群中也发现不少HIV感染者。

1998年，在甘肃省——艾滋病在中国的最后一片净土，也发现了感染者。

艾滋病在1985年进入中国之后，从国外到国内，从外籍感染者到本土感染者，从边境沿海到内地，从城市到农村，从特殊人群到普通人群，十来年时间就覆盖了31个省、直辖市、自治区。

至此，“洋病”变成了“中国病”。不再远在天边，而是近在眼前。

是的，HIV（艾滋病毒）——这个小到只有一粒大头针的1.6万分之一体积的瘟神，已经完成渗透，成功登陆，不知不觉走进了普通中国人的生活。

1989年暑假，桂希恩专门写了一篇关于“艾滋病”的讲义，打算在秋季开学时，为他主讲的《流行病学》课程增加一个专章。

过去也讲艾滋病，但只是蜻蜓点水，一笔带过。过去把课堂重点放在中国各种传染病、流行病上，而对“正在出现的传染病”（包括新出现的和重新出现的）关注不够。现在艾滋病肆虐全球，泛滥成灾，中国也未能幸免，当然不能隔岸观火，视而不见，而作为一个传染病教师，起码有宣讲艾滋病知识的义务。

可是桂希恩手头掌握中国病例不多，只能根据国外资料撰写。自然少不了人云亦云和隔靴搔痒，有时甚至是错误的。比如他在写到艾滋病的传播渠道时，不假思索地写下这么一句：“……黑人属于高危人群……”

对此他也不是无中生有，凭空捏造。国外许多研究者认为，艾滋病的发源地在非洲，非洲绿猴可能是HIV的源头。据资料记载，远古时期的绿猴就存在病毒。由于当地人好饮猴血，也容易被绿猴抓咬，于是病毒就从猴传给了人。当代科学家对绿猴取样分析，结果发现，200只绿猴竟有70%携带类似艾滋病的病原体。

世界上最早的艾滋病其实在1959年就出现了，患者来自非洲。只是当时没有引起医学界重视而已。欧洲和美洲发现的第一批患者也多是非洲人，或者与非洲密切相关。据说是一些到扎伊尔工作的海地人，1960年前后把HIV从非洲带回了美洲。

而现实中，非洲也是艾滋病广泛流行的重灾区。在中非扎伊尔首都金沙萨，每10万人中就有15至20人死于卡波济氏肉瘤，这是病毒对人体免疫系统的最后一击。非洲人从感染到发病、从发病到死亡的时间也比发达国家短许多。非洲的男女患者比例为1：1，女性比例高于欧美。非洲经济落后，百姓贫穷，医疗条件有限，同时存在因不规范医疗操作而感染艾滋病的危险，比如输血、手术过程，比如使用不洁注射器……

所以桂希恩就信笔写了“黑人属于高危人群”一句。因为开学在即，时间紧迫，讲义来不及字斟句酌就印刷了，人手一册发给学生。

不料引起一场风波。

因为班上有几个外国留学生，正好有黑人，他们一看，很快就找上门来，怒气冲冲提出“强烈抗议”。

“这是种族歧视，老师！黑人、白人，包括你们黄种人，都可能感染艾滋病，根本没有人种差别！”

“真正的高危人群是同性恋者、注射吸毒者、多性伴者……是那些有高危行为的人，不管他是什么肤色！”

“也许艾滋病发源于非洲，可那是猴子的罪过，而不是黑人的罪过……”

……

同学们颇不客气，颇不尊重，激动地你一言我一语，有的话甚至上升到事关中非友好的政治高度；但桂希恩并不计较学生的情绪化言辞，也不在乎什么师道尊严，他不愠不怒，态度诚恳，一边耐心倾听，还把学生所提意见一一记录下来。

桂希恩听完意见后，忽然站了起来，冲学生们恭恭敬敬鞠了一躬。

“对不起同学们，桂希恩向你们道歉！”

他诚恳地说：“这句话我写错了。这种说法是轻率的、错误的、没有科学根据的。我一直要求同学们严谨治学，每个标点符号都要认真对待，可是我自己没做好，疏忽了、马虎了，这不是笔误，而是观点错误，对艾滋病认识有误。只怪我平常对艾滋病关注不够，研究不够，今后一定加强这方面的工作，投入更多精力，尽到一个传染病医生的责任。”

他也谈起几年前对美国导师说的话，“有生之年难得在中国看到艾滋病”，现在看来他已经错了。

“那时我代表中国人吹牛，但是我没长后眼睛啊，我吹错了，完全错了。”他痛心疾首地告诉学生们。

最后他说，为了纠正错误，挽回影响，也是对不严谨的学术态度进行自我惩罚，他决定立即收回全部已发的讲义，一本也不少，修改后重新印发，而所有损失费用由他个人承担。

那几个留学生没料到桂教授会如此处理，便说讲义没有重印的必要，因为他们自己已经动手改了。

可是桂希恩一定要收回，修改重印，态度坚决，不容置疑。

他反问学生：“教授错了也是错了——难道你们不给我改正错误的机会吗？”

桂希恩说到做到。

几天之后，全体学生收到了修改重印的崭新讲义，仍是人手一册。所有印刷工本费用，都由桂希恩全额支付。

5. 阳性！……还是阳性

带着采自文楼村村民的11份血样，桂希恩日夜兼程赶回武汉。

离开村子已是夜晚。在黑灯瞎火的县城街头，陈医生再三挽留桂希恩住一晚再走，可他执意要走，他说文楼村的见闻让他太震惊太难受了，即使睡也睡不着的，不如连夜赶路。

“这些农民实在太惨了，生活怎么能过成这样！”他愤愤不平。

再说血样也急需鉴定，能早一小时就早一小时，耽搁不得。因为“怪病”究竟是什么病，是不是艾滋病，是否因卖血而起，都靠这点点滴滴的血样来回答。

上蔡县城晚上没车，桂希恩只好花50元包租一台个体面包车赶赴驻马店火车站。

等到午夜一点，才坐上一列开往武汉的“过路车”。这车人潮涌动，十分拥挤，既无卧铺可售，又无座位可坐，好容易才在两节车厢之间摇摇晃晃的过道上找到一个位置，铺块报纸席地而坐。而且坐也坐不安稳，由于紧挨厕所和开水房，一会儿要侧身卷腿让人走路，一会儿要站起来，给那些叫卖食品饮料的手推车让道。至于臭烘烘的异味和热烘烘的高温，那就忽略不计了。

熬过四个多小时，拂晓时分在武昌下车时，年过花甲的桂希恩已经两腿僵硬，腰酸背痛，简直要站不起来了！

一出火车站，桂希恩就坐上一辆夏利出租车，毫不犹豫，出手大方。其实他平常很少“打的”，市内出行一般都坐公交车或骑自行车，生活相当节俭。但是今天情况特殊，他必须在医院8点整上班之前把血样安顿好，并不声不响做好一切实验准备。

从北京到文楼村，又从文楼村回武汉，又是火车又是汽车一路颠簸，前后三十多个小时马不停蹄，来不及好好休息，正经饭也没顾上吃一口，可是他仍然精神抖擞，步履矫健，看不出花甲老人的倦态。

他家就在医院宿舍区。他买了两份早点端回家，匆匆向老伴报个到，然后冲个澡，就急急忙忙走进了医院办公楼。

8点整，当武大中南医院的医生护士纷纷换上白大褂开始新一天的紧张工作时，桂希恩教授已经在实验室里忙碌开了。

他正在对11份血样分别进行HIV抗体阳性初筛实验，聚精会神，一丝不苟。

这个实验具体说来，就是先在试管里凝结出血清，然后通过“酶标法”检测血清是否呈阳性。如果呈阳性，就能初步判定这份血样已经感染艾滋病毒。但是为了对病人负责，避免初筛实验可能出现误差，还需由国家指定的检测机构通过“印迹法”等手段进行进一步确认。如果仍呈阳性反应，那么就能最终确诊：血样的主人已是HIV携带者，非常不幸，也就是艾滋病毒感染者。

没有助手帮忙，没有同事过问，也没有学生参观。鉴于血样可能含艾滋病毒，专业医务人员也不一定能坦然面对，因此他的实验只能亲自动手，秘密进行。

在他看来，这些试管架上的血样，实际上是一个个活生生的人，是有血有肉、有思想有感情的生命。

而且每个编号不是对应一个人，而是一个家庭，甚至几个家庭。

他们年轻，每一个都比桂希恩年轻；他们从前身体也不错，既往病史基本空白；只是由于生在贫穷的农村，为了挣脱贫穷便去卖血……

而不规范的采血过程，可能接触他人被污染的血液，也许就有看不见的艾滋病毒进入你的血液，侵入你的健康身体！

于是，你就不幸成为“艾滋病毒感染者”！

——就在被感染的6—8小时内，一个有毒细胞，便可产生多达10000个新的艾滋病毒。它随人体免疫细胞的DNA复制而复制。新增殖的病毒再感染更多细胞。它主要破坏对于人体免疫系统最重要、最具保护功能的T4淋巴细胞（辅助淋巴细胞）。

HIV抗体呈阳性，就是在血液中查到了艾滋病毒与T4淋巴细胞相互斗争而产生的一种物质。

有人感染之初有过发热、腹泻等症状，但很快消失，所以也不会特别重视；接着就进入一个或长或短的“无症状感染期”。此时艾滋病毒在感染者体内潜伏。它每天摧毁大量T4淋巴细胞，但人体也在反击，骨髓会生成新的免疫细胞加以补偿。这个过程或长或短，既因人而异，也因病毒类型和感染渠道不同而不同，一般潜伏期在6个月至10年以上，个别甚至长达20年之久。你暂时没有任何临床症状，是“健康带病毒者”。

不过你最终会败下阵来。正常人体每立方毫米中有800—1000个T4淋巴细胞，感染者却以每年50—70个的速度递减。你的T4淋巴细胞越来越少，机体免疫能力越来越低，当T4淋巴细胞少到每立方毫米只有200个以下时，免疫能力则基本丧失……

此时你从“艾滋病毒感染者”变成“艾滋病患者”，开始出现发病症状。

发病前期会出现一些基本症状，只是程度较轻。因为免疫功能多少还在发挥作用。一旦进入“临床晚期”，人体免疫系统訇然崩溃，顿时成为“不设防的城市”，于是各种机会性感染病症、恶性肿瘤便接踵而至……

至于具体症状，那可是纷繁复杂，千差万别。有肺部病变，有消化系统表现，有皮肤感染，有口腔疾患，有头痛、头晕、视力退化、神经系统异常……

最后就是死亡。从艾滋病毒感染者变成艾滋病患者之后，第一年死亡率为50%，第二年为70%，第三年为85%，第五年是100%……

第一份血样在经过全部实验程序之后，结果出来了：阳性！

阳性？

桂希恩愣愣地站在实验台前，忽然有些不知所措：阳性结果本来是意料之中的，但当它真正降临时，还是犹如晴天霹雳凌空炸响，让他难以平静接受，因为这个结果，就意味着一个生命被疾病宣判了死刑！

当然可能是“缓期执行”，但是又能缓多久呢？一条活蹦乱跳的生命，转眼间就开始了沉重、悲怆的“倒计时”！

他立刻核对了血样编号。

不是别人，正是那个被村里人当作“艾滋病人”冷落、疏远的程东善！

那天在文楼村，桂希恩本来觉得最不可能染病的就是程东善：小伙子只是被传言吓坏了，又没经过检查，也没有任何症状，怎么就自我认定了？桂希恩采血，甚至有给他摘掉帽子、平反昭雪的动机。可是结果就是如此无情，世界就是如此残酷！

11份血样陆续得出实验结果。如果说桂希恩在走访文楼村时，就有少数村民感染艾滋病毒的判断，在初筛实验之前，就有少数血样HIV抗体呈阳性的预感，可是他却怎么也没料到，11份血样竟有10份呈阳性，11个人竟有10个感染者！

不可能！

完全不可能发生这样的事！

除了震惊还是震惊！除了惶恐还是惶恐！除了焦虑还是焦虑！

做梦也想不到！打死我也不相信……

现在只有两种可能，要么是他的实验错了，要么是一个惊天血祸已经发生在中原大地！

桂希恩宁愿相信是他错了，实验出了问题，比如操作不严谨，或者试剂有毛病……

于是他决定重做实验，让两个研究生再做一遍。第二次实验没有得出不同结果，而是验证了第一次实验的完全正确：11份血样真有10份呈阳性！

不是桂希恩错了，而是文楼村卖血的农民已经大面积感染艾滋病毒，有的已经开始发病，开始死亡……

当天下午，桂希恩带上10份阳性血样，骑自行车来到武汉一家国家指定的艾滋病检测单位。他们将对HIV抗体呈阳性的血样进行确认实验。

桂希恩和这个单位的不少人打过交道，相互认识。

他直接找到负责确诊实验的工作人员。

“我想请你们做HIV确诊实验，东西都带来了，是从外省一个地方采集的。我怀疑他们感染了HIV。初筛实验我做了，我没想到有这么严重，所以请你们从法律的角度确诊一下。当然，但愿你们证实我的实验搞错了。”

负责人对桂希恩的举动感到惊讶，说：“如果您在门诊发现HIV感染者，要查个水落石出，我可以理解，马上给您做；可这不是门诊病人，是您从不知多远的小旮旯、从不知什么人身上弄来的，我就建议您最好别管这种闲事，因为一个医生根本管不过来的……”

桂希恩沉默着。

其实，他也有点同意对方的看法：这种事确实不是一个普通医生能管的……

负责人对桂希恩说：

“您去查他，就算查出艾滋病又如何？第一，您不是政府，没有权力强迫检查，查出结果也不能采取什么措施进行防治；二，对那些农民来讲，反正得怪病是死，知道是艾滋病也是死，其实知道了也许死得更快，我们有什么必要打搅他们的安宁呢？不如不管，自生自灭罢了……这也是善良的谎言，桂教授您说对不对？”

桂希恩觉得对方所说颇有道理：是的，我不是政府，只是个普通教授，只是个传染病医生，对于远在河南的病情本可置之不理，无动于衷，就算偶然碰上，也可以睁只眼闭只眼啊……

桂希恩一脸尴尬，无言以对……而文楼村那触目惊心的情景又一幕幕浮现出来……

病人孔留柱，尚未发病的程东善，那些贫穷可怜的村民……对他们，你桂希恩为什么就牵肠挂肚，放心不下呢？为什么就坐立不安，痛心疾首呢……

桂希恩思索良久，还是决定要做确诊实验。我答应就这病给村民一个说法，为了言而有信也得做。既然接触了病人，就不能熟视无睹、撒手不管！

他恳切地、多少带点强硬态度说："我作为一个医生确实做不了什么事，但我应该给病人一个交代。同时也许可以解剖一个麻雀，把这个事情搞清楚，向有关政府部门反映，引起他们重视。"

负责人终于同意做确诊实验，不过要按规定收费。

每份收费400元。

桂希恩一下子拿出10份样本，需收4000元。然而他翻遍口袋，才找出1400元。当时他也就一千多元月薪，杂七杂八全在这里了。

本来身处凉气扑面的空调房，却急出了满脸汗珠子，于是他只好露出殷勤笑脸，小心翼翼地请求道："能不能便宜一点，打个折？看在我这个老医生面子上！"

毕竟是同行，也为桂希恩这种"爱管闲事"的无私精神所打动，检测机构答应优惠收费，1400元不是做10个，而是做6个实验。

两天后，"确诊实验"完成，证明桂希恩的"初筛实验"完全正确：6个血样，无一例外都是阳性！

从检测机构拿到结果之时，桂希恩悲从中来，真想找个地方大哭一场。那天深夜，桂希恩离开实验室回家时，忽然感到一阵强烈的晕眩，两腿发软，身子轻飘飘的。所谓精疲力竭，所谓心力交瘁，大约就是这样子。

有人可能以为，一个流行病学家，因为一次调查而发现了艾滋病在一个地区大范围存在的事实，他一定有某种科学发现的喜悦？有揭开疾病真相的激动？有获得一项首创性研究成果的满足？

没有。

没有。

桂希恩丝毫没有这种感觉和想法。他只是感到痛苦，感到悲哀，揪心的痛苦，巨大的悲哀，为那些无辜农民的不幸遭遇而痛苦，为他们身染恶疾却从不自知而悲哀……

那个夜晚桂希恩失眠了。

他很想把他的实验结果告诉夫人，她也是医学教授，她应该理解和分享丈夫此刻的复杂心境……

但是话到嘴边又忍住了：一是根据法律规定必须保密；二是当时艾滋病毕竟少见，在中南医院还没出现过一个门诊病人，而他的实验室里却存在艾滋病毒，会不会因此引起夫人恐慌呢？比如说，你是否把病毒粘在衣服上带回家了？她是妇科专家，同时也是一位对家庭负责的妻子和母亲嘛！

辗转反侧睡不着。几次爬起来，一个个研究那11个病人的文字材料，回忆他们的音容笑貌、举止言谈，回忆他们的饮食起居、家长里短，回忆他们各自讲述的卖血经历……

6. 我发现这个地方有艾滋病

和文楼村许多乡亲一样，程东善这几天时刻都在盼望桂教授到来。

不知道桂教授会带来一个什么化验结果，反正能来就好。是不是艾滋病？是或不是都要有个说法。教授的结论才是科学结论。过去被别人说成艾滋病，那是揣测。

他不想继续糊糊涂涂、战战兢兢过日子了。一把剑悬在头顶，日里夜里悬着，还不如落下来让俺见识见识。

但愿不是。但愿桂教授对他说，放心吧，你没事，今后好好过日子吧！因为就算卖过血，也不一定就感染艾滋病呀，运气好的多的是。也许他就是运气好的一个。不过是庸人自扰，虚惊一场。

想想，他已经担惊受怕两三年，够了，够了，该解脱了……

当然也可能是……如果是，难道就真的无救，死路一条吗？如今人类连月亮都能上去旅游观光了，全世界那么多科学家，个赛个聪明绝顶，难道就想不出一个治疗艾滋病的法子吗……

暂时还没有特效药……

可是，你也应该知道自己的实际病情吧，日子还剩多少天，生命究竟有多长，然后也好安排“后事”……老婆、父母、孩子……最让他放心不下的是儿子，小小年纪，却患上了心脏病……

桂教授第一次到村里检查病人并采集血样之后，相隔不到一个星期的时间，程东善就听说邻村又倒床了几个，一问症状，也是发烧、拉肚子，也是咳嗽、起痒疙瘩，一问是否卖过血，答话人便立即背过脸去，死活不吭声了……

程东善知道，卖血的岂止一个文楼村，在上蔡县以及周边几个县、乡、村，都曾大面积卖血换钱，以血为生，买血人成千上万，何只一村两村！

那天中午，程东善正在县城东游西逛，也不真正买东西，买根冰棍也舍不得，只是这里瞅瞅那里瞧瞧，打发无聊时光罢了。天气炎热，整天关在家里也难受，睡也睡不着，再说白天睡得太足晚上咋办？不如上街看看风景。比之村里，县城已经是满眼繁华、满耳喧嚣的现代城市了。

在一条街上，陡然眼前一亮，看见了步履匆匆迎面而来的桂教授！

桂教授头戴草帽，身穿灰衬衣，一只手拿着半瓶矿泉水，另一只手里，随随便便拎一个黑色提包。要是不认识，你会把他当成进城开会的乡村干部，或者干脆就是一位老民工。

几乎就在同时，桂教授也立刻看到了程东善。

程东善心里一阵激动，快步上前，笑吟吟请教一声。不过，已经伸出的手又迅速缩回来了。

桂教授敏感察觉到程东善这个小动作，微笑着责备道：“程东善啊，这就是你自己不对了。我是个医生，懂得自我保护……”

程东善先是一惊：才见过一次，桂教授竟记得我这农民的名字呢！

但在刹那间，就从桂教授脸上看见了那个如雷轰顶的答案，他死死抓住桂教授的手，两眼呆滞，惊恐万状，嘴唇哆嗦半天，却说不出一个字来。

桂希恩拉着程东善，也不说话，默默走进街边一个小餐馆。一直拉到座位上坐下，久久没有松开手。

服务员让他们点菜。桂教授问程东善是否吃过，程东善喉头哽咽，泪水盈眶，点点头就算回答了，桂教授便说：“我的朋友吃过了，给我煮碗面条吧。”

那天，桂希恩是第一次面对面向一个艾滋病毒感染者宣布检验结论，他比病人本身还要痛苦，还要伤心，一时竟不知如何开口！

他行医多年，给无数病人开过病危通知单，但那多半是交给家属的，不像眼前这般面对面向一条鲜活的生命发出警告，让他清晰地听见死神的敲门声……

桂希恩见程东善并没情绪失控，倒比一般人显得理智、坚强，便说：“有些人得了病，家属和亲友都瞒着他，医生有时也不说，其实这对病人治疗不利，因为战胜疾病需要病人和大家共同努力，缺一不可。因此我主张把实情告诉当事人，让他面对现实，并树立信心，这样更有益于对症下药、积极治疗。”

桂希恩把一只手轻轻搭在程东善肩头，凝视着年轻人汗淋淋泪花花的面孔，悄声说：“希望你有个思想准备。”

程东善连连点头，泪水再也控制不住，哗哗直淌。

“你的化验结果是第一个出来的，不好，HIV是阳性。我开始有点怀疑，但是确诊实验……还是这个不幸的结果。”

桂希恩神情凝重地说。

程东善仔细倾听着，倾听着，忽然绽出一个苦涩的笑容，“俺懂了。患上不治之症了。”

“不。我不同意你的说法。”

桂希恩说，艾滋病是飞来横祸，但你不能屈服，不能缴械投降，而要直面人生，尽快从生命的废墟上站起来！

为了消除对方对艾滋病的本能恐惧，桂希恩热情鼓励道："这个病虽说目前还不能根治，至今没有找到特效药，但是我们能通过有效治疗来延长生命。有的感染者存活了几年、十几年！过去结核病、天花、小儿麻痹症这些传染病，在咱们中国都很严重，死亡率高，但我们通过努力，已经把它们基本消灭了。这个病，现在有点来势汹汹，我看也有战胜的一天。我有这个信心。希望你也有。"

后来，桂希恩和程东善一道去了文楼村。拦了一辆三轮车，医生和病人肩并肩坐在一起。咫尺之距，呼吸相闻。艾滋病对于程东善也许是毁灭性的，但桂希恩愿意同他站在一起共同抗争。

在程东善陪伴下，桂希恩挨家挨户走进农家，向另外10个采了血样的村民分别通报了检验结果。

在一些人绝望的哭声中，在另外一些人意外的平静中，桂希恩郑重答应他们：他很快就会再来，打算带个医疗队来，要给大家宣传艾滋病防治知识，给病人送来治疗药品，还要给那些过去卖过血、现在愿意验血的人验血。

实际上，就在桂希恩独闯文楼村调查"怪病"并确诊它就是艾滋病之前，河南省第一个艾滋病病例，已被发现。

然而它被有关部门当作"机密"密封冷藏了。老百姓不知道，新闻媒体不知道，远在武汉的桂希恩更是一无所知。

桂希恩首访文楼村是1999年6月底。而河南卖血农民，早在1995年3月初就在昆明被检测出艾滋病毒。那个"有偿献血员"姓郭，是太康县人，1991年到昆明打工，在献血前HIV检测中呈阳性。

可怕的是，他不但在昆明卖血，1992年后还在家乡4家血站卖过30多次。昆明方面当时通知了河南省卫生厅疾病控制处。1995年3月9日，也就是接到消息第二天，河南省政府就转发了卫生部关于加强血液管理的紧急通知。半个月后，省政府又发布命令：立即关闭全省"单采浆"业务，整顿采供血机构，查处打击非法采血。

但是悲剧早已铸就，由于河南部分农民从八十年代就开始卖血了，1992年之后更是“全民皆卖”，艾滋病又有较长潜伏期，此时采取任何措施其实都已经晚了。

具体到上蔡县，也是早在1995年就出现了艾滋病毒感染者，而且有两例。上海生物制品所在抽检血浆时，愕然发现两袋血浆携带HIV病毒，一查，来自于上蔡县医院开办的血站。

不过这并没引起当地政府管理者应有的警惕和重视。除了几个当事人，外人根本不知道艾滋病已经登陆上蔡。当时上蔡县卫生局也办有血站，俗称“前院”；县医院办的则叫“后院”。当知道内情的“后院”不允许两位感染者卖血时，他们是否走几步就到“前院”接着卖？是否还在别的血站继续卖？

至于驻马店，在高峰期竟有正式批准的大小血站39家。上蔡农民坐上班车或农用车，一两个钟头就到了。

还有其他县市。当时河南全省，拥有红头批文的合法血站多达230多家，开办单位既有医院、防疫站和卫生局，也有企业管理局、物质局、公安局、人武部等政府部门，甚至还有基层人大、政协。

还有那些数不胜数、神出鬼没的非法“血头”：开着一台拖拉机，上面放个血液离心机，再就是有几根破胶皮管子、一堆劣质针头，轰轰隆隆一直开进村里，开到田边地头，开到你家门口，你往地上一歪，胳膊一撸，立马就可拿血换钱。简直比弯腰拣钱还划得来。

为什么有这么多部门开办血站？有这么多双血红的眼睛，盯住了贫困农民身上那点来之不易的鲜血？

因为这个生意有利可图、一本万利。任何生意都要市场，而血液制品在世界市场上属于稀缺商品，供不应求。

血液制品包括白蛋白、球蛋白、干扰素、血小板因子制剂等，它们都是通过技术手段提炼动物血浆而来。而白蛋白主要来自人血和胎盘。这些制品在医疗临床上用途广泛，比如白蛋白，就可用于病人血容量锐减的各种情况：休克、烧伤、外科手术、癌症放化疗、孕妇产后大出血；也可用来治疗肝炎、肾炎、糖尿病等疾病……

中国医院使用的白蛋白，过去主要依赖国外进口，直到八十年代末，自产不过十多吨。但是由于国外发现了艾滋病，“而国外用于制造血液制品（如白蛋白、丙种球蛋白等）的血浆供应者中同性恋者又占很大比例”，因此卫生部、外经贸部、海关总署在1984年和1988年两次发文，决定禁止或限制进口血液制品。

因为防止艾滋病传入中国而禁止或限制进口血液制品进口，在中国，血液制品立即物以稀为贵地紧俏起来，价格飞涨，炙手可热。

同时，中国人的血浆也被外国生产商看上。又干净（没有艾滋病毒），又便宜（价钱只比自来水稍高），供应量又大（河南一省就有九千多万，接近一亿人口），还不赶紧到中国投资开办血液企业?

1992年，在那个机关下海、全民经商的狂潮推动下，一些急于改变中原落后面貌的人提出一个发展经济的大胆创意：河南不是人口大省么，光是农民就有七千多万，如果百分之一二的人愿意卖血，每年就卖一两次，算算，就能创造上亿人民币的巨大经济效益!

于是，各地血站蜂拥而起，“血浆经济”甚嚣尘上。一些乡村的土墙上立刻出现了如此标语——

“救死扶伤，献血光荣！”

“生活奔小康，快去卖血浆！”

“发展多种经济，让一部分人先富起来！”

“大力发展第三产业，加快推进脱贫致富！”

……

积极响应上级号召、实践卖血脱贫的农民，也有他们自己的口号——

“胳膊一伸，露出青筋；一伸一蜷，五十大元！”

“胳膊一伸，露出青筋；咔呲一针，两袋两斤；大街一转，啤酒皮蛋；一吃一喝，什么不着……”

“左胳膊是化肥，右胳膊是磷肥！”

……

为了引进外资，把“血浆经济”做大做强，河南卫生部门甚至两次组织了招商引资代表团考察美国，和几家血液制品公司谈判，要在河南建立血液加工的合资企业。

然而，就在河南血站遍地开花、“血浆经济”如火如荼的时候，一些不祥的信号陆续出现，灾难开始露头。

先是在豫南，早已绝迹的传染病——虐原虫病，又在卖血人群中死灰复燃；接着全省普查新型肝炎丙肝，在卖血人群中感染率竟高达一半以上！其他人群中感染率也不低，只比乙肝感染率稍低，却比国外发病率高出四五十倍。而在河南已被控制多年的梅毒、疟疾等传染病，忽然又在献血人群中时有发现，感染比例惊人。

发现其他传染病的消息都在有关媒体和文件中公开了，只是对艾滋病不着一字，绝口不提。于是血站继续营业，有病没病的献血员继续卖血。

也许有人要问：这些满怀脱贫致富信念的卖血农民，钱没赚上几个，怎么就惹上一个艾滋病呢?

其实国家1993年就有严格规定，献血员必须进行HIV抗体检测。可是血站并未认真执行。在医疗输血时，也许对传染病毒携带者有所限制，不过也没做HIV抗体检测；但到了风风火火的“单采浆”时，就只简单查一下“乙肝两对半”了，就连丙肝也是不查的，HIV当然更谈不上。也就是说，在1996年之前，只要有一个HIV感染者碰巧与他人发生血液接触，就可能一传十、十传百……

根据桂希恩以及后来其他专家的调查，主要的感染渠道应该是“单采浆”中的违规操作。

——所谓“单采浆”，就是采出全血后，血站只要血浆，于是通过离心机分离出血浆，然后再把剩下的红血球回输献血者本人。

“据介绍我了解到……”在事前印好的、要求献血员签名的“献血志愿书”上，血站帮卖血人写道，“血浆单采浆技术是指……一种安全、对健康没有损害的技术，但也因工作人员的疏忽或其他原因而引起不良反应，不过这种情况非常少见……"

接着你还要拍胸保证："我将自始至终热情地支持这一工作，因故不能坚持献浆时，一定事先通知采浆站……"

就在这种缺乏基本消毒措施至少是消毒不严的分离和回输过程中，来自不同人的同血型血，同时就放在一台离心机里分离，离心机有12个小埚，每埚放两袋血，一旦血袋破损，立刻就你中有我，我中有你了，一袋血若带HIV或其他病毒，其他血便极易感染，难逃厄运。更加草菅人命的，则是明目张胆把不同人的血混在一起分离，然后你回输一些，我回输一些……

此外，还有剪断输血管的消毒剪，卡紧血袋口的消毒钳，因为消毒不严格，有时只在水里马虎泡一泡就拿来使用，都有可能先沾了这个人的血，马上又沾其他人的……

直到1995年关闭合法血站，1996年取缔所有有偿献血。

现在回过头来看，如果当初有关部门不是脱贫心切，财迷心窍，一哄而上掀起"血浆经济"的狂潮；或者不是推广所谓"单采浆"，而在采浆过程中也不是草率处理，敷衍了事，而是严格检测，严格执行操作规范；或者最初发现献血员中有HIV感染者之后，立即采取紧急挽救措施，比如对所有献血员进行普查……

可遗憾的是，这些设想只是"马后炮"，都是"事后诸葛亮"式的善良愿望……

不该发生的已经发生了，艾滋病魔已从一片混乱的血液市场爬进多少无辜的血管……

"我发现这个地方有艾滋病。"

才坐下来，桂希恩就迫不及待地说。

当天下午，在上蔡县卫生局办公楼，桂希恩客客气气坐在局长办公室里，详细汇报他一周前在文楼村抽血化验的有关情况。

"我抽11个血就有10个有问题，确诊实验也做了，6个血全部有问题，而且它跟卖血有关系，涉及很多人，我非常意外，非常震惊！因为村子里卖血的人很多，现在病人已经很多了，而且他的血还可能给别人了，您想，那是多么严重的情况！简直不堪设想……村子里当年许多人卖血，卖血人口比例高……可能这个病，还不局限于我发现的这10个……”

局长面无表情，一言不发。从桂希恩走进这间装有空调的办公室起，他就十分冷淡，不曾露出一丝笑容。

看来局长对逼近眼前的艾滋病不大热心，无奈之下，桂希恩只好一方面强调当地疫情的严重程度，同时表明他志愿介入防治工作的决心，试图以此唤起局长的高度重视。

“这个疫情可能超出我们的想象，局长。我知道这个意外情况后几晚上都睡不着觉。太可怕了！因为它是传染病，不能任其传播。夫妻之间、亲属之间、感染者和健康人群之间，都要有一些隔离手段。它要是接二连三传下来，真是不得了！真是大悲剧！希望县里紧急行动起来，立即采取果断措施。当然，也不能人为增加老百姓的恐惧，因为他对这个东西不了解，他怕呀！毕竟这个病是可以预防的。另外，依靠一个县的力量恐怕不够。如果县里同意，我愿意做点工作，我几十年都在做传染病工作，可以带一支医疗队来帮助你们工作。”

桂希恩这次到上蔡县，一是按照《传染病防治法》的有关规定，向政府卫生主管部门报告疫情；同时也向文楼村有关村民通报检验结果。

1989年9月1日起施行的《传染病防治法》第二十二条规定：“各级政府有关主管人员和从事传染病的医疗保健、卫生防疫、监督管理的人员，不得隐瞒、谎报或者授意他人隐瞒、谎报疫情。”

现在他已经依法报告，尽到他一个传染病医生的法定义务。至于是否会引起当地政府重视，他可是没有一点把握。

“我们不给县里增加任何负担，你放心，我们巡回医疗，送卫生下乡，完全是义务的。”

桂希恩恳切地说明他的打算，那口气、那神态已接近乞求了。

“我只是个普通医生，我想你局长比我更清楚吧，治病救人是医生的职责……我们总不能见死不救吧？”

桂希恩心里一直在滋滋冒火，憋了半天，恨不得立刻拍案而起拂袖而去，可是你有求于人，你在人家的地盘上，你千万不可发作……

带医疗队来送医下乡，同时调查疾病疫情，是桂希恩他们多年来从事传染病防治工作的惯例，荆楚大地江汉平原到处都有他们的足迹，每个地方的政府和群众都热烈欢迎医疗队的到来……

然而，在这里，在这个艾滋病就像活火山一样一触即发的上蔡县，派医疗队的愿望却被不冷不热地拒绝了。

局长当然知道面前这个倔老头的教授身份，也听他汇报了在文楼村私自采集村民血样后的什么发现，但政府有政府的规矩，作为全县卫生管理的负责人，他不可能随便同意一个武汉医生越俎代庖，到本县管辖的地盘上搞什么流行病学调查。

其实，当地医院一位院长同意桂希恩率医疗队来。院长热忱地说，这个事没问题，我们求之不得。你们来吧，我们医院积极配合你们的工作。我们医院条件一般，正好可以向你们大医院学习学习。

可桂希恩觉得要争取医院的上级卫生局正式同意，出于礼节也要尊重政府，按程序办事，不承想就出了意外……

现在局长却不想听桂希恩说话了。任凭你慷慨陈辞，磨破嘴皮，他仿佛一句也没听进去。对于文楼村存在艾滋病的事实，他不肯定也不否定，不惊讶也不焦急；对桂希恩介绍的村中病情，他不同情也不怜悯，不忧虑也不关心……

似乎并非如此简单，局长毕竟接受了桂希恩教授关于文楼村疫情的书面报告，而且在旁人的介绍中，也并非冷漠无情的官僚形象。

那么，局长为什么摆出这副铁板一块、决不通融的僵硬姿态？或许隐约知道一些村里的情况，只是假装一无所知……或者另有难言之隐？

最后，局长摆摆手送客，人没离座，还是没有笑容，只给了桂希恩一个硬邦邦的口头答复：

“您不能来，教授也不行，这个事到此为止，我劝您就算了。不经县委、县政府允许，任何人也不得私自调查疫情，更不能派医疗队。丑话说在前头，如果你们不听劝阻，万一要来，桂教授，我们肯定要干预！”

等于是直截了当下达禁令了，桂希恩只得尴尬而退……

真是想不通：你这里艾滋病疫情如此严重，感染率如此之高，超过世界上任何传染病专家可能的估计！我们带医疗队来，首先可以把情况摸清楚，然后给感染者一些力所能及的帮助，让他采取措施控制病情发展，特别要控制病毒向他人进一步蔓延传播……而你，你们，为什么要讳疾忌医呢？堂堂人民政府的一局之长，难道你对眼皮下的百姓不闻不问，对自己的人民漠不关心？对我们的好心善意，为什么不理不睬、拒之门外？

怎么也看不惯啊：我是来帮助病人的，也是帮你卫生防疫部门做事的，不是来要饭的，你的态度应该友好点，不能像打发上访群众一样敷衍我嘛……

桂希恩快步走出县卫生局，走到酷暑蒸人的大街上，一脸茫然，满面羞惭，一时间像个流浪汉那般无路可走，不知所归……

（节选自长篇报告文学《珞珈大爱——桂希恩教授的故事》）

池莉卷

成为富人

年底岁末，新桃旧符，又翻开新日历或者不翻纸质日历只网上虚拟度日，都一样，终归逃不出季节的神机妙算。春节总是要来。雨水总是要来。惊蛰也不仅仅只是蛰惊，天上一个滚雷霹雳，地上人也会一惊：哦又是一年日子一岁人了。这种时刻，总不免想发个心愿。今年我想说我的心愿是：成为富人。

我的心愿是成为富人，但咱不谈钱。金钱的数以百万千万亿万计，那都不是我的富人标准。个人纵然富可敌国，拥有一串无限大的数字，却说来伤心，只因生命总是短促到花不掉太多的钱，因此如果金钱太多太多，就没有意义了。也许有人会反对说，你这是吃不到葡萄说葡萄酸。比尔·盖茨总不是说葡萄酸的人吧？可是因为他钱太多了，不得不50出头就退休，让家人成立基金会，专门把多余的钱，用合理合法的、尽量减少对人造成伤害的方式，料理出去。其中就包括只给儿女留一定的钱并且公之于世，以免子女受钱的伤害。钱多的小孩子肯定比缺钱的小孩子危险更大，极其容易从小就好吃懒做，不思进取，贪图物质享受，结果最终变成了一个废物，再就是极其容易被绑匪盯上，那可是全世界的绑匪，谁知道其中有多么厉害的绑架高手，话说不怕贼偷就怕贼惦记，父母日日夜夜寝食难安时时刻刻担心子女被绑票被撕票，这过的还是日子么？当然因为比尔·盖茨是美国人，比较方便安排自己的钱给到社会和穷人共享，于是他自己以及家人，就都生活得很正常，很安全，很愉快。中国太有钱的人就比较惨了，惨就惨在有钱还贪，惨就惨在子女多是被宠坏的富二代，一个个挥霍无度吃喝嫖赌五毒俱全唯不懂劳动是幸福的；惨就惨在还极有可能风云突变转眼间千金散尽，沦落到一文不名还欠债，还被逼债打骂羞辱和追杀。所以作为中国人，我真心好怕一夜暴富，真心不相信天上掉下的大馅饼，真心只愿意靠自己勤奋劳动多年如一日吭哧吭哧码字，换来一些稿费，不少也不多，满足小康型衣食住行，就足够足够了。如果说我个人也有中国梦，也就这点安贫乐道的小梦。

我的心愿是成为富人，但咱不谈钱。幸好富人还有其他标准，也好像更应该是其他标准。除了刚才已经说到的美国富人比尔·盖茨，英国富人在伦敦西区也是随处可见的，西区街道普通也不普通，气质却一定是普通与高尚的：街道多树，多花草，多公园，多老屋，多么巨大的古树那强劲发达的根系把整个人行道都弄得凸凸凹凹，都没有人会嫌麻烦，没有人会打压它们，绕道走也会欣喜地打量古树，给它们一个无声的赞叹。西区富人们衣着普通也不普通，在自家花园做修剪，穿帆布劳动装，去参加婚礼或者洗礼什么的，那一身剪裁得体的英式西装，帅到爆指数；开出来的小车，也炫到爆指数，但，他们开车会让行人，走路会让行人，碰到目光会给人一个微笑。你只要在伦敦富人区行走或者逛逛，就能够感觉到什么叫做富人和富裕社会。你会逛得最自由，最惬意；这里最规矩，最安静，最干净，最安全，空气最甜美，氧气最充足，你最受尊重——即便你在这里的街头小公园脱光衣服静静坐着，他们也会把你当作行为艺术欣赏；假如你再放一只手帕你面前的地上，就会有人为他们的欣赏而给你丢钱。这里富到似乎随时随地都懂得将财富分享给其他人，将财富应该拥有的能够令人幸福和满足的特性，分享给其他人。早些年，我第一次去日本作文化访问和交流。我们在东京图书馆开座谈会。会议正要开始，西武百货的老板，一个文学爱好者，急急忙忙跑了进来，为自己的仓促到会，向我们大家不停地鞠躬道歉，道歉到所有人都不好意思了，不得不也站起来向他鞠躬回礼。原来人家老板是独自一人乘坐地铁赶来的，身背一只大号文件包，沉重地装着他平时写作的文稿。我观察他坐下了好久，他还在擦汗。这可是地地道道的富翁，西武百货在日本乃至全世界都是赫赫有名的“名牌王”百货公司，在中国则叫做SOGO(崇光百货)。西武集团庞大到涉及几乎各行各业，1987与1988年连续两个年度，都雄居《福布斯》全球富人排行榜的世界第一。这就是富人，富到不可以让自己比普通人趾高气扬一点点，如是，那么就是自己的耻辱。富人必须比穷人更有教养，更有礼貌，更为宽容，更懂谦卑，这才叫富裕。

我的心愿是成为富人，但咱不谈钱。咱不谈钱，只谈相状。

我周围也有有钱人。我也认识一些特别有钱的有钱人。例如北京一特别有钱的人，十分热爱文学，先前读过一批新写实小说自然包括我的小说，据说很喜欢，因此特别喜欢请作家吃饭。那一天他做生日大宴宾客，包了京城一幢高堂华厦顶楼的旋转餐厅，随落地玻璃360度旋转，挥挥手任意一指都有他的房地产。宴席上吃虾，吃到了泥肠，他顿时勃然大怒，拍桌大叫一声：“美女滚过来！”同时呸呸直吐，嘴里不断喷出残渣余孽，乱七八糟横陈雪白桌布，同桌客人纷纷调开视线，邻座也个个都唯恐避之不及，唯其本人浑然不觉，边吐边骂。无论如何，这顿饭还得继续吃下去呀，还会有鱼肉骨头呀刺呀要吐出来，我就自己主动跑去找服务员，讨要渣斗，服务员圆睁无知美瞳问：“啥？”我只好自选小托盘一叠，权当渣斗，发给席间大家，以便各自就近在嘴边盛渣。有钱人一把推开渣斗，说：“穷讲究啥呀?咱可没那么多讲究！咱就是一农民！”我自讨了一个没趣，笑笑。实际上，我立刻暗暗点击了心里的删除键，此人不再在交往之列，我得彻底杜绝日后再发生此类型饭局的可能性。连一点泥肠硌牙了都穷凶极恶，这就是一幅穷相，再有钱，也不算真正富人。

我也曾与著名老少文人一起开会进餐，其中也有已经很有钱的人了，也已经香车宝马华屋锦衣了。煮鸡蛋上来了，趁热吃，是很香。但，看这里：有钱人一把捞过鸡蛋，手烫得直抖豁，就在油腻桌面上急急磕破，碎壳子四处甩，甩人身上也不管不顾，只顾自己张口大咬，又烫得舌头直弹，敞开大嘴直哈气，清涎从嘴角挂下来。这一幕近看，真是惨不忍睹。我这人有时候的确嘴贱，也不过过脑子想想人家已经是名人是有钱人，就好心建议他使用蛋托，这家正宗五星级酒店的早餐，煮鸡蛋的边上就配备有许多只蛋托，顺手拿一只就好。没有料到有钱人竟然反应过度，立刻反击：“我操！个屁呀！”不知道为什么好像与一只小小蛋托有深仇大恨，涨红脸膛宣称：“咱就是一农民！咱就是乡巴佬！就喜欢这么吃鸡蛋，又怎的？！”当然当然不怎的。你爱咋吃咋吃。如此，也就很难算得富人相状了。

奥妙的是，许多有钱人、有名人，都惊人一致地乐于号称“咱就是农民”，并且肯定是在拼死拼活脱离农民身份以后，再必须这么号称，这真是意味深长。就连农民的缺陷与穷人的粗陋，在有钱以后，都必须故意弘扬，必须坚持，必须霸道，必须任性，必须攻击导致他联想自己曾经是农民或穷人的人，并且还耿耿于怀，从此记恨结仇，总觉得是别人伤了他。如此相状，也就很难算得富人了。

说起人物相状，修养到良好，的确是一件大难事。穷人乍富，挺胸凸肚。暴富了，走运了，爆得大名了，不免穿金戴银，盛气凌人。富二代与并不富裕只是温饱的二代，更是特别好奢侈品和大名牌，穿戴在身，一看就滑稽，分明是沐猴而冠，自己还洋洋得意，完全不知道什么叫做“德润身”。只是想说，现在中国经济也发展几十年了，也有有钱人都有钱几十年了，人秧子都要长几茬了，再是不该再坚持一副穷相甚至倒退至恶相了。如果那样的话，就是故意不学好，那就是居心不良，这种人，也别谈什么富人相状，或许得谈谈人渣相状了。

这里我说到的什么渣斗啦蛋托啦，都是微不足道的日常生活小用具，微小到我提升它们的意义与价值——更加文明，更有助于人类智力进步，更有助于有钱人摆脱穷相，显然都有小题大做牵强附会借题发挥的嫌疑。是的，我承认，因为我天生缺乏说那些振聋发聩豪言壮语的才能，只能实打实分析具体事物。渣斗与蛋托，就是好用，使用了它们，就是更加方便与文明。相比那些宏大事物，它就是发生不了歧义，人在具体小事物面前的举止态度，也因为发生不了歧义而无法诡辩。于是新的一年，我的心愿是成为富人。从小事做起。从点滴做起。警惕自己大口大嘴，大而化之，注意一思一想一举一动，都落在日常生活的实处，于所有事物的细节之处，坚持更文明的、更先进的、更常识的、更逻辑的、更靠谱的。

我的心愿是成为富人，但又不谈钱，这是怎么讲来?

原来我的父亲，也是生在农家，打小缺衣少食，一天上街卖柴，就跟一支部队跑了，只因部队许诺给他吃饱饭。混了很久以后，他才知道这支部队的大领导是共产党。所以，我当然就是一个农民后代。我父亲革命成功，进了城，娶了女学生。然后他们一起继续闹革命，把女学生富裕的父母家闹到了一穷二白。所以我当然也就是一个穷人的后代。整个生活环境里，早就没有了富人，女同学当中早就没有了大家闺秀，近朱者赤近墨者黑，我身上最容易有的，是兼具农民和穷人的共同缺点。这些缺点在我性格中时时冒出来，自我感觉都很不好。还有一些根深蒂固的小农观念，会致使我犯一些目光短浅的低级错误，自我感觉也很不好。在文坛江湖行走几十年，国内国外各色人等也看了不算少，将人比人，将心比心，一比较，好歹优劣，也就都出来了。且不说阅读中还有千百年来的哲理、教诲、经验与教训。到了现在，以我年纪，是已经完全脱离青壮年阶段，进入本相毕露的阶段了，不可避免地是要相由心生了。我希望自己的自我感觉逐渐好起来。我希望自己逐渐拥有一副富人相状。我希望自己能够慢慢改正以前的错误和缺点，由内向外，慢慢变好，修炼得不油腻，不腐败，骨骼清新，皮囊洁净，精神健康，神志清醒，没有贪婪肥肉，没有酸臭气息，宽容厚道，慈眉善目，以德润身，知书达理，那种真正的，知书达理。这就是我的心愿。这就是我心目中的富人相状。我希望自己成为这样的富人并因此荫及子孙，让我的子孙再上一个台阶，成为更加美好的人，让美好生命代代相传。

话说回来，其实富人也没有一个固定相状。如若把富人作为一个阶级综合提炼与分析，它共同的特质是蕴含在骨子里。以我个人粗浅理解，无非还是中国古代圣贤说的：温良恭俭让。

最后一句话管总：人要学好。人一定要学好，才好。

2016年—2017年 新晚专栏

大意失荆州，糊涂毁沔阳

上苍布新，春季又来，踏青去也。4月8号，我来到汉口的盘龙城考古遗址。第一次看到，简直，无比，震撼：盘龙城，我的天，城廓形态完整，城墙宽广正直，城门城壕犹在，三面环水，气场通畅。关键是年代：这可是3800年前商代早期的城市故址！关键是人物：是谁？什么人？具有如此创造力？具有如此工匠精神？连一木一石，皆重基杰构。

当然，是咱中国人。再接近一点，是楚国人。再接近一点，是武汉人。应该，差不多，也可以说是武汉人了。历史盘根错节，今昔对比，很难找到严格指向的名词。因盘龙城遗址就在现在的汉口，因我此时此刻就立于汉口盘龙城，因此我很乐意地，把当时的建设者，算作是武汉人了。

我也乐意十分荣幸地，把我自己当作武汉人了。姑且先不管那时候我的祖先在哪里，总之以我目力所逮，可以见得我家生息此地已有祖孙三代，那就马马虎虎算作武汉人吧。说到底哪里人也不必过于究竟，究竟的是陶醉。

陶醉这个东西，多半需要自己动手找，为自己。

陶醉中正被祖先唤起阵阵自豪感，咚咚两声，有微信到。来者李辉，著名作家，来微大篇，不巧说的就是古建筑古地名保护。李辉做客人民网“强国论坛”，强烈呼吁国人不要乱改地名，以免斩断文脉与乡愁，比如徽州改为黄山，沔阳改为仙桃。顿时一瓢冷水，兜头浇下，自豪感变成无地自容感，一屁股坐在古老城墙上，抚今追昔，愧对祖宗。暂且不说有形有态的古建筑毁坏，现在连无形无态的中国字，也纷纷被毁，乱改地名，就是一例。

湖北沔阳县，是个古名，新石器时期，先民已生息于这片云梦泽。大禹治水划分九州，便有了沔阳地名，时在荆州域内。以后漫长岁月，代代有人，年年有史。唐朝更添一段佳话，只因一段有趣往事，于沔阳出典了一句歇后语“千里送鹅毛——礼轻情意重”，竟然从沔阳这块不大的地界，流布神州，家喻户晓，妇孺皆知，用于日常，收入辞典，千年流传，至今不休。沔阳还有沔阳三蒸、沔阳花鼓戏、沔阳渔鼓、沔阳皮影子、沔阳旋糖模、沔阳采莲船以及沔阳玩龙灯等等。沔阳一名，在明朝进士童承叙编修的《嘉靖沔阳志》里，在元代大汉皇帝陈友谅的出生地里，在台湾歌手蔡琴范晓萱的籍贯里，在李小双李大双杨威郑李辉等奥运金牌世界冠军得主的世界纪录里。就在前不久的三月份，全国人大会，刘延东副总理来我们湖北团参加审议，也笑称“我是沔阳媳妇”，她公公杨显东农业部副部长棉花专家，沔阳人；她丈夫杨元惺，工程师兼著名摄影家，沔阳人。改掉沔阳，那得改掉多少历史？真心想不通！一个已经形成历史基因、民族灵魂、文化脉络、精神家园的地名，又不碍着谁，怎么在1986年，说是要搞撤县并市，就改叫“仙桃”了？沔阳地方百姓一下子都愣了，都觉得太突然，更不明白这是为什么。人们纷纷议论，到处打探，结果就连当时的县委有关干部，也说不清楚是为什么。一说好像是“沔阳”的“沔”字，比较难写。这是什么话？中文汉字里头，比“沔”字难写的字，多得数也数不清呢。就这样，稀里糊涂地，文件一下，就把个“沔阳”叫做了“仙桃”，一晃30年过去了。

尽管30年过去了，沔阳人民从来就没有从感情上答应这个随意的改名。无论天涯海角，一听口音，互相招呼，还是说：你沔阳人？答：我沔阳人。因为“沔阳”这个名字是一方土地的口音，是儿时的土语，是熟悉的风物，是家族的记忆，是点点滴滴生活习惯的文字构建。更是文化血液，天生与生养自己的土地水乳交融同为一体，早已造就，你没法答应别人的随意改名。

李辉要求我“有空也要呼吁呀”，他哪里知道，我没空也要呼吁。李辉好榜样，他曾写过一篇《可惜从此失去荆州》，也正是发表在《新民晚报》副刊，后来慢慢努力，荆州地名居然恢复了。后来李辉又写了《襄樊何不称襄阳》，后来慢慢努力，襄阳也恢复了。那些被弄糊涂了的地方上人们，一下子便感觉又清爽了。虽说为与己无关的一两个地名，一个呼吁，就花了前后十几二十年，相对短暂人生来说，不免有点漫长有点劳累，但终究恢复了两个地名，接续了历史文本，也算功德圆满。我以小人之心度君子之腹，总觉得李辉身在首都京城，又供职于《人民日报》这个强大阵地，非常给力，加上他文章也好，我是般般都不如他的，但也不妨东施效个颦，振臂呼个吁，也不枉这个春天来到盘龙城遗址一回，得窥我祖先一斑智慧，受了老祖宗的鞭策，必须挥笔疾书，才对得起人。

收回漫游到眼前，温暖清明的春风里再三端详盘龙城，感觉自己在这个古老成精的好地方，发了一个难以承受之重的心愿，那么就再三叮嘱自己谨记并践诺。如此，又多了一份承诺，我这一辈子。

2016年—2017年新晚专栏

夜雨埋愁别书房

清明节午夜，暴雨陡起，吓醒我于噩梦，书房漏雨了！

这次不再是渗漏，是书房有一面墙体直接开裂，暴雨从屋顶灌下，完全是高山流水景观。我居住的这栋房子，所谓的别墅，不是别，也不是墅，就是拥挤市区的日常家住地儿。在这里吃喝拉撒了十几年，回头一看才明白，这栋房屋，典型是国内经济活动爆发初级阶段的花哨产物，改革开放房地产刚刚起步，那时候有几个人知道别墅是啥意思？土木砖瓦砌起来一间两层的屋子，设计经验也就是乡村瓦匠的经验，堂屋加厢房，墙体菲薄，粗制滥造，但是名字一定非常非常非常的豪华，靠的就是这个豪华赚钱。总有像我辈这种对个人住房极度饥渴的蠢货，前赴后继上当受骗。

年轻的冲动真够盲目，年轻的虚荣真够强烈，年轻的购买也真够豪爽。就那么辛辛苦苦一个字又一个字、一个通宵又一个通宵、一年又一年写出来的一点稿费，被房地产商大言不惭花里胡哨的广告文字一煽就动，一掷千金，勒紧裤带，买了别墅。

往后绵延不断的岁月，岁月里头大大小小的日子，日子从容不迫又事无巨细地显露出来生活的真相。最终，才逼出欺骗的事实与我自己躲藏的小我：我只是买了一栋叫做别墅的简陋农房；我只是买了那种“我买了别墅”的虚荣；我只是买了房地产商的甜言蜜语，他们特别留给我的“金边银角”——只因崇拜与感谢我在这里拍摄了《来来往往》电视剧——钱是一分不少的；我只是买了自己脑子里面一个热烘烘乱糟糟的人生梦想。

然后。当然。从装修开始，不停掏钱，不停劳神，无数教训，纷至沓来。

这栋别墅除了宽敞，陡增无数悲伤。

悲伤中之最大悲伤，来自书房。这是因为，人生梦想之中最大梦想，就是书房。人在哪里投入最多感情，最后一定就是会在哪里，埋葬这份感情。

少年我曾有梦：读万卷书，行万里路，写意适性，轻狂诗酒，淡泊孤傲，唯书为友。因此，我必须，勤奋劳作，努力奋斗，争取尽早拥有一间自己的书房。

年轻时又读到英国女作家伍尔芙，一句话就直接到心里：女人要有一个自己的房间。

于是。当然。一间属于自己的书房，成为了购买别墅的核心驱动力。其他就不过脑子了。

脑子里，一副自我幻象图，都是自己的历程：17岁我离家远行，身无分文，前途渺茫，网兜里只一洗脸盆和洗漱用具，挎包里却很富有地装了好几本书，其中《宋词》是我用唯一的羊毛衫换来的，《唐诗三百首》是我整个高中期间积攒的早餐费。《普希金诗集》，是我学医之后，偷用医院病历纸，一字一句手抄的装订本。我暗暗发誓：一定要为我的这些来之不易的宝贝，获得一间书房。

带着自我幻象，开始执着追求，一个埋头苦写，就是30多年。其间，第一间书房，有了，却不够大，也不算是我自己的，家人合用，我默默无声，但心有不甘。第二次搬家，书房有了，越换越大，书柜也越来越多，但还不算是我自己的，家人合用。直至眼看九十年代就要过去，那股对书房的莫名痴迷与狂热，导致我不顾一切买下别墅。然后。然后。然后。装修亲力亲为，累病多次，历时几年，终于在2003年的年底，我的书房，落成了。终于，这是属于我自己的书房了。最初一阵子，我洋洋得意，心满意足，无缘无故都面带傻笑，在书房踱来踱去，只是踱来踱去东瞅西瞅，就深感幸福。

这是两间大书房，带有前后大阳台，整整几面墙的书柜，稳妥地安排了我全部的藏书。我便有了这样的一些好时光：在书房闲翻，在阳台捧读，一边沏绿茶，一边燃沉香，满屋子书香氤氲，电脑敲得顺畅，如疾驰的马蹄声声。果然一个人的书房竟有说不出的好。其间经受的再多的愁和苦、累和烦，到了这时，竟愿意一笑了之了。

当然。满足还从来不懂得止步。梦想随之膨胀，书房是否还要更大？是否应该变成书阁或书楼？是否得藏书量过万？是否善本珍本都得搜罗一些？那么相应是否还须陈设画案，配上砚台毛笔文房四宝？是否得绣名题匾？那么相应是否得开始写书法？王羲之练不到不怕，颜筋柳骨练不到不怕，就写个独特的个性体还不成吗？有胆者事竟成。胆怯不敢动笔，那就是没文化也彻底没救了，完全辜负了这么大好一个书房。

然而。当然。与此同时，春夏秋冬的考验也从不止步地进行着，比我的梦想强大无数倍。春的潮湿与霉烂，夏的酷热与膨胀，秋的收缩与凋谢，冬的严寒与摧残，不是一间四壁单薄的农房所能够抵御的，也不是形式上的修修补补所能够抵御的，更不是单凭我自己的陶醉于梦想所能够抵御的。哦居住，原来居住与房屋，自有它最基本的技术要求，还有对于它最根本的常识性认识，绝对不是我这种浮云般形式主义的豪华与青春狂草。

在无情的季节里，书房开始漏雨，一处，两处，多处。在无休止的治漏过程中疲于奔命。我一个人的与天斗与地斗，完全是蚍蜉撼树，不自量力。拖到这个清明节的午夜，暴雨陡起，吓醒我于噩梦，书房哗哗漏雨了。

此一刻，整面墙的书柜倾斜，上下几十扇柜门嘎嘎作响龇牙咧嘴，好像几千册书籍都在喊疼，我应激反应上来了，顿时楼上楼下利索奔跑，做到了以平时体力根本做不到的抗洪救灾。室内雨滴渐渐稀落，人却再难入睡，瘫坐沙发，听着错落的叮咚声，感怀雅旧，恍若隔生。不错，这总面积超过130平方米的书房与几千册藏书，一点不错，真真曾是我人生的美梦成真。其实成真的美梦，如果缺乏社会为个人提供的坚实构架，就正如房屋缺乏坚实的基础与墙壁，任你叫它别墅，那也是枉然。苍天在上，我明白了，我从我自己的书房的云端，落到了实地。再见伍尔芙，我们同为女作家，同样需要一间自己的房，但我现在已经能够确定，我们说的不是一回事，我们指的不是一回事，我们生活的土壤不是一回事，我们的命运不是一回事。岂止不是一回事，简直是云泥之别。

就在这个暴雨倾盆的清明之夜，我决定，从我虚幻的天空，摘下我自己手绘的那一弯五彩的虚构的虹。

对于我的书房，我开始作一些务实的设想和计划；到处吸取一些有益的经验。2009年，香港大学特邀我住校写作三个月，同时兼职中文系教授。这期间少不了参与中文系教授们的各种活动，包括亲切随意的茶饮茶叙。由此得知几位老教授的藏书，也是颇为丰厚。结果收藏到最后，有限的家里面是无论如何都装不下了。只说捐赠图书馆，图书馆再大，空间毕竟还是有限的，新旧书籍的淘汰也有过程，捐书还须慢慢排队。这样教授们就合伙租用了山洞仓库，在山洞仓库存放藏书，肯定了，不仅租金不菲，还得请人定期护理。忽然，我明白了一个道理：地球只有一个，空间必有局限；个人藏书量越大，去向问题越是严峻。书房不是、太不是凭我们少年意气，用来好古作秀的。同时另一个道理，也分明摆在我眼前：当空间无法改变，思维必须改变。现在已是高科技时代，再多书籍，也就是一枚小小芯片。后一个道理，自然来自于香港港大图书馆的体验。

我一到校，就去图书馆办理了一个阅读证。办证超级简便，只需你过一个面部扫描，证件立等可取。然后随时随地刷卡进门，自由使用。港大图书馆令我耳目一新，安安静静，气息清新，充满书香，所有人都轻手轻脚，尽量不妨碍他人，实际上你伏案看书，绝对无人打搅，与在自家书房的怡然自得，并无两样。况且图书馆藏书海量，资料齐全，上下五千年，世界范围内，皆供查阅与借读。设施一应俱全，电脑机器们随时提供使用，你需要的资料都可以下载发送扫描复印。并且，关键的是：免费。

及至2014年，美国IAOW大学国际写作中心，又邀请我去写作三个月。可以这么说，IAOW大学图书馆，完全颠覆了我的图书馆观念。里头吃的东西都有。咖啡厅的咖啡与三文治，都热气腾腾，香气四溢，并不在乎谁弄脏图书馆的书。正如他们自己的教授对我自嘲说道："不怕你笑话，美国就是俗，就美国大学图书馆会卖吃的东西，美国人这么胖还生怕饿了。"正因为有吃的，有自动饮水机，一进图书馆，可以呆整天，这也就是一个自家书房的概念了。以前借阅书籍，很烦的就是还书，不知怎么IAOW大学图书馆就是这么体贴人，还书随时随地，它在图书馆外墙上设计了一个入口，邮筒式的，你可以自行车都不下，伸手将书籍投入入口，就成了。剩下什么注销登记之类，统统是图书馆的事情。至于借阅日期，人家会提前电邮通知你，你如果需要续借，再看它一个月，只电邮回复一下，就成了。阅读变得如此简单便利。顺便说一下，也是一律免费。

原来，藏书这一桩雅事，早在我开始藏书的时期，其实已经是一桩难事，因为空间，因为保养，因为管理，因为物质新陈代谢规律的势不可挡，因为个人藏书再多终究是一孔之见，终究会书到用时方恨少。因为世事变迁，社会进步，游戏改辙。因为归根到底形式主义的形式永远都只会止于形式。因为形式注定会衰老而内容之树长青。如今我在这里，屋漏更寒，美梦破残，正好时逢清明节，注定我要哀悼属于自己的这一间房了。

话说自古腐儒塞天地，人不明达即顽石，看来我正是顽石一枚。如果我17岁的时候就是一个明达的，懂得不随大流，懂得多行走，懂得多见识，及早见识香港大学图书馆、美国大学图书馆以及更多的形形色色的更加符合客观规律与人性的图书馆，就不会有后来几十年的徒劳辛苦、浪费青春与金钱。若是用这几十年的时间去读书，若是用这笔购买别墅的金钱去行走，或许是一条更好的人生路径，至少不会遭遇这样一个糟糕的清明之夜吧。

倘若能够把书真正读进去，哪怕只读通几本，想必我这种蠢人，也算有救了。道理其实十分明澈，早就在那儿摆着：书房面积再大，还大得过人的心房？！

2016年—2017年新晚专栏

时尚那一点小灵魂

穿错了！又穿错了！穿错了是女人内心永远的疼，与错的婚姻一样。

甚至，更甚。婚姻可以离掉，可以再来一遍，也可以永不再来。而穿错那一刻，你就被钉在了自己着装历史的耻辱柱上，没有任何涂改液，可以把这一刻抹掉重来。人生没有重来，纯粹一次性消费，这真是有点糟糕的故事。更为糟糕的是，在这个不可逆转的可怜的单程旅途中，尽管你一再警告自己不可再错，但下一次，很重要的活动，你很郑重地在出门之前鼓捣半天，一出场，你发现，自己，又穿错了!

2016年的3月，我在北京参加全国人民代表大会。国际三八妇女节这一天，法国大使顾山先生，举办了一个冷餐酒会，在大使馆官邸。欧美不叫三八节，英文法文都是叫国际妇女权益日，国内只管叫三八。由于“三八”在广东香港方言中算是骂人话，专骂女人，且随改革开放与香港影视大普及，流行到全国。连我自己都被人骂过多次“死三八”。因此早年年轻气盛，凭着自己是全国人大代表和武汉市政协常委，曾经多次在人大、政协等会议上发言，严肃提出修改这个节日名称。可是每次我一发这个言，大家就忍不住捂嘴笑，我也不知道为什么，很难不跟着大家一起笑，于是严肃意义被消解，总是被当作了会议的花絮，而无法成为正经议案或提案，待年复一年不再年轻气盛，也就自觉地不再发言了。只是每逢收到关于三八节活动的这一类请柬，尤其像这种，精致的邀请函、高规格的大使官邸酒会，论坛被严肃地称为“国际妇女权益日”，我还是不免触景生情，鼻子一酸，大有投胎投错了地方之感。当然，也就是瞬间而已。还是尽力振作得英姿飒爽，精心准备演讲与衣着，警告自己不要在论坛上讲假大空的废话，要求自己求真，务实，有风度，可劲儿憋出一点幽默感，在国际平台上为国争光，为中国女性争气。作为作家，往往会独自一人参加国际文化活动，只要单独面对老外们，这些时候，我特别有民族情怀，特别不想叫老外小看咱中国人，每一次我都要上演说教自己的这一套。

这次出门之前，我不免再次因循旧例，先躲在自己房间找状态，还是自己给自己戴高帽子，为这个争光为那个争气的，其实我也知道自己这是自作多情，不自量力，不过也就是想鼓起自己的勇气，能够把争光争气的细节，落到实处：首先就是穿着不要邋遢草率。

临时在北京开会，也没有多带衣服。几件衣服倒腾半天，也就是搭配了一套最朴素的，但一定还是要具备一些时尚自由潇洒感的那种，且确保质感上乘，绝对不搞秀水街的假冒伪劣国际大牌。就算想挎一假冒伪劣LV包包，提升提升自己的虚荣心，我也绝不在老外面前挎。

好了。如此这般。长话短说。到了大使馆，官邸门口都是来开会的，倒也不仅仅是女性，男女参半。男性见了女性就祝贺你三八快乐。中国警卫异常冷峻，拦住节日妇女们，一一仔细查看请柬，对照身份证。里头跑出来女文化参赞，接我的，只因北京的三月，外面还是很冷，结冰，树枝干瘦，挺得像僵尸，风在路面刮得枯燥，我还不是一般听会的，是主讲嘉宾之一，今夜属于大使馆的VIP客人，冻感冒了怎么上台演讲？所以理应优先进入。倒是我一见老外，就容易冒出自由平等意识，我就说：没关系没关系排队吧排队吧。但我似乎又搞错，犯了教条主义，老外同样有等级的需要，我也正好需要这个需要，于是很快就享受了优先进门，避免了冻坏。因为想穿好看，总不可以穿得太多。

官邸里头倒是超过了春天的温暖而接近夏天，法国女士们大多穿丝绸衣裙，录音呀鼓捣机器的工作人员都穿T恤。好酒点心已经摆好了漂亮的形式，在大厅靠墙四周，我看到了法国波尔多很不错的干红葡萄酒，我就知道来就有得喝，这也是法国大使馆请客的强大诱惑之一。不过吃喝之前，先得劳动。听众坐满了台下，我就与其他几位嘉宾一一上台了。上得台去，就身不由己了，在主持人的掌控之下，热烈讨论一番。由于老外们一般不讲什么虚假客气，所以根据台下的掌声、提问与热烈呼应的程度，无疑够我参照一下，作个自我评估。我也就不虚假客气地说，我最好，我呼声最高。其实本来我特别不擅长公众活动，性格闷，无煽动性，不会说台面话，想有幽默感但没有幽默感，最多充其量偶尔发挥出一点小贫嘴，好在国内场面容易混，很多人以为贫嘴就是幽默。不过这一次我还真冒出幽默感。一般跟老外碰撞，幽默感容易出来。对于我来说，无论大小事件，只要敢说实话，本身就幽默起来。论坛顺利结束，走下论坛开始吃喝。大使偕夫人过来，一次再一次地，向我真诚又激情地致谢，夸我讲得太好了。女文化参赞也激动不已，跟着我夸，比先前出去接我的样子，目光的亮度就像15瓦灯泡突然换了100瓦，更恳切邀请，预约我主讲下一个论坛。中国听众，也都纷纷过来夸我讲得好，为我拿酒拿菜，热情希望我给予他们送我回酒店的荣幸。我也没有想到，这一次倒是比较意外成功，里子面子都有了，中外大满贯。总而言之，直至被我的热心听众驱车送回酒店，还一路继续畅聊，我以为，今夜不错啊。

可是就在当晚，深夜，收到微信。听众之一的G女士，当然，中国人，做法国时尚品牌代理的，约我给点时间一起喝东西。她约得非常恳切和急迫，我也就答应了。我猜测的是，G实在是需要找人倾诉。可能遭遇了严重的职场歧视或家暴，对身边熟人不好意思说，我这种陌生又不陌生的人，或许是最理想的倾诉对象。孰料一见面，我大错。G的满腹幽怨是：你们太土了！你们——就是我们三个中方嘉宾，除了我的言谈很棒之外，尤其是穿着打扮，实在令G羞愧难当，她实在是不吐不快了。她认为，这等高层次国际论坛，你们几位各行业精英人物，竟穿这么土，与深谙时尚的法国女精英，并肩坐台上，简直不堪对比与不忍目睹。她在中国都做了十几年法国时尚品牌的代理与推广了，辛辛苦苦全国各地宣传时尚，到如今，可好，就你们几位，代表国内女性出场，居然都还是穿错！G说她感觉自己真丢脸！白白做了十几年！

我被这猛一顿暴风骤雨打得张口结舌。但我内心肃然起敬：原来根本不是什么家暴或职场歧视或性骚扰之类小我问题，人家是民族情怀，忧国忧民，考虑的是国家形象。待我恢复精神，我就使劲安慰她没有那么严重，这种小论坛，没人代表祖国和民族，没人注意到国家和民族，完全彻底没有那么严重。

还好，她说，就你没大错，衣着质地很好，只是风格过于保守了。不像你们其中一位，艳妆超低胸还都廉价便宜货静电扯得都贴肉上，穿成了一鸡婆；另一位穿来了箱子底压了多少年的呢子裤，裤缝烫得比刀还锋利，还一股浓烈的樟脑味。没救了！她说：她们这样的人，还是行业领先人物，我简直都不敢相信自己的眼睛，绝对没救了！

G发泄完毕，人就慢慢缓和过来了。然后是给我的强烈建议：你得时尚起来。你得时尚起来！我知道你明白什么是时尚，只是你得亲力亲为。“真的，”G说，“选择我给你推荐的这些法国时尚品牌吧，你的身材很像法国女人，一点都没有发胖，最合适穿法国的了，相信我，我绝对不会出错！拜托了！”

送走热情的G女士，我感动了很久。如果没有这样一些中法两边跑生意的中国人，我们还不知道怎么土呢，丢了祖国人民的脸都还浑然不觉。

不过说实在的，我何尝不想时尚呢？中国哪个女人不想时尚？全世界哪个女人不想时尚呢？我得公允地说，这次酒会的穿着，我们中方嘉宾，对于自己出场的穿着，显然都有事先的认真考量，显然都已尽力而为。有人冒险穿低胸，有人毛呢西裤烫得笔直。都是在尽力。都以为自己是在以自己的特点和优势出奇制胜。我注意到台下的中国听众，不少人是一身最时髦的奢侈品牌，显得很有钱。但是，我还是承认，在法国大使官邸这个环境里，就我们台上台下中国人整体看上去，的确还是显土气。这是因为，我们已经千百年没有穿着的教育和熏陶了。我们的时尚感已经失传千百年了。当今的我们，无论有钱的没有钱的，都没有抓住时尚的那点小灵魂。

改革开放也就是三十来年，大多数女人的觉醒也就是近十来年，衣着意识对于我们来说，就是和大家穿一样最安全。安全压倒一切。有钱以后，我们也就是凭个原始的价值观：啥贵啥好。以为奢侈就是时尚，名牌就是时尚，流行就是时尚，时髦就是时尚，漂亮就是时尚。我们不懂时尚可能是奢侈或漂亮的，但是奢侈和漂亮并不等于时尚。我们很少有人探究关于时尚的这么一些问题：要说漂亮，还有比古典蓬蓬裙更漂亮的吗？那是何等惊艳的造型：束胸挤出深深乳沟，裙撑营造出纤纤细腰，质地精美工艺繁复，绮靡豪华登峰造极，足足兴盛了300多年。然而，香奈儿小姐那并不中看的女裤出现了，它顿时能够让女性像男人。那么，相对传统的束缚的花枝招展，自由潇洒的男性之美，就是女人的时尚。黑色超短裙也是香奈儿的创新绝活：除了让女性倍感解放，性感更加直接喷发，让纤腰和乳沟顿时显出笨拙和臃肿，时尚就这样来了！这才是时尚的小灵魂！牛仔裤，原本一钱不值，放牛汉子穿的，却被戴安娜·弗利兰推向了全世界。放牛汉子的粗犷与奔放、惊险与刺激，是多少人骨子的渴望；而牛仔棉布的不显脏又经磨，磨破了还更酷，又是多少人内心深处的真实向往，时尚来了！这才是时尚的小灵魂！一件衣服，唯有穿出人灵魂与个性之中对自由最大的渴望，与自己的渴望最匹配的款式、质地和颜色，这才是时尚。而你自己的灵魂，又足够了解你的肉体、性格和外貌，完全懂得衣着即个性，这才是时尚。

原谅原谅我们自己吧。我们的物质世界与精神世界，正好被局限在原始与爆发两个阶段的混合期，要么遮羞保暖，要么摆阔有钱，怎能时尚起来？如果说我们当中有人慢慢伸出了自己的手，试图触摸时尚那点小灵魂，那么，路途还相当遥远。首先，我们得有勇气和能力，触及自己的肉体与灵魂。首先我们还得有一点面对这个世界的客观理性。首先，我们还得善于用这份理想来检视自己：我到底是一个怎样的人？衣着到底是我的遮羞布、包装、脸面抑或存折，还是我对美的积极崇尚与有意识追求？

哦，太难了！反正我是很难做到的。

2016年—2017年新晚专栏

BS鸡汤

我一贯清淡务实的微信，这天上午一开机，忽忽一片小红点。噢原来今天是六一儿童节，朋友熟人纷纷祝我“节日快乐”。这种不用回信，人们只是互祝一下节日快乐，都不用动笔写的同一条微信，动动指头，纷纷转发。祝贺成人的儿童节，就好比人咬狗，说起来有点逗趣效果。不过好友之间，逗趣倒在其次，主要是过一段时间，借个由头，联络一下，发个表情，确定彼此音讯尚通。然而面对今天这个儿童节，一个并没糊涂的成年人，忽然，就有点犯糊涂了。忽然就想再翻翻这些微信。翻翻，翻翻，忽然，觉得喜气洋洋，倒真有点节日之感了。

一个人的冲动念头，经常是没道理地纷至沓来，一旦冒出第一个，后面一个接一个。傻事往往就这样被做出来了。

第一个感觉是这个节日可以过过。紧接着第二个动作就是跑去冰箱，拿出了珍藏的巧克力。我这版巧克力，不比一般巧克力。说它不一般，是因为它并不像一般巧克力那样齁甜，它其中含有许多植物根茎小颗粒，小颗粒微咸又十分有咬嚼，口感极好，是芬兰的一款传统古典Fazer巧克力，据称是一百几十年的独家配方。当初我一吃到这样的口感，顿时就不再想吃别的了。问题是这款巧克力并不是市面上大肆广告大吹大擂的那些品牌，所以国内世面上没有见到过，只是在芬兰本国才容易买到。我也算碰巧，是朋友去芬兰一趟回来的赠礼，只是吃过念念不忘，以后就开始众里寻他千百度了。所谓珍藏，就是这个意思。原本珍藏了打算作为礼物送给朋友小孩过生日的。今天自己一过儿童节，就顾不上别人家小孩子了。沏上好茶一杯，剥开典雅包装纸，巧克力就吃了起来，借此瞬间回一趟童年的六一儿童节。

原来我是这样的人：凡失去的都变成了我的追求动力。

原来我是这样的人：童年没有吃到这么可口的巧克力，等到有了中意巧克力的时候，每一口都是童年。

我的童年，就不谈什么快乐不快乐了。那时候，快乐并不是我们生活中的主流内容，主流是只要能够被老师同学宽容地划归“可以改造好的子女”，即便受一些欺侮和委屈，也就值得了。不过失去的东西，自有失去的价值，童年青少年的时代已经过去，待到成年回望，伤逝之美就凸显出来。原浆变成陈酿，只须开启一下，必有馥郁香气逸出。正是这股馥郁气息，在我成年以后的日子里，屡屡冒出，就有那么一次的刹那间，让我窥见了我儿时的志向：我童年失去的，不仅仅是节日快乐，不仅仅是一块糖果或一版巧克力，实质上是失去了现实生活中的真实话语权利，真实话语权利的丧失，才是童年失去快乐的最深根源。因此，当我一旦获得机遇，我首先需要的并不是节日快乐和巧克力，是解决根本问题，是骨子里头喷发出了一股不可遏制的写作激情：要获得我的真实话语权利。我得用真实的文字写出真实的生活。我得写作。唯有这样，我才能够找回快乐。

幸运的是，“文革”结束新时期来到我正好长大，有那么一个幸运时空，与我交集。我真实的写作获得了出版，获得了读者，获得了完全能够靠写作养活自己的大好局面，以至于每一天都是值得庆贺的节日。我甚至得意忘形到宣布自己“成功并成功逃离”，还有点恬不知耻地模仿纳博科夫、奈保尔这一类不耐烦社会热闹的天才作家，闪身一边躲进小楼，自绝于社会热闹，单是醉生梦死地写作，完全沉溺于对生命真实的探究与表达。最可笑的是，我竟会傻到，以为探究与表达生命的真实，以为用文字更为真实的面貌来创建新的表述语言，会激发我们检讨从前的假大空话语，会令人们或者大家开始来真的，来真的，来真的，不再有假，至少不再喜欢假。可是一个恍惚，几年过去，事实是：假大空话语借尸还魂、卷土重来，趁市场经济与物质主义之机，沉渣泛起并大肆泛滥，大街上随便一则广告，一看都是吓死人的假大空。真实生活与真实话语表达，再一次地，似乎不可避免地被遮蔽。

到这里，得解释一下什么是BS了。BS，英语单词bullshit的简写，见《牛津英语词典》，是约定俗成的英语口头禅，随着网络流行于全世界，流行到中国。如果一定要翻译，大意约为胡说、瞎扯、鬼话、骗人、狗屎以及文字表述的故作深奥、伪装哲理、装腔作势、玄而乎之。咱们中国什么都有自己的特色，BS流行过来以后当然也有，典型的BS文字，当属鸡汤文。鸡汤文的流行，风起云涌，势不可挡，繁荣昌盛，人人都用。除了纸媒，更随着网络微博、手机信息特别是近年的微信，覆盖了几乎所有人群，连我家足不出户的老阿姨，也无可幸免。

我家老阿姨，素喜卤牛肉，每次去超市购买，心理被暗示的文化来源，总不外乎两个重要BS。一是微信上关于保健的鸡汤文，吃什么好，怎么吃，吃了优质蛋白一下子灌满全身，超级提升免疫力绝对不得癌了。二是在微信鸡汤文的铺垫下，跟着鸡汤广告词走，越是卖概念卖豪华词语的东西，老阿姨越是觉得吸引眼球。可是回头老阿姨又抱怨，买回来的卤牛肉，要么嚼不动，要么无牛肉味，说是著名某牌的“美味卤牛肉”，极小的字体写的是“大豆分离蛋白加红曲红”，也就是说，从实质上和细节上分析，这就不能够算是真实的牛肉。

那么还是让我来做一点真实的卤牛肉吧，为了老人的健康。当然，还有我自己的。亲自动手卤牛肉就像一个重大项目，决定下来不容易。因为一旦决定，我就要付出很多。过程的艰难，每一步都得求真务实，且还得小心谨慎。首先我一而再再而三地寻觅真正好牛肉，不注水的，非深冻后化冰再喷鲜肉色素的、农民淘汰的老水牛肉冒充食用黄牛肉的，诸如此类等等，得逐一进行比较鉴别，花费的时间与经验，就像考古一样。然后才确定了一家清真牛肉铺子的牛肉。这一家应该算是不错的真实的黄牛肉，所以当我中午去买时，已经售完，十分俏销，据说来买的都是懂牛肉的客人。然后换一天大早去买，也要排队。好不容易各种部位牛肉都有，各样都买一点，价格却是不容小觑，一下子就进去了几张红票子。然后再去选择适合老人的天然卤料，八角桂皮小茴香现在样样东西都有假或者产地不对，一家一家精挑细选，再次考古。然后回家，将牛肉腌制24小时。然后守着火候，慢慢卤炖。我家卤锅一开，那个香气，简直是吓煞人的香，平日很少交往的邻居，也忍不住凑过来讨要方法。终于，卤牛肉成功了。卤味透彻，鲜美非常，入口酥松。巴巴送过去，老阿姨吃得欢喜。吃上几天，满足了，就不当一回事了。与我聊起来，还是觉得这样卤一点牛肉，实在太浪费时间了！

“这过细做什么？”老阿姨很介意我太过细。她认为我这是落后于时代的表现。她批评与开导我的思维与语言，都是鸡汤文，她讲：“现在国家这么富有，物质这么丰富，市场这么繁荣，超市要啥有啥，这个牌子不行，再选其他牌子，总有一款适合咱！”她讲：“现在生活节奏快，要跟上时代的进步，别再花这么多功夫做菜，功夫要花在提升自己，当心被社会out哦！”能够说出时髦的英文单词“out”，尽管她以为这就是中文，老阿姨很是得意。见我讶异大笑，老阿姨更是有话泉涌。为了我好，她认为她必须教育教育我，“你呀，得潇洒一点，未见得给我做卤牛肉就是有孝心。连我这个老人，现在都潇洒得很不介意的。你就更不用纠结一定要给老人做吃的东西，父母与子女缘分一场嘛就是目送而已。不是吗，我都想开了。”老阿姨的滔滔不绝似洪水暴发根本阻挡不住，又进一步教导我：“像你，到这个年纪，就不要还这么辛苦写作了，你又不喜欢玩微博，又不是什么大V，也不爱什么热闹，热闹会主动找到你吗？不会了！现在再好的东西都要自己强力推销，不推销出不去，这样子你就别硬撑着写了。”

根据鸡汤文的理念，老阿姨认为我的人生，进入了应该特别注重身体保健的阶段，应该跳跳广场舞，多参加夕阳红旅行团和大家多交流。她随口就可以流利地背诵鸡汤文：“当放手就放手，该享受就享受，晨歌夕舞为健康，懂得珍惜就富有。”弄得我张口结舌，无法对话。我实事求是平铺直叙的日常话语，老阿姨摆摆手根本不要听。我不得不承认，假大空鸡汤文非常成功地推销了它们的观念，连我老阿姨这类老人家都认为唯有这样才算与时俱进的，才算懂得享受美好生活。看着我那精神亢奋的老阿姨，脑子被鸡汤灌满，满口大道理和时髦概念，我彻底无奈了。老阿姨还有一帮夕阳红同学，所谓“我们同学”就是各种老年大学各种老年班的老人，她们同学经常在一起聚会出游玩手机拍照，都使用鸡汤语言，使用鸡汤生活方式，饮食早就放弃了传统的常识常规亲手烹饪，口号是“餐馆到处是，莫舍不得钱”。待病从口入以后，再在鸡汤文的指导和推荐下，去吃保健品和找神医看病。老阿姨的手机使用频率，比我还高，出门忘带手机，比我都恐慌，说是那会被人瞧不起，会被人认为太穷太土，或者老朽无用——还是BS鸡汤！

到了该佩服的时候了。也这才明白，你佩服的东西，不一定是好东西。BS鸡汤，不仅能够灌满老人脑袋，也能灌满年轻一辈脑袋，连儿童小学生的脑袋，也都满溢。现在兄弟姐妹逢年过节都不亲手写信，只转发一下鸡汤文。小学生作文，也百度，照抄鸡汤。我猜，比尔·盖茨肯定做噩梦都梦不到，在不同国家不同民族的文化环境里，他发明的网络开启的是一个什么样的盒子，会变成一头怎样的猛兽。

当然，实践还是检验真理的唯一标准。日积月累的鸡汤生活，我家老阿姨的肉体还是抵挡不住了，神医神药最终也还是失效了，就算最后只能喝汤药调养，也还是得我去考古般精挑细选中草药药材。熏过硫酸的鲜艳的枸杞子，入药肯定无益。我也注定了就是这样一个被今天时代out的人了：很甘愿地一如既往沉溺于童年志向继续坚持真实运用文字管它有用无用，很乐意地更加精心烹饪卤牛肉以及烹饪我自己入口的所有食物，很肯定的是BS鸡汤文与其煲汤者的死敌，见到它们，抬手就删，扭头就走。苍天在上，我愿意真实地生活，真实地写作，真实地饮食，真实地说话，真实地度过今天这个六一儿童节，尽兴吃一把这种富含植物根块的巧克力。这么说又是不是有点肉麻呢？我不知道。如果这样表达依然有一点任性的恬不知耻，那我也认了。

2016年—2017年新晚专栏

最必要的一趟旅行

整个青少年时期，我深深埋藏着的最强烈心愿，就是离家出走。

只因我们家，完全不成家。我的父母，是当时的革命干部与新潮青年，被裹挟在轰轰烈烈的社会生活中，为祖国勤奋工作，为人类拯救命运，忙碌到根本不可能有时间照顾他们的小孩子。现在的小孩子都叫宝宝，当时就叫小孩，怎么敢叫什么宝宝，那就太个人主义小家庭了，那就涉嫌小资产阶级情调了。这样子，我父母发现他们生了一个小孩子，尽管是头胎，却也实在忙得顾不上。就在我出生不久，连名字都没取——当然热情的户籍警察叔叔帮了取了个名——当时作为革命干部的父亲在本地人望很高威风凛凛，干群是鱼水般的和谐关系，大家都很愿意帮他排忧解难以便他集中精力做好领导工作。于是就在我出生不久，连儿带母，送到了我外公外婆家。以上故事，有多个版本，其中大小不等的情节误差，皆是源于无人用心记忆关于我的什么个人历史，家族成员的日常闲聊与左邻右舍的传说，每次都有情绪化的波动。我父母更是听之任之，“文化大革命”很快如火如荼，他们马上就自顾不暇了。当时，想必我母亲按公职人员的规定，休息了不长的产假，就回返单位上班并陪我父亲居住在单位宿舍。然后光阴似箭岁月如梭，我的存活率不错，在外公外婆家长大了，尽管出痘发烧咳嗽呼吸困难手脚生满冻疮，总之幼儿常见病多发病我都一一患过，但总体向好，多亏我出生最初父亲还有特供，我还吃了一些丹麦奶粉，也穿了一些开司米毛衣。也正因为还吃了一点好东西，穿了一点好东西，还有一个保姆带我，政治运动一到，立刻就被革命群众造反了。父亲本来就陌生，还是走资派，还被打倒整，不仅一切都没了，还得跟着挨批斗，才鬼大一点小孩子，也是正经的黑五类子女，受尽羞辱欺凌，日子很不好过，一心只想逃走，但不知道往哪儿逃。

从前曾经那么羡慕别的小孩的家。我的家，怪怪的，一半是父母的单位宿舍，一半是外公外婆家。单位宿舍很小，红砖平房，就一间，室内用马粪纸隔开，里间是父母的床，外间是一架高低床睡我们两个小孩子。父亲总是愁眉苦脸在写交代材料写检讨，母亲总是在哭泣。两人还总是在不停地离开家，去社教去工地劳动改造去办学习班去被批斗等等，名堂很多，我们小孩子就很少睡这里，多睡外公外婆家。如果说我喜欢外公外婆家，一点不假。首先我喜欢它的本来面貌：原本很大，是一座三进三板十一柱的豪华大屋，飞檐碧瓦天井楼台前街后院。后院极大，大到除了有果树、池塘，还有厕所和菜地。尽管轮到我居住进来，这座大屋已经被“社会主义房屋改造”改造了多次，屋子的一半，已经强行提供给房管所出租。就是这样残缺了，我也还是更喜欢它。它总是更像一个家：堂屋还是我们家的。堂屋里的八仙桌太师椅和书案笔洗座钟还是我们家的。过年过节我们全家围桌吃茶，脚下踏着温暖的火盆，怀里揣着镂空雕花的黄铜暖手。二楼有我舅舅的卧室兼书房，常常他会凭窗吹笛，笛声中有清风明月让我感受得到。遗憾的是就连这份残缺也短暂。在一波波政治运动革命大潮的席卷下，我母亲与她的兄弟姐妹，有的远走高飞，有本地工作的，也千方百计搬到了单位宿舍，郁郁不乐的外婆吐血早逝，外公借酒浇愁酗酒成瘾，家门总是大敞，家具任人偷拿。不久之后，外公外婆双双英年早逝，我的家也就大部分崩塌了。

只得回到父母家，就这样的半个家，生活不仅逼窄还是危险的：窗帘都不可以挂，必须用行政科统一发放的红色油漆涂玻璃窗。本来也是可以用报纸糊的，但报纸剪贴，稍有不慎就有可能拼出反革命标语，只好涂油漆。涂油漆容易皮肤过敏，皮肤红疹痒得不行，就往皮肤上涂双氧水。房门钥匙挂脖子上，时刻担心有人一把抢夺。饭票装书包里，也时刻担心有人抢书包。喝开水要提开水壶和开水瓶去锅炉房，排队打开水，被人插队和推开是经常的事。保卫科巡逻在大院可以随时喝住你。晚饭后不久就得关灯，不可看小说闲书，不可大声说笑，不可议论时事。那年月，一听革命样板戏中的猎户女儿小常保唱起“盼星星盼月亮只盼深山出太阳”，就热泪滚滚。小常保唱出了我的心声：盼啊盼啊，等啊等啊，只盼能够逃离父母家啊。

所幸终于盼来了高中毕业，终于赶上知青运动尾声，终于理直气壮打起背包就出发了。我离家出走的白日梦，终成现实。尽管我一脚踏进的是乡村泥土小屋，是知青队集体住宿，也算是逃离的一个开始。

从此，我越走越远。读大学，住集体宿舍。工作，住集体宿舍。再读大学，住集体宿舍。再工作，住集体宿舍。我不断漂泊在各种单身宿舍。我没有家。于是所有节假日，与同学结伴旅行，遍访名胜风景。然后，越走越远。行走的脚步扩展至其他国家。独行或随团，下榻各种宾馆酒店。虽然宾馆酒店可以用钱来保证一个最短期的自由的居住，但肯定不是家。事实上，我逃离父母家以后，开始的是一个漂泊的旅程。漂泊的目的在年少轻狂时期，是远行是旅游是到处看风景是四海为家，一旦进入成熟的年纪，才明白所有的漂泊都是只为找到自己的家。原本以为，婚姻会给我一个家。原本以为，婚姻就是家。结果也不是。年轻时候最突出的矛盾是住房，那时候住房是如此艰辛难得，以至于你勤奋劳动赚了钱也都买不到一片砖瓦，住房不卖，住房是单位分配制。所以实质上一不当心，婚姻变成了解决住房的唯一途径。住房是房子，不是家，婚姻只是一间住房住进了两个人而已。婚姻不仅没有给我一个家，还极大地阻碍着我对家的建设。当一间小房的两个人变成三个人，当孩子的诞生带来小阿姨保姆等照料孩子的人，当小房间拥挤到无法居住，你就得再一次设法寻找大一点的房子。生活总会冒出各种霸王理由，逼你不停寻找不停搬迁。从小以及多年来，我心里积攒着的很多对家的美好设想，从来都来不及实施就开始迁徙。每一次迁徙都是一段伤心旅程，刚刚动手建设又亲手弃它而去。后来连建设也不敢了，眼见得城市飞速扩大，又很担心拆迁忽然过来，所有建设都沦为废渣。再不就是被豪华装修后以贵到没底线的价格卖给你四堵墙壁和满屋子假冒伪劣，就算这样还得担心土地证到期。

折腾半辈子，才恍然大悟：原来我的离家出走，蜿蜿蜒蜒其实一直是想奔到一个自己的家。我一直一直一直想要一个完全的、安全的、永久的、属于我自己的家。

我的家应是这个样子：样样东西都顺手都好用且结实耐用。我的家什么话都可以放心大胆说，裸晒没顾虑，窗帘绝对有。最喜欢的枕边书、无数CD/DVD、历年旧手机都身怀当时电话号码与短信深藏抽屉；祖辈的马口窑陶罐、父辈的老式英纳格手表、我孩子婴儿时期的襁褓、爱人的礼物和书信字画、友人的生日贺卡、每个年龄段做的傻事的痕迹比如从埃及带回一只法老银铃并一直深信它会灵验，等等等等，林林总总，一个丰满的家，一座个人博物馆，一道自己生命的神秘风景。房子可以老旧，可以不大，但是不可以不永恒，不可以不永远。我的，一个人自己的，永恒与永远。自己创建的家，才是自己最美丽的风景。一旦我有了条件和机会，我再也不会到处漂泊。我将会把我的精力集中起来，全部奉献给我的家，我将会把我的时间集中起来，全部用来实施我理想中的家，要它四季如春，要它貌美如花，要它体贴温馨，要它与众不同，要它不再被遗弃不再被拆迁，就像山川大地那般稳固屹立，年复一年积攒家的隐私与秘密，往后当我需要的时候，我就会在自家的隐私与秘密中旅行。

现在举国流行旅游热，眼见得身边男女老少，一有几天时间就要跑出去，到那些旅游业催生的人造景区游玩，游客拥挤，喧嚣混乱，厕所肮脏，饭食难吃，在同样景点拍同样照片，回来以后对旅途的种种麻烦大肆抱怨和诉苦。单说这样的旅行，见不到什么好处。问题的本质更在于：旅游其实是一种高文化含量的商品消费，不是这样的旅游仅仅是烧钱的假冒伪劣。世界上能够真正享受高文化含量的人们，是那些已经拥有立锥之地的人们。所谓个人的立锥之地，就是有一个完全属于自己的家。文明社会无数个人，他们早八辈子就拥有了自己永久的神圣不可侵犯的家。因此，在他们的生活中，可以毫无后顾之忧地享受高文化含量，换换口味，长长见识，让他们的自我，有那么几天或一阵子，度度假，散散心，生活在别处。最终指向还是在于，在别处获取更多新鲜信息，有助于丰富自己的阅历，提升审美水平和创造能力，继续建设他们世世代代的家与家园。如果说旅游不是为了这个终极目的，那么世上所有的乞丐、要饭花子、流浪者，都算是最美好的职业了。

再说我们现在流行的旅游，究竟葫芦里面卖什么药，似乎还是可以拍拍脑袋想一想的。我承认，的确外面的风景，名山大川，也还是值得看一看的，就算是那些拙劣的人造风景，不看你也不知道什么叫做反面教材。问题不在这里，问题的本质更在于：你首先是否能够确定你已经拥有立锥之地？你首先是否拥有了自己的家而不仅仅是房子？就连这房子也只是浮皮潦草的鹦鹉学舌的千篇一律的装修，连独特自我的审美与实用都不具备，更何谈房子的永久归属还处于悬疑状态，室内生活还处于潦草粗放状态，一切都还在草创阶段，一切都充满不确定因素。因此，在这个意义上，对于我们每个人来说，属于我们自己的家，才是我们的绝美风景，回家的旅程才是我们最必要的一趟旅行，而不是随波逐流，太过容易地就被旅游热潮裹挟进去，把热情与金钱与生命时间，都给了旅游团以及人造景观以及旅游购物的种种骗局。

所以，我想我的话题，并不是在谈离家出走或外出旅行。我是在整理自己被社会上流行的一些荒唐行为搅昏的脑袋，在慢慢确定自己年少的离家出走，是否的确是一趟遥远而必然的旅行？然后，现在，我究竟是否已经回家？

2016年—2017年新晚专栏

婚姻课

我以为，人类万事万物中，最必须学习的知识、对人生最重要的知识，就是婚姻。

因为婚姻并不是天地日月山川河流那样天生或神造，它的建制，纯粹人为。既然人为，就有人工方式。如果你想进入婚姻生活，就得去学习进入的途径以及适应的做法。很遗憾，我们中国没有婚姻课。据说我们中国学校的基础教育非常厉害，比如国际中学生奥数比赛就经常获奖。可是获奖的中学生们，将来不可能和奥赛结婚，一定还是要和人结婚，而婚姻这门知识，学校课堂完全不讲，中学生们一无所知，因此事实上奥数获奖，对个人这辈子怎样获得美满的婚姻生活，指导意义不大。即便这些奥数优秀的中学生，一旦成年，到了婚龄，同样也得与奥数很差的普通大众一样，焦急地相亲，处对象，谈条件——房子车子票子争得脸红脖子粗，然后结婚。这样无异于对航海一无所知的人，某一天突然被推上汪洋大海中的一条小船，毫无疑问这是一趟非常危险的旅程。纯粹是由于无知，婚姻过早地葬送了多少人？这个数据无法统计，但是风在我们耳边吹来太多太多这样的叹息。又有多少人在婚姻中同床异梦有苦难言？这个数据无法统计，同样有风在我们耳边吹来太多太多难言的叹息。婚姻破裂的离婚率，这个数据可以统计，显而易见，离婚率年年高涨。

既然如此，已经都涉嫌影响到社会和谐了，教育部为什么不开设婚姻课？我闹不明白。据我走过十几个国家的东鳞西爪印象，世界有不少国家，是会开设婚姻课的。婚姻课的设置循序渐进，根据人的成长年龄，小学开设人体生理课，中学开设恋爱、婚姻、养育后代课。课堂还有实习：怎样生孩子，怎样给小宝宝喂第一口母乳，怎样给小宝宝换尿布——顺便举个例子：英国皇室的年轻爸爸威廉王子与妻子孕期一起上分娩课网上有图，就连未婚的哈里王子在育儿课堂学习给宝宝换尿布也网上有图，总之，从人之初到一辈子，人本身的生理知识与成长知识，都得学习与实习。每个国家的课程名称或许各不相同，不过内容都大致相同。关键就是要让孩子们在步入青春与成年的时期里，充分了解并理解生理变化与性欲萌动的关系，生理性欲与心理感情的关系，性欲与爱情的关系，爱情与婚姻的关系，婚姻与生育的关系。不言而喻，在学习到这些知识以后，想必婚姻是一种什么样的生活方式，需要怎样的相处方法，基本也就有点谱了，对婚姻也就不觉得突然和陌生了。听长期生活于国外的华裔聊天，说那些偏好亚洲文化的白种男人，中意娶泰国女孩子，因泰国女孩子在学校都有学习女性孕育知识，婚后的怀孕生子哺乳，能干到都可以自己从容不迫搞定，这样的婚姻很是轻松愉快。他们也还中意印度女孩子，只因印度会给女孩子讲授《爱经》。中意台湾女孩子，是因她们知书达理，温文尔雅。中意日本女孩子，是因为她们中西合璧，又传统又开放。当然也有娶中国女孩子的，主要是因为她们皮肤细腻和漂亮，但婚后离婚的也不少。可见教育的根本意义，无疑是树人。人好，是最重要的。做人是世界上最难的事情。所以，好多国家除了学校课堂教育之外，还有诸多机构，负责对人离开学校以后的持续教育，有政府机构、社会组织、医疗团体以及宗教社团。历史大约不会忘记，当年美国总统克林顿在白宫闹的绯闻。当绯闻曝光，克林顿、希拉里夫妇第一时间，就是去接受婚姻心理医生的治疗。按说这桩婚姻丑闻，出丑的负面影响之大，堪称世界级的，但是，却没有导致他们的婚姻解体。这说明婚姻的全方位知识与终身教育，还是明显有效的。英国真格的教堂婚礼，可不只是我们表面看到的，男西装革履，女洁白婚纱，好漂亮好漂亮哎呀我们狂热模仿。事实上，婚礼仪式之前，牧师已经介入。牧师点对点指导未婚夫妻再次学习婚姻课。课程6个月。牧师会详细告知婚姻的责任义务以及有可能发生的种种危险，包括最常见的厌倦感和婚外情。6个月后，只有没被吓退的未婚夫妻，才能获得教堂婚礼。这个婚礼不仅漂亮更是神圣，这可是宣誓仪式。一对新人在上帝面前，自愿发誓，效忠婚姻一辈子。如此，我们才能看到一对白发苍苍的老外，手牵手散步，时不时对视，还经常说老伴今天你更漂亮了。这靠的可不是演和装，死要面子，给人看的。这是靠婚姻课，靠从小到大的教育和培养，靠对婚姻本身的信仰与忠诚。尽管教育做到这个份上，婚姻也还是会出现问题，毕竟事物总是复杂与相对的，不可能绝对完美。不过一旦出了问题，解决问题的方式方法大都会比较妥当。当事人双方，无论愤怒生气到什么程度，还是有可能尽快进入理性解决过程。当然还有法律相助，应该说法律作为后盾，也介入了对婚姻知识的强化与确保履行最基本的人道主义尊严。

至少有一点，婚姻课的知识，会让人们认识到一条底线：婚姻破裂，一定是双方本身不合适了。只有夫妇感情首先有裂缝，外因才有进入的可能。生气归生气，争吵归争吵。最后还是在婚姻之内解决根本问题：离婚或者不离。无论离或不离，两人都在努力尝试原谅与宽容对方，这也是婚姻知识之一。

我们没有婚姻课。我们从古至今，都靠碰巧和投缘。碰巧和投缘实在太玄妙了，现实生活中漫长的婚姻靠不住它，就如瞎猫碰死老鼠，这才有多大几率？我们男女都还是随动物本能走，走到哪一步是哪一步。对方一旦有婚外情，另一方扑上来就撕第三方，最后落得几败俱伤，世代仇恨。人类社会文明发展到今天了，高科技都这么发达了，中国却还很洋洋得意地发明着原始、落后、腐朽的名词，比如“小三”，一旦发明出来，还真能够为大众所津津乐道。大街上经常发生辱骂殴打小三的奇观，竟不知自己丑陋到何等地步，也不知自己有罪到何等地步。耶稣啊耶稣，现在中国年年大过圣诞节盲目热闹，我不知道是否意味着基督教信仰的萌芽，抑或仅仅只是商家挂羊头卖狗肉做一个赚钱的噱头。耶稣所谓的“谁没有罪谁拿石头打她”的经典质问，在两千多年前就可以令众人羞愧，自觉有罪，皆悄悄放下石头。就我有限的观察，今天我们拿石头到处打他人，却丝毫不觉得自己有罪。自然这又涉及另一堂人权与社会道德课的知识，那就是：在一个社会，当任何个人，哪怕是罪犯，如果可以随便被羞辱，那么社会中的每一个人，都有可能随时遭受羞辱。因此，现代文明社会应该是人人都以羞辱他人为耻、为低能、为下三烂，法律也绝对不允许人羞辱他人。婚姻也同样，婚姻中的错误，也绝对不应该被羞辱。这样，婚姻才有可能成为社会的良好细胞。我们个人，才有可能获得良好婚姻。真希望不要搞错，婚姻不是做生意搞买卖，不是靠经营的，现如今我们都把婚姻当经营。“经营”这个词，当然同样也是一个对婚姻大不敬的词，同样也是我们大肆流行的返祖语词之一，这真是无奈了。世界已经发明把遥远的人与人亲密联系在一起的网络，我们却在发明把人与人的关系离间开来的词语。因为教育的缺位，愚昧就盛行。愚昧的盛行，导致我们黑白不分是非不辨良心泯灭自己伤害自己，这或许是一场新的世界大战：本族群自相残杀。

我们社会素喜流行许多貌似真理的口号，“知识改变命运”写得大大的，贴在课堂，灌输学生。而人的短暂一生，哪些知识是最必须的？哪些知识能够让人终身受益？哪些知识能够改变自己以及本民族的命运？我们不作思考。我们蹉跎岁月。

2016年—2017年新晚专栏

现在流行简单粗暴

头发真是三千烦恼丝：没有，很烦恼。有，也很烦恼。拥有一头好发，很难免自恋。人一旦自恋，很难免执念。执念一旦生出，心志很容易迷糊。迷糊了就容易分辨不出青红皂白。就不太愿意走进理发店，就一定想要走进美发美容工作室，走进臻美堂珍宝岛之类的发型师奇装异服的地方，其实还是理发店。多年的教训也让人分明知道，这一类花里胡哨的店名，主要代表价格昂贵。但人就像中邪，在前一家“天堂人间”突然关门卷款跑路之后，细心寻找的下一家，还叫做“人间天堂”。你还自以为很警惕，也自以为经验丰富，进店并不急于理发，提出先与发型师沟通。店长赶过来，推荐最高级别的首席。首席登场，不同凡响，发型摩登，新奇时髦，围绕你端详，小指头弯弯，拨弄你发梢，好关注你的样子，最后点点头，满有把握了。洗头工立刻带你洗头。洗罢送你进入贵宾间。首席理发完毕，忍不住自夸：“你看你看，多漂亮发型！我就是和别人不一样嘛！你简直可以直接坐在巴黎最繁华大街上喝咖啡了！”这种肉酸的话，只因是自己头发，就是不觉得肉酸，还跟着飘飘然。最后付费，一个简单的算术题，就像饿狼扑食一般在这里守株待兔：首席价格368元，如果现场充值办卡，万元千元地给店家，你立刻就会尊享会员待遇。你充值越多，优惠也越高，充值过万元以后，立刻大打折到只需要支付110元了，只不过万元大钞，都已经是店家的了，以后无论什么理由，都是要不回来的，事实就是这么简单粗暴。你必须选择。你别无选择。顿时巴黎不见了，发型师不见了，店长不见了，只有前台一张涂脂抹粉、模式化的面孔，反反复复洗你脑："钱还是你的！都是你的！只是存放在卡上而已！放在卡上你其实赚了！头发总是要不停地打理是不是？单次付费要高出几倍价格，最后还是你自己吃亏。再说你头发这么好，值得更好的呵护呀是不是？首席才110元，哪里遇到？太值得了！"如果你继续犹豫不决，都觉得自己好没面子，自己头发想要首席亲手打理，还不愿意出钱。咬牙。充值。办卡。

然后。几天过去，又几天过去，没有谁被你发型亮眼。头发再长几天，你也慢慢恢复日常平静，镜子里仔细看看自己发型，还是从前那个老土样子。再几个月过去，忽然某某某国际连锁美容美发屋，卷闸门落下，又是" 本店装修 敬请等待"，屋子里头已经是人去楼空垃圾满地。再一次，又为会员卡的退款开始烦心，开始漫长的扯皮，开始疲劳和放弃。这一场官司还没有结果，头发又长了，发型又乱了，烦恼丝问题又提上议事日程了。这次发誓：坚决要更细心找一个更好的理发店！找呀找呀。找到烦恼不等人的时候，落到哪家是哪家，再一脚踏进店门，又一幕悲剧重演。

直至我遇上发子。发子一语点醒梦中人。

男孩发子，洗头工，艺名杰克。现在理发店从发型师到洗头工到收银员，一律都有艺名。艺名一律是洋名。杰克替我洗头，第一次是随机偶遇，却发现洗得格外出色，十个指头有力道，有感触，认真负责，轻重拿捏得当。很是惊喜。遂问了艺名与工号，下回点名要他，为他宁愿排队。此后就是专属了。我只要杰克洗头。我也只要杰克上卷发器。烫发上药水，我也只要杰克做。这孩子与众不同，对烦恼丝一点不烦恼，天生兴趣浓烈，双手一旦接受到头发，立刻和颜悦色，一心想要这头发在他手中变好。天才嘛，我想。我这个人就是喜欢天才，所以每一次，我都要衷心地真切地说出谢谢杰克。发现了一个天才，我觉得我充值的钱就值得了。杰克成为我的观察对象，他如此热爱理发这个专业，自己还是洗头工，却眼睛发亮总是注意盯着发型师瞟学，上卷发器多么繁琐，一天下来工作了十几个小时也还是上得一丝不苟，又少言寡语，并不开口就推销洗发水，坦承店里洗发水是桶装大路货，还悄悄建议我带自己的洗发水来。惊喜连着惊喜，烦恼丝终于带来不少愉快。这在我的理发史上，是一个绝无仅有的故事。

这样子，一段时间，杰克就和我熟了。熟了才对我坦诚了自己的本姓名：“我叫发子。发财的发，儿子的子。我连ABC都不认得，不想叫什么杰克，店里规矩，非得有洋名。是店长给取的。不喜欢。很搞笑。叫我发子吧。”

我说：好的发子。

于是有一天，在大街的三角岛等红灯，我和发子碰到了。那天发子很快活。说他要去学发型师了，三个月回来，就不再是洗头工了，收入顿时就上一档次了。我恭喜了他。发子的确值得再学习和大提升。谢谢！他说。但是，只要三个月就能够学到手艺么？三个月就变成发型师了？发子说：么样？三个月还不够？学徒三年？我的天，那我都已经饿死了！发子笑指大街，说：这满大街的东西，学什么需要三年的？哪有那么麻烦！哪有那么多时间？赚钱就是要手快！就是要趁早！就是要心狠！这不是我说的啊，这就是现在规律，都懂的。姐呀我看你倒是要多加小心，只要有人耐心耐烦和你瞎掰，那都是要掏你口袋钱的。人家都是装，是演，转身就笑你傻逼。结果呢，该是地沟油还是，该是啥发型还是。什么首席呀巴黎呀，等我回来，给你剪头，包你满意，咱绝对不用花言巧语骗钱，咱凭手艺，咱就是天才的理发小子，呵呵！姐你可看清楚了，这满大街流行的就是简单粗暴。现在都是简单粗暴了，没有例外。

绿灯亮了。发子走了。我呆若木鸡。发子一句话让我顿悟。顿悟让我看见了自己的种种迷失。

三个月以后，发子并没有回来。再三打听，都只说不知道。后来坚持打听，逐渐才得只言片语的回答：死了。什么？死了。就是死了。怎么会？一活蹦乱跳的小青年呀。就是死了。得了病。就死了。这回答真是简单粗暴。什么病？不知道。还是简单粗暴。时间再长一点，你再问发子，人都瞪白眼，意思是你这人好奇怪，那都是翻篇的事了，还问什么问！还是简单粗暴。

一个深夜，我来到大街的三角岛，把一束在江边采的野花，系在围栏上，悼念发子。一条生龙活虎的年轻生命，说没就没，店里小伙伴都懒得知道详情，现在真的，是太简单粗暴了。协警跑过来，说喂喂干什么干什么？我告诉他这是悼念的意思，是为了寄托哀思。他一脸麻木阴冷，只管盯着我。等我人一离开，他立刻就扯下花束，丢进垃圾桶。就是这么简单粗暴。人心都不像是肉长的了。

2016年—2017年新晚专栏

爱真的是终身的事

写作生涯里最尴尬的事，莫过于猝然遭遇集体笑。这种笑，即便我是作家，也形容不出来。实情实景举例说明：几年前我写了一部较长中篇小说，题目叫做《有了快感你就喊》，描写当代郁闷男。当时小说已经写好，但反复找不到满意的小说名，为此耽误好几天，抓耳挠腮而不得。忽有那么一刻，平时喜爱看诗的我，眼前浮现出曾在哪里读到过的几行诗句，是关于美国大兵在越南战场上的诗句，这几句小诗印在每个大兵救生囊里的火柴盒子上，其中一句就是“有了快感你就喊”，以此诗句激发大兵们在遭遇绝境时候的男子汉精神。就是它了！当灵感赐给我这个书名的那一刻，我惊喜若狂：我抓住了我所写小说的灵魂！我抓住了我所写的某个男人的灵魂！当时小说出版、获奖、改编、翻译，一路火热一路顺利。小说集刚一面世，短短几天就售出近20万册，对于文学，无论如何，这个数据总能够算是一个奇迹。我以为大家喜欢我，我也是如此喜欢大家。

可是，不料，后来，逐渐，我发现，大家在私底下闲聊，只要有人说出我这个书名，周围人们便集体一笑。肯定不是喜欢的笑。分明是那种心照不宣的、暧暧昧昧的、眼睛躲闪的、只在嘴角眉梢昙花一现的笑，旋即扯开话题，个个又恢复了一脸的正经。我得承认，这种时刻，每当这种时刻，每当我的目光恰好截取了人们的这一段表情，不由分说我的心，就有一种恨意，油然而生。我想不要也来不及阻止，只因这种笑里藏刀果真就像这个成语一样笑里藏了刀，已经割伤了我，我的本能已经在奋起呵护自己的伤口。

果然，后来，传说我这个小说在一项文学大奖的评选中，发生了如上的集体一笑，然后就是直接落选。针对这部小说本身的意见，评委什么都没有说，只是个别人幽幽地说一句“她反正已经获过这个奖了”，于是结果就是这次不给她算了。是啊这倒是不假，我的确已经首届都获奖了，也该轮到别的作家获获了，连阳光雨露胡椒面，都是普洒的规律，因此，我也完全能够理解与接受。但是我比自己以为的要脆弱得多，也小气得多，一生气，就不再申报任何奖项了；也决计不在乎什么文学奖了，还决计责任不在我自己，在文学奖那里。我根据自己并不敏锐的嗅觉，嗅到文学奖评选变了味道，我决计向阿Q学习，认定“你不评给我是你的损失而不是我的”，这句座右铭，每逢委屈念三遍。然后，大家都开始传说文学奖变味道了，网上也发不少评选丑闻，我就窃笑，大感安慰。后来呢，也就在年纪的渐渐老去之中变得开朗，宽容，懒得瞎操心，安静写自己的作就是了，游戏规则当然也完全懂了：你不和大家玩大家自然也懒得和你玩。所以呢，文学奖无所谓那是我咎由自取，只是那种笑里藏刀，我还是受不了。

到了最近，湖南文艺社出版我一本小说集，收集篇目都是在国外翻译出版过的，以彰显中国作家“走向了世界”，书名先是定为《有了快感你就喊》，理由是该小说在法国的一再加印，发行特好，祖国读者也就为此特别自豪，也就特别需要使用这个书名。万万没料到，最后审查通不过。诧异得我万分糊涂，因为原著早已经发表、刊登、转载、出版，还获了中国作协直属刊物《小说选刊》的年度优秀中篇小说奖。且这些年来，一再被收入我的各种文集，法国出版社在翻译出版过程中也从来没有提出任何质疑。于是我问：为什么？责编的回答很巧妙：你懂的！

可是我不懂！我真的不懂！我无法装懂！因为这里头逻辑不通。为什么已经决定的书名，直至开印之前突然被要求更换书名？既然审查出来有问题，为什么只是更换书名而并不撤掉小说？谁审查的？审查者在质疑什么？能否向我出示一下审查意见？责编打死不肯多说一个字。只说“你懂的”，最多再多说四个字“现在状况，你懂的”。怎么追问，都是徒劳，责编宁死不屈。我威胁说那么就不要出版了不必开印了，按照合同直接赔偿我损失得了。责编也是宁死不屈，坚决维护出版社，坚持必须开印出版。纠结到再也纠结不下去了，责编的一丝笑声，终于露馅，我的听力，已经把责编的笑，转化成为视觉画面，我一看就明白了:还是那种集体一笑，还是那种心照不宣的、暧暧昧昧的、眼睛躲闪的、只在嘴角眉梢昙花一现的笑，深刻影响到现任的审查者，审查者由此解读到这个小说名字“有一点黄”。哦，原来是涉黄了。哦，某种笑一直一直在笑，一直暗暗发挥着它的杀伤力，对文学艺术本身、对作家尤其是女作家。男作家还是可以写“丰乳肥臀”之类书名的，中国国情嘛。

现在我要解剖自己的是，我得承认，这些个时刻，皆有一股股恨意，从我心头，冉冉升起。今年我出版了《池莉诗集.69》，其中有一首，名为“爱是终身的事”。同样，好几次，我也猝然遭遇集体笑：哦这是最新写的吗？哦真是写得好哦，真实人老心不老啊！于是人们还是发出了那样一种会心的集体笑，忽然我心里一阵刺痛。不过还好，我的年龄还是没有白长，皮肤还是厚实得多了，刺痛也就是能够忍受的小针刺刺而已。然后，我也一笑了之。

《爱是终身的事》这首诗，写作它，为的就是训练我自己不再生恨。“人老心不老”的集体笑，显然强烈地充满国人陈旧的鄙俗的道德感：当人上了一定年纪，就应该歇菜，如果还提爱情，似乎为老不尊，合适的提法应为“两人一辈子没有红过脸”。很抱歉的是，对我这首诗，人们又想歪了，又直接想到下半身去了。我没在写性，更没在写老人与性，我在写爱。爱与性，在某些方面有交集，在更宽广的方面，也可以毫无交集。就像特蕾莎修女，终其一生都在爱，也都不断思考与探索爱，我可以背诵她一句诗为证：“People are unreasonable/illogical and self-centered/Love them anyway ”现在我倒是很羞愧，时至今日，还把爱与性混为一谈。我写这首诗，正是在羞愧的底色之中，为爱做一点光明正大的亮色分辨。爱还有很多种，爱很宽，爱很高，爱很长，爱很深，爱很轻，爱很重，爱也会很吵闹不是冤家不聚头，爱实质上就是一种人生的处世哲学。我写这首诗，也正是来自于太多的恨。从小时候开始，我就受欺负，被羞辱，挨批斗，同学可以肆意在我丝绸衣裳上洒墨水，可以随便用脏话骂我。我恨死了。我打掉牙往肚里咽，我好好学习勤奋工作，待我熬到出人头地那一天，我要你们好看！然后，终于熬到那一天了，我却发现：我已经不可能回返小学，不可能现身于中学，不可能很牛逼地站在全班同学面前，光鲜地放声大笑，让他们自惭形秽。我从小学到大学的同学，已经风流云散，从前大街上经常遇到同学，有一天再也遇不到，满城大街小巷里，都是别人的同学了。而恨，郁积在心，从来不肯烟消云散，终成疾患。我20多岁做过一次大手术，割出来一枚结肠肿瘤，居然已经石化，红得像玛瑙，我想那大约就是由恨长期郁结而生成的。我资质鲁钝，琢磨了半辈子，才突然冒出了一句“爱是终身的事”。随后泉涌而出的一行行诗句，也就是我的个人宣言，就是我灵魂与身体的山盟海誓，就是我举手投足的行为规范和约束。就这样，我开始脱胎换骨，我自己也目睹在自己身上慢慢发生的变化：一点一滴剔除恨意，一点一滴服从善意，一点一滴努力去爱，事实上，我的晦暗在消散，我的阴郁在消散，我的理解力在增长，就连我的肉体也随之发生明显变化，我身体变得健康，眼耳鼻舌身意，六根都在逐渐变纯粹而更加敏感与细腻，我的白发在变黑，我的体重与20岁时候一模一样——至少到今天为止，发生这么一种阶段性的变化。当然自然是有客观规律的，谁人都不是神仙会长生不老，我肯定同样在一天天老去。我要说的，只是一种意识上的自我训练。爱的意识怎样觉醒与怎样去自我践行。或许人们只是会说，你保养得不错。可是我认为更加重要的是：真的，爱真的是终身的事。爱人首先就得爱己。一个不懂自爱的人，是不可能懂得他爱的。无论胖瘦丑美，人到一定年纪以后，肯定是相由心生了。

好了。于是，这才会发生我接受了责编的婉言相劝，把“有了快感你就喊”的书名改成了“云破处”，成全了出版社计划中的出版。早十年我是肯定不会接受的。现在我相信好作品会被历史证明，也相信历史往往忽略好东西，索性我就放下历史好了。我相信好东西总是更精致更脆弱更容易被遗弃，坏东西总是更粗放更强大更容易被接受，索性我就放下他人对我的评价好了。400多年前的文豪莎士比亚，就已经这么说了:“Life was full of sound and fury and in the end , signified nothing”，而更早的公元前的500多年，释迦牟尼就已经这么说了: “色即是空，空即是色，受想行识亦复如是。”而科学家们几乎都说: 地球是要毁灭的。何况是一个人。无论你是谁，都渺小卑微如草芥。正因为如此，只有放弃恨，选择爱，才有可能形成一个互利模式的社会，一个人只有生活在这样社会中，才可以获得自己能够确定的、稳定的、有价值的自我生活方式。如果你生不逢时，如果你所有的讲述与写作都变成鸡对鸭讲，那就更是只剩下你自己、你得爱你。

我希望，我能够，刀枪袭来，用天鹅绒抵挡。不过虚弱的是，就连我此时此刻写着“我希望，我能够”六个字，一笔一画都散发着堂・吉诃德式的可笑与悲凉。现世乖蹇，做人太难。兔子急了还咬人呢，我怎么知道我的理性完全管用? 怎么知道能够始终都用爱的尺度来约束自己? 罢了! 罢了! 好歹我先做到了诗言志，这也算是我人生有爱的一种实际行动了。

2016年—2017年新晚专栏

远方没你会更好

收到一份快递，打开一看：月饼。一盒包装精美的月饼。哦中秋节到了。哦再一看，里面还躺着一张信笺。啊啊信笺！赶紧手指展开，心里居然抖抖，同时涌出一股歉疚，歉疚自己多少年没有亲笔写信了。

对于这个人世间，我早已无信——既不再收到也不再写——那种我们曾经称之为信的东西：有点私人，有点文艺，有一份微妙与亲密是连面对面都无法传达的。

读者来信除外。早年收到很多读者来信，多得无法一一回信，索性就一律不回信了。现在也还有不算多的读者来信，只是我不觉得那是纯粹的私信。而今天，我居然收到了一封纯粹的私信：有抬头称呼，有结尾落款，内容微妙又亲密，钢笔手写，纯蓝墨水，激动的地方钢笔划痕就更加粗重，似乎闻得见笔者加重的呼吸。初秋时节，迎风而立，微凉中展读友人来信，一遍再一遍，每一遍都生发出更为丰富的信息。这种信息用不着仔细辨别，它就像一大团蓬松可爱的棉花糖那样惹人喜爱，管它原本是十几粒还是几十粒砂糖呢。纵然我已经真的是个淡漠成性的人，也还是被激起火样热情。因此，这一天我的日子就充满了喜色，慈祥到看什么都不挑剔。在焦虑忙碌、网络虚拟与物质主义混搭乱构然后大肆泛滥的当今，居然有这么一种偶尔，有人亲笔写信了。一张薄薄信纸，很魔术地制造了难得的心平气和。就这样，今年我的中秋节假日以及稍后的十一假日，便拥有了一个风轻云淡的愉快开头。

感谢上帝！今天这个愉快开头，不仅是良好的，还极具启智性。让我蒙昧的双眼，看到了扎扎实实的社会意义，由于我这样一种纯个人的愉快，不会妨碍任何他人，所以在节假日尤其显得非常知趣和比较公益：对交通堵塞、大街拥挤、制造公园垃圾和花草践踏，对城市噪音声浪降低，对降低灰霾与平复扬尘，均有百利而无一害。

其实，给我写信的小友并不远，就在本市，江的对岸。如果现在还是从前的秋高气爽碧水蓝天，咱俩几乎看得见对方上班的高楼。我们之间也有微信，约个咖啡约个茶叙，约个饭局约个出游，是很简单的事。但是小友选择了钢笔写信，我选择了细细读信并选择了持久感动。我们懂我们的不约。且不说现在茶叙饭局烦乱无聊，到处高分贝乱噪，手机更是横行霸道喧宾夺主，动不动就拍照或刷微。而一起出游度假，无论是跟团，还是自驾，恕我把它称之为灾难或者自杀。自驾至少要备足瓶装水、手纸、卷纸、消毒湿巾、尿不湿和止泻药，要对高速公路塞车和风景区泊车以及惊天高价以及沿路的吃不饱睡不好洗不了澡，拥有超过白痴的心理承受能力。跟团亦然。虽然没有了照料私车的烦恼，同时也失去了私车所提供的个人空间，这可是整个旅程唯一一点私人空间，不然你就必须时时刻刻与他人成群结队，摩肩接踵。摩肩接踵的难受除了被动呼吸他人的烟臭屁臭汗臭狐臭之外，你能够看到的风景，永远只是他人的后脑勺。最近有一个杭州游客在黄山景区的现场视频，如果微电影也分级，这个视频就堪称恐怖片了。只见密密麻麻黑压压的人群，铺天盖地倾巢而出，瞬间吞噬整个景区，黄山只剩下少数顶峰，直指苍天，渴望拯救，而山的下半身没了，全趴满了蠕动的人。当然更不用奢望旅游进餐的食品安全与价格公道了。

如今的旅游业，与许多行业一样，过于迅猛无节制的膨胀，毁坏了专业的逻辑链条。也与许多其他行业一样，借用文化标语与文化口号，不伦不类，生搬硬套，乔装打扮，涂脂抹粉，大肆忽悠，根本就是商业利润变异出来的一个吸金怪兽，诱导人群蜂拥而至，所到之处，秀美河山飞快变成水泥广场游乐场索道酒店饭馆公路马路，而假冒伪劣作坊也飞快制造旅客衣食住行的必需品，病从口入的癌症或许从这里埋下伏笔，当然医院会很高兴，现在医院也是做生意，也都在拼命扩建，病人自然是越多越好。这就是现在的中国式旅游，这就是传说中的远方，这就是惬意的说走就走。一些小青年，闲来无事，在网上一鼓捣，来一场说走就走的旅行就变成了时髦。中国从来不缺赶时髦的人群。猴子不上树，多敲几遍锣。那些喜欢赶时髦的人就会趋之若鹜了。然后这些人群走到哪里，破坏到哪里，践踏到哪里。嘿，远方没你会更好，朋友你说是吗？这一次长假，咱们哪都不去。喝喝茶，品品酒，听听歌，看看月，翻翻书，静静伏案，慢慢写字，悠悠感怀，深深祝福，我的亲朋好友，愿世上所有美好都是你的。

2016年—2017年 新晚专栏

亲爱的十月祝你生日快乐

今年武汉夏季，漫长得令人绝望，酷热得令人冷笑。高温溽暑三个多月，导致身体细胞无法冷却还原，使走在大街上的脸，肿胀得比平时大出至少一倍。男子索性赤膊上阵或卷起上衣露出腹部散热——可怜现在男腹的膨胀态势好似蛤蟆正在发功，连说“中年油腻男”都还是客气的，都还是平时还穿着衣服的，现在所说的是上半身直接裸露的那种，肚腩肥到直哆嗦，裤腰带都快要挂不住，顿时武汉城市风景指数，惨遭连累。不过将心比心，可以体谅，谁又愿意遇上一个胡吃海喝垃圾食品的时代？再说了，神州大地，北上广深，瞧一瞧比一比，武汉的大肥虚胖子，还真拿不到数一数二的名次。再一搞综合评估，武汉有山有水有粮食有四季；如果探究出生门户，武汉祖宗八百代有楚国文明高度发达的底子；如果探究城市化进程，一百多年前清朝末年，武汉就被张之洞改革开放成了最现代化大城市。只不过当下几十年有点背运，运气这个东西嘛，总归是三十年河东三十年河西，还好理解。最不好理解的是人为生态破坏。但人为生态破坏是大潮流，举国上下，概莫能外，你能怎么办？最遗憾的还有副热带高压，老是滞留在武汉上空。谁把副热带高压有办法？酷热胶着，雾霾四起，你又能怎么着？唯有冷笑。而冷笑过后，一千次选择，我还是会毫不犹豫，选择武汉。因为除了以上涉嫌高谈阔论的理由之外，我的毫不犹豫，主要是受感情驱使。

驱使人做出重大决定的感情，不是一般感情，是一种深情。人是一种易于犯贱的动物，深情主要被缺失奠定，而不是完满。缺失总是比完满更刺激人，更容易唤起人的激情。武汉这个城市给了我多少缺失和煎熬，我就被激起了多少斗志与拼搏。

最拼的是：我把自己的孩子，生在了十月。计划生育时代，我只有唯一一次生育权利。唯一的一次，容不得任何闪失。因此我也就永远难忘这次生育的高度紧张、格外郑重、特别悲壮与极其可笑。当年的备孕少妇，完全是女战士上前线模式。一张整年份的挂历好比作战地图，我废寝忘食地趴在上面反复研究，画满各种各样记号。我发誓要战胜武汉的气候缺陷，最有效保护我的新生儿免遭春季的潮闷，夏季的酷热，冬季的严寒。而武汉的十月，真格当得上金秋的那个“金”字：凉爽秋风一起，身上臭汗收了，桂花馨香了，江水温顺了，树林斑斓了，鱼虾开始收紧肌肉富有弹性了，莲藕会变得粉嫩香甜，逢霜的菜薹即刻就会茁壮成长。如果上帝保佑，让我的计划得以成功，那么我的孩子，将会在最美好金秋，来到这个世界。当新生儿在最温和的金秋，度过她人生第一个月，她就会一天天适应与强壮起来，随后武汉这种大起大落的气候，只会锤炼出她更为强健的生命力，将来无论她生活在哪里，气候都将构不成太大威胁……我的设想已经飞到遥远的未来，可她连胚胎都尚未结成。完全的虚拟，屡屡让我兀自笑出声，转而却又涕泪俱下，生怕美梦难以成真。结果，感谢上帝保佑！我的女儿，真的光临金秋十月。那个十月，经过长时间疼痛难产脐带绕颈紧急剖腹产，我孩子安然无恙，我也鬼门关上走了一遭。我与我的孩子一起新生，从此，我有了一个新名字：母亲。武汉的十月，变成了母与子共同的生日。

因此武汉这个城市，就凝聚了我最深的深情。当我必须熬过其他难熬的季节与时刻，这份深情便成为坚实的支撑。每年，只要盼到白露，酷暑焰头一弱，我心里，就有一个节奏，慢板响起：生日快乐！亲爱的，祝你生日快乐永远快乐，这份祝福，一直要响遍整个十月，响遍我的有生之年。

2016年—2017年 新晚专栏

作家最扯淡的一句话

作家最扯淡的一句话，被我发现它扯淡，是今年年初。

年初这一天，我从汉口火车站乘坐高铁去往沔阳。我写长篇，涉及沔阳以及江汉平原诸多乡镇。这一天，特地前往沔阳城关踏访。现在，对于这个地名，沔阳人还是说沔阳，官方则坚称仙桃。网上买票，脑子里出现的是沔阳城关，手指上一定要输入仙桃西站：现在就是这么乱象丛生，人一定要学会手脑分离，口是心非。这是我首次乘坐该趟高铁赴沔踏访。乘坐高铁也好，我猜高铁通了想必是又快又安全的。以前曾坐长途公汽，司机揽客兜圈、严重超载、车匪路霸我都有遇到。再就是单位公车，我们文化单位嘛，以前公车经常跑文化，深入生活人物访问这一块，不仅武汉附近到处跑，全国都跑，只要作家写作需要。现在公车一改革，文化单位似乎衙门化了，公车倒变成了行政用途，主要跑行政会议，跑下乡也必是行政任务的那种下乡，作家写作的走村串户、访贫问苦反而不行，算了算了谈不得。反正全国都这样，我单位也不会例外，身为文联主席，我也颇感愧疚，对不起人民对不起党。好在作家艺术家这个职业，不用扬鞭自奋蹄，不是你要他工作，是他一定要工作，天生的自觉性，这就可以确保单位目标管理的完成了。高铁的确是快，才一小时余，天门南站就到了。天门与沔阳接壤相邻，一江之隔，历史上素有“天沔”之称。就在这时，诡异发生：到站分明是天门南站，沔阳人却纷纷准备下车，天门人全都按兵不动。我瞅着有点发怵。我一个人独自出门，人生地不熟，最怕误站。便赶紧问沔阳人，你们为什么都在天门南站下车？沔阳人喜说俏皮话，不直接告诉你，是这样回答：“哦你去沔阳（仙桃）市吗？请在天门南站下车。哦你的票面是到仙桃西站吗？那你应该就是去天门市了。”啥意思？哈哈哈哈。一时间很难琢磨出这种俏皮话的真实含意。就在我还懵着，火车已经停站，沔阳人一窝蜂，自顾自下车了。所幸列车员比较好心，赶紧催促我下车。我说我不是在天门下车，我是去沔阳，买的仙桃西站票。把个列车员急得直推我，“是的是的，这里下车就对！你不要管票了！就这里下车！快下快下！只停两分！”刻不容缓，不由分说，我急忙下车。下得车来，还在天门的站台上东张西望，高铁已速奔仙桃西站去了，可是我不就是要去仙桃西站么？顿时傻眼，我只好致电沔阳的联络人。联络人惊愕道：“啊你一个作家连这都不晓得？中国最搞笑高铁站名啊，网上到处传呀。天门南站，反而离仙桃市中心很近，离天门市中心很远。仙桃西站呢，倒是离天门市中心近，离仙桃市中心很远很远，为什么？鬼晓得！你们作家喜欢体验生活，今天你就当体验生活吧，不着急啊，天门你不熟，就等在那儿不动，我开车去接你，很快就到，才3公里，先委屈你体验哈子生活啊。”

委屈你体验一下生活？体验生活？有点意思。在我长年累月的写作生涯里，这是一句惯常用语。此前浑然不觉，此刻忽觉刺耳。不过，还没完，两天后的返程还有奇遇，触及灵魂。最后一并小结。

返程是临时决定的，我得临时赶到火车站买票。天气寒冷又重度雾霾，下了出租车，我当然尽量想快，自然就选择了最短直线距离，大步穿过阔大恢弘的站前广场。即刻听见有人身后高喊：“喂喂！” 一协警跑过来，要将我驱离广场：原来广场不让人走！

不让人走？为什么？！

协警的口气耀武扬威，斩钉截铁：上面规定！

我一听，不由得火冒三丈。火车站站前广场，就是为旅客行走才铺设的，这是走遍天下的道理与常规。这广场看起来一切正常，布置着漂亮花坛，打扫得干干净净，拾级而上就是候车室，为什么不让旅客行走？基于这一趟高铁往返遭遇的种种荒诞，我终于无法忍受了。我说："上面怎么规定的？请你说个具体。不然今天我就站在这里，不走了。"

咦——搞邪完了！协警恼火道："好好好，我就让你死个明白！广场大理石很豪华很贵的，踩坏了你能赔？这个站前广场，是我们市与国际接轨展示和谐小康社会的窗口，给群众都走，一下就踩坏，不是破坏国家财产吗？听懂没？还不给我退!"协警把他的手，极具威慑力地，搭在了腰间的警棍上。

我则摸到了手机。我想我得拍照发上网络，得打媒体热线，得直接致电请教一下天门市领导或更大领导，作为全国人大代表，这些领导的工作电话，我倒是都有的，这些领导也都再三再四表态，他们会诚恳接受人大代表的监督。我想我一个个电话打出去，事情或许会闹大。或许，今天我就应该为自己同时也是为所有旅客，索回行走站前广场的权利。

对峙片刻，我放下了手机。算了。就当体验生活吧——我退出了广场。

随着我屈辱的脚步，我走进了自己屈辱的内心，刹那间，"体验生活"这句话，被我发现是多么扯淡！看来我最大的专业本事，并非虚构他人主要是虚构自己。在现实生活的关键时刻，我把自己摘出去，搁在一个叫做"体验生活"的虚构位置，袖手旁观，苟延残喘，慢慢平息、平息，直至平庸与圆滑。其实世上根本不存在什么体验生活，只存在生活！倘若我全国人大代表的身份暴露，倘若因此这个广场马上就请我随便行走随便考察，我只会更加屈辱，那是我的身份在受特殊优待，而不是我这个人。我首先需要我个人的权利与尊严。

还有什么可说的？灵魂深处波翻浪卷。万千思绪。倍感羞耻。

2016年—2017年 新晚专栏

千万不要辜负我们这个时代的草

据说每个人早上睁开眼睛，就可以表明你是活的。可是，像我这种肺功能虚弱的人，每天早上眼睛倒是睁开了，但如果没有鲜活的草、鲜活的绿色、新鲜的氧气，我其实就没有活过来，仅仅只是苟延残喘。

植物，这里我简单把它们统称为草。草是我生命得以唤醒并延续的呼吸，是人世间对我绵绵不断的体贴细语。如今城市生活，对我来说，变得枯燥和艰难起来。高楼日益增多，每天都有几幢拔地而起，在我身周四处林立。30多年来，无论搬家到哪里，深夜建筑工地的打桩声从未消停。我栖身于水泥匣子之中，窗外的树林草滩早已消亡。生活小区的花坛，只能算作盆景，树都是长不大的，因为地下都已经挖空，建着巨大的停车场。如果能够居住到公共大花园附近，房价之高是一定要有充足的心理准备。唯靠自己拥有草了。唯靠自己努力维持自己的小空间了。我一直在弄花莳草。多种盆花草之中的一种银边吊兰，已经跟随我生活了30多年。那还是我医学院毕业时候，刚到医院上班，我们流行病科室的科主任李群，见我一个小单身住集体宿舍都这么爱花草，就赠了我一株吊兰，说是吊兰最好养，清水阳光就行。从此，这盆吊兰，就在我身边了。30多年的岁月，惊回首多少动荡与变迁，工作专业变了，成家了，有孩子了，仅仅搬家就有十几次。而这盆吊兰，繁殖了无数代，始终在我身边。十年前我请了创作假，在上海写作长篇小说《所以》，一呆几个月，汉沪之间火车往返，单程19个小时，我抱一盆吊兰坐火车，人都看着笑。

我是会做一些傻事的。前几年的冬季，我沿江远足，遇见一群大树正遭砍伐，当即我就上前制止。人家也笑。因为人家都是被雇的民工，他们不管砍树理由，只管砍一棵赚几文钱。恰巧那天有一个会议，恰巧市长和我面对面坐一起，我实在忍不住了，就问市长为什么咱们公园可以随便砍大树？市长吃一惊，他也不知道，不过市长当然具有高度生态环保意识，就说大树绝对不可以砍，谁敢砍我大树？！真的吗？当然真的！就正在发生。你这算是市民投诉吗？当然可以算是市民投诉了！市长当即掏出手机很有魄力地打了电话，大树的砍伐，立刻被制止。太好了。哪怕已经被砍了不少，但是留一棵也是一棵的功德。

武汉江边的这一群群大树，学名意杨，意大利杨树，俗称大叶杨，至少有大几十年树龄，年轻的也有十几年树龄，早在我乘坐轮渡过江在武钢红钢城大医院上班的那会儿，这些意杨，就在江边各个仓库的场地里，长得葳蕤昌盛，那时候江滩公园，还远远没有打造。江滩公园的打造，是改革开放带来的城市建设大手笔，当然值得称道。我等爱草与需要呼吸的居民，纷纷并时常把江滩公园当作了日常生活的一块宝贵栖息地。公园初建阶段，这些意杨，是江滩最为高大粗壮的树，着实让市内大公园名副其实，一派大气象。只见江风中，阔大树叶阵阵婆娑，翻飞起舞，真是美轮美奂。鸟儿又对意杨情有独钟，高高枝丫上一窝窝硕大鸟巢，大小喜鹊飞出飞进，喳喳欢叫，真是喜气洋洋。可惜的是，与各行各业一样，随着公园建设的深入发展，各种怪诞的现象出现了。步道要搞豪华，广场要搞阔达，统统铺大理石。植物花草要搞整齐划一，仪仗队那样，每个方队要换一样的树种。树的胸径，也都是要一样粗细。野草是不得生长的。草坪是不得踩踏的。好端端的土地广场是要搞成水泥钢筋的许多喷泉池子的。好端端的树林子里头是要搞许多石头景观雕塑之类的东西。好好的江边滩涂是要成吨成吨浇灌水泥搞宏大的亲水平台的。等等等等，稀奇古怪，不一而足，常识与逻辑，摔得一地碎片，只管持之以恒地大挖大改，工程不断。大树挖掉栽小树。随便长的树，挖掉，栽一些按规矩长的小树。摇曳多姿的树，挖掉，栽一些人为扭曲的培植景观树。这一群群雄伟壮观的大树老树意杨，当然就免不了被砍伐的命运了。尽管此番我嘴贱，忍不住投诉市长，保留了几棵大树。我也知道，谁知以后会怎样？也就因此，特别珍惜那些幸免于难的意杨。

我是会做一些傻事的。从此，过一段时间，我都会特意来到江边，特意看看这几棵劫后余生的大树，拍拍树干，听听树声，望望那些坚实的鸟巢，树底下坐坐。

树底下生着本地杂草，叫盘根草，生命力极强，些许阳光就够，又极具人类亲和力，任人踩踏坐卧，绝对不需要什么警告牌：严禁踩踏草皮！更无须费劲装文艺——花草有生命 脚下请留情——活生生一副暴发户没文化的装，看着就让人心生怜悯。更关键的是，公园里的大树野草，都是天生的免费的，不花纳税人半分钱，为什么都宁愿重金购买娇贵的进口草皮呢？宁愿不要真实的四季风光而要生硬的四季常青呢？宁愿不要净化空气制氧量最厉害的大树而要胸径一致树苗呢？坐在公园还来不及被收拾的野草地里，总是难免伤脑筋，想不通，又要想。都是人不是吗？做这些违背自然与常识的事情的，不也是人吗？不也要呼吸么？不也需要氧气吗？草是一个多么好的东西，凭动物本能也知道啊。草皮、草坪与草，根本就是为人服务的，树叶是可以穿的，稻麦是可以吃的——粮食也是草呢，树木也是草呢，都属于植物，草是有多么好，人类都发展到今天了，这还用说吗？

说再多，也枉然。不幸还是发生了。我最近一次远足，猝不及防，看见的又是新工地。劫后余生的那几棵大树，还是被砍了。鸟巢当然没了，覆巢之下，焉得完卵。不想夸张，但，这确是我的一幕鬼片：后背一阵发凉，差点惊声尖叫。不过这次我不会投诉了。因为明摆着江边人造景观越来越多。明摆着高大树木越来越少。明摆着挖掉与移栽在不停折腾。树木怎能根深叶茂？鸟儿怎敢再来筑巢？烟色绿浮前岸柳，新晴草芊花乱开，斜阳老树漫天霞，江船横渡雁晚归，这是明朝嘉靖直至清朝末年的江岸自然景色，是几百年来人们的不断赞叹吟咏，历史如今必须在这里被斩断了。好生可惜，这漫长的江岸线，这城市中央的一条大河，这生活在城市里面的芸芸众生，本来可以无限受惠于天赐之美。

已见惯太多悖论与荒诞，练就了快速冷静本领。现在我只想冷静地说：如果说我们这个时代不能够辜负什么，那一定首先就是，不能辜负我们这个时代的草。我们这个时代田野森林消灭得太多了，粮食不够了，氧气难以为继，水泥钢筋无疑是鸟不生蛋的穷山恶水。别忘了，这个地球上，草的强大，是无与伦比的，人类算什么东西？金字塔耸起之前，野草已经覆盖地表。帝王将相辉煌之前与覆灭之后，鸟儿都在树上莺歌燕舞。如果说我们这个时代不能够辜负什么，那一定首先就是不能辜负我们这个时代的草。如果说我们这个时代不能够辜负什么，那一定首先就是不能辜负我们这个时代的草。尽管说了白说，我也坚持，说三遍。

2016年—2017年 新晚专栏

所谓佳人　咬牙炼成

没有比大自然更美的美景。路边野花蒲公英，也会令我流连忘返。蒲公英鹅黄色的菊瓣如此明艳，结子的球状冠顶堪称完美：完美的圆形，完美的银绒轻盈玲珑剔透，魅惑强大到你抗拒的意识都不曾出得来，就非常乐意帮它去吹一下。谁没有吹过蒲公英呢？谁没有在快乐的玩耍之中无形地帮蒲公英撒播它的种子呢？我眼里，这就是美的力量。在我眼里，美人也是大自然的造化。可怜美人却比花草易摧，很少有人无偿帮助美人。

我特别喜欢看美人。十七八岁时候我是知青，曾经一个冲动，赤脚步行，赶路二十里，跑到另一个知青队去看小妹。小妹是一个特别漂亮的女同学。不知道啥原因没有下放做知青，而是留城了，分配在某工厂上班，发月薪，属于社会地位很高的工人阶级。知青同学都羡慕小妹，小妹反倒羡慕知青同学，觉得知青好自由，觉得工厂不自由，每天必须八小时，不得迟到和早退。加上小妹从高中毕业一步跨进工厂，都是老师傅，都是陌生人，她很不习惯，十分想念同学，总会千方百计找机会，坐长途汽车，来找知青同学玩。所谓玩，就是大家都坐在知青屋，你看我我看你，说些闲话，或者什么也不说，或者傻傻地笑笑。小妹主要是一双眼睛格外漂亮，水汪汪，亮闪闪，秋波一转，落到你身上波纹旋旋的，你就想哭。就这样一传十，十传百，小妹以其绝色美貌在知青中闻名遐迩。只要小妹下乡来了，十里八乡的知青，都找各种借口赶去看她，我就是其中一个苕货。

不过奇怪的是，好多知青，也都笑嘻嘻围看小妹，一旦转身，背地里却又纷纷议论，说小妹不是一个好东西。男知青们甚至给小妹取了绰号，叫作“公共汽车”，意思是谁都可以上，很是下流。这个绰号，居然不翼而飞，从农村流传到了城里，流传到了小妹的工厂。工厂又添油加醋，编排了一些很不堪的故事，搞得小妹在工厂抬不起头，好像是一个道德十分败坏的女人。小妹受不了人言，就仓促嫁人了，结果遇人不淑，婚姻不幸，几年过去，过早凋谢。就这样，小妹似乎很自然地消失在知青们的话题中。从此以后，我再也没有见到过小妹，再也没有听到过小妹的消息，只是她的美貌，她那双晶光霞亮的电眼，令人过目不忘，且世界之大无奇不有，可是再遇一个小妹的概率，却至今没有发生。绝美的女人，正是代表着中国特色的女性童话：小姐一准要落难，红颜一准要薄命，漂亮一准不安分，美人一准是祸水。辗转蛾眉马前死，杨贵妃绝对不可能有其他生路。男人可以对你发誓说“在天愿为比翼鸟，在地愿为连理枝”，但是在天地之间的社会生活里，男人只会装聋卖傻装无奈装乏力，你还是先死掉吧美人。所以中国千百年来，几大著名美人与无数不著名美人，有谁能够扛得住他人妒恨？谁又能够咬牙坚持炼成佳人？中国美女真是连蒲公英都不如，比苦菜花还苦。

我这一辈子，只见到一个功德圆满的中国美人，严格界定应该说是华人。不要小看这个界定，保不齐正是这个界定，美人才得以功德圆满。她的名字叫聂华苓，女作家，武汉人，供职过台湾，现在居住在美国。

我第一次目睹聂华苓丰姿，是上世纪80年代中期，武昌水果湖，湖北省委礼堂贵宾厅。聂华苓在她美国丈夫Paul的陪同映衬下，显得格外东方美，一副娇小玲珑千娇百媚的模样。她与参会作家一一握手，握到我这里，我几乎晕厥。要知道那是国内人民都还土得掉渣的年代，我20多岁了，喜爱写作，却还一点没见识，来参加这个会议，只当是普通文学活动，根本不会考虑衣着问题，随便穿什么就出门，几趟公汽挤过来，双手脏污，满面灰尘。就这样子，我突然面对面，娇俏地立着一位衣着华丽、香气袭人、口红鲜亮、眼影青黛的美人，这般反差，我怎堪承受？80年代的那一天，聂华苓给我的震撼，具有绝对的革命性。一个中国美人，居然也可以美得妖艳华丽并理直气壮，并且与男性世界相处和谐，与哪个男人都可以相谈甚欢。“人言可畏”被影星美人阮玲玉当作遗言留给后世，一直死死笼罩在美女的命运上，是聂华苓的闪亮登场，一举破解了黑暗魔咒。从此，我再也无法不注视聂华苓，她可是我能够亲睹的唯一童话版本。

聂华苓一边写作一边还轰轰烈烈做着文学事业。1961年就和Paul在美国创建了国际作家写作坊。及至后来中国改革开放，打开国门，聂华苓的邀请名单上立刻就出现了中国大陆作家。聂华苓的自传《三辈子》，2011年出版，记载了50年间上百位国际作家的到访。聂华苓家的客厅，是国际文学沙龙，是作家的大团圆。而我，是聂华苓大团圆之外的小团圆。直到2014年秋季，我才来到美国IOWA大学的国际写作中心。我一心就是奔聂华苓来的。我这个人总归是乐意不辞劳苦千万里奔波也想看看美人。

美国的见面，一见如故，以后就能只叫她华苓了，只觉得是昵称，只觉得是邻家大姐，只觉忘年之交也如同同辈闺密。我来到华苓家的时刻，华苓已经退休多年，她亲爱的丈夫Paul，也已经去世多年，却唯有他们家山上红房子丝毫不变。华苓就当Paul还在一样，独居也是两个人过的日子，把我带到Paul的工作室，打字机还像是有人在打字一样鲜活不陈旧，卫生间的马桶，也是有人用的样子，干干净净，卷纸常换。华苓对我说你可以在这里上个厕所。我就欣然在那里上了一个厕所。马桶抽水欢快地哗哗响，厕所窗外绿树招展阳光灿烂。华苓坦然安然悠然，还是喜养兰花，还是喜穿丝绸连衣裙，还是出门前要抹点口红。华苓替我接风，带我到水电站餐馆。我们两人看着河水吃海鲜大餐，慢慢饮酒，说起汉口，说起长江东湖。我说起80年代那一次，她的美妍丽妩媚可怕到震撼，她就呵呵笑。写作其间，过一阵子，我就跑到华苓家去找她玩儿。时间长了我不去，她就打我电话。每一次我过去玩，华苓不是酒就是茶，最美不过，咱俩都喜欢酒和茶。香茶美酒咱俩浅斟低酌。绿水在前，青山在后，鸟语花香，小鹿穿林，美景美色中只听得华苓一遍又一遍，讲述她的人生故事。我则百听不厌，她也百讲不厌。每一次都讲得分毫不差包括标点符号。我再没见过任何其他中国女人，能够端坐于90岁刻度的人生巅峰，举杯把盏，满怀挚爱，朗朗有声，追忆前世今生的爱恨情仇，并款款深情挚爱着正在追忆的这一时刻，这些个正在缓缓过去的分分秒秒，她是如此懂爱。华苓这一生，也多灾多难，也经磨历劫，她11岁丧父亲，青年丧弟兄，中年丧亲娘。她逃命台湾，她辗转美国，她第一次婚姻不和却已拖儿带女，她与Paul相爱却又远隔重洋。然而，所有这一切艰难险阻，都被华苓熬过来了。所谓佳人，果真被华苓咬牙炼成。

现在我工作室的楼下，正是当年日租界，是华苓家旧址所在。我常常觉得自己能够透视百年沧桑，看见小女孩华苓，蹦蹦跳跳走过街口，走进她的人生，直至今日她站在美国的家里，站在他们家那栋十分文艺的红楼落地玻璃前，微笑地摇手，目送我下山。或许是华苓比所有美人都顽强，或许是华苓比所有美人都命大，或许是华苓独有一份别人没有的天恩：好运！少有的好运！

此刻，在我落笔的时候，红房子里的华苓，已经年满92了。还是每天早上看电邮，还是及时回邮，写到说她一切安好，不过还是老样子呗。天啦，这美人该是多么自信与自豪。我答应再找机会去看她。我找不找得到机会都闭上眼睛就能够看见那满山苍翠绿阴中她就是一朵中国牡丹，令我流连忘返。

2016年—2017年 新晚专栏

后悔药 当然有

都说世上没有后悔药，原本我也深信不疑。就永不停歇的时间来说，一根筋追溯过去现在与未来，肯定没有后悔药。但是其实人并不是只活在时间里，人生并不只是一根筋的评判标准，年轻看不到这么多，随着年纪的增长拾级而上，达到一定高峰，就看到了更多风景。活着活着，就开始怀疑。疑着疑着，就开始不信了。想着想着，忽一天，如盲开眼：谁说世上没有后悔药？当然有！

其实我自己，一直都有吃后悔药，自己觉得效果还很不错。

我学医毕业以后，上班过三年，改行就是我的后悔药。按照社会大众通常的标准评估，从医绝对是三百六十行之中最好职业之一，又悬壶济世受人尊重又越老越值钱一辈子丰衣足食。况且我家几代行医，传承祖业也是使命重大理所当然。原本我也的确是在努力学医认真行医。岂料天意难违，我酷爱方块字，天生的，打小兴趣都在文学上。最初踏入社会，也不敢太过任性，就采取主业与业余同时兼顾的方式。无奈行医与写作，都是很耗费心血耗费时间的专业，彻夜不眠写得通宵，白天上班一听病人主诉就打瞌睡，这样子根本无法长期兼顾。怎么办？干脆弃医从文？你疯了！当年我一个小青年，面对家长压力社会舆论所有亲朋好友的坚决反对，实在太难了，眼泪都不知流了多少。历史事实明摆着：中国的作家文人，从古至今，很难有好结果。首先成名成家就很不容易。你以为就你是天才？好吧就算写到胡子长头发白成名成家了，最可怕的是遇到挨批挨整贫困潦倒，搞不好政治运动一来小命都难保。世上大道理，天下父母心，我全懂，可事情就是很简单：不写作等于我人就已经死了。

于是某一天，我把心一横，一丸后悔药吞下去，不顾一切，从科室一口气跑到院长办公室，递上了报告，弃医从文，彻底改行。

感谢上苍护佑，把极小概率的机遇，赏赐于我，尽管弃医从文后的几年里曲曲折折磕磕绊绊，终使我得以成为专业作家，写作稿费供衣食养家小也还算够。不过一直也是有心理准备的，如果运气不好贫困潦倒，靠写作实在无法养活自己，我想再去重新评估自己也不迟，再去开个个人诊所也不迟。人年轻，精力恢复快，只要不怕吃苦，多换几个行当，想必天无绝人之路吧？不就是养活自己并保持自己的兴趣爱好吗？一个人，只要没有过高物质要求，也就没有什么大不了的。

后悔药就是这么存在着：离婚就是结婚的后悔药。一个不好的婚姻，当然，你应该反复地郑重地确认它的不好，然后冷静地理性地办妥离婚，你会发现，云开雾散，生活还有新天地。

佛家有云：放下屠刀，立地成佛。放下就是后悔药。不问何时何地，不管年老年少，只要某一瞬间，你懂了好歹，决了心意，作了抉择，后悔药顿时起效：你的人生，毫无疑问，重新开启。

宽容是刻薄的后悔药。

善良是恶毒的后悔药。

简单是复杂的后悔药。

纯净是庞杂的后悔药。

节俭是浪费的后悔药。

专情是花心的后悔药。

按客观规律办事是一味主观霸道的后悔药。

后悔药还是常用药，可以反复服用。人生的航向，就是需要不断地纠正的。谁都不可能一帆风顺。谁都不可能一成不变。谁都无须把脸板着，非得把自己绑定于自己曾经认定的那个伟大目标与光辉前程。只要学会善于放弃，放弃非黑即白的狭隘标准，放弃事事都搞非对即错，你会发现在两种极端之间，那一段中庸地带是无限开阔的，在那个地带人生充满了可塑性，同样，人物关系也充满了可塑性。于是，

再婚又是单身的后悔药。

享乐又是吝啬的后悔药。

出家又是俗世的后悔药。

还俗又是出家的后悔药。

吃素又是杀生的后悔药。

开斋又是素食的后悔药。

多种选择，环肥燕瘦，谁都没有错。世上绝大多数人，都不可能成为你自己心目中最理想的那种人，但你可以因势利导地成为接近你理想的那种人。

可能有人愿意这么理解：所谓后悔药，是指生命时间可以从头再来。20岁犯了大错，50岁明白了，后悔药一吃，人又回到了20岁。这不叫后悔药，这叫克隆

技术，这叫痴心妄想。这叫好嫩综合征。为什么一定想要回到20岁？20岁当时你能够看到自己身上有多少优势？实质上，年轻除了表皮光滑，并没有更多人生优势。年轻永远难免大脑幼稚、目光短浅、经验不足、青春迷惘、知识单一、不知好歹、易狂易妄，经济实力严重不足。作为过来人，我就不喜欢我的年轻阶段。那个阶段，犯错误是必然，少犯错误是幸运，不犯错误不可能。每次错误都要付出巨大代价。只是当前国人中传染流行了一种好嫩精神病，就喜欢看个光滑脸面。但是光滑脸面真不能当饭吃。真的有必要回去吗？真的表皮光滑有这么重要吗？谁又不是没有光滑过？后悔药是心灵的事，治疗的是心病，纠结在年纪上，毫无意义。

后悔药重要到什么程度？听听我们祖宗辈辈传下的老话，说的是“浪子回头金不换”。后悔药比金子还宝贵。可见后悔药不仅存在，疗效之好是金钱物质也买不到的。就算是一个混蛋或者糊涂蛋，一旦能够心灵洞开，价值无可估量。

正如梭罗说的：“一个人任何时候放弃偏见都为时不晚。”这也是一服后悔药。因我资质愚钝，少年开始接受的学校、家庭、社会教育，正值“文化大革命”时期，认识上与写作上的观念与方式，都难免狭隘有限，错误颇多。这服药，我是一直在服用，受益匪浅，我还将终身服用。越是老，越学好，这样的人生，岂止不晚，那还当真美妙，妙处还真是一言难尽。

2016年—2017年 新晚专栏

我的婚礼

近年来，我辈的孩子们，逐渐步入婚龄，心里真高兴。只可惜参加了几场婚礼以后，那份心里的真高兴，不可救药地消失了。

婚礼一律都在酒店或饭馆举办，一律都是婚庆公司布置和主持，一律都布置得千篇一律粗放潦草俗不可耐，一律把大喇叭放得震耳欲聋，一律总有流行歌曲不合时宜，比如《九百九十九朵玫瑰》，是爱情挽歌；为表示时髦洋气一定会放欧美歌，阿黛尔的《Rolling in the deep》，是分手悲歌为制造现场气氛，还会放《最炫民族风》，是广场舞歌。一律，主持人都是模仿电视娱乐节目腔调，极尽插科打诨，贫嘴搞笑，空洞贫乏，牛头不对马嘴甚至开下流玩笑。一律，新人都会登台走秀，这个剧本显然是抄袭的烂电视剧的烂桥段。一边台上如此这般走过场，一边台下众宾客已经在吃酒抽烟吐痰喧哗打手机。新人也忙得自顾不暇，主要忙于换装，先穿西式婚纱，后穿中式婚服，无论西式与中式，更多意义在于展示服装。全套仪式中，没有任何一个环节敬重婚礼本身，敬重结婚原本是一个山盟海誓。婚姻的确是一桩人生大事，大到一个人抵押了自己的一辈子，缔结了一个最郑重最长期的法律合同，交出了自己生命的所有时间与自由。按说这一刻，怎么也应该有一点神圣感，怎么也有一点感动人，现在的婚礼却完全没有。现在的婚礼都是急促、潦草，吃完酒席，一哄而散，留下的是杯盘狼藉、垃圾满地。父母们也都不计较，也都没在意，主要感觉是如释重负，呵呵总算完成任务了，从此再也不怕人家笑话咱儿子娶不到媳妇，咱女儿嫁不出去了。

婚礼怎么变成这个样子了？怎么是一场中不中西不西的娱乐表演了？怎么这种粗制滥造的娱乐表演、消费新人还会大肆流行？怎么人们好像被集体催眠，无意识行动，都随波逐流，听之任之？我实在有点发懵。

发懵之余也被刺激得发了一誓：我孩子的婚礼，绝对不能够被搞成这个样子。绝对我豁出去了也要据理力争确保我孩子的婚姻是一个有敬意有郑重的人生礼仪。

我经历过一次传统婚礼，年纪很小，小到按说我应该没有记忆，但事实上我不仅有记忆，记忆还越来越清晰。记得那天我被精心打扮，我外婆也精心打扮，然后外婆牵着我手，到街坊家里吃喜酒。记得新郎披红挂彩，骑的是高头大白马，新娘是一顶锦绣花轿，流苏颤颤巍巍，吹吹打打抬过来。记得唢呐是那样的高亢圆润，鞭炮是那样放得喜气洋洋。记得主持婚礼的人，被人们唤做“知明先生”。这位知明先生心明眼亮口才极好，亲戚朋友，老少来宾，皆被奉迎得满心欢喜哈哈直笑，酒席座次，主宾尊卑，皆安排得妥妥帖帖。主持婚礼的时刻，全场宾客都目不转睛望着他，由他讲述这桩婚事来由，如何曲折不易，如何瓜熟蒂落，人们听得笑了又哭了，是那种含笑的抹泪，感慨缘分的神秘莫测与珍惜的必要。当仪式开始，一拜天地二拜高堂三夫妻对拜，此时天上人间静寂，连顽童也都会老实一刻，只因婚姻的担当实在是山高海深的庄严肃穆，是一个人对天发誓了就要说话算话一辈子的，而人生也只有一辈子。

此后我一直以为，将来我会有这样的婚礼。当年的确年纪太小，不懂这其实是我有幸参加的最后一个传统婚礼。很快“文革”席卷全国，传统婚礼被彻底否定和砸烂，代之以新人互赠红宝书的革命婚礼，革命婚礼的简单无趣连欢闹的小孩子都没有，主要是领导讲讲话。然后革命婚礼又随“文革”的结束而结束。改革开放了，婚礼怎么搞？群众大眼瞪小眼，谁都不知道，大家也就摸着石头过河，试试探探搞一点请客吃饭。习俗上这种请客吃饭，也算是喜酒了。喜酒不可以白吃，要给喜金的。革命干部们还是嫌赠红包派喜金这种过程低俗且麻烦，也就免了。我的夫家，不仅喜酒喜金红包免了，就连结婚证，也免我亲自去领，让老爷子司机的母亲，在街道办事处找个熟人就给拿了。对我来说，这样尽管省事少麻烦，但是心里头空落落的苍茫一片。时代注定了要辜负我，我也没有办法不辜负这个时代：我从来都不觉得我有真的结过婚——休怪我无礼。我想如果我真结婚，一定要有郑重婚礼。我的婚礼，一定要有一拜天地二拜高堂三夫妻对拜。新娘一定要蒙上红盖头，洞房中独坐，静静等待夫婿进来，一把挑开红盖头，开启一个全新生活方式：男朋友变成夫婿，女朋友变成妻子，然后一起承担起现世的生老病死。婚礼全过程，分分秒秒都是誓言。

誓言还是相当重要的，就连红尘之外，出家做和尚，了断尘念了，也还会有一个落发剃度的郑重仪式。红尘之中，那就更加应该有俗世本身的条条框框了，婚礼，自然也就应该是最庄重的仪式了。且看如今这般婚礼，显然时代还在辜负一茬又一茬的新人。连个婚礼都不成体统，我不知道还有什么成体统。连个神圣事件都还可以被肆意娱乐，我不知道还有什么能够不被肆意娱乐。连自己的婚礼大家都可以不认真对待，我不知道还有什么能够被认真对待。唯有一声长叹了。

2016年—2017年新晚专栏

假如你没有吃过菜薹

假如你没有吃过菜薹，无论你是谁，无论享有多么世界性的美食家称号，无论多少网友粉丝拥戴你为超级吃货，我都有一个好心的建议，先，赶紧，设法，吃吃菜薹。

武汉有一种蔬菜，名叫菜薹。如果需要摆明菜薹的正宗血统，就叫洪山菜薹。洪山是武汉市的一个区，在长江以南。武汉人一般懒得把行政区划说那么清楚，凡长江以南，就说是武昌。凡长江以北，就说是汉口。不看南北，只看两江兼得，那就是汉阳了。武汉三镇，都有菜薹，同一个城，价格却完全不同。汉口人家卖菜薹，只要说是武昌过来的就行了，价格就可以很坦然地高于汉口汉阳。过生活的人家，都不会买错。菜薹的品相绝对不一样：肤色深紫且油亮的，薹芯致密且碧绿的，个头健壮且脆嫩的，香味浓郁且持久的，自然就是武昌过来的。武昌土壤呈弱酸性，是黑色沙瓤土。汉口土壤呈弱碱性，多黄色黏性土。汉阳土壤就更复杂，趋于地下矿藏，有些什么石灰岩、铁矿石之类等等。最适合菜薹生长的，就是武昌了。虽说作为蔬菜，自然具有相对的普适性，武汉三镇、大江南北，延及整个江汉平原，也都有苗不愁长，也都还是挺好吃，也都深受广大人民喜爱。有趣就有趣在：所有菜薹中，就数武昌洪山菜薹最佳。别处菜薹拿来，万万不可相提并论，相形便见绌，入口便知晓。洪山菜薹就像一武林高手，身手一亮，立见分晓，你只须定睛看它一眼，就可见在芸芸菜薹中，它是如此出类拔萃，卓尔不凡，鹤立鸡群。而且洪山菜薹也就像所有大人物大明星一样，一旦身居某阶层顶端，就会有种种神奇传说围绕你。洪山菜薹的传说太多了。除了当代商业编造了许多矫揉造作、文理不通的广告性故事之外，民间大众口口相传最为久远的版本，恐怕就是所谓“钟声塔影”。说的是洪山宝通寺塔影之中的那块土地，与延及到本寺庙钟声可闻的那片土地，出产的才是最最好吃的菜薹。这个传说之所以流传千百年，我想还是有一定的合理性。只因菜薹是顶爱干净的蔬菜，寺庙乃俗世最洁净的净土，菜薹在寺庙环境的庇护下，远离尘嚣与践踏，自然生得最好了。

说菜薹是顶爱干净的蔬菜，还是谦虚的夸奖，菜薹简直是洁身自好到了毅然决然的与众不同，也是孤标傲世到了与其他蔬菜的绝不苟同。一般蔬菜，都会选择气候温暖的季节，菜薹偏偏选择最寒冷季节。看是千娇百媚的蔬菜，倒生就一副傲雪凌霜的风骨。它也偏偏不是叶子作为菜，它的菜是那段质感最佳、营养含量最高的茎。这样作为蔬菜，菜薹就有效避免了叶类蔬菜的单薄、粗纤维太多、草酸含量偏高的缺陷。菜薹却也并不因此走茎块路线，把自己埋在地底下泥土里，而是酷爱阳光、寒风和雪霜。寒露时节是万物凋零萎谢之始，却是菜薹拔节生长之时。不要搞错，菜薹还不是菜苔。那些油菜青菜一类蔬菜，抽苔主要是为结籽留种，菜薹主要是为食用。如果冬至有幸落一场大雪，你就会看到那脸盆一般大的一兜兜菜薹，菜心的胸怀无比宽阔，怀抱大捧刷刷冒头的菜薹。翌日雪霁，那些昨夜冒头的菜薹已经一根根茁壮挺立，茎粗壮，色嫩紫，冠顶是鹅黄色簇状小花，五六根就是一盘菜肴。而且，这不，今天刚采摘过的，明天又会蓬勃冒出新的一茬，越是雪大，越是喜人，越是独孤，越是丰沛。

菜薹又是典型的时鲜，随采随吃最妙。它冷藏花颜失色，冰冻即坏，隔天就老，它是如此敏感与高冷，如此宁为玉碎不为瓦全。却也不是一味要自己的标新立异，客观上倒是很为他人：人类的寒冬季节，蔬菜原本稀少，还又人生苦短，所以须及时吃喝，也算是蔬菜里头的一首无字的《金缕衣》了，提醒的也还是“劝君莫惜金缕衣，劝君惜取少年时。花开堪折直须折，莫待无花空折枝”。

这就是菜薹，你不踏雪采摘，你不亲手料理，你不尽快品尝，你就得不到真经。唯有你不辜负它，它才不辜负你。虽说菜薹老了也能吃，味道却已是天壤之别。当然菜薹自然也有平易近人通俗易懂之处，尽管它冰清玉洁，纤尘不染，料理起来却十分方便，只需要掐成几段，清水过过就好。还有一点可爱的小撒娇：菜薹伤刀，亲人。说的是它不喜金属，喜人手料理。然后放进锅里，翻炒几下，顿时就香气四溢。荤素凉拌，般般相宜。菜薹炒腊肉这道菜肴之所以经典，那是因为有了菜薹而腊肉更香，而不像许多蔬菜，靠肉长香。别忘了菜薹的菜汁，得浇在刚出笼的滚热白米饭上，那龙胆紫的颜色紫水晶的光泽，美味指数无法衡量，只好用最时髦的养生热词：满满都是花青素啊！

满世界都以为武汉人好辣，其实那要看吃什么东西。对于新鲜蔬菜，武汉人的最高评价只有一个标准，唯一的一个标准，三个字——甜津了。菜薹当真就是甜津了。熟吃生吃都是甜津津的。

这般好蔬菜，现在却是世人难见真佛面了。餐馆饭店全都是物流配送大棚菜了。大棚菜基本都是娃娃菜一类。现在是商人不解煮，富人不解吃，年轻人只喜吃概念。更有懒人宅人，冰天雪地足不出户沉溺刷屏叫叫外卖就好。至于外卖快餐是怎样炮制出来的，就不去想了。相信谁拍拍脑袋都会明白什么叫做以最低成本博最高利润，遗憾的是，当今能够拍拍脑袋再开口的人，已所剩无几。

谢天谢地，我是至今都不肯放弃这一种传统美好这一口饮食福气的。冬季到了，是菜薹季节了，再忙再冷再不方便，我也不管，只管要千方百计挤时间，跑菜场，精心选择采买。回到家里，即刻动手，择菜炒菜，很快，一盘油光水滑的鲜嫩菜薹就上桌了，仅仅只是看一眼，就耳目一新，胃口大开。

半辈子，无数次，面对菜薹，我就变成了一个神秘主义者。每当吃到菜薹中的绝佳极品，我都会心生敬畏，总觉得这种蔬菜是一个不可言喻的神迹。菜薹会令我情有独钟不离不弃到即便它们老了也要养着，花瓶伺候，权当插花，它会再为我盛开半个月，左看右看都别致。“……那些/了解/历史真相的人/总会让位给那些所知甚少的人/那些所知更少的人/最后一无所知的人/在那掩没了/前因后果的草丛里/总会有人躺卧/嘴里含着草叶/凝望云朵 /发愣”（辛波斯卡），也不知道为什么，看花时，一回回，某些潜伏在记忆中的诗句，会三三两两浮现出来，在菜薹细碎的花瓣中光影跃动，唉，平常日子里头竟会生发出这样一些生动时刻，竟是由于一种蔬菜，怎么能够不叫我心中暗叹：菜薹哦菜薹，真的是我对武汉这个城市最深最深的一份眷恋。

写于2017年2月10日

李修文—卷

香港沦陷

1. 法庭　日　内

银幕上是长久的黑暗，但隐约传来嘈杂的声音，有孩子的哭泣之声，桌椅的碰撞声，交头接耳之声，声音越来越大。

镜头拉开，我们看见，此前的黑暗，源自法官的黑袍，镜头对准黑袍前移，依次是法官的发套，他的手。

“肃静！”法官手执法槌，重重敲击三次：“陪审团，关于港人曾耀忠、刘伟成及加拿大人托马斯之遗孀等诉欧锦棠通敌、诱拐、杀人等等诸罪，是否已有决审意见？”

沉默。全场人屏息静声。镜头越过法官，将整座法庭置于观照之下，再掠过旁听者，掠过观众，建筑及人影全部被虚化，没有一张脸能被看清楚，最终，它聚焦在唯一一张清晰的脸上，那是欧锦棠的脸。

陪审团：“已经有决审意见。”

法官：“请宣读。”

陪审团：“陪审团一致认为，欧锦棠被诉通敌、诱拐、杀人等等诸罪，均不成立！”

所有物事依然影影绰绰，镜头对准欧锦棠，他身影虚弱，捂紧胸口，似乎心脏病发作，却胜券在握。

法庭上喧闹之声再起，之前消退的种种杂音重新显现，法官再次重重敲击法槌，宣布："欧锦棠当庭释放！"

欧锦棠迈出法庭，有人咒骂他，有人朝他身上扔垃圾，有记者拍照，有法警维护秩序，所有人依然模糊，唯有他含笑前行，此时，他却心脏病发作得更激烈，蹲在地上，抬起头，依稀看见有人被法警押赴进法庭，他突然大惊失色，因为被押赴进来的那个人，正是他自己。

他看见了比现在年轻得多的自己。

2．法庭　日　内

时为1941年12月，香港沦陷前夕。

年轻的欧锦棠被带入法庭，但这座法庭却空空荡荡，零星的几个人，都是躲避灾祸的难民。

这是一场临时拼凑的审判，连陪审团的席位上都空出了好几个位置。

法官："欧锦棠，关于你杀死英军上尉阿瑟一事，你还有何陈述？"

欧锦棠失魂落魄，被折磨得不成人样，缓缓抬起头，他的视线里，一个孩子正在吃零食。

欧锦棠喃喃自语："我没有罪，他强奸了我妹妹，我也不知道会把他杀死……"

尖利的防空警报声响起。所有人，连同法官在内，全都惊慌失措。

法官开口说话，没说几句，被陪审团中的一位英国人打断，他用英文对法官说：“够了，戴维！快判吧，日本人就要打进来了！陪审团已经有了决议，这个垃圾，应当被处死刑！”

法官宣布：“欧锦棠被判处死刑，押往湾仔监狱，等候执行！”

“我没有罪……”欧锦棠的嗓音暗哑，被法警押出法庭，孩子仍然在吃东西，法官们仓皇逃出法庭。

3. 大街　日　外

囚车前行，香港一片狼藉，天地之间一片灰色。

商场歇业，多少家庭在大街上奔逃，日军撒传单的飞机飞入香港。

码头边，所有意欲逃出香港的人在渡船边挤破了头，从内地流落入港的伤兵沿街乞讨。

几辆英军的军车急速行驶，与囚车相向而过，空气沉闷得让人窒息。

传单飘落，飘入囚车，欧锦棠心如死灰，看都没看一眼，镜头对准传单：奉劝港人投降，过个平安圣诞。（中文）

天色渐黑，囚车下山，监狱已然在望，邻近的街区却迎来爆炸，所有人四处奔逃，火光冲天，那是日本人在为最后的进攻试射炮弹。

4. 监狱　夜　内

监狱大门口，法警将欧锦棠移交给狱警。

幽暗而冗长的走廊，狱警押着换上囚服的欧锦棠前往囚室，灯光忽明忽暗，狱警面无表情打开铁门，关上，字幕出；再关铁门；字幕复出。

突然，炮弹再次落在监狱周围，震碎了走廊的窗户，头上有砖块迸落，临近囚室之时，更强烈的爆炸声在他们身后响起，回头看，刚刚走过的地方被炮弹击中，倒塌了。

在倒塌的废墟上，依稀有几个字迹，探照灯映照上来，果然是几个潦草而惊慌甚至都来不及写完的字：香港沦陷。

5. 监狱　夜　内

监狱里，所有的囚犯都惊慌失措。喧哗之声不绝于耳。

典狱长室，典狱长低头翻看法院移交之文件，叹息，抬起头："欧锦棠？运气不错，今晚的晚饭有金枪鱼沙律，还有罗宋汤，小庄，给他拿一份来，就在这儿吃。"

押赴欧锦棠之一的年轻狱警应声而出，是为小庄。

喧闹声越来越大，"香港要完蛋了，我们不能在这儿等死！"有人在外大声呼喊，应者云集。

场面变得不可收拾，有囚犯从残缺的囚室里跑出来，涌向放风的院子，典狱长出现，二话不说，举枪击中为首之人的脚，冷声道："就算日本人来了，我也不许有人砸我的饭碗！"

囚犯们后退，服从管教，典狱长交待手下："明天一早，按照上头的指示，将他们全都转移到旺角监狱。"

典狱长室，欧锦棠狼吞虎咽，典狱长看着他，突然问："好吃吗？"

欧锦棠看着他，不说话，嘴巴里仍在咀嚼。

"可惜，这是你最后一餐了，"典狱长说，"你都看到了，这里离前线太近，日本人一进攻，这里必成焦土，所以，上头命令，凡被判处死刑者，明早一律处死，其他囚犯则转移到旺角监狱。好好吃完它吧。"

欧锦棠如遭电击，一把抓住典狱长："我想见我妹妹，我想见我妹妹！"

"平常当然没关系，人要死了，见见妹妹总是应该的，但现在情形特殊，下了地府，不要怨我，没办法，奉命行事而已，要怨要恨，去找日本人，小庄，带他去死囚室！"小庄应声拉扯住欧锦棠，去往死囚室，典狱长又说："告诉阿森，他的舞会，我也要参加，老朋友了，我去送他最后一程。"

6. 死囚室　夜　内

音乐声渐起，离死囚室越近，音乐声越强烈。

死囚室，却原来被布置成了一个舞会现场，气氛正在热烈之中，死囚们将囚服自制成了礼服，扮成女人的死囚还将囚服改成了裙子。

欧锦棠不管不顾，趴在铁栅栏上，一遍遍敲打，哀求窗外："让我见我妹妹！"显然，舞会进行不下去了。音乐声淡，大家不再跳舞，冷冷地打量着他。

两位死囚走上前来，意欲阻止他，被欧锦棠拼力反抗过去。

舞池之外，端坐着一位中年人，唯独他身着正式礼服，抽雪茄，冷观不语，此时叫了一声："虾仔，大头明，你们先让开。"

"我是阿森，"中年人上前淡淡地说，"跟你一样，明天也要死了，一辈子没别的嗜好，就是好跳舞。三年了，一次都没跳过，多亏典狱长给面子，找了唱机，还找了我喜欢的唱片，明天大家都是同路人，你要是给面子，就一起跳，你要是不想跳，就安安静静地呆着，OK？"

欧锦棠仍然泪流满面："我只想见我妹妹！"

虾仔对欧锦棠怒斥："森哥杀过多少人你知道吗？"

森哥道："不管杀过多少人，明天我们都得被人杀了。"话未落音，他按住欧锦棠的头，在铁栅栏上重重撞击，血渗出来，欧锦棠晕了过去。

森哥站起身来，深呼吸，闭目，整理衣冠："放音乐。"音乐声起，他再次闭目，一把抓过虾仔，开始舞蹈，表情沉醉。

7. 死囚室　夜　内

懵懂中，欧锦棠醒了过来，打量眼前：其时舞曲热烈，森哥继续沉醉，剩下的一群死囚都跳得歪歪扭扭。

铁栅栏外，典狱长含笑，带着几个狱警旁观，甚至鼓掌，小庄的身体不自禁中随舞曲摇晃。

一曲罢了，森哥对虾仔说："踩了我三次脚。教了你多少次，还是跳不会，只可惜，你再也没有机会学会了。"然后，走到栅栏边，指着小庄对典狱长说："我要请他跳个舞。"

典狱长："为什么？"

森哥：“我刚才看见了，他跳得不错。”

“不行，”典狱长说，“阿森，不要让我为难。”

森哥的手突然伸出栅栏，抓住小庄，紧紧掐住咽喉，小庄的身体激烈地颤抖。典狱长问：“这又是何必呢？”

森哥说：“有必要，你觉得我不怕吗？我怕，怕死了。明天就要死了，我不喝酒，没办法麻痹自己，跳舞就是麻痹，他是兵，我是贼，就不能一起跳？对不起，这话对我这个要死的人来说没用了，想当初，你我都在元朗上学的时候，你能想到我要做贼你要做兵？你能想到明天是你送我上路？”

典狱长闻言，开锁，对小庄说：“进去陪阿森跳一曲，去啊！”

小庄瑟缩着进了囚室。

舞曲重新开始。但小庄由于紧张，跳得并不令森哥满意。

这一切，尽入欧锦棠眼底，恰在此时，日军飞机又开始轰炸，监狱外面再次响起爆炸声，房屋的倒塌声，和人群哭喊的声音。而屋内，音乐声不曾停止，森哥的舞蹈还在继续，他已然视一切为无物。

欧锦棠的表情迅即变化，又哭，又笑，终归是无可救药，他绝望了，认命了。

他走上前，一把推开小庄，跟森哥一起跳，森哥稍有吃惊，但也没有退让，舞曲更热烈，他们渐入佳境，甚至有比试之意。事实上，欧锦棠跳得更疯狂，但是，满眼里都是泪水。

镜头短暂定格在舞会上，随后便急速转移，通过走廊、外墙、废墟，移向更广袤的夜空，乃至整个香港。

8. 香港　夜　外

英军急速换防，军车飞速行进，竟至碰撞。

日军旨在迷惑英军的信号灯漫天飞舞，英军大乱，一时间，集合号和哨音乱吹，街面上仓皇大乱。

居民楼全都黑暗，都没有开灯，但是镜头贴近之后会发现，所有人都拖儿带女，拥抱在一起，注视着窗外的动静。

大海上，月光下的水面银光闪闪，几艘军舰正在行驶，军舰上插着太阳旗。

某处高地，日军先遣队已经进入香港，集合，军刀在月光下寒光闪闪。

一阵大雨当空而下，日军先遣队俯视整个香港，而香港，还不知道明天等待它的是什么，雨越来越大，模糊了日军的视线，整个香港也渐渐地被雨幕完全覆盖。

9. 监狱　日　外

暴雨如注，一阵尖利的哨声划破黎明，犯人们被荷枪实弹的狱警们押出，赶上车，准备运往旺角监狱。

秩序杂乱，抱怨声呼叫声不绝于耳，典狱长出现，对准一个不肯被管教的犯人当头便是一棍，情势稳定下来。

死囚室内，森哥带领众人站在窗前，静静看着眼前的一切。

两个神父，冒着雨，来到典狱长身边，交谈着什么，一边说话，一边朝死囚室打量，森哥抓着铁栅栏的手颤抖："兄弟们，神父来送我们上路了。"

典狱长一挥手，叫来手下，一阵耳语，随即，四五个狱警前来，跟随他，前往死囚室。

死囚室内，每个人的呼吸声都能听见，恐惧弥漫了每一个角落。

脚步声越来越近，欧锦棠觉得眩晕，眼前物事，全都摇摇欲坠，逐渐虚化。

铁栅栏打开了，典狱长的话响起来，昨晚的通融断然不见："对不住了，兄弟们，上路吧，上面的命令，要我务必在九点以前将这座监狱的所有问题处理完毕，该活的活，该死的死，你们也都看到了，昨天晚上，行刑室也被日本人炸烂了，我看，就在这里执行吧！"

死囚们全都闭上眼睛，唯有欧锦棠睁眼，但眼前仍然虚幻。

狱警端起枪，对准眼前人。"神父，开始吧！"典狱长说。

欧锦棠虚幻的视线里，模糊的神父开始祷告。他也将眼睛闭上了。

突然，一阵猛烈的爆炸声传来，屋顶，地底，全都震动起来，一阵热浪，恨不能将所有人都掀翻，这一次的爆炸，比之前任何一次爆炸都更猛烈，随即，更多的爆炸声响起来。

这一天，正是1941年12月24日，日军大举进攻香港之日。

欧锦棠的眼睛睁开了，眼前发生之事全都让他难以置信：两个神父，已经被炸死了，而典狱长也被从屋顶掉落的砖石击伤，刹那之间，房子开始摇晃，快要倒塌了，行刑的人顾不得开枪，撒腿逃命。

院子里，炮弹还在急剧落下，火光冲天，有狱警在奔跑中被炸成两截，空中有战机飞过。

森哥，大头明，虾仔，还有欧锦棠，如梦初醒，逃出囚室。

院子里，一行人四处寻找躲避的地方，不料毫无躲避之处，刚刚逃到一处掩体，一枚炸弹便当空而下，炸弹的引线滋滋燃烧，所有人都吓呆了，忘记了逃跑。

此时，画面定格，炸弹后退，退上天空，镜头跟随，可以看见，天空里飘满了炸弹，镜头紧跟这枚炸弹迅速推进，眼看这枚炸弹回到对岸的炮膛，画面再定格，一个日军一声令下，这枚炮弹重新出膛，奔向战火密布的香港。

10. 香港　日　外

战机临空，扔下如雨的炸弹，大海里腾起冲天巨浪，炮火蔓延，海岸线都在火光之中。

一处密林，日军行进，被英军包围，激战之时，英军又被大股日军围困，被消灭殆尽。

英军前沿阵地，英文哭喊声咒骂声响彻空中，已经有尸体堆积如山。

之前进入香港的日军先遣队下山，急速往市区狂奔。

市区里连遭炮击，四处皆为断垣残壁，一处高楼的尖顶被炸断，顶上的大钟斜挂，终于坠落在地。

英军前线阵地，日军突破防线，见日军前来，英人慌不迭举手投降，一律皆遭斩杀。

一个孩子在奔跑，一个犹太人家庭在街头惊恐地拥抱。

日军先遣队已经进入市区，见人杀人，旨在摧毁普通市民的意志。

一幢大楼遭到炮击，人群从大楼里涌出，逃往一处掩体，刚刚逃进去，就被炮弹命中，无一幸免。

11. 监狱 日 外

炮弹的引线滋滋燃烧，所有人都吓呆了，忘记了逃命。

森哥大喊一声："快跑！"

众人如梦初醒，赶紧奔逃，欧锦棠呆若木鸡，被森哥拉扯着离开。刚一离开，炮弹就爆炸了，经过的人被炸得飞上了半空。

此时，未及转移的囚犯汹涌奔向监狱的大门，几个看守上前阻拦，被人流吞噬，显然，越狱发生了。

典狱长对准正在翻越狱门的人扫射，大喊："全都给我回去!"但依然不能阻止这些人往外奔逃。

大头明打倒眼前的狱警，对着欧锦棠大喊："快跑啊，活命的机会来了!"不知所措中，欧锦棠跟着大头明往前跑，所有的人都在往前跑。

一声枪响，子弹掠着欧锦棠的耳朵飞过去，他一回头，正是监狱长对他开的枪。

但是随后，典狱长倒了下去。从背后现出森哥，他手里的刀正在淌血："对不起了，你要的是吃饭，我要的是活命。"

典狱长倒在地上，仍然举枪，费力地想要扣动扳机，森哥半跪在地，一刀一刀扎下去，典狱长闭上了眼睛。

小庄吓呆了，手里端着枪，不敢开，大头明走过去，伸手，小庄鬼使神差，将枪交到他手上。

更多犯人涌上来，裹挟着，众人消失在人流之中。

12. 大街 日 外

几辆囚车边，逃出监狱的人都在纷纷爬上车去。

森哥、欧锦棠、虾仔，大头明和小庄都在其中，大头明殴打跟他们抢夺车上位置的人。

欧锦棠看见不远处的公路上，日本的军车开了进来，他们正是刚刚度过边境的大规模日军。欧锦棠指给森哥看，森哥霍然变色，跳下车就往前狂奔。

其余人等，纷纷跟着一起逃跑，另有一些人跟随前来。

日军的军车在不远处停下，对准犯人们扫射。无一活口。

森哥等一干人等就藏在不远处的房屋背后，目睹眼前的惨景，恐惧而不能言。

日军正要离开，一位狱警手中的枪走火了。

日军立即扑下一支队伍，循枪声而来。

一干人开始狂奔。

这是漫长而绝望的奔跑。有两个人同时倒下，扯住欧锦棠和小庄的腿，欧锦棠突然伸出脚去，踹开对方；小庄见状，也出脚踹开地上的人，对方都是狱警。

每个人，只顾自己活命。

13. 防空洞　日　内

奔跑中，欧锦棠和森哥跑作了一路，已近甩不掉日军之势。

一处人家的花园被炸开了条口子，小庄躲在藤蔓里喊："森哥!"

这户人家，有座防空洞，欧锦棠和森哥猫着腰，进去，点亮烛台上的灯，发现一起活命的人都在其中。

虾仔的腿中枪了，森哥给他治伤，虾仔惨叫，森哥吩咐大头明："来，捂住他的嘴！"

治伤完了，大头明问森哥："现在怎么办？"

森哥："睡觉，晚上再出去，到时候，你去找你老婆，我去找我儿子。"灯被吹灭。

灯再亮时，已经是晚上。

防空洞的洞口，大头明搀住虾仔出来，森哥对众人说："无论如何，大家也算缘分一场，山水有相逢，现在各自逃命去吧。虾仔，大头，一起坐牢，又一起闯了一回鬼门关，更是有缘，有朝一日，我能重新做事，一定找你们两个，当然了，我要是求到你们面前，你们肯定也不会不赏我一碗饭吃：虾仔，你记住，出了这个门，没有人管你，大头也管不了你了，得自己逃命！"

森哥说罢，跑出院墙的缺口，消失不见。

14. 尖沙嘴　夜　外

天地肃杀，尸体成堆，焚烧的火焰未曾休歇，依然绵延不尽。

月光清冷，断垣残壁处，日军开始建立桥头堡，以防英军的反攻。

远处，枪炮声仍然轰鸣不断。

运送物资的日军军车疾驶向前，路遇被炮火炸伤的行人也并不躲闪，直接撞飞。

一处倒塌的房子，欧锦棠失魂落魄，四处翻找，寻找着妹妹的踪影。

掘地三尺，他也没有找见妹妹。

突然，他听到了一阵呻吟声，是在隔壁人家，一样被炸成了废墟，他机警地爬过去，看见瓦砾堆里埋着的一个女孩子，那是邻家的女儿之蕙。

他着急地问："看见锦仪了吗？"

女孩子摇头。他再颤着声音问："她有没有被炸死？"

女孩子继续摇头："我不知道。"却急促地低声叫他："棠哥，我不想死，带我走！"

"我带不走你，"欧锦棠也低声说，"我还要去找锦仪。"

"带我走……"之蕙继续恳求。

欧锦棠起身，恰恰日军的探照灯映射过来，他低头，等到光芒过去，他翻身跳出废墟。

但过了片刻，他又回来了，抱起之蕙，背在了身后。

15. 大街　夜　外

大雨之中，一家私人诊所，欧锦棠使劲拍门，没有回应，别无他法，急奔而去。

再一家，仍无回音，再次颓然离去。

一家正规医院门前，欧锦棠急匆匆背着之蕙闯入，突然回头，撒腿狂奔：医院赫然已经挂上太阳旗，日兵鱼贯出入，此地已经成为收治日本伤兵的医院。

一条巷子里，欧锦棠背着之蕙："找到公立医院，我就放下你，我还要去找锦仪。"

巷子突然被日军的闪光灯照耀得锃亮，枪声突突响起来，欧锦棠大惊失色，狂奔，一回头，发现自己不是目标，不远处，几个英军被日军击毙了。

欧锦棠止步："这样走下去，我们两个，都得死，只有一个地方可去了，先去那里躲起来，明天再说，你的腿受得了吗？"

"受得了！"之蕙慌忙回答，她生怕他扔下自己。稍后，她怯生生问："棠哥，如果锦仪……我是说如果，你就拿我当妹妹吧？"

欧锦棠停下："我只有一个妹妹，锦仪。"

16. 防空洞　夜　内

那座熟悉的防空洞外，欧锦棠趴在洞口，打开铁门，刚探进去脑袋，就被人一把拉扯了下去，一束手电筒的光照射过来，欧锦棠来不及说话，对方惊呼起来："阿棠？！"

虾仔的声音。"把灯点上，是阿棠!"

点燃蜡烛的是小庄。借着亮光，欧锦棠这才看清眼前：一个老妇人，搂着一个孩子，孩子的怀里，却搂着一条狗；还有一个孕妇；而森哥和大头明就站在身后，两人的手里各自持着一把刀。

森哥："说是有缘，就越有缘，上半夜说了再见，下半夜就又见了。"转而指着之蕙问欧锦棠："这是你妹妹？"

欧锦棠迟疑了一会："是。"

森哥向小孩子招手："伟成，过来。"小孩子冲上来，森哥一笑，"我儿子。"

老妇人冲上前问："她受伤了？"不由分说，冲上来为之蕙医治包扎。

虾仔介绍："这是大头明的妈妈，在圣心医院做了一辈子护士哦！"再一指孕妇："我老婆。"孕妇恰恰叫喊了一声，虾仔一惊："老婆，怎么了？"

"孩子可能饿了，他在踢我，"孕妇看看肚子，不好意思地说。

"哎呀，那哪是他饿了，那是他妈妈饿了。"老太太走过来，掏出一个面包，递给孕妇："赶紧吃！"

小庄也拿出自己的食物，见状，伟成也忍不住掏出自己的食物，递给孕妇，一番退让，伟成坚持要求孕妇吃了下去。

几个人笑而不语。

17. 防空洞　夜　内

森哥熟睡，突然觉得有动静，一个激灵，睁眼，有人正拿走他怀抱的刀，却是大头明的妈妈。她摸了摸森哥的头，一笑。

老人家走到之蕙身边，蹲下，检查包扎。

这时，狗却不安地吠叫起来。在洞里呆的时间太长了。所有人都醒了。

所有人的神色变了，森哥拿着刀，走近它，伟成叫了一声："爸爸！"森哥住了步，没有下手。

大头明猛扑过来，紧紧按住狗的嘴巴，不让它发声，狗在强烈地动弹。

伟成哭着说："你们要轻轻地抚摸它。"

几个人闻言，全都扑上去，轻轻地抚摸着狗，恰在这时，一根蜡烛燃尽，灭了。

黑暗中，狗慢慢变得温顺。传来虾仔的声音："谁在摸我的头？"

一切慢慢恢复平静。

森哥坐在防空洞外抽烟，一回头，小庄来了。

沉默半晌，森哥说："太安静了，安静得可怕，明天还不知道会发生什么，对了，像你胆子这么小的人，怎么会当警察？”

“……我也没想到，就因为胆子小，我都怀疑自己做不了警察了，门门都毕不了业，惟独枪法好，打枪准，还是当上了。”

“家里没有别人吗？”

“有个妈妈，老年痴呆，不认得我了。”

森哥叹息：“好好活命吧，活下命来，大家就是兄弟。”

洞内传来欧锦棠的叫声，他在做噩梦，森哥一笑：“还有比你胆子更小的。”两人进洞，看见欧锦棠大汗淋漓地醒来，颓然躺在之蕙的怀中，之蕙轻轻抚摸着他。

18. 防空洞　日　内

清晨，日军的炮击再次开始，香港再次陷入被凌辱的一天。

众人置身的这条街也不例外，街面上，响起急速的汽车声，防空洞口，一行人偷偷从缝隙中观望大街上的情景，看不见全景，但能看见一条街都有军车驶入，还能看见日军的腿，鞋。

排列成队的日军在命令声中跑步前进。

“日本人来了，”森哥说，“整整一条街，都是日本人。”

最严重的是，一群日本兵朝他们头上的这幢房子而来，气氛顿时变得令人窒息，好在这群日军径直进了房子。

随后，一辆汽车（小巴士）停在门口，下来几个人，也进了房子，良久没有人再出来。

“活命就靠这辆车了。”森哥说。

所有人喘着粗气看着他，心脏猛烈地狂跳。

森哥：“呆在这里不逃，迟早被日本人发现，必死无疑，反正这条命都是捡回来的，再拼一次吧？”

众人没有说话，空气紧张。

19. 大街　日　外

大头明一个人先蹿出围墙，走到车边，打开车门，随后对围墙里的人作手势。

一群人奔出，轻手轻脚，虾仔搀着老婆，欧锦棠背着之蕙，森哥抱着儿子，小庄抱着狗，惊慌地按住了狗的嘴巴。

大头明将车发动，这是一辆军车，没有座位，所有人都只能站着。车窗外的情势，显然整个一条街均已经被日军占领。

车声惊动了房子里的日军，窗户里伸出枪管，对着军车扫射。

汽车疯狂奔驰，迎面来的军车就算知道有情况，也未及反应，看着他们离弦而去。

街道变换，汽车悄悄从一条巷子里驶出，却遭到伏击。

大头明定睛一看，见来者竟然是三个英军，正在被日本追击，三个英军情急，逼迫大头明停车，无奈，车停下，两人上车，最后一人嘴巴里骂骂咧咧，向日军射击，被一枪毙命。

汽车狂奔，日军的汽车也狂追不舍。

一群人刚刚逃出生天，就又被带入灾祸。日军射击不断，英军还击，带来更密集扫射。

森哥给虾仔做手势，要他杀掉两个英军。

虾仔一刀扎向英军，另外一个英军见状举枪，被森哥扑到，几个人扭打在一起，森哥对欧锦棠大喊："快来帮忙！"

"可他们是英国人！"欧锦棠喊。

一向胆小的小庄却翻身扑上去帮忙，将其中一个英军杀死，扔下了车去，接着对欧锦棠大喊："他们不死，日本人追上来，我们都得死！"

20. 小巷　日　外

迎面也开过来日本军车，躲避之际，大头明肩膀中枪，汽车趔趄起来。

妈妈爬过去，去帮儿子包扎，被大头明一把推开。

另一个英军被制服，扔下汽车，不料，身体悬挂在外的英军却死死拽住了之蕙。

之蕙大喊："棠哥，救我！"此时，汽车爬上了一座山顶，进入一条窄巷，英军和之蕙的身体不断拍打着两旁的墙壁。

欧锦棠抓住了她。

车速降低，森哥对着欧锦棠叫道："快松手！"

欧锦棠绝望地回头，看见虾仔和大头明对他紧逼过来，如果他不放开之蕙的手，他自己的手将被他们砍断。

他松开了之蕙的手。

"棠哥！"之蕙呼喊着，身体重重地砸在了墙上。

21. 汽车　日　内

英军被扔下去了，日本人的追逐却没有停止。

汽车仍然往前行进，狗似乎被激怒，趴在后面的玻璃上朝车外狂吠，伟成跑过去抱狗。

不料，对面车上一支枪正对准这边射击。

森哥大惊失色，一把将虾仔推到了伟成的前面，子弹划过，击中了窗户。

虾仔回头，难以置信地看着森哥，两人对视，森哥将伟成抱在了怀里。

汽车爬上一座山坡，但已经是绝路。

大头明大喊："没有路了！"

森哥说："没有路也要往前冲！"

大头明闭上眼睛，汽车从山坡上冲了下去。

22. 山坡　日　外

汽车在石阶上往下滚落，车内，扭曲的脸，呼喊声。

森哥的头重重撞击在车窗上。

抱着狗的伟成被掀出了车窗之外，落在一片废墟里。

车窗内，呼喊声在继续，银幕黑。

23. 仓库　日　外

森哥的视角。他被砸晕了，现在缓缓睁开眼睛。

一群人的脸浮入眼帘。他迟缓地环顾四周，此处是个货运仓库，集装箱林立，还有许多不认识的人在此地或坐或躺。

森哥问：“我怎么在这里？”

大头明答：“你晕过去了，是我把你背到这里来的。”

虾仔的脸凑过来，阴郁地说：“森哥，为什么，一起坐牢，一起闯鬼门关，不是说要做兄弟吗？”

森哥面无表情：“虾仔，人死了，什么都做不成，做兄弟，是活下来以后的事。伟成呢？”

众人突然惊恐起来，却原来，众人奔逃之际，压根就忘记了伟成。

大头明：“我只顾背着你跑，把伟成忘记了！”

森哥顿时阴寒而愤怒，注视着每一个人，缓缓地说：“虾仔，你看到了，死到临头，人人都只顾自己。”

说罢，他起身，往外走，大头明问他去哪里，他平静地说：“我要去找伟成！”

众人阻拦：“那边已经全都是日本人的地盘了！”

森哥不听，回头继续怒视每一张脸，却是眼前一黑，栽倒在了地上。

24. 仓库　日　内

空气死寂，每一张脸都是绝望的。

欧锦棠全身发冷，打寒战，但没有人理会他；小庄蹲在一盆水前，死命地擦去衣服上的血，那是英国人的血。

虾仔在给老婆喂饭，大头明给妈妈做了个简易地铺。

不断有炮火在这座仓库外围炸响，但疲惫的人们再也跑不动了。

有一个人走到欧锦棠对面，是森哥："兄弟们，求你们一件事。"

众人看他，皆不语。

他用刀比画着，叫欧锦棠起身，欧锦棠瑟缩着，起身；他又走到虾仔和大头明身边："你们得帮我去找儿子。"

大头明："那边已经全是日本人的地盘了，去了就是死啊！"

森哥冷言："那也要去，你们的老婆，你们的妈妈，全都在这里，我的儿子也应该在这里。"转而对大头明说："救命之恩，活得下来我一定还你，现在还不行，你也得跟我一起去。谁不去，我杀谁。"

虾仔的老婆恐惧，拉了一下虾仔，森哥勃然变色，虾仔说："我去。"

25. 战场　日　外

这一天，其实是香港沦陷史上战争最惨烈的一天。就在这一天的晚些时候，港英政府将宣布投降，香港全境沦陷。

此时，英军还在作最后的抵抗，日军也在发动最后阶段的致命一击。

英军别无他法，燃烧了海岸边的油库，以作屏障，火势蔓延，举目之处，一片火光。

战场，日军和英军正在进行阵地战，双方对射激烈。而此处，正是欧锦棠等人翻车的地方。

几乎与英军阵地平行，稍远的地方，森哥带领众人出现了。

"我们真的要跑过去吗？"大头明问。眼前飞弹如雨。

"过去，你们走前面。"

"为什么？！"虾仔问。

"如果我先死了，你们会帮我找儿子吗？"森哥转而对欧锦棠做个手势，"快！"

气氛凝滞，最终，欧锦棠哆嗦着，起身往前冲，但是，被密集的弹火压了回来。

恰在这时，背后响起说着英文的声音，语调高昂而激动："全都快滚蛋！"

众人回头，是英军，却原来，在他们身边，还有一支伏兵。

“我们是香港人！”森哥喊，用的蹩脚的英文。

英军继续叫喊：“我命令你们赶快离开！”

森哥刚要申辩，被英军用枪托击打，随后，英军吩咐身边人：“赶紧让这帮杂碎离开！”

几个英军不由分说地架起他们离开。

26. 海岸线　日　外

之前躲藏的仓库近在咫尺，一片屋顶之上，一行人观望着举目所及之处的动静。

视线之内：英军阵地终于被日本人撕碎，日本人像狼群一般越过了英国人费力维持的地盘，英军逃窜，日本人紧追不放。

日军最后一轮密集轰炸也开始了，天地之间，无论是建筑的倒塌，海水的飞溅，都在考验造物的极限。

这是世界末日。

一小股英军从他们眼前逃过，追赶英军的日本人也从他们眼前跑过去，离他们刚刚离开的仓库越来越近，所有人的脸色都变了。

森哥一掐烟头：“先回去。”

说罢，率先掉头，一群人默默地、急速地紧随其后。

27. 仓库　黄昏　内

仓库区，日军与英军新的战场再次形成，密集交火之声不绝于耳。

仓库里，空气仿佛冻住了，天色渐黑，仓库里逐渐变得昏暗，大家全都置身在可怕的安静里。

各人下意识地抓住身边亲人，而欧锦棠的身体还在颤抖。

渐渐地，英军落了下风，渐至于无声，撤退，日本人开始搜捕英军。

仓库的大门被人踢打，骤然之间，一行人，乃至所有在此寄身的流民，全都如丧考妣。

门被踢开了，但只有一个日本兵，面对满屋子的人，日本兵吓了一跳，正待举枪射杀，却倒在了地上，镜头一转，森哥手里的刀在滴血。

日本人没有断气，还想要开枪，森哥逼上，就像在监狱里杀典狱长，血光飞溅，他一刀一刀扎下去，结果了日军的性命。

成队列的日本人正好路过这间仓库，看见库门洞开，径直而来。

时间凝固了。

每个人都在环视身边的每张脸孔，森哥手里的刀还在淌血，欧锦棠的身体颤抖得无以复加，就连身边的其他流民，全都惊恐不堪。

日军进来，他们必死，而死亡越来越近了。

突然，森哥把手中的刀塞进了欧锦棠的手里。

欧锦棠难以置信地看着森哥，所有人都难以置信地看着森哥，但是，除了欧锦棠之外，所有人也都默认了这个事实。

28. 仓库　黄昏　内

欧锦棠的主观视角：眼前万物，全都在旋转，窗户，货箱，每个人的身影，他的嘴唇上下都在战栗，逐渐，眼前的脸孔清晰，他盯着每一张脸，每一张脸也都在盯着他。

他下意识地说："不是我杀的……"

没有人理会，他求救地盯着大头明的妈妈，老人家也躲避了开去。

森哥突然跪了下去，他眼前的众人随之都跟随着跪了下去。日军进来了。

欧锦棠回头，眼前的日军身影全都虚化，他一个也看不清楚。

日本军官特写，他冷漠地问欧锦棠："人是你杀的？"

欧锦棠的魂魄远在九霄云外，完全无法作答。

军官轻描淡写地吩咐身边人："杀了他。"

说罢，军官转身欲走，旁边的士兵对准欧锦棠举起了枪，突然，这个士兵的手被军官阻拦了，他伸出手指，对着屋顶指点，士兵的枪跟随手势，对准了屋顶。

军官一做手势，士兵开始扫射，一具英军的尸体从屋顶上掉落下来。屋顶上其他英军赶紧喧哗着逃开了。

军官立即变色，带领所有人追了出去。

29. 仓库　黄昏　内

除了欧锦棠之外，所有人都还在跪着。

欧锦棠的视线，从每一张脸孔上掠过，最终定格在森哥的脸上。

森哥说："你知道，我要去找我儿子……"

屋顶之上，交火之声又起，英军的退路已成绝境。

森哥跑到窗边，环顾四周，回头说："得想办法，赶紧从这儿离开，不然，大家都得死。还有，你们还是得跟我去找伟成，天黑了，伟成从小就怕黑。"

所有人都呆若木鸡地看着他，脸上没有表情。

森哥继续在窗边朝外环顾，他没注意到，欧锦棠已经走到了他身边。

他回头，突然要躲闪，但已经来不及，欧锦棠一刀扎了下去，他倒在地上，欧锦棠似已癫狂，但不说话，坚决要置森哥于死地。

两人在地上扭打在一起。

这时，小庄走了过来。森哥以为来了帮手，喊了一声："小庄……"

没想到，小庄死死地抱住了森哥的脖子。

虾仔，大头明全都上来了，跟森哥预料的相反：他们全都在朝森哥下手。

30. 仓库　黄昏　内

森哥的主观视角：每个人似乎都在说话，但他听不见他们在说什么。

最终，他被欧锦棠扎死，颓然闭上了眼睛，银幕黑。

一组短镜头：有人望风，银幕黑；有人脱去森哥身上的衣服，银幕黑；欧锦棠麻木地被众人帮忙穿上森哥的衣服，银幕再黑；最终，欧锦棠的衣服被穿在了森哥身上；还有之前置身事外的流民，跑上前来捋捋欧锦棠的头发，使之看上去更似森哥。

31. 仓库　夜　内

战胜了英国人的日本人重新进入仓库。

眼前的情景多少让之前的日本军官有些诧异：欧锦棠带领众人，全都跪在地上，他手里拿着刀，不敢抬头，喃喃说："杀死皇军的人，我们已经把他杀了，请给条活路吧。"

军官稍作沉吟，吩咐身边人收拾死去日军的尸体，之后，很平常地对眼前众人说："狗和绵羊可以活下去，大日本帝国，需要你们这样的狗和绵羊。"

欧锦棠继续跪伏于地："谢谢。"银幕黑。

32. 山坡　夜　外

黑暗中，一条狗，在凄楚地发出哀鸣。

银幕渐明，这条狗正伸出舌头，轻轻地舔着伟成的脸。

伟成的身体开始动弹，渐渐地，他苏醒了。

伟成从地上站起来，牵着他的狗，从昏迷的地方走出去，茫然地看着眼前的香港，狗在身边继续发出哀鸣。

眼前的香港，战火遍地，满目疮痍。这是1941年12月25日，香港全境正式沦陷。

33. 大街　日　外

时间回到1944年，走出法庭的欧锦棠上了一辆电车。

电车过处，是百废待兴的香港光复后的景象，他打量着窗外的一切：英军重新成了这座城市的主人，队列整齐地巡行；有人撕下店铺的日文标识，换上英文标识。

电车经过了一座商场，欧锦棠突然回过头去，盯着那家商场久久凝视，仿佛一段记忆被触动，周边的景物、人群乃至电车发出的声音，渐渐虚化。

34. 大街　日　外

字幕：1942年秋。

这是1942年香港一个普通的秋日。

人流和车流相得益彰。

如果不是街道上不时有穿着和服的女子路过，完全不能想象这里就是沦陷中的香港。

街上商店，有关日本的招牌多了起来，包括寿司店。

街边，一个日本宪兵和一个和服女子行走，有行礼的普通香港市民。

宪兵拍了拍那个香港市民。

街边别的行人都在照旧行走，各种摆摊的小贩照常营业。仿佛一派和平而宁静的景象。

（以上一切的情景用黑白的画面和三十年代的胶片速度拍摄，营造出一种资料片的感觉。）

镜头往回拉，一片漆黑。

35. 汽车内　日　内

人们这才发现，不过是通过一辆汽车车厢内狭小的窗户看到的情形。

（现在镜头感回到现实。）

外面的景色开始倒掠，汽车开始动了起来。

一个外国男子的脸扭头看了看外面，光打在他的脸上，他一脸的憔悴。

看向前方。镜头过渡到汽车驾驶室，两个日本兵坐在驾驶室驾驶着汽车向前行进。

36. 街道　日　外

镜头再次由驾驶室的挡风玻璃过渡到大街之上。

这时候，才看清楚是一辆日本的押运犯人的车辆在大街上行驶，后面还跟着一辆车，正行到离前方一个拐角的不远地方，拐角的方向是个十字路口。

镜头急掠，一直越过街道的拐角，停留在一家咖啡馆的前面。

有三两桌的人坐在街边喝着东西，其中有一桌是两个外国人。

在他们的旁边，有一个外国人正在买香烟，一个日本宪兵走过来，向他询问着什么。

路口还停着一辆车。

一台留声机正在播放着日文的歌曲。

两个外国人正在交谈，用的是英文："你也知道，香港人是靠不住的。"

另一个外国人咧嘴笑："同意。"

说着，两人端起酒杯干杯："敬贝克。"

酒杯碰在一起，透过酒杯的玻璃。

那个外国人和日本宪兵发生了一点摩擦，外国人摊开手："怎么了？"

话没说完，一下被宪兵按在了墙上，开始搜身。

外国人的脸贴在了墙上，注视到了从不远处开过来的囚车，慢慢地向这边开了过来。

宪兵已经搜到外国人的腰间，突然一愣，准备去端枪。

这个时候，囚车开了过来，那个外国人突然一个转身，一下拧住了宪兵的脖子，将他夹在了自己的腋下。

宪兵在他的挟持之下，不由自主地向前奔跑。

就在囚车开来的瞬间，那个老外将宪兵猛地扔向囚车的车头。

囚车司机一惊，猛地刹车，可是已经来不及了，车将那个士兵撞得飞起。

车厢的后面，那个被押的外国人和日本士兵俱是一惊。

后面的囚车眼看快要撞到前面的囚车，路口的一辆汽车撞了过来，将后面的囚车撞翻在地。

周围的人都惊呆了。

咖啡馆里的两个外国人突然暴起。

从怀中掏出手枪开始对着驾驶室内的人射击。

枪声吓得周围的行人四散而逃。

驾驶室的人在慌乱下被打死。

37. 车厢内　日　内

后面车厢的人一片漆黑，人们还在七荤八素，后面车厢的门突然打开，一个外国人站在门口，（此人是从撞后面的囚车的轿车里面钻出来的）车厢的日本兵和车厢内的外国人一起回头，车外的外国人对着两个日本兵开枪，将他们击毙。

车外的外国人走上来："贝克上尉？"

车厢内的外国人叫贝克，他点了点头："你是？"

车外的外国人端枪上来："托马斯，上校让我们来救你。"

贝克喜悦地说："太好了。"

这个时候，前排的驾驶室已经被刚才喝咖啡和被搜查的三个外国人占领，外面枪声响了起来，击打在车身上，托马斯对他们做了个手势，汽车发动，向前开去。

38. 街道上　日　外

街道上，囚车不住地奔驰着。

后面尾随着数辆日本的三轮机械摩托，不时地向囚车开枪。

市民躲避，有市民被流弹打死。

囚车疯狂地奔逃，已经有宪兵得到消息支援过来，拦住了他们的去路。

车厢里，贝克很慌乱："我们怎么逃？"

托马斯镇定地说："到海边，有人接应我们。"

说着，踹开了车厢的门，开始还击，摩托车上有日本兵被打死，摩托车倒向了街边，发生爆炸。

汽车拐进一个小巷子，摩托车跟了进去。

一场追逐战。

托马斯还在不停地还击。

驾驶室内的三个人名字分别叫：马修，莫雷，沃尔大。

马修在开车。

沃尔夫坐在窗边，一边还击一边不停地大叫：“fuck you，Japanese！”

莫雷说：“嗨，老兄，别激动。”

说着，拿出通话装置：“这里是营救小组，呼叫史考克，我们已经接到贝克……”

对方的声音传了过来，夹带着枪声：“莫雷，出事了，我们受到日本人的攻击，准备撤……”

说着，通话断了。

莫雷愣住了。

马修边开车边道：“怎么回事？”

莫雷：“他妈的，天知道，他们好像受到日本人攻击了。”

说着，莫雷扭头对着后车厢：“托马斯，我们好像遇到麻烦了。”

托马斯和贝克一愣。

囚车还在狂奔，终于出了小巷。

是一条喧哗的街道。

人们看见车奔了过来，四散着逃开。

枪声、尖叫声不绝于耳。

车厢内，贝克抓住托马斯：“怎么回事？要是被日本人抓住，我们都会死的。”

托马斯刚准备开口，突然剧烈的撞击，让他们在车厢里天旋地转。

在囚车刚出小巷没多远，有一辆日本的军车从旁边开了过来，将囚车撞翻在地。

行人还在奔逃。

车厢里的几个家伙被撞得七荤八素，但好在训练有素，他们很快爬出车厢，发现他们被日本人包围了，他们依靠着车体开始还击。他们的后面是一座商场。商场里有人奔逃出来，被流弹打死。

马修的身体被挤住，出不来，沃尔夫正在帮他。

托马斯边还击边问："莫雷，怎么回事？"

莫雷靠在车体的后面，正在摆弄着通讯器："不知道，我们的行动好像被日本人发现了。"

托马斯："混蛋。"

沃尔夫："托马斯，我们好像被包围了，快想办法。"

马修："别废话，快把我弄出去。"

话没说完，子弹扫过来，沃尔夫躲开，马修中弹了。

沃尔夫抬头，摇了摇他："马修马修。该死，托马斯，马修死了。"

托马斯在还击："我们不能坐以待毙。"

周围的日军越来越多。

一个军官模样的人站在人群中，对着日本士兵，用日文说："活捉他们。"

日军停火，有日本人用英文喊话："投降可以活命。"

几个家伙在车后面聚了起来，沃尔夫："怎么办？托马斯？"

托马斯看了看周围，目光定格在后面的商场："先把车子引爆。"

39. 商场内　日　内

商场的门口躺着两具尸体。

商场内，人们都躲在柜台的下面，或蹲或爬，显得异常的狼狈。

外面的枪声突然弱了下来。

一个老太太按着自己的小孙女抬起头来看。

几个售货员也抬起头来。

更多的人抬起头来了。

里面还有几个日本人。

其中一个妇女带着一个小男孩。

老太太带着的小女孩好像和小男孩认识，两个人趴在地上招着手。

大家互相看着，不明白发生了什么。

日本妇女爬起来问身边的丈夫："哲夫，发生了什么？"

唤作哲夫的日本男子："不知道。"

一个香港男子，弓着身子站起来，向窗户边摸索过去。

所有的人都看着他的身影。

就在他的头探出窗户的一瞬间，外面的车突然发生了爆炸。

气浪将香港男子的身躯掀翻在地。

屋内的人开始尖叫，重新把头趴在地上。

趴在地上的小女孩眼睛睁着，看见几个高大的身影闯了进来。

托马斯他们几个人拖着受伤的贝克走进了商场的大门。

所有的人都吓得缩了起来。

贝克喘息着："不行，托马斯，这里是死路。"

托马斯看着周围的情况："我知道，我知道，别吵，别吵！"

莫雷在门口开着枪："托马斯，日本人想冲进来。"

托马斯趴到窗口："这些该死的日本人。"

沃尔夫在安抚着害怕而担忧的人群："别怕，各位，我们是英美盟军的人，和你们是一家人，我们不会伤害你们的，都藏起来，藏起来。"

40. 商场柜子后面　日　内

沃尔夫说话的时候，躲在柜子下面的几个日本人面面相觑，急忙藏了起来。

41. 商场大门口　日　内

枪声震碎了玻璃，日军正在集结，由于商店门口开阔，加上火力的压制，日本人往上冲，扔下尸体，又往回退。

托马斯见门口大开，回头看了一下，准备拖一个柜子堵在门口。

就在这个时候，刚才那个被唤作哲夫的日本男子，已经准备了好久，突然站起来，大叫一声手里摸着一根木棍，向托马斯扑了过去。

托马斯作为训练有素的军人，迅速躲避，然后迎面给了哲夫一拳，哲夫倒了下去。

日本女人急忙扑到哲夫的身上："哲夫，哲夫。"

托马斯一愣："日本人？！"

日本女人抬头看他，唯唯诺诺地退了一步。

托马斯对着还在战斗的沃尔夫他们呼喊道："他妈的，我们有救了也许。"

42. 商场外面　日　外

商场的外面，一片狼藉，指挥这次战斗的是宪兵大队的坂崎少佐。

商场门口的楼梯口堆着还在燃烧的车辆，日本的机械化摩托和车辆形成半包围的态势。

坂崎面色严肃地站在包围圈的后面，日军没有贸然地进攻，躲在车辆的后面和沃尔夫他们交火。

一个士官向坂崎报告："少佐阁下，商场所有的出口已经被我们封锁。"

坂崎点了点头："很好，立刻实行重火力压制，强行进入，活捉那些英国人……"

士官愣了一下："里面还有很多普通的香港市民，是不是向总督阁下请示……"

坂崎打断他的话："愚蠢，不要管这些垃圾，如果让他们逃跑，那根本就是我们的羞耻。"

士官立正："是！"

说着，正准备下命令，突然发现周围的士兵都停火了，他抬起头，看见商场的大门口，托马斯正押着一个穿着和服的女人。

托马斯躲在后面，坂崎显然也看见了，他伸手制止住周围的士兵。

托马斯用生硬的日语："听着，日本人，里面还有不少你们的国民，如果你们再尝试进攻，我们会对他们不客气的。"

坂崎咬牙："混账，怎么会这样？"

他推开士官，向前一步："和平民没有关系。"

托马斯指着门口地上香港市民的尸体："你们没有资格说这种话。"

坂崎："混账，你们跑不了的。"

托马斯："那不是我们现在讨论的事情。"

说着，押着那个日本妇女进了屋内。

坂崎阴冷地对着士官："通知总督。"

43. 汇丰大厦（总督府）

矶谷总督拿着电话："不要冲动，尽量保护我们国民的安全，你应该清楚，坂崎少佐，现在的香港，已经是天皇治下，就算已经有事端发生，尽量按照日本国内城市对待。"

矶谷放下电话，对着站在自己面前的秘书："给我叫警察总监，要他派人来。"

秘书："是！"

44. 警署　日　内

警署内，欧锦棠和小庄站在窗户边抽着烟，默默地看着楼下的城市。

通过窗户可以看见他们当年一起逃命的监狱。

欧锦棠叹息："谁能想到，我会跟你一样，做上警察，今天还会一起站在这看它呢。"

欧锦棠："监狱好像又在修了。"

小庄趴过去看。

一个身影从他们旁边走过："有行动，出发。"

两个人一愣，跟上。

45. 商场内

那些日本的侨民被沃尔夫用枪口指着，哲夫还没有醒来。

托马斯看着那些香港人："还有日本人没有？"

香港市民都有些害怕地摇摇头。

莫雷安抚:“别害怕，别害怕，我们是盟军，不会伤害你们香港人的。”说着，伸手去摸老太太怀里小女孩的头，小女孩下意识地一缩。

沃尔夫扭头:“托马斯，为什么会这样？我可不想死在这儿。”

托马斯:“没人想。”

沃尔夫:“或许我们就不该进行这个愚蠢的任务。”

托马斯一怒，一下揪住他:“听着，我也不知道为什么，因为下命令的人也没告诉我为什么，但是命令就是命令，我们是军人明白么？”

沃尔夫一下挣开他:“混蛋，不用跟我讲这些，你是头儿，告诉我，我们该怎么办？”

托马斯在门口观察外面的情形:“天知道这些日本人会不会在乎他们的国民，如果在乎，就是我们的机会。”

贝克捂着伤口，看了看日本人，对着托马斯:“托马斯，这些都是日本平民，我们这样做……”

托马斯一下揪住贝克:“住口，看看那些日本人做的事情吧，清醒点，贝克。”

他站起来，把贝克扔在一边:“这是战争！”

贝克一愣。

那边一个年轻的戴眼镜的香港市民，唤作曾阿生，嗫嚅地站起来，莫雷一愣。

曾阿生开口:“我是香港人。”

托马斯扭头:“你想怎么样？”

曾阿生:“这是你们和日本人的事，和我们无关，能不能让日本人把我们放出去，我，我还要去见我女朋友呢！”

一个老头抬头:“是啊，我还要去接我孙子呢！”

在场的香港人全都一起附和起来。

托马斯:“别吵别吵。”

这个时候，外面传来了日本人的声音："听着，不要伤害我们在里面的平民，我们或者应该谈一谈。"

46. 街道上行驶的汽车　日　内

许伟荣探长坐在前进的轿车里，前面就是被日军包围的商场大门。

汽车停了下来，后面还有一辆汽车。

和许伟荣一起出来的还有许多警察，欧锦棠和小庄赫然在列。

那边，坂崎扭头看他们，许伟荣过去打招呼："坂崎少佐。"

坂崎并没有理会。

许伟荣带着人走了过去，也不显尴尬："总督已经把情况告诉我了。"

坂崎："嗯，很好。"

许伟荣扭头看着商场的大门口："情况怎么样？"

坂崎："浦尺副官刚进去，正在和他们谈，他们手上有超过十个日本人。"

许伟荣一愣，不禁向商场的大门口看去。

大门漆黑，如同张开的血盆大口，吞噬着未知的命运。

47. 商场　日　内

浦尺副官正在接受莫雷的检查。

浦尺用英文："放心，我只是来谈谈条件的。"

托马斯把浦尺翻过来："既然是来谈条件的，就不要太嚣张，有诚意的话给我准备车，我们要离开这儿。"

浦尺看了看日本侨民，以及哲夫。

托马斯："放心，他只是昏过去了。"

浦尺："能不能先把他们放了。"

托马斯用枪指着浦尺："日本人，别把我们当傻子好么？"

48. 商场后门　日　内

一队日本兵正虎视眈眈地观察着商场后门以及窗户。

领头的做了个手势，指着一扇窗户。

众日本兵会意。

49. 商场　日　内

浦尺指了指贝克：“你们可以走，但是他不可以。”

托马斯的枪顶得更紧了：“别跟我们讲条件，要不就冲进来，让你们的日本同胞为我们陪葬。”

浦尺笑道：“那样这些香港人也会死的，你们不是声称要解救他们的么？”

这个期间香港的市民一直在盯着。

托马斯回头看了看他们：“先放他们出去。”

浦尺：“不可能，如果我们的国民受到伤害，这些香港人也会陪葬。”

托马斯一惊。

曾阿生突然跳了起来：“什么？长官，这根本和我们无关呐。”

旁边不懂英文的一个老头：“怎么了？”

曾阿生：“日本人要我们陪葬。”

所有的香港人一片哗然：“什么什么？怎么会这样，我们并没有做什么啊。”

莫雷端着枪安抚着：“别乱别乱，你们不会有事的。”

浦尺用香港话：“是不关你们的事，要怪就怪这些愚蠢的所谓盟军吧。”

托马斯一愣，一下用枪顶住了浦尺。

这个时候，枪声突然响了起来，一下打在托马斯旁边的墙上。

托马斯一愣，看见窗户上跃进来一个日本兵。

听到枪声，所有的人都开始躲避。

莫雷他们开始还击。

有几个日本兵通过窗户跳了进来，还有日本兵正准备进入。

一团乱，衣服、纸屑飞溅。

人们躲着开始尖叫。

50. 商场外　日　外

听到枪声，许伟荣一愣，坂崎却冷静下令："进攻。"

一队日本兵开始冲锋。

可是他们刚冲到门口，里面的枪声却停止了下来。

托马斯揪着浦尺用枪指着站在门口："听着，我们只是想离开这里，你们别再耍花样，否则，就尽管冲，反正我们已经赚了。"

说着，对着浦尺的腿开了两枪，浦尺"啊"的一声倒在地上。

托马斯说完退回。

坂崎："回来！"

日本兵拖着惨叫的浦尺退回。

51. 商场内　日　内

后门试图闯入的日本兵已经被击退，扔下了两具尸体。

屋内暂时平静下来，托马斯受了伤，正在接受莫雷的包扎。

贝克躺在那里，因为失血，眼睛闭上，微微地喘息着。

沃尔夫拿着枪，对准所有人，示意他们不要动。

莫雷包扎好托马斯，去查看了一下贝克，扭头对莫雷："贝克的情况不太好，我们得想想办法。"

托马斯正要说话，突然传出了一声撕心裂肺的尖叫："小萌——"

众人一惊，扭过头去，却见老太太捧着小女孩，小女孩的身上淌着血，一双美丽的眼睛已经失去了所有的颜色，只有空洞的那些扭曲的影子还倒映在她的眼中。

52. 商场外　日　外

浦尺躺在了车上，坂崎站在车门外，两人互相敬礼，坂崎目送他离开。

坂崎生气地对着许伟荣："我不管总督的命令了，我要强攻。"

许伟荣一愣，急忙上前："少佐别急，如果这样，里面天皇的子民和我们港人可能都会受到伤害，总督刚刚成立兴亚机关，事件扩大，会对总督的安民计划造成很不利的影响。"

坂崎："不要拿总督威胁我，未曾有敌人从我们天皇军人的手下逃脱。"

许伟荣："不会让他们逃脱的，总督让我来的意思，就是想和平解决这些问题。"

坂崎冷笑："和平？真是愚蠢的想法，我已经让人去集中营抓他们的同伴了，让他们也知道同胞被人威胁的滋味。"

许伟荣一愣，身后的欧锦棠和小庄对视了一眼。

小庄凑过去，在许伟荣旁边耳语。

许伟荣一愣："可行么？"

小庄："那个商场我去过，刚才浦尺也讲了里面的情况，没别的办法了，这样下去，里面的街坊们都会死的。"

许伟荣沉思。

53. 商场内　日　内

所有人都围着小女孩的尸体。

老太太还在兀自地哭泣。

旁边的香港人只能看着，在惶惑，在庆幸，在互相观望。

那边的日本人没怎么受伤，哲夫悠悠地醒了过来，愤怒地看着托马斯他们。却被莫雷踢了一脚。哲夫："你们这些英国人美国人，跑不了的。"

旁边的日本妇女："哲夫，别说了。"

沃尔夫拿枪指着哲夫："信不信我干掉你？"

别的日本人见状，围了上来，虎视眈眈地看着沃尔夫。

只有那个小男孩看着死去的小女孩的眼睛，对着日本妇女："妈妈，她怎么不动了？刚才还对我笑呢！"

日本妇女一下搂住小男孩："别说话，康成。"说着，抬头瞪着沃尔夫。

托马斯听见小男孩的话，一愣，扭头看向小女孩的尸体，慢慢走了过去，后面照顾着贝克的莫雷大声地说："托马斯，贝克可能不行了，我们这次的行动失败了，我们怎么办？"

托马斯却不理会，径直地向香港人群走了过去，用生硬的香港话："老人家，你不要太伤心……"

老太太听见托马斯的声音，猛地抬起头来："是你，是你，是你们害死我孙女的……"说着，向托马斯冲了过去。

托马斯被揪住，被老太太捶打，无力地辩解着："不是我们，是日本人打死你孙女的……"

一个香港人走过来："刚才情况那么乱，也有可能是你们打死的。"

托马斯："不，不，我们没有向那边开过枪。"

曾阿生："就算是日本人打死的，可是是谁把日本人引来的……"

托马斯："我们也不想的，贝克对我们很重要，我们必须救他。"

另一边的莫雷："托马斯，不要和这些糟糕的香港人争吵了，快想想办法吧，外面的日本人好像要有行动了。"

托马斯一惊，扭头想要凑过去看，却被老太太一把拉住："你还我小萌，还我小萌……"

托马斯："老太太，这真的不怪我们，我们不想伤害香港人，包括救贝克，我们都是在为把日本人从香港赶出去，还你们自由。我们也不想……"

老太太哭泣着："你们打你们的，和我们这些老百姓有什么关系？"

曾阿生："是啊，我们生活得好好的，把日本人赶走了，你们这些老外也会过来的，对我们来说，有什么不一样的。"

别的香港人跟着附和："对啊对啊，你们以为是谁啊，要给谁自由啊。"

香港人："现在出也出不去，日本人还要我们和他们陪葬，都是你们害的。"

香港人："你们到底要什么，要把我们都害死么？"

托马斯愣在那，几乎不敢相信自己的眼睛和耳朵，他几乎快要招架不住了。

托马斯："不不不，不是你们想的那样……"

那边的沃尔夫见状，拉了一下梭子，想要开枪。

哲夫见状，突然站了起来，一下向沃尔夫扑了过去。

莫雷大叫："沃尔夫。"

情况有些失控了。

54. 商场外坂崎所在处　日　外

欧锦棠和小庄两个人并肩向商场的大门口摸索过去。

坂崎冷冷地看着他们的背影，对着许伟荣："只许试这一次，我已经没有耐心了，那些战俘已经在路上了，如果不行，我依然会强攻，所有的问题，我向总督负责。"

许伟荣："放心吧，这是我手底下最机灵的两个探员，没问题的。"

坂崎："他们只有5分钟。"说着，看了过去，愣了一下："那个人背后是什么字？"

55 商场外楼梯　日　外

欧锦棠和小庄慢慢地走着。

欧锦棠用英文大喊着："我们是香港警察，不是日本人，我们想和平解决这件事情，宪兵们已经等不及要冲进来了，这是我们最后的机会。"

里面没有回话，小庄和欧锦棠互相对视了一眼。

小庄："那么，我们要进……"

话说到一半，里面突然传出一阵枪声。

外面的人都愣了一下。

小庄和欧锦棠急忙下蹲。

等他们抬起头来，却看见托马斯要挟着一个日本人站在门口，有些紧张地看着他们。

小庄："里面没事吧？"

托马斯："有个日本人想杀我们，被我们制服了，我们的忍耐是有限度的，先放香港人离开，再让我们离开，我们的耐心是有限的。"

远处的坂崎一听："这些混蛋。" 说着想下命令。

许伟荣急忙拦住："少佐等一等。"

小庄："我们是香港警察，带来了矶谷总督的诚意，他已经在和你们的上级交涉……"

55. 商场　日　内

莫雷站在托马斯的身后："他们可能是日本人假扮的。"

托马斯："别影响我的判断。"

莫雷咽口水，注视。

56. 商场外　日　外

小庄举着双手，对着托马斯："请务必相信我们，我们和日本人不是一伙的。"

托马斯愣了一下："你保证，如果再耍花样，我们真的不会再手软了。"

欧锦棠："我以我们俩的性命担保。"

托马斯咬了咬牙："进来！"

小庄和欧锦棠进去。

许伟荣长出了一口气。

坂崎看着手表："开始计时。"

57. 商场　日　内

小庄和欧锦棠走了进去，看到了里面的情况。

香港人和日本人分开在两边。

老太太搂着小女孩的尸体。

小庄一愣。

托马斯:“我们也不想，是日本人干的。”

香港人想说什么，欲言又止。

小庄走过去:“别担心，我们会救你们出去的。”

他想过去接近曾阿生，却一下被莫雷拦住了。

莫雷嘀咕:“站住。”

欧锦棠笑了笑，站住脚步。

那边，欧锦棠却看见了地上躺着的哲夫，旁边那个日本妇女和小男孩围着哲夫的尸体饮泣。

小庄:“你们杀了日本人?”

沃尔夫:“没有办法，他猛地扑上来，我不杀他，他就会杀我。”

小庄有些慌乱:“这，这下不好办了。”

托马斯用枪指着他:“没什么不好办的，我们要离开这儿。”

小庄愣了一下:“情况有变，我需要和你们谈谈。”

托马斯:“谈吧。”

小庄:“我们换个地方谈。”

托马斯点了点头:“哪?”

小庄看向旁边:“那有一间办公室，我们去那边。”

托马斯看了看，向那边走了过去，对着莫雷:“看着他。”

莫雷点头。

小庄看了看欧锦棠，向办公室走了过去。

58. 办公室中　日　内

托马斯:“说吧，想怎么谈?”

小庄想了想:“你们根本不可能离开。”

托马斯一愣:“你们没有诚意!”

小庄:“投降吧，想一想外面的平民吧，你们的目的是拯救他们，可是现在却要他们为你们的行动付出代价，这合适么？”

托马斯指着小庄：“混蛋，是日本人日本人，我已经要求日本人放他们离开了。”

小庄：“日本人凭什么怜惜香港人的命？你们怜惜，可惜，现在却把他们和你们捆在了一起，这就是你们的方法么？”

托马斯转手欲走：“我明白了，你是想拖延时间。”

他的手放在门上，小庄走过去，一下子拉住。

59. 商场　日　内

与此同时，商场内。

几个人很尴尬地站着。

欧锦棠突然用英文道：“你们是哪个国家的？”

莫雷一愣：“加拿大。”

欧锦棠手摸口袋，莫雷端枪，欧锦棠掏出烟。

莫雷接过，欧锦棠去给莫雷点，这个时候，他的后背对准了所有的香港人。

曾阿生首先一愣，接着推了推旁边的人。

别的人都抬起了头。

趁莫雷点烟，欧锦棠回头看了看曾阿生。

曾阿生点了点头，所有的香港人都点头。

莫雷抬头，他们又把头低了下去。

镜头转换，来到欧锦棠的背后，他的背后写着：“去换和服，然后和日本人混在一起跑。”

莫雷还在吸烟，欧锦棠看了看日本人，突然用日文，飞快地：“别哭了。”

然后低声地：“找机会逃跑。”

莫雷一愣抬头：“你在说什么？”

欧锦棠一见，转身：“没什么。”

莫雷疑惑，欧锦棠猛地扑上。

沃尔夫一见，想扑上，却被暴起的曾阿生扑住："大家快上，拖住他们啊。"

几个香港人见状，冲了过去。

剩下的香港人一愣，开始跑动着走向柜台，去抢柜台上的日式服装。

这个时候，托马斯从办公室冲了出来："混蛋，他们耍我们。"

小庄从办公室爬了出来，嘴角流着血："放弃吧，现在投降还来得及，我们只是想救这些普通的市民。"

托马斯一脚踢开他，冲了过去。

人群已经乱了，人们开始奔逃。

日本人走在前面，香港人迅速地换上日本人的衣服和他们奔跑。

而几个香港人和沃尔夫他们还在扭打。

托马斯过去帮忙。

60. 商场外　日　外

坂崎放下手表："时间到了。"

话音刚落，突然看见商场的大门口，人们尖叫着冲了出来，居然全是日本人。

大家都愣了，坂崎手一招："冲！"

宪兵们开始冲了上去。

61. 商场内　日　内

托马斯他们挣开那几个人："抓日本人质。"

沃尔夫随手抓了一个还没跑出去的，那个人扭头："我是香港人。"

沃尔夫一愣，松手。

托马斯："混蛋，他们换了衣服，别管了，抓起来。"

小庄在混乱中去扶欧锦棠，欧锦棠："日本人要冲进来，躲到办公室去。"

两个人向办公室冲进去。

托马斯他们几个人开始抓人，人们都喊着："我们是香港人，我们是香港人！"

托马斯他们却不管，紧紧地抓住。

日本宪兵已经冲了进来，他们开始开枪。

61. 办公室　日　内

欧锦棠和小庄躲在办公室里面。

外面传来紧密的枪声。

过了一会儿，门被踹开，几个宪兵站在门口。

小庄："是我们是我们，别开枪。"

宪兵们没有开枪。

小庄他们走了出去，坂崎和许伟荣他们已经走了进来。

地上是托马斯他们的尸体，他们的手里还紧紧地抓着几个穿着和服的香港人的尸体。

他们都死了。

宪兵向坂崎报告："报告，只有一个日本人死亡。"

坂崎："很好。"

小庄和欧锦棠走了过去，看着托马斯和香港人的尸体。

坂崎看了他们一眼："很好，你们很聪明，不然就不止死这么几个香港人了，就当他们给我们的日本死者陪葬吧。"

小庄和欧锦棠一愣。

坂崎和许伟荣向外面走去。

他们俩看了一眼，也跟着向外面走去。

外面是一色穿着和服的人们，跪在地上哭泣恐惧的身影。

老奶奶的怀里还抱着她的孙女："小萌——"

小萌的眼睛，终于闭上了。

62. 总督府　日　内

十天后。

总督对着桌子前面的坂崎："坂崎少佐，这次交接遗体的任务就交给你了，他们都曾是天皇优秀的战士，我们不能让他们客死他乡，灵魂不能归于故土。你要做得漂亮点。"

坂崎："是！"

63. 外海　日　外

两艘军舰开始向中间一艘船靠近过去，开始互相运送着遗体。

那是瑞士国旗，是一艘中立国的船，有几个文官模样的人在进行斡旋。

托马斯他们的遗体赫然在列。

双方的仪式非常地隆重。

然后，日本的军舰开始离开。

交换遗体的时候，坂崎狞笑着看着对面英美盟军的军官："献给你们愚蠢的行动，就像当时在香港一样，赶紧滚吧。"

盟军军官面无表情。领回棺木。军舰开动。

就在盟军的军舰也准备离开的时候，一艘渔船正在靠拢。

"等等！"上面的人们喊着。

军舰停下，渔船靠拢了过来。

上面居然是在商场中的所有香港人，曾阿生站在前面，老太太也在其中。

他们登上军舰，为托马斯他们行礼。

老太太站在那里，良久不说话。

曾阿生掏出了一个盒子，递到了为首军官的面前："请帮我们交给他们的家人。"

军官一愣。

曾阿生："我们对不起他们，他们都是真正的战士。"

他看了看身后的人："可是我们不是，我们只是些普通的人，我们只想活下去，无论是在战争中，还是在和平时期，我们想的，只是好好活下去。谢谢。”

说着，鞠躬，军官敬礼。

人们陆续地向渔船走去，老太太看了看，在他人的搀扶下悲伤地离开。

64. 海滩　日　外

海滩上，小庄和欧锦棠站在那里，远远地看见归来的渔船。

小庄：“你说我们做得对么？”

欧锦棠：“他们说我们做的是对的，我只知道，如果我们没有进商场里去，会死更多的香港人……”

小庄：“可是……”

他低头看了看手中总督的奖章。

两个人看了一眼，同时跃起，把奖章向大海中奋力地扔去。

那些带着条带的奖章被他们扔在海面上，被波浪推动，稍作停留，就被漩涡吞噬，急速地向着深邃黑暗的大海深处沉了下去。

65. 街道　日　外

时间再次回到1945年。下了电车的欧锦棠坐上了船。

小船在波浪中前行，岸边仍然是一片光复后的繁忙景象。

他站在船上，四顾眼前的香港，突然，他看见了一座码头，这码头他似曾相识，现今正被布置为一个庆祝会的现场。

他闭上眼睛，深呼吸，画面随之渐暗。

66. 大海　日　外

镜头对准碧蓝的海水，犹如长时间的凝视。

突然有人跳入大海，身上的血迹将海水染红。几声枪响，跳进海水的人被击毙。

镜头往上，我们得以看清，这是一艘船，甲板上是几十张呆滞而绝望的脸孔。

还有日军。

日军下令，所有人全都被射杀，其状惨不忍睹，随后，日军船舶掉头而去，剩下众多的尸体在海面上漂浮。

时为1942年，香港大饥荒，日军将许多身患重病、伤残、残障人士强行押赴大海上一体射杀，宣称一为优化人种，一为不给香港社会带来粮食负担。

67. 油麻地　日　外

银幕之上，是长久的黑暗，伴随着黑暗，是长久的苍蝇发出的嗡嗡之声，银幕渐明，出现在我们眼前的是一块腐烂的面包。握住面包的手。镜头跟随这只手缓缓下移，我们得以看清，这是一具尸体。

尸体周边是更多的尸体。

一只女孩子的，肮脏的手，急速地向那块面包伸过去，抓在手中。

刚吃了一口，面包被人夺走了，她回头，见是被一个叫文七的人抢走了，她刚要夺回，被打倒在地上。

文七指着女孩子说："傻珍，你就不用浪费口粮啦，香港现在这么缺粮食，天天都饿死人，像你这种白痴，应该被拖到公海上枪毙，还敢跟我抢吃的？"

68. 关帝庙　日　内

腐烂的苹果，桃子，发馊的米饭。这些供桌上的供品，镜头长久地对准它们。

镜头拉开，十几个黑社会打扮的人，全都如狼似虎地盯着这些供品。

老大耀忠正在给关二爷磕头，随后训话："兄弟们花了一整天时间，才找到这点吃的，真是作孽，跟关二爷争口饭吃，可是没法子，如果再找不到吃的，这堂口就得关了，混黑社会的，连口饭都吃不上，没脸见人啊！"

阿晖的脸急切地凑近，催促老大："忠哥，赶紧分吧，我妹妹还等着我带吃的回去呢！"

耀忠冷眼看他，说："阿晖，既然这么疼妹妹，不如去九龙城干一票喽？"

阿晖问："怎么干？"

耀忠答："九龙城你也知道，三不管，小社会，从内地来的那帮老爷老大们，家家都有吃的，随便找一家都不会落空，做完了，这边的警察也管不了——"

一众手下七嘴八舌："九龙城可不敢去，那些人，有的是带兵的将军，有的是当年的革命党，个个都是刀尖上活下来的，别吃的没要到，自己的命反倒丢了。"

耀忠叹息，看着阿晖，阿晖却说："忠哥，分吃的吧。"

69. 油麻地　日　外

阿晖在街道上狂奔，逢人就问："看见阿珍了没有？"

阿珍在一具尸体的旁边哭泣。

看见阿珍的身上有瘀青，阿晖问："谁干的？"

阿珍："文七，文七，他抢我的面包。"

阿晖赶紧掏出分来的烂苹果、烂桃子给阿珍："赶快吃！"

随后，他交待阿珍，就在这里等着他，他去去就来。

街尾，文七又在抢夺食物，突然大惊失色，撒腿就跑，但他跑不过阿晖，阿晖手里提着一根木棍，打得文七头破血流，自始至终，都没说一句话。

正在打，阿珍来了，扯着阿晖说："哥，我饿。"

阿晖："你不是刚刚吃过了吗？"

阿珍："我饿。"

70. 教会　夜　外

教会施粥处，阿晖领着阿珍前来，却遇见众人围拥一起舔食一只饭盆，但饭盆里再无饭粒了，修女们站在一旁黯然神伤。

阿珍哭闹。

突然，人群喧哗，日军来到，众人都吓得四散而去，最终，几个病人和乞丐被押上了车，汽车呼啸离开。

老修女痛哭，阿晖不知所以，问她："这些人被带到哪里去了？"

老修女告诉他："孩子，这是魔鬼的时代，魔鬼的地方，带好你的妹妹，回家去吧。千万要看好她，不要让她在街上胡乱走了。"

阿晖问："为什么？"

"因为那些可怜人，刚才的那些可怜人，魔鬼们认为他们病了，传染瘟疫，还有那些乞丐，不配再活着，不配再占有粮食，他们把这些人拖到大海上，全都杀死了！"修女抬起头，"孩子，带好你的妹妹！"

71. 家中　夜　内

一灯如豆。阿晖沉睡。

突然被惊醒。是阿珍饿醒了，站在阿晖面前："哥，我饿。"

阿晖突然下定了一个决心："好，你等着，哥去给你找吃的。"

72. 堂会　夜　内

堂会。门被敲响，闪出耀忠的脸，盯着阿晖，阿晖径直说："忠哥，去九龙城吧，我想干一票！"

耀忠说："想通的，不止你一个。"阿晖进门一看，兄弟们全都在此。

众人分发刀具，直奔九龙城而去。

73. 九龙城　夜　外

一户人家前，耀忠吩咐道："就这家了，阿吉来踩过好几次，粮食就在厢房。"

一行人进了屋内，迅速得手，经过一个餐桌时，阿晖还拿起碗里的一个馒头，藏在身上。这时，众兄弟却发现已经被人围困，忠哥怒斥阿吉："不是说没人的吗？"

对方并无动手的意思，对他们说："人可以走，但粮食不能拿走。"

众人放下粮食，但阿晖不放。对方继续说："如果你觉得你能活着从我这帮兄弟中走出去，你就带上粮食。"

不料，阿晖就是不放下粮食。他一手抱着粮食，一手拿刀，生硬往外冲。

有人砍他，他也砍对方；倒在地上，再爬起来，始终不放粮食，耀忠叫他放手，他却不听，怀里的馒头掉在地上，他艰难地弯下腰去，拿起来，重新藏好。还回头对众兄弟嘿嘿一笑。

耀忠突然说："没退路了，兄弟们，没有粮食，回去也是饿死！"

于是，两帮人马砍杀在了一起。

74. 医院　夜　内

大街上，耀忠和手下背着身受重伤的阿晖匆匆往医院奔跑。

阿晖喃喃自语："馒头，阿珍……"

耀忠吩咐阿吉："快，去把阿珍叫到医院来。"

医院里，耀忠和众兄弟大喊："快救人！"医生和护士匆匆跑出来。

要进抢救室之前，阿晖突然松开怀中的粮食，对忠哥说："让兄弟们分了，我的那份，交给阿珍。"

耀忠与阿晖对视片刻，开始分粮食给大家。

阿珍来了，不知道事情的严重，还呵呵笑着，直说："哥，你怎么成了这个样子？"

哪知阿晖也笑，笑着掏出怀里的馒头，拨开沾满血迹的面皮，递到阿珍的嘴巴里。

随后，阿晖笑着对护士做了个走的姿势，病床快速推远，特写：阿晖还在呵呵笑着对妹妹做鬼脸。

妹妹看不见了，他颓然倒下。

75. 医院　日　内

医院里，日本军车呼啸而至，几个军人下车，直奔病房，路人纷纷躲闪。

诊疗室，日本军官对一个说着日语的医生发出命令："瘟疫横行，粮食越来越吃紧，接军部通知，凡是重症病人，伤残者，均视作生活不能自理者，凡生活不能自理者，即日起，由我们接管。"

阿晖的主观视角：摇晃的人影，屋顶，四周都在颠簸，他睁开眼睛，是护士正在推搡他，好心的护士对他呼喊："快跑！"

走廊上，几个病人在奔逃，一个日军对准他们要开枪，被上司阻止："现在的香港，是在天皇治下，不然，为何要带这些垃圾去海上动手呢？"

阿晖心知不好，打开窗户，爬上了楼顶。

楼顶上，阿晖环顾四周，看见一座水箱，他未加思忖，钻了进去。

76. 水箱　日　内

阿晖往水里一跳，这才猛然发现，里面还埋伏着一个人。

水很深，但这个人的眼睛正在疯狂地看着他。两个人眼睛稍一对视便可知，都是逃难的人。

这个人是个中年男人，瘦削，良久不说话，突然捂住胸口，身体失控，几欲溺水，这才焦急地向阿晖呼救："救我！救我！"

阿晖压低声音问："你怎么了？！"

说话间，阿晖游过去，托起他，终于呼吸平缓下来，长久地喘息。

"好点没有？"

中年男人点点头，不料这时，水中出现倒影，日本人出现了，他们终于还是未能逃脱。

77. 集中营　夜　外

镜头从天空往下俯视，一张血迹斑斑的脸，那是阿晖，他张大着嘴巴，看看四周，颓然倒在地上，镜头在他身边急速移动，我们得以看清；在他身边是人间地狱，每个人都状若猪狗：

一个年轻人在大喊：我不想死！一个疯子在又唱又跳。一个病人在绝望地抽搐。没有人理会他们，围墙高耸，日本兵冷漠地端着枪巡行。

中年人焦急地问阿晖："你怎么了？"

阿晖喘息着说："不行，逃不出去了，这里从前是监狱，我坐过，没可能逃出去！"

中年人一把揪住阿晖的衣领："一定有办法的，逃不出去，我们就会被他们拖到大海上枪毙，我不想死，你也不想死，对不对？"

阿晖盯着他看了又看，一头栽在地上。

78. 围墙下　夜　内

阿晖昏倒在地，伤口发炎引起的高烧持续不退。

中年人脱下此前在水箱里浸泡得水淋淋的衣服，搭在阿晖的额头上。

突然，阿晖开口说话了："你叫什么名字？"

中年人稍一沉吟："何福生。"

阿晖继续说："我不知道哪里可以逃，但我知道哪里可以藏下来……"

中年人身体一抽搐："真的？"

阿晖："你得答应我一件事。"

中年人："你说。"

阿晖："油麻地有个女孩子，叫阿珍，脑子有毛病，整天疯疯癫癫的，那是我妹妹，如果你能活下去，去找找她，给她买点吃的。"

何福生："我答应你。"

随后，阿晖给他指明藏身位置，那是一截废弃的下水道。

何福生看了看阿晖，趁着集中营内的嘈乱，向隐藏着的下水道那边跑过去，突然，他回来了，告诉阿晖："我带你一起去。"

阿晖一笑："我走不动了。"

何福生："我背你。"

79. 集中营　夜　内

何福生的视角。他背着阿晖，汗流浃背，离目的地越来越近。

身边的乞丐精神失控了，大声咒骂日本人；更多的人已经丧失了知觉，只是麻木等死，呆滞地看着他们两个。

突然，探照灯全部亮了，灯光像刀一样，将集中营内的场地照得雪亮，直射着每个人的眼睛。

何福生和阿晖一起，在雪亮的灯光下再也不能动弹。求生之梦破灭了。

门口突然驶来日军车队，一个军官跳下车，对集中营的看守宣布命令："因有观察团明天访港，上头命令，今晚就将这批垃圾处决。"

阿晖竟然呵呵笑了起来："跑不掉啦！"

随后，在日本人的威逼之下，在场人全都被押上了车。

80. 外海　夜　外

黑暗的海面。日军船舶逐渐靠近目的地。

船舱里，之前的青年人还在哭嚎，所有人都在麻木地看着他。

何福生突然泪流满面。

阿晖却退了烧，看着眼前的何福生，不说话。

目的地到了，海面上，已经有一艘船在此停泊，这便是行刑地。

所有人都被驱赶到了对面的船上。

突然，一阵枪声响起，不是日军放的，而是有人在对日军放枪，为首军官急问："这是何故？"

手下报告："共产党的东江游击队驾船前来袭扰！"

军官没有放在心上，轻蔑道："先解决了这批垃圾，再对付共产党，他们的几条小船，闹不出多大的事情。"

随后，他举枪就开始扫射对面船上的人。

枪声响成一片，惨叫声响彻了夜空。

但是，东江游击队的炮火也落在了日舰之上，炸死了几个日军。军官问：

“哪里来的炮火？”

手下报告：“还是东江游击队，他们的船上装着土炮！”

军官下令，用炮火予以还击，刚下令，突然又说：“慢！”

手下不解，军官指着对面阿晖置身的那艘船说：“先炮轰他们。”

81. 外海　夜　外

就在日舰被土炮命中的一瞬间，何福生和阿晖一个对视，突然狂奔到船舷边，跳下了茫茫大海。

大海里，两个人拼命往前游，尽管不知道游往哪里去。

突然背后传来一阵巨响，回头看见，他们刚刚逃生的那条船已经被日军炮击，火光冲天，船体四分五裂。

何福生说：“快往西游！”

阿晖不解，但仍跟随何福生西去，渐渐地，他们离正在焚烧的船越来越近，就在这时，他们抓紧了一块硕大的船板。

何福生喘气说：“活命就靠这块船板了！”

随后，两人依靠着这块船板，渐渐飘远，银幕黑。

82. 外海　夜　外

暴风骤雨。两个人已经奄奄一息。

一阵浪潮涌来，何福生几欲被卷走，被阿晖紧紧抓住，折腾了好几次，终于再次抓住了那块船板。银幕黑。

这一次，陷入险境的，是阿晖，被卷走之时，何福生死死拽住了他。银幕黑。

83. 外海　日　外

清晨，海面上，乃至天地之间，全都笼罩在弥天大雾之中。

阿晖和何福生不知自己已经被海浪翻卷到了什么地方。

一个浪头打来，阿晖的手脱离了木板，何福生回头，急忙朝他游过去："你怎么了？"

阿晖气喘吁吁："我游不动了，几天没吃过饭了。"

何福生若有所思，但未曾说话。

84. 外海　日　外

阿晖的精力越来越差，伏在木板上，已经再无动作。

何福生大喊："快看！"

阿晖强撑着抬起头，赫然看见：雾气已经散去，香港就在眼前。

何福生问："游得过去吗？"

阿晖贪婪地看着眼前的香港，却无力地一笑："饿，游不过去了。"

"如果你吃饱了呢？"何福生突然问。

阿晖："能。"

突然，何福生抽下腰间的皮带，放在眼前的木板上，一点点拆开，里面竟然装满了花生糖："吃吧！"

阿晖吃惊得张大了嘴巴。何福生继续说："别怪我现在才拿出来，我得活下去，这点食物我得留给自己，这些天，我都是靠这个活下来的。"

阿晖如梦初醒，抓过花生糖狼吞虎咽，突然停下，递到何福生的眼前："你也吃啊！"

不料，何福生却一摇头，笑着说："我不吃了。"

"为什么？"

"因为我已经游不回去了。"何福生说，"我心脏病发作了。"

阿晖全然不知说什么。何福生继续说："你叫阿晖？"

"……是。"

何福生突然哭了，他哭着说："阿晖，快吃完这些东西，好好活下去，帮我报仇，帮我杀了我的仇人！"

阿晖放下吃的，凝视着他："好，只要我能活下去，我就帮你杀了他！"

何福生继续哭喊："你千万不要忘了！"

"我不忘。你的仇人是谁？"

何福生咬牙切齿："日本人！"

阿晖稍一思索："好，我帮你杀了他！他究竟是谁？"

何福生喘息着："……我不知道。"

阿晖惊问："不知道？"

何福生说："我有两个女儿，今年春天，就当着我的面，两个女儿都被日本人杀死了，杀死她们的，是同一个日本人，我当时被打昏了，只记得他胸前的编号：54008。但是，少了一位数字，最后一个数字没看清，我早就想死，但我必须活着，活着去把杀死我女儿的人杀掉，你看到了，不管什么时候，我都不想死，连吃的我也是到了最后才肯掏出来，可惜啊，造化弄人，人算不如天算，我得了病，去医院看了趟医生，就落到了现在这个真的要死的地步。阿晖，我给了你一碗饭吃，却要让你去帮我杀人，我知道，这太过分了，我既作了你帮我报仇的指望，也不作指望。"

阿晖说："我答应你，无论他是谁，我都帮你杀了他，54008。我记住了。"

何福生说话之时，一直紧捂着自己的胸口，此时，再无力气，最后说："阿晖，快吃完它们，游回去吧！"

说完，他放开木板，被波浪卷走，此时，阿晖没有看他，自顾自地吃东西，嘿嘿笑着，却涌出了泪水，大喊一声："你放心去吧，我帮你报仇，报了仇，我年年都来这儿，给你送吃的！"

听见阿晖的话，躺在海面上的何福生一笑，沉了下去。

85. 大街　日　外

香港寻常的一天，街面上有人匆忙行走，乞丐仍然在乞讨，日军的军车呼啸而去，穿着和服的日本人在人群中非常显眼，路人不自觉地便为他们让开了道路。

一身都湿漉漉的阿晖喘着粗气，迟缓地往前走，他活过来了，但体力不支，栽倒在了地上。

阿晖的视角。楼顶在旋转，天空在旋转，过路的人群在旋转，他“嘿嘿”地笑了起来。闭上眼睛，脸上仍然有笑意。

有人冲上前来，他们以为阿晖是饿死在街上的路人，要将他抬走，突然，阿晖坐起来，“嘿嘿”笑着，对他们说：“我活着，你们看清楚了，我活着。”

86. 警察局　夜　外

警察局门口，两个警察出门巡逻，阿晖在暗处观望。

两个警察分手后，阿晖跟随其中一个前行。

没走几步，阿晖疾步向前，一棍击晕警察，取下他的配枪，数了数子弹，一共六发。

87. 耀忠家　夜　内

耀忠正在吃饭，一顿寒酸的晚餐。一抬头，看见了阿晖。

“我去了医院三趟，都没找到你，”耀忠问，“怎么回事？”

阿晖没回答，问耀忠：“阿珍去哪里了？”

耀忠：“她不在家吗？是我把她送回去的啊！”

阿晖答：“不在家，我找了她平常喜欢去的那些地方，找不到她。”

这时，耀忠看见了阿晖的枪，脸色一变：“枪从哪里来的？你拿枪干什么？”

阿晖：“报仇。”

耀忠：“阿晖，现在是乱世，给自己找碗饭吃已经不容易了。你的仇人我还不知道？不至于被杀死啊！”

“我帮人报仇。”阿晖含笑说。

耀忠：“帮别人报仇？别闹了，阿晖，阿珍现在不见了，你该去找阿珍了。”

阿晖：“我没有开玩笑。”

耀忠盯着阿晖看了一会，问他："那么，你要杀谁？"

"日本人。"阿晖说，"但是，究竟是哪个日本人，我也不知道，我是帮人报仇，对了，我只知道那个日本兵的编号前几位数字，54008，我找你，就是想要你来帮我个忙，帮我找找看，到底哪个才是我要杀的人。"

"你帮谁报仇？"耀忠问。

阿晖答："我的恩人。他给了我饭吃，让我活了下来。"

耀忠："……阿晖！一天没见你，发生了什么？"

阿晖："大哥，你别管我了，免得连累你。你别劝我了，这件事，我得做，说什么都晚了。"

耀忠："阿晖，你要搞清楚，我们是流氓，见了警察都要躲着走，你现在居然说要杀日本人？！更别说，我哪里知道你要杀的仇人是谁？梁诚邦都不见得知道吧？！"

阿晖问："梁诚邦是谁？"

耀忠顿了顿："华人总探长，全香港最有权有势的中国人。"

阿晖一笑："我就去找他。"

88. 梁诚邦家　日　内

阿晖站在二楼的窗台边往下俯视，梁诚邦的汽车进了自家的院子。

梁诚邦进门，阿晖离开窗台，躲藏到门背后。

梁诚邦刚一进门，阿晖便用枪抵住了他，梁诚邦稍一惊愕，但也认清了形势：视线之内，他的家人全都被绑缚，正在惊恐地看着眼前的一切。

梁诚邦镇定下来，问："你想怎么样？"

阿晖："打听几个人。"

梁诚邦："打听谁？"

阿晖端起餐桌上的酒杯，喝了一口酒："日本人。"银幕黑。

银幕再明亮起来，阿晖在餐桌边狼吞虎咽，那本是家人为梁诚邦准备好的饭菜，梁诚邦看着他："你是说真的？"

阿晖看着他笑。

梁诚邦叹息一声，盯着他："我打个电话。"

阿晖："找谁？"

梁诚邦："我的手下，欧锦棠，他负责对日本人的联络。"

89. 梁诚邦家　日　内

欧锦棠置身在梁诚邦的家中，配枪已经被阿晖下了。

欧锦棠向两人通报他接到电话之后所做的工作："54008，最后一个数字虽然不知道，但是，一共也就十个人，这十个人里，死了三个，另外还有四个人去年冬天被调到了菲律宾，今年春天还在香港的，一共就只有三个人，至于你要找的人究竟是谁，既然你自己都不知道，我也没办法查出来。"

阿晖："那三个人都在什么地方？"

欧锦棠："一个在旺角驻防，一个在新界守弹药库，还有一个已经提拔，现在是总督的贴身警卫，你不是——"

阿晖说："是的，我要把这三个人全杀掉。"

90. 梁诚邦家　日　外

阿晖旁若无人地收拾桌上的饭菜，打包，然后说："麻烦二位了，跟我一起出去，送我到门口。"

阿晖押着两个人将自己送到大门口，突然对欧锦棠说："欧探长，我要报案。"

欧锦棠不解地看着他。

阿晖继续："我也不瞒你们，我是油麻地的阿晖，我有个妹妹叫阿珍，她脑子是有问题的，走丢了，我到处找她，没找到，欧探长，既然你是香港人的警察，我可以请你们帮我找到我妹妹吧？"

哪知欧锦棠竟然很认真地说："我帮你找。"

阿晖："谢了！"随后，疾步跨出大门，迅即消失了踪影。

阿晖走后，两个人对视片刻，梁诚邦告诉欧锦棠：“掘地三尺，也要给我把他找到，控制起来，千万不要惹出什么大事，要是真惹出大事来，你我都要完蛋。”

欧锦棠：“是。”

91. 茶楼　日　内

一群帮派的老大环欧锦棠而坐，耀忠也在列。

老大们有人发言：“既然阿晖是耀忠的兄弟，那就没我们什么事了，我们先走了。”

欧锦棠：“有你们的事。”

老大们惊问：“有我们什么事？”

欧锦棠说：“耀忠去找阿晖，至于你们，多派些兄弟，把他妹妹找到。”顿了顿：“找到他妹妹，也许还能把他拽回来。”

人群散去，只剩下耀忠，他突然问欧锦棠：“如果阿晖杀了日本人，会怎么样？”

欧锦棠说：“我会降职，我的老大也会降职，别的牵连进来的人，比如你，恐怕活不成。”

耀忠没说话。

92. 旺角大街　日　外

大街上，人群乱流如织，一个日本军人在街面上巡逻，所有人都投去畏惧的眼神。

这个军人胸前胸牌的特写。

突然，他在人群中挨了一刀，他猛然回头，盯着眼前所有人，但刺伤他的人却消失不见。

他往前走，又挨了一刀。

他回头，拿出枪来，准备对眼前他见到的每一个人扫射，但就在此时，又有一刀扎向了他，一个身影从他眼前迅疾跑过去。

他愤怒地呼喊，紧追这个身影不放，钻入了一条小巷子中。

小巷子里空无一人，他愤怒地朝他认为有可能窝藏人的地方开枪，开了三枪之后，他的手突然被一把刀砍断了。

军人露出绝望而恐惧的眼神。阿晖步步紧逼过来，一手拿着枪，一手持着血淋淋的刀。

阿晖的枪响了，日本人当场毙命。

93. 耀忠家　夜　内

门被轻轻叩响，耀忠的头从门内闪现出来，眼前站着阿晖。

屋内，阿晖喘着气，身上还有血迹："家里被警察盯上了，回不去，只能在你这儿过夜了。"

耀忠盯着他看了一会儿："阿晖，这是何苦呢？如果你死了，阿珍怎么办？"

阿晖嘿嘿一笑，指着自己的脑袋："脑子笨，装不下太多的事儿，只能一件件来，一件事装进脑子，别的事就看不见了，等我杀完了日本人，我再去找阿珍。"

耀忠："……睡吧。"

94. 欧锦棠家　夜　内

门板被急速敲响。

黑暗中，欧锦棠被惊醒，身边躺着妻子，现在，他已经是个有妻室的人了。

他打开门，眼前赫然站着耀忠。

95. 耀忠家　夜　内

阿晖的视角。模模糊糊，他觉得眼前有状况发生，一睁眼，发现欧锦棠用枪顶住了自己。自己的枪却已经被欧锦棠下了。

阿晖明白过来怎么回事，冷眼看着耀忠，耀忠说："没办法，阿晖，我只能这么做，这是你逼我的，你不死，要是被日本人发现了，我就得死，我老婆孩子一大家人，个个都张着嘴巴找我要饭吃。"

阿晖本来欲作反抗，但欧锦棠已经提前准备，在他睁眼之时，就已经发现，自己的手被铐住了。

欧锦棠押着阿晖离开，临走告诉耀忠一句话："明天下午三点，来警局找我，领你的赏金。"

但是，在欧锦棠押着阿晖消失之后，耀忠也跟随了出去。

96. 港口　夜　外

汽车在街上行使，停留在港口处。

欧锦棠不说话，将阿晖拽下车来，面对着大海，思忖片刻，打开了阿晖的手铐，阿晖不解地看着他，他却说："阿晖，收手吧，我帮你找过你妹妹，不好找，你不要再做下去了，把妹妹找到，在香港是待不下去了，带上妹妹去内地吧。"

阿晖问："你为什么要这么做？"

欧锦棠沉吟片刻："……我也有个妹妹，香港沦陷那一天丢的，到今天也没找到，是死是活也不知道，多半是死了。我希望你活下去，找到你妹妹。"

阿晖说："你放走我，我就不会停。你现在后悔还来得及，当然，再给我戴上手铐，就得看你的本事了。"

欧锦棠突然拿起手中的手铐，狠命地砸自己，瞬间，头破血流，他转头对阿晖微笑："都是打枪口下活过来的，办法总是会想的……我被你打晕了，你跑了，这样我总能交待得了我的上司。我也不知道，我为什么要放你一马，在你看来，我是个港奸，我也对自己说，你就是个港奸，千万别给自己找事儿，但我还是要放了你，也许，我是做港奸做得快憋死了，想给自己找件讲良心的事儿，好了，你走吧。"

说话间，阿晖已经站在了欧锦棠身后，与此前判若两人，颇有威胁之意，欧锦棠不做反抗，任由他取回了自己的手枪。

而这一幕，尽入了耀忠的眼底。

97. 码头　日　外

这是一艘劳工船。沦陷时期的香港，日本人曾经强迫数千香港青壮年前往海南，去日本人的矿山和工厂做苦力，战后能回到香港者，不过寥寥数十人。

一船劳工已经装运完毕，欧锦棠正在与日本人交接。点头哈腰已是十分熟稔，对着负责的日方代表说："好好好，回到香港我请客。"

突然，有人飞奔前来，告诉他，梁诚邦要他火速回去。

98. 警察局　日　内

办公室里坐着三个人，梁诚邦，欧锦棠，耀忠。气氛沉寂，耀忠的眼神游移不定。

梁诚邦发话了："你说的是他？"

耀忠点头："是……"

梁诚邦："好了，你可以走了，出门第三间办公室，领赏金。"

待耀忠走后，梁诚邦叹息："怎么回事，那个人被你放了？为什么？"

欧锦棠没说话。梁诚邦接口道："你应该知道怎么做，他应该还在领赏金。"

欧锦棠说："我知道。"

99. 大街　日　外

警察局里，耀忠路过了领赏金的办公室，稍一迟疑，没领赏金，他知道，他已经指望不上香港警察，必须立即去向日方投诚。

街口上，他已经看见了追兵，撒腿狂奔。

一幢大楼，看起来是日本人的某间机关，有日本兵进出，耀忠决心先闯进去再说。不料，另有两个人突然挡住去路，将他架上了一辆汽车。

汽车飞驰，欧锦棠开着车，耀忠被装在麻包里呼喊不止。

码头上，欧锦棠停车，过来两个手下，他吩咐他们："把这个人交给酒井先生，就说是重犯，身体不错，正好送去海南。"

100. 油库　日　外

一个日本人，赤裸着身体，正在洗澡，旁边放着他的军装，军装特写：我们得以清楚看见上面的编号。

日本人恍然不知，一桶油正顺着水流冲浇在他的头顶上，他觉得不适，一摸身体上，满手都是油，正迷惑不解的时候，看见了阿晖正蹲在窗口上。

阿晖的手中持有一个打火机。日本人已经看清楚自己身上的油渍，大惊失色，但是已经来不及。阿晖将手中的打火机点燃了一根烟，再将这根烟扔了出去。

烟的特写：在空中好几个旋转之后，最终落在了日本人的脚下。

"轰"的一声，火苗从日本人的脚下生成，迅速蔓延全身，日本人撕心裂肺地呼叫起来。

101. 油库　日　外

闻听日本人的哭喊，油库里日军马上奔跑过来。

阿晖离开现场，往外奔逃，但被日本人发现了。阿晖全然不像个逃犯，他与油罐平行，就像跳舞一样轻快地跑了出去，每一次，当日本人举起枪，他就指着油罐对日本人示意，最终日本人无奈地放下了枪。

围墙上，阿晖轻快地跳了下来。

没想到，当他往外奔跑，迎面已经有接到讯息的日本人赶到，后面又有追兵，他必须得迅速奔跑。

可是，就在这时，他看见了阿珍，阿珍就在一群乞丐中间，忍受着乞丐的调笑，阿晖如遭电击，但是，他没有上前，而是从阿珍眼前跑了过去，边跑边回头看，最终，眼睁睁地看着阿珍和乞丐们走远了。

102. 街道　夜　外

日军宪兵队出动，旅馆一类的藏身之处被翻得底朝天。

阿晖家的巷子口，日本人也来了，欧锦棠和小庄在门口等候，见日军前来，立即汇报："全都查遍了，没有人见过他。"

日军军官："把全香港的警察都派出去，如果找不到，你们也就不配做警察了。"

与此同时，阿晖在白天里奔跑过的那条街上又出现了，他沿着大街寻找着妹妹的踪迹，但是踪影全无，他看见一群乞丐，立即跑上前去，粗暴地拽过一张又一张脸，没看见阿珍。

103. 某店铺　夜　内

这家店铺，看似一家药铺，实际上是一间地下武器卖家。

门被敲响，伙计刚刚开门，脑袋就被一把枪顶住了，阿晖闪进门内。

推开暗道，现身眼前的，俨然一座小军火库，伙计冷眼问："我劝你想清楚，你知道这是谁的地方吗？"

话未落音，他就被阿晖砸昏了。他抓起几颗手雷，装进袋子里，跑了出去。

104. 总督府门前　日　外

总督府对门的小店铺前，阿晖踩点，百无聊赖地抽烟。银幕黑。

第二天，阿晖又来了，继续踩点，包里还背着手雷，密切观察着总督府的动静，但见守卫森严，他根本就没有下手的机会。

继续百无聊赖地抽烟，银幕黑。

第三天，他又来了，没想到，街道却戒严了，在身后的围墙上，就贴着他的画像，他要往里面闯的时候，被人阻拦，没想到，一张被人看过后扔掉的报纸让他集中了注意力。

报纸上赫然写着一个大标题："矶谷总督奉调菲律宾，明日离港。"

他急匆匆地离开了。

105. 大海　夜　内

黑暗的海面上，阿晖划船，往更深远处前行，船上放置了繁多的饭菜，还有酒壶。

106. 码头上　日　外

码头上，日本官方正在举行隆重的告别仪式。欧锦棠等人也都在侧，维持秩序。

在人群中，阿晖冷静地观望着告别式。矶谷从一辆汽车里走出，三个军人，跟随其后，显然，这三人是他的警卫。

镜头紧紧跟着这三位警卫，他们护卫着矶谷，矶谷与送别他的人逐个握手。

人群里，阿晖快速地移动，他在苦苦搜寻着下手的机会。

眼看他无法靠近矶谷和那三个警卫，一回头，看见了一辆汽车，他向那辆汽车走过去，掏出了手雷。

汽车突然爆炸，人群乱作一团。

混乱中，阿晖迅速地朝矶谷狂奔而去，边走边掏出枪来，他既然不能确定三个人中究竟谁是他要杀的人，他就准备一起杀掉。

突然，日军军官宣布："在场所有人都停下脚步，不许再动一步。"在场人闻言，全都静止不动，如此，全场唯有一人在往前行进，那便是阿晖。

画面缓慢而不祥，所有人都在看着阿晖一步步往前走，他自己也已经知道，这次，他是真的完蛋了。特写：三个警卫的身影，以及他们胸前模糊难辨的胸牌，阿晖的眼睛里只有他们。

日军命令："停止！"

阿晖笑了，"嘿嘿"地笑着，一步步往前走。

日军开枪，他倒在了血泊中。

所有人都围拢过来，特写：阿晖淌满了血的脸，他身体在抽搐，但不肯闭眼。镜头自上往下，在阿晖的头顶，是许多人的脸，也有欧锦棠的脸。

忽然间，阿晖的眼睛直直地盯着一个人。

却原来，是那三个警卫也围了过来，其中一个的胸牌，被阿晖看见，他正是阿晖要杀的人，然而，他并没能够杀死他。

两个人的眼睛终于对视了，但那个警卫眼睛里更多是疑惑，他自己也不知道，阿晖要杀的人其实就是他。

最终，阿晖“嘿嘿”笑着，闭上了眼睛。银幕黑。

107. 大街　日　外

阿珍和一群乞丐在四处翻找能够让他们活下去的食物。

阿珍发现了食物，正要吃下去，被紧随的乞丐头目抢夺了过去，并且大声斥骂着她。

阿珍哭泣着，继续翻找，找到了一张报纸，报纸的特写：上面赫然是阿晖毙命的新闻标题，但阿珍不识字，也根本未去注意，眼睛里只盯着报纸里包裹的一点食物的碎末，吃完了，她将这张报纸扔掉了。

阿珍往前走，她扔掉的报纸随风飞扬了一会儿，落在了地上。银幕黑。

108. 大海　日　外

海水荡漾，一块木板随着波涛轻柔地颠簸，木板之上，堆满了阿晖为何福生准备好的酒菜。银幕黑。

109. 别墅　日　外

时间再次回到1945年，香港已然光复，无罪走出法庭的欧锦棠。

他被裹挟在一支游行队伍里步行，浑然不知走在哪里，队伍里的人群都打着横幅，“坚决惩处卖国贼和港奸”一类的词，触目惊心。

他捂着胸口，不觉被裹挟到了一间别墅之外，他坐下来，抽支烟。突然，看着眼前熟悉的场景，一时间，幻觉出现了：枪声四起，血光飞溅。

那都是真实发生过的事情。

110. 街道　夜　外

字幕：1945年8月29日。光复前夜。英国人的军队进入，开始接管香港。

战后百废待兴的香港，英国军队在阔别四年后重新开始在街边巡逻。

突然听见一栋别墅内枪声大作。

英国人一愣，急忙向别墅冲了过去。

111. 某别墅　夜　内

一栋空旷的别墅。

别墅内，一片狼藉。首先映入英国人眼帘的是三个人的尸体，分别是陈建丰、李政隆、董旺。

他们手中拿着枪，眼睛瞪大，看着天花板，躺在血泊中，似乎不敢相信曾经在他们眼前发生的事实。

镜头推进，在离他们不远的地方，有四张椅子，上面分别绑着一个年轻的女孩，一个中年妇女，以及一个少妇，和一个小男孩。他们的嘴巴都被塞住了。

他们身中数枪，都已经死亡。

镜头再次推进，在中年妇女和少妇的尸体身后，靠着两个一身血污，正在喘息的男子。

分别是小庄和陈金水。

他们分别中枪，一个人捂着自己的肚子，一个人捂着自己的胳膊。

两个人相视一眼。

喧哗的声音，大门被人踹开，一帮英国警察冲了进来。

看见眼前的景象，大吃一惊。

英国人开始搜查，突然一个警察发现了小庄和陈金水。

他用枪指着大喊："这还有两个活口，别动，把枪放下。"

小庄和陈金水扔开枪，枪被踢开。

更多的警察围了上来。

112. 医院　日　内

陈金水被推进医院手术室。

113. 审讯室　日　内

小庄被简单地包扎，木然地坐在那里。浑身颤抖，嘴唇发白。

一个英国审讯官，把卷宗砸在了小庄的面前。

还有一个人在做笔录。

特写：分别是死去的那三个人的卷宗。

审讯官："说！到底是怎么回事？我们正在查你们几个，为什么现在无缘无故死了三个！"

他把手撑在桌子上，瞪着小庄："你最好老实说，你那个同伴已经抢救过来了，现在也正在接受审讯，你当过警察，应该知道。"

小庄咽口水，看了一眼审讯官："Sir，你相信命吗？"

审讯官一愣。

（以下为闪回）

114. 密室　夜　内

密室中光线迷蒙。一张圆桌。桌边围坐着五个人。分别是小庄和四张陌生的面孔。

他们分别是陈建丰、李政隆、董旺。这也是三名警探，其中，陈建丰和李政隆是两名探长级别的警探，董旺和陈金水是个喽啰。

五个人正襟危坐，盯着桌子中间的骰盅。

陈建丰叹了口气："大家都没有异议了吧？"

几个人互相对视一眼。

董旺拍了一下桌子："能有什么异议？当初既然敢杀那六个英国情报员，今天就敢死。英国人的情报机关已经找来了，反正都是个死，要是能保全几个，还能养去认罪的人的家小，又何乐不为呢？”

小庄看了看他：“阿旺，等会你要是抽中了，还能这么冲就好了。”

董旺双手一摊：“生死由命啦。”

陈建丰：“好了，千钧一发，没有时间争吵了。”

说着，从桌子底下掏出了三个卷宗，摊开，特写：分别是欧锦棠、许伟荣和梁诚邦。

李政隆：“就是他们三个要代我们中的三个人去死么？”

陈建丰点了点头：“不错，都是我精心挑选的，大家要看一下吗？”说着，要递给大家。

董旺一把推开：“哎呀，反正他们都要死，还有什么可看的。”

陈建丰：“好，那开始吧。”

说着，站了起来，拿起了骰盅。

115. 审讯室　日　内

一杯水放在了小庄的面前。小庄颤抖着拿起来喝了一口。

审讯官踱着步子：“也就是说，你们知道我们肯定会彻查此事，你们五个人必死无疑，但是你们想保全其中的三个，所以你们找来了三个替死鬼，然后杀死他们，接着你们五个中的两个来认罪，因为那三个跟这个事情虽然关联不大，但已经无法开口，而你们两个作为活着的唯一知情人，口供由你们来编造，你们说什么我们就只好信什么了？”

小庄看了他一眼，点了点头：“不错。”

审讯官有些不能理解地说：“你们中国人是怎么想的？当我们白痴么？”

小庄微微苦笑：“人都是趋利避害的，如果我们在那个时候杀过你们英国人，而现在无法逃脱处罚，即使自首也是一样，按照常人的逻辑，我们是要想办法逃避处罚的。”

审讯官一愣，作思考状。

小庄："可是也有例外，如果明知必死，却为什么不能甘心领死呢？特别是我的死还能保全我的同伴。"

审讯官点点头："我好像听说过，孙子兵法，死间。"

小庄一笑："说得对。"

审讯官问："那么你们如何确定哪两个人来当这两个必死之人呢？"

小庄看向审讯官："抓阄。"

116. 密室　夜　内

陈建丰拿着骰盅摇动，最后放在了桌子上。所有人的眼睛都已经蒙了起来。

骰盅里是六粒六面都是一个数字的骰子，分别从一到六。

镜头定格在桌子的上方，五只手分别抓了一粒骰子。

然后大家拿下了黑布，分别去看手中的骰子。然后他们将目光盯在了小庄和陈金水的身上。

他们分别抽中了“1”和“2”。

董旺大喜："果然不是我。"

陈建丰瞪了他一眼，看小庄和陈金水："没办法了，事先已经说好了，生死由命，家人和后事我们会料理好的。"

小庄和陈金水瘫坐在了凳子上。然后陈金水想了想，站了起来，向外面走去。

李政隆一愣，上前拦住："不是已经说好了，难道你要反水？"

陈金水打开他的手："反正都要死，我去喝喝酒乐一下总行吧，杀许伟荣他们的事，你们去办就行了。"

李政隆一愣。

陈金水："反正我老婆孩子还在你们手里，你怕什么？"

李政隆放开了手。陈金水走出去，小庄想了想，也站起来跟了上去。陈建丰和剩下的人互相看了一眼："去看看。"

117. 酒吧外　夜　外

一辆车停在了路边。

外面是香港人欢庆光复的场景。

陈建丰他们三个人坐在车内，目送着小庄他们进了酒吧。

118. 酒吧内　夜　内

酒吧内是一片喧闹。两个人喝着酒，里面是英国人、加拿大人、中国人和舞女喝酒狂欢的情形。

小庄和陈金水坐在吧台上。酒保给了他们啤酒，他们扭头看外面的车。两个人开始疯狂地喝酒。

陈金水放下酒杯："妈的，好不容易光复了，大家都在欢乐，为什么我们却要去死？"

小庄冷笑："这都是命，谁让我们手气不好呢。"

陈金水又看了看外面的汽车："现在他们高兴了！"说着，瞥到了几个外国人在玩骰盅的情形，眼睛盯在了骰子上。

陈金水："凭什么我们两个的命就由几个小小的骰子决定？"

小庄："每个人都有抓到的可能，这就是命。"

这个时候，几个中国人那里玩棒子老虎鸡的划拳行酒令。陈金水默默地说："棒子打老虎，老虎吃鸡，鸡吃小虫，小虫可以咬掉棒子。"

小庄一愣："你想怎么样？"

陈金水："现在我们的命如蝼蚁，为什么我们不能反咬棒子一口呢？"

两个人对视，周围的一切在一瞬间仿佛都变得不那么重要。

119. 酒吧外的车内　夜　外

透过车窗以及酒吧的玻璃窗，可以看见陈金水突然搂过一个外国女人又亲又摸。几个人难以置信地看着。然后一个外国男人走了过来，拉开外国女人，两个人打了起来。

小庄也加入战团。

董旺:“他们在玩什么?”

陈金水和小庄被打倒，却没有站起来。外国人哈哈大笑。

可是陈金水和小庄却依旧没有站起来。

董旺和陈建丰他们面面相觑。董旺要下去看，却被陈建丰一把拉住:“他们跑啦!去找他们。”

董旺一愣，迅速地发动汽车。车开到了酒吧的后门，却已经没有他们的身影。

车内，陈建丰慌张地说:“不对。”于是，车子再次发动起来。

120. 陈建丰家　夜　外

车子停在陈建丰家门外，几个人往房子里面跑了过去。屋子里一片狼藉。陈建丰大喊着:“景华，景华。”可是，却无人应答。

这个时候，陈建丰家里的电话却响了起来。

他拿起来，几个人围了过去，陈建丰放下电话:“他们抓了我们的老婆孩子。”

董旺:“什么?他们想反水?”

陈建丰:“去了再说!”

121. 别墅外　夜　外

汽车停在片头所在的别墅外，外面还有英国人正在巡逻。陈建丰他们三人下车，匆忙地走进别墅。

122. 别墅内　夜　内

三个人走了进去。却看见对面椅子上绑着少女、中年妇女、少妇和孩子。小庄和陈金水站在中年妇女和少妇的身后，只露出一个头来。用枪指着他们。

那些被绑着的家属一脸的惊恐，摇晃着脑袋。

董旺大喊："老婆。"少妇摇着头。

董旺想冲上前，陈金水拉了一下手枪的机括，董旺愣住。陈建丰问："你们想怎么样？"

陈金水狞笑着："我们想跟你们调换一下，你们去向英国人认罪，我们活下来，我们来帮你们照顾好你们的老婆和孩子。"

李政隆看着自己的女儿："怎么能这样，不是说好了么？"

陈金水："是说好了，可是我们反悔了怎么办？谁不想活命啊？要是是你抓到，你会怎么办？"

李政隆语塞。董旺："你们太不讲义气了。"

小庄："义气能换命么？再说了，要是你们三个去认罪，我们只用杀两个人就行了，三个人的口供，不是更让英国人信服么？"

一直没说话的陈建丰："好了别说了，告诉我，还有回转的余地么？"

陈金水斩钉截铁地说："没有！"

陈建丰脸上的肉抽动着："我早就不想要这个黄脸婆了，你们居然拿她来要挟我，妈的，今天就和你们鱼死网破。"

说着，掏出枪，一枪将自己的老婆打死。大家全都呆住了。

董旺："你他妈疯了？"

陈建丰："老婆可以再娶，孩子可以再生，命没了，什么都没了，给我干掉他们。"

陈建丰将枪对准小庄，小庄还击。陈建丰和李政隆他们躲了起来。一场枪战，被绑的人在凳子上无力地挣扎。暗夜里，枪战疯狂地进行着。

123. 别墅外　夜　外

屋外的英国人听到枪声，急忙向别墅内冲了过去。

124. 别墅内　夜　内

别墅内一片狼藉，出现了开场的那一幕。

125. 审讯室　日　内

小庄喘息着："这就是所有的故事了，我们没想到他们会那么狠。但情急之下，为了保命，我们都没办法……"

审讯官打断他的话："你以为你编个故事我就会相信你？"

小庄苦笑："人都要死了，还编什么故事？"

审讯官一愣，外面有人敲门，探出个头，审讯官走了出去。

126. 审讯室外　日　内

另一个审讯官拿着一份卷宗："医院那个人醒了，这是他的口供。"审讯官接过。

127. 审讯室　日　内

审讯官从书记员手中夺过笔录，开始核对。然后抬头难以置信地看着小庄。小庄低着头，一副死鱼的样子。

128. 医院病房外　日　内

审讯官站在病房的外面，里面躺着陈金水。

一个警官跑了过来："他们说的细节都核实了，去过的酒吧，以及陈建丰他们的家都查过了。"

审讯官叹了口气："妈的，这帮疯狂的香港人。"

129. 监牢　日　内

小庄窝在牢房的一角，听见铁链的声音。然后牢房门打开，陈金水被押了进来。外面的英国人盯着他们："快点，你们只有一刻钟。"

陈金水和小庄两个人坐在了墙边，阳光打了进来，两个人相视一眼，脸上却浮现出一丝诡异的微笑。

陈金水低声地说:“他们三天之后，才能有探视的资格。”

小庄笑:“我妈妈的老年痴呆病，有时候也会突然好起来，我就担心哪天她突然醒过来了。”

陈金水叹息一声:“到了这个地步，没有回头路了。”

小庄点了点头，紧攥的拳头慢慢地松开，一颗骰子出现在镜头中。陈金水也松开了拳头，也有一颗骰子。他们苦笑着将骰子扔在了地上。

骰子在地上开始旋转。

银幕黑，只有骰子在地上转动的声音。

130. 密室 夜 内

银幕之上，是长久的黑暗，一阵急促而尖利的声音响起，声音停止，银幕渐明，我们得以看清，五个人，眼睛蒙着黑布，围桌而坐。那是摇骰子的声音。

在桌子的中央，有一个骰盅，此刻，镜头对准骰盅，此刻，它就仿佛像一块巨石。

梁诚邦的声音在房间里回旋:“今天已经是8月29号，明天，英国的夏悫爵士率领的太平洋舰队就要抵达香港，香港又是英国人的了，呵呵，他们不来，我们也坐不到这里，好吧，规矩是大家早就说好了的，五只骰子，拿到1和2的，包括我在内，哪两个人抽到了，哪两个人就去死。”

他顿了顿:“开始吧。”

五只手伸向了骰盅。银幕黑。

131. 密室 夜 内

梁诚邦的声音:“大家把手放在桌子上摊开。”

五人全都依言而行。

五只摊开的手掌，镜头缓慢移动，停在两只分别抓到了“1”和“2”的手上。此时，大家已经取下蒙在眼睛上的黑布，屏息静声，看着眼前的手。

小庄和陈金水抓到了“1”和“2”。

空气陷入焦灼和死寂。五个人的脸：梁诚邦，许伟荣，欧锦棠，陈金水，小庄。

“可以告慰大家的是——”梁诚邦说，“英国人找到我了，要我为他们做事，他们哪里知道，我们当初杀过他们六个情报员。世界上的事就是这样，不管谁来香港，总要找帮忙的人，我们既然帮过日本人，也不怕再帮英国人，这就是命。但是，杀那六个情报员的事，现在是他们的第一号案子，他们自己说了，一定要把杀那六个情报员的人送上绞刑架，我亲耳听到的，他们甚至要我协助他们一起调查。他们查出真相应该不难，到了那个时候，还谈什么为他们做事？我们全都必死无疑！现在还是战时，不用法院开庭，情报机关自己就可以将我们以战犯论而处死。”

他又顿了顿：“只能如此了。非要有人活下来不可。有人去死，活下来的人就此彻底漂白，再照顾死者的家人。”

“和我想的一样，我就想抓到。”陈金水大声说，“老大们活下来，我们的老婆孩子才有救。”

小庄也说：“没什么好说的，既然是英国人来了大家都得死，既然这是大家共同决定的事情，我去死。”

梁诚邦说：“那么好，现在就开始吧。”

说完，他推出三个人的照片：“陈建丰，李政隆，董旺。”

小庄问：“为什么是他们三个？”

梁诚邦：“陈建丰，私放高利贷，逼死人命无数；李政隆，长期贩卖内地劳工到菲律宾赚钱；董旺，凡是落到他手里的女犯，没有一个不被他强奸；个个都是死有余辜，说起来，和我们一样。现在这种时候，积点德吧，不杀好人，不杀老实人。”

他又顿了顿：“开始吧。”

132. 酒吧　夜　内

汽车停在门口，小庄和陈金水下车了，走进去，其他三人目送他们进去。

随后，在酒吧里，如前，小庄和陈金水与英国人发生纠纷，被英国人打倒，倒地之后，再也不见踪影。事实上，却是偷偷匍匐了出去，上了汽车。酒吧一幕，提供了日后英军审讯的在场证据。

汽车疾驶而去。

133. 别墅　夜　内

房门打开，灯亮了，映入眼帘的，是好几张惊恐的脸，这些人的身体和嘴巴全部都被绑缚。这些人，正是意欲杀掉的那三人的家人们。为了使三人被坐实，日后英军无法调查，必须灭门。

梁诚邦、欧锦棠和许伟荣，三个人看着这些惊恐的脸孔，梁诚邦掏出了枪。

枪声低沉地响起。欧锦棠不敢目睹眼前这些人的脸孔。身边两人还在继续开枪，欧锦棠闭上眼睛，颓然蹲在地上，两个人看着他，他站起身，重新对那些人开枪。

134. 酒吧　夜　外

汽车再次缓缓驶往酒吧，在门口停下，三人均未说一句话。

良久，欧锦棠说:“如果香港没有沦陷，我会是现在这个样子吗？”

许伟荣说:“如果香港没有沦陷，你已经死了。”

说话间，小庄和陈金水跑过来，钻进了汽车，汽车立即疾驶而去，徐伟荣说:“回一趟家吧，见见父母，见见老婆和孩子。”

135. 小庄家　夜　内

街面上，火树银花，庆祝香港光复的气氛遍布大街小巷。

小庄家里，一行人给小庄之母洗头。

小庄之母患有老年痴呆症，洗头的时候，突然抬起头对欧锦棠说:“小庄，你瘦啦。”不一会儿，又抬头对梁诚邦说:“小庄，你怎么长这么老了？”

镜头转，小庄之母已经入睡，小庄盖好被子，对众人说:“走吧。”

136. 陈金水家　夜　内

家外，三个人都守候在门口。

屋里，陈金水敲开门，老婆开门，两人不说话，陈金水推开孩子的房门，看见孩子已经睡着了。

老婆正在忙碌，他突然一把拖过来，脱去她的衣服，扔在床上。

屋外，三个人看着日本人正在拆除自家的商铺，而庆祝光复的花车驶过，日本人立即躲闪了开去。先期抵达香港的英国人嬉笑着在街头流连。

屋子里，做爱还在继续，老婆喘息着达到了高潮。

屋外的三个人坐在台阶上抽烟，听见关门声，陈金水走出家门，说了一声："走。"

137. 别墅　夜　内

屋内，地上仍然尸体横陈，小庄和陈金水不发一语，坐在凳子上。

另外三个人站立，时刻准备动手。

门被敲响了，梁诚邦打开门，进来的是董旺，董旺大喊："梁总探长，您这么大的长官，什么事儿还值得您把我叫来啊，打个电话，吩咐一声不就行了吗？"

梁诚邦举起他手中的枪，对他连开三枪。银幕黑。

徐伟荣再去开门，李政隆刚一进门，被许伟荣拖了进来，一枪击毙而倒地，银幕黑。

欧锦棠打开门，陈建丰出现，狐疑的眼神，神色不对，往窗前狂奔，欧锦棠一枪将他击毙。

138. 别墅　夜　内

灯光昏暗。五个人面面相对，五个人长久地互相凝视。

梁诚邦对着小庄和陈金水说："接下来，就靠你们了。"

两人仍然不语，三个人离去，三个人步行至别墅外，站在高处，看着别墅里的情形：为了使得现场情形逼真，也为使得枪声吸引英军前来，小庄和陈金水对着天花板和墙壁扫射。

街面上响起哨声，英军出动了，直奔枪声而来。（此前的杀戮，都用枕头等工具作了消音。）

最后，两个人对立而视，小庄说："动手吧。"

两声枪响，两个人倒在地上。梁诚邦、欧锦棠和许伟荣离去。英军破门而入，看见陈金水和小庄满脸血迹地躺在地上。银幕黑。

139. 英军机关　日　内

英军几个情报官员严肃在座，赫然正是审讯过小庄和陈金水的审讯官。对面是梁诚邦、欧锦棠和许伟荣。

英军推出三份文件，放到三人的面前："签字之后，你们在香港沦陷期间的所作所为，将获得英国情报机关的特赦，由于你们的所作所为，你们仍然会被起诉，但是，我们将确保你们无罪离开法庭。但是，自此之后，你们将为我们服务，如果背离或出卖，我们将以你们的签字为据，进行内部处决。"

三个人分别签字。

签完字，审讯官突然说："梁先生，我有一个问题想问你。"

梁诚邦微笑着看他。

审讯官："香港沦陷之前，我就认识你，就算身为一个情报人员，我也仍然感到好奇，你是如何做到一直活得这么好的？"

梁诚邦凝视着他，半晌，笑了起来，身旁的欧锦棠和许伟荣也笑了起来，背景逐渐虚化。

140. 监牢会见室　日　内

梁诚邦、许伟荣和欧锦棠在座，梁诚邦对陈金水说："你的老婆孩子，被我们送到了美国，如果没什么意外，今天应该是在美国上岸的日子，我们没有告诉她们你的死，现在没有想好怎么对他们解释这件事，想好了，我们再告诉他们。”

又对小庄说：“圣心医院，你知道，是最好的，你妈妈已经住到那里去了，她是特护病房里唯一的华人，如果没有什么意外，她将在那里安度晚年。”

小庄和陈金水不语。

许伟荣说：“还有个消息。你们被英国人认定为极度穷凶极恶，英国人成立了特别法庭，特别法庭又认为，因为破坏日英交接秩序，应以战犯论，明天，你们就将被处以绞刑。”

141. 码头　日　外

时间最后一次回到1945年，无罪释放的欧锦棠走到码头上。远处，一艘庞大的客船正要离港。

看着前方，他笑了，因为前方有他的妻子，抱着孩子在等他，旁边是行李。今天，是他无罪脱身之日，也是他离开香港之日。

对面走过来一群人，朝自己涌来，离自己越来越近。

突然，这群人将他围拢在中间，人人都手持着一把刀，全都向他捅过来，他的身体失控了，左躲右闪，他盯着这些人看，有的人他不认识，但眼前居然有森哥，有加拿大人，有耀忠，更有董旺、陈建丰和李政隆。

这些人旋风般离开了。

欧锦棠倒在地上，满身血迹，绝望地伸出手，眼前万物全都虚化，客船拉响了汽笛，妻子正在恍惚中向自己跑过来。

他闭上了眼睛。

至此，全剧终。

张执浩

卷

写诗是……

写诗是干一件你从来没有干过的活
工具是现成的，以前你都见过
写诗是小儿初见棺木，他不知道
这么笨拙的木头有什么用
女孩子们在大榕树下荡秋千
女人们把毛线缠绕在两膝之间
写诗是你一个人爬上了跷跷板
那一端坐着一个看不见的大家伙
写诗是囚犯放风的时间到了
天地一窟窿，烈日当头照
写诗是五岁那年我随哥哥去抓乌龟
他用一根铁钩从泥洞里掏出了一团蛇
至今还记得我的尖叫声
写诗是记忆里的尖叫和回忆时的心跳

被词语找到的人

平静找上门来了
并不叩门，径直走近我
对我说：你很平静
慵懒找上门来了
带着一张灰色的毛毯
挨我坐下，将毛毯一角
轻轻搭在我的膝盖上
健忘找上门来了
推开门的时候光亮中
有一串灰尘扑扑的影子
让我用浑浊的眼睛辨认它们
让我这样反复呢喃：你好啊
慈祥从我递出去的手掌开始

慢慢扩展到了我的眼神和笑容里
我融化在了这个人的体内
仿佛是在看一部默片
大厅里只有胶片的转动声
当镜头转向寂寥的旷野
悲伤找上门来了
幸存者爬过弹坑、铁丝网和水潭
回到被尸体填满的掩体中
没有人见识过他的悔恨
但我曾在凌晨时分咬着被角抽泣
为我们不可避免的命运
为这些曾经以为遥不可及的词语
一个一个找上门来
填满了我
替代了我

召　唤

所有对我的召唤都来自喑哑的过去
给我喉咙和声带的人
已经不在人世；教我歌唱的
要我把歌声还给他们
于我而言，死神只干过一件事情
——让我替你，和你们
在树丛中战栗
在大地上蠕动
在乌云或白云下面翻滚，雀跃
所有对我的召唤都在传达
同样一条信息：你有不死之躯
我有义务为未亡人寻找
声音的旧址或遗骸

白芝麻，黑芝麻

白芝麻比黑芝麻香
黑芝麻比白芝麻有营养
当你把它们拌在一起时
为什么我总是想
把黑芝麻从白芝麻里挑出来
把白芝麻从黑芝麻中捡出去

你把淘米水倒哪儿去了

我在厨房里忙碌的时候
我的岳母也在我身边忙碌着
我丢什么，她就捡什么
我在砧板上切彩椒和姜丝
她在盥洗池边擦洗杯盘
越洗杯盘越多
抹布也越来越多
我希望她出去晒太阳
我的岳父正在阳台上
给几盆兰草、芦荟浇水
春天来了，灰背鸟绕着屋檐飞
杜鹃花边开边落
我希望在我开始炒菜的时候
厨房里只有我一个人
而当我关掉炉火的时候
餐桌旁已经各就各位
油锅已经滋滋作响了
水龙头仍然在滴水
我的岳母还在那里嘀咕：
“你把淘米水倒哪儿去了？”

春雷3号

男人们排队站在小便器前
轮流着小便
终于轮到我了
一个小孩在我身后催促
他甚至把脑袋伸到了我的前面
我的尿意戛然而止
但我并不想放弃
这是在高速公路的休息区
我眯上眼睛想象着原野上
迎风而尿的少年
睁大眼睛望着
正在天上翻卷的乌云
暴雨将至
终于轮到我献上甘霖
安静的洗手间内
隐忍的雷声只有我一个人听见了

春日垂钓

这片水域和那片水域没有什么不同
当我以为我还是我
一条鱼已经开始咬钩
仍然有慌乱和激动
但再也没有非分之想，没有了
我熟知水下的生活一如熟知
眼前的世界：浮漂在摇晃
踏青的人争抢着与水牛合影
空气中飘浮着鲜花与落叶的味道
我一动不动地望着同一个地方
我凝神定气地思想着垂在水底的鱼钩

我甚至看穿了我的心思——
他不是在垂钓，而是在回味
当年的那个动作——
我想起来了：那年春天
一位少年守着四根鱼竿
在它们之间气喘吁吁地来回奔跑

疾病忍受者

“你允许自己多久没有诗？”
一个写诗的人问另外一个
我在一旁忍受着这种问题
已经很多天了，当我孤零零地
坐在这里，一副气定神闲的样子
或者假装去生活
在人群或草木中来回走
没有诗来找你就像活着没有爱情光顾
我在一旁忍受着我的空虚
一个写诗的人生病了
他会在半夜爬起来冒充自己的医生
——“谁来治治我的心慌？”
已经很多天了，我在忍受
这种听不见心跳的生活
而那跳动声曾让我害怕过
让我以为自己已经接近了生活

当我们谈论爱情时

当我们谈论爱情时
雷声越来越近了
当我们的争论被雷声打断

爱情凭空淌下泪水
我们老了，依然对爱情
着迷，至少还有兴趣探究
雷声提醒我们
泥塑之身终有归于尘埃之时
风吹走一部分
雨拿走一部分
余下的将被和成稀泥
涂抹在外墙上
我们坐在窗前看雨夜
闪电慌乱，眼神迷离
说到曾经爱过的人
最好的结局是一场瓢泼大雨

补丁颂

我有一条穿过的裤子
堆放在记忆的抽屉里
上面落满了各种形状的补丁
那也是我长兄穿过的裤子
属于我的圆形叠加在他的方形上
但仍然有漏洞，仍然有风
从那里吹到了这里
我有一根针还有一根线
我有一块布片，来自于另外
一条裤子，一条无形的裤子
它的颜色可以随心所欲
母亲把顶针套在指头上时
我已经为她穿好了针线
我曾是她殷勤的小儿子
不像现在，只能愧疚地坐在远处
怅望着清明这块补丁

椭圆形的天空上贴着菱形的云
长方形的大地上有你见过的斑斓和褴褛
我把顶针取下来，与戒指放在一起
贫穷和幸福留下的箍痕
看上去多么相似

诗歌中的马桑木

我曾在一首诗歌里用马桑木打造过一口棺材
用来盛装我说过的那些梦话
去年今日，过三峡
陡峭的岩壁上停搁着漆黑的悬棺
当地人告诉我：它们很多是马桑木
在没有大坝的年代
悬棺如梦一般难以企及
说梦话的人有着死者复活的表情
路过这里的江水也比其他地方的慌张

左对齐

一首诗的右边是一大块空地
当你在左边写下第一个字
脑海里立刻浮现出一个栽秧的人
滴水的手指上带着春泥
他将在后退中前进
一首诗的右边像弯曲的田埂
你走在参差不齐的小道上
你的脚踩进了你父亲的脚印中
你曾无数次设想过这首诗的结局
而每当回到左边
总有一种意犹未尽的感觉

一首诗的左边是一个久未归家的人
刚刚回家又要离开的那一刻
他一只脚已经迈出了门槛
另外一只还在屋内
那一刻曾在他内心里上演过无数次

敲　击

一个人拿着一把铁锤
沿着铁轨
边走边敲击
轻脆的声音在空旷的夜色中
传递：一声“咣当”刚刚消逝
另外一声“咣当”马上跟了过来
而另外一个人在晨雾中
将渔网撒在了河道上
划着船儿
一遍遍敲击船舷——
我曾为这两种声音而痴迷
在铁轨与河道之间来回走
在夜色和晨雾之中
侧耳倾听
像声音的接收器感知着
远方和身边的混沌
我现在仍然保持着敲击的惯性
指头在键盘上走走停停
当我停下来的时候
似乎看见了浓雾中的火车头
当我噼里啪啦地往前走时
一条鱼粘在了渔网上
它挣扎着
透过网眼看见了巨型鱼篓

树蔸

一天又白过了
我回到墙根下
坐在树蔸上
看日落
不远处，我的父亲
也这样坐着
平静其实是无可奈何
我们都知道
我们都知道
应该在天色黑定之前进屋
把树蔸留在墙角
两个柳树蔸
几乎一样大小
我记得父亲曾经说过
这是柳树最好的归宿

走禽

山坳里的锦鸡
若非万不得已
是不会飞的
草丛中的鹌鹑
即使被你撵上了
它也只能认命
我曾在云天之下玩命地
追逐自己的影子
直到惊动了
锦鸡或鹌鹑
又转身去追它们
那时候我总是伸开双臂

斜着身子奔跑
好像要替它们飞

中午吃什么

我还没有灶台高的时候
总是喜欢踮着脚尖
站在母亲身前朝锅里瞅
冒着热气的大锅
盖上了木盖的大锅
我喜欢问她中午吃什么
安静的厨房里
柴火燃烧的声音也是安静的
厨房外面，太阳正在天井上面燃烧
我帮母亲摆好碗筷之后
就在台阶上安静地坐着
等候家人一个一个进屋
他们也喜欢问中午吃什么

平原上的瓜棚

从动车上看江汉平原
沔阳和潜江是一样的
江陵和天门也是
荷塘大多呈长方形
莲花开了一半，另外一半
在等候更美好的人
我看整齐的禾苗
棉田一垄垄通往过去
花生地与红薯藤纠缠在一起
再过一个月它们就面目全非了

不断提速的路上能够看清的东西
已经越来越少
如果能在茂盛中看见一片空地
那兴许是一块瓜田
如果你见过这世上最简陋的屋子
那一定是一间瓜棚
若干年前我假装走投无路的样子
经过那里，看见阳光的大巴掌
拍打在瓜皮上
瓜瓤内部的嗡嗡声
是夏日里最美妙的声音
所有走投无路的人
都像瓜籽一样挤在一起
又闷热又清凉

我不是一个可以把秋千荡得很远的人

我不是一个可以把秋千荡得很远的人
我甚至不能把自己荡起来
如果不借助背后的推力
我甚至不知道是谁在推我
让我替他看见了那么多
不该看的东西
它们离我越近就离你越远
它们在我的视野中忽明忽灭
我不是一个可以把我见过的事物
清晰地转述给你的那个人

晚安之诗

除了孩子，看任何人睡觉
都是一件恐怖的事

除了你，你睡着了
脸上还挂着笑意，这笑容
难道拜我睡前所赐？
你不会在意我这样看着你
你根本就不知道我这样看过你
在黑暗中，也许只有在黑暗中
我才有把恐惧转换成爱的能力

一个老掉牙的故事

昨天晚上我掉了一颗恒牙
夜里我长久盯着它
用舌尖在口腔里来回搜索它
应该是一颗磨牙吧
在靠近智齿的地方
它的模样近乎于袖珍的陨石
它让我想起很多往事
其中一件历历在目：那是儿时
的一个早上，我迎着朝阳
将最后掉落的一颗乳牙朝屋顶上扔
父亲站在我的身后
不断催促我："使劲！"
母亲拎着潲水桶穿过天井
我听见扔出去的牙齿
在瓦楞上发出清脆的滚动声——
这真是一个老掉牙的故事了
昨天晚上我想起它的时候
一定有陨石正在天边陨落
一定有另外一个我正身陷牙床
像一个绝望的拔河者
已经在脚底下蹬出了一座深坑

开　花

我不再记得最早看见的花是什么
我出生在仲秋，睁眼看她们
应该是在初冬了
我有两个姐姐：
一个名字里含有“梅”
一个名字里含着“菊”
应该是她们轮换推动摇窝
逗弄摇窝里的我咯咯笑
我来到户外的时候是一个小老头
发丝淡黄，皮肤干瘪多皱
太阳烤着包裹我的襁褓
打过霜的田间地头热气腾腾
我在刺眼的阳光下不安地扭动
等我安静下来，看见四周
全是黑乎乎的探向我的脸
我被父亲抱着的时候
我的姐姐们踮着脚，只有当母亲
给我喂奶时，我才能看见她们的傻笑
那是花吗？我不知道
我甚至不知道插在她们身上的
梅和菊是否开过

危险的梦话

林东林一大早告诉我
昨晚我说梦话了
我担心梦话的内容
但他说没听清我说了什么
这是不是意味着
他仍然不是我期待中的
那个危险的听众

遗弃的火车头

一头火车被遗弃在了郊野
不是一列，只是一个火车头
我曾经害怕过的东西
现在了无声息仿佛死了一般
我终于可以捡起棍棒随意敲打
它蜷缩在身下的锈迹斑斑的腿
那是八只巨大的车轮，我以前
从来不曾看清楚过它们
浓雾在脑海里盘旋扩散
从荆门直到阿尔山
我随人群奔跑
我站在月台上等人
火车头在汽笛的长鸣声中
呼啸着一遍遍洞穿我的肉身
我甚至没有看清楚过
坐立在车头里的那位司机
只能想象他穿着蓝色的工装
戴了顶帽子手持保温杯
多么神气的一个人呐
现在我也坐进了驾驶室
在一堆喑哑的废铁之间寻找
沉默与喧哗的关系
芦苇和蒿草在四周疯长
秋风来过这里了
春风也来过这里
一头火车只活在钢铁的记忆中

飘　拂

最好看的飘拂物
还是早年那些晾晒在操场四周

的床单、枕套和衣物
除了午间它们是安静的
早晚都在动
更好看的是小时候
母亲搭在门前晾衣绳上的
那些微风无法吹动的衣服
只有在狂风大作的时候
它们才从绳子上跳下来
四处乱跑

她

她用右手捧着左乳朝她嘴里送
她闭着眼睛往她怀里拱
她终于含住她了
她被含着的时候她是母亲
她含着她的时候她是女儿
她用左手托着右乳一遍遍揉
她睁开眼睛看着她
聚精会神地吮吸她
她们都闭着眼睛的时候
我也闭着眼睛
她们都睁开眼睛的时候
我还闭着眼睛没打算睁开过

形　色

我下载了一个软件
让它替我辨认
各种各样的生命
以免除我的贫乏和无知
昨天我把镜头对准你

它告诉我你是绣线菊
今天它又说你是关山樱
而当我把镜头对准自己时
它居然说我是：鹤望兰
哦　鹤望兰
多么好听的名字
就像我想你的时候你不是你
就像我想你的时候我不是自己

替我生活

造一个人
让他和你在一起
我在一旁远远地看着你们
从相爱到相互厌弃
现实的残忍远不及未来锋利
我见过这样一块磨刀石——
它有月牙的形状
却没有月光的安宁
我远远地看着你们——
开始的时候像两片月牙
相互弥补，映衬
后来像两片碎瓷各自东西
我远远地看着你们
仿佛死里逃生的人
在回味着死

斜长的山坡

斜长的山坡是为童年准备的
我有九年光阴在那里度过
我有九个伙伴消逝在了草丛和松林中

我翻过九座坟头爬上山顶
山那边还有九座坟我从不曾登临
没有人明白我想说什么
没有人听清楚过我童年的诉求
斜长的山坡上牛铃晃荡
我们在山脚下安心玩弄弹珠
没有人问过太阳为什么不怕孤独
没有人问过太阳落山以后
斜长的山坡上还剩下多少活物
我有九年的时光埋葬在山坡上
我有九个故事想对感兴趣的人讲

听说你那里的梨花开了

听说你那里的梨花开了
夜晚是雪白的
坐在梨园亭下的人收拾好茶具
仍然迟迟不肯睡去
听说睡眠就是死亡
即使两个人相拥而眠
也不过是两具躯壳抱在一起
听说过这样一个故事——
它发生在以玛尔，一座
我同样没有去过的西方小镇
一个叫伯恩斯的青年不幸爱上了
小镇上最美的少女爱娃
从此他再也没有合上过眼
他死于梨花盛开的季节
他死后坟旁的梨花再也没有凋谢过
听说读过这个故事的人
都骂过这个写故事的人
那一年我还是少年

那天晚上我还是独自回家
开阔的星空下猛然出现了几树梨花
我以为那是花圈，我以为
所有的花圈摆在一起就能满足
你所说的百花盛开

熬猪油的男人

年猪杀过之后剥下来的板油
我是见过的，但我没敢摸过
我见过屠夫的刀在骨肉分离时
所体现出来的麻利和从容
但我从来没有碰过那把刀
那把刀在杀猪之前含在屠夫嘴里
杀完猪后就沉浸在了血盆中
熬猪油的男人用的是另外一把刀
他将板油切成均匀的块状
倒进已经烧得滚烫的铁锅里
他一边用铁铲来回翻炒
一边将葫芦瓢里的水轻轻点在锅中
一大锅白花花的板油很快就化了
焦黄的油渣浮在亮晶晶的猪油上
我见过一家人围在灶台边的景象
这是腊月里最幸福的一天
每个人都端着一只小碗
津津有味地咀嚼着
炊烟飘过满是稻茬的田间
给寂静的竹林披上了盖头
熬猪油的男人用袖口擦嘴
用小拇指剔着牙缝

给花旦找墓地

这是一首迟到的诗
一首想写却迟迟不敢动笔的诗
这是一首早有预谋的诗
我预料过你的死但没有料到
你死后这么久还栩栩如生
枇杷树没有结枇杷
你躺在树下
这是一首强忍着泪水的诗
直到临死你水汪汪的眼睛
还在看我，还在看我
怎样把没有你的日子过到底

丘陵之爱

我对所有的丘陵都怀有莫名的爱意
田畴，山丘，松林和小河……
尤其是到了冬天
起伏的地貌仿佛一个个怀抱
在暖阳里彼此敞开
每一座房屋都被竹林树木环绕着
它们坐北朝南的架势从来不曾改变
青翠的是麦苗，枯黄的是稻茬
乳白色的炊烟越过林梢之后
并不急于飘走，这一点
不同于平原、高原和山区
我总能在丘陵中找到我要的各种生活
尤其是在我步入中年之后
我更亲近这些提腿就能翻过去的
山丘，蹚过去的小河，这一个个
能为我打开的怀抱

落日为什么那么好看

因为喜欢的人明天还会见到
因为是一个人在夜色中吹口哨
必然有另外一个人应和；因为我
那一年鼓足勇气在背后叫了你的名字
你回头时我装作认错了人
因为殊路同归，我们在此交汇
曾经以为遥不可及的事物
此刻伸手可触；曾经远大的梦
不过是四目相对时的惊惶和踌躇
因为我已经足够老了，却仍然
还没有明白老究竟意味着什么
是不是意味着我应该这样
怔怔地望着你，以为活着的
每一天都是在黑暗中相逢

在烈日下想象一场暴雨

我父亲蹲在烟叶地里想象着
一场雨，最好是一场暴雨
我的母亲坐在槐树下剥豆子
每剥几个豆荚就朝池塘方向望一下
我的两个姐姐正手持钩镰
一个在采莲花，一个在摘莲蓬
我哥哥正在柳树下擦拭
公家的手扶拖拉机
我见他拿起摇把，又放下摇把
我的狗，两条狗都趴在屋檐下
我的鸡，一群鸡都在竹园里打盹
穿堂风穿过凉席的时候
我正要瞌睡，门前晾衣绳上

的衣裤突然活蹦乱跳起来
乌云从西南角飞奔而至
乌云之下传来敲锣打鼓的声音
有几滴鼓点落在了我身边
那只倒扣着的洋瓷盆底

无　题

水杉树都长得一模一样
高或矮，一模一样
粗或细，一模一样
香樟树在一旁看着
梧桐树在一旁看着
春天来了，杨柳披头散发
都司湖明亮如镜
照过张之洞的阳光转眼照在了
张执浩的身上

我陪江水走过一程

黄昏时分，我陪江水走了一程
上游下过雨了，江面上
飘过上游的气息
多年前，也是在类似的夏日的黄昏
我陪父亲进城探望他的养母
他一言不发的模样有点像
此刻我身边的这段江水——
你不知道它是从哪里开始浑浊的
就像你不清楚它什么时候清澈过
唯一能够确定的是落日
将在不久后被晚风吹熄

而当夜色真正降临，我的父亲
还会坚持在黑暗中摇曳一会儿

红糖与油条

再过一座松林就到外婆家了
再往前走一段路就能看见
堰塘，菜地和一树梨花
再坚持一会儿夕阳就落山了
湿透的衣服就能被风晾干
好像从来没有怕过鬼
再小跑几步就会听见狗叫
一条花狗堵在三岔路口
再让它嗅一嗅五岁的你吧
你身上有红糖和油条的气味
再让这气味在遥远的年代
多飘荡一会儿

生活从来没有容易过

每割完一垄稻子
周围的风光就会有所变化
每摘完一朵棉桃也是
当真正的秋天来临
你何曾见过一位身心轻盈的父亲
生活从来没有容易过
哪怕你只是像我一样
尾随在他们身后
捡拾稻穗，麦粒
把嵌在指甲壳里的棉花拢成一堆
麻雀们落下又飞起

像事先排练好的剧情
遵循着神的指引
我也是，我来到世上
短短七年中先后死过两回
但又死里逃生
生活从来没有容易过
最容易的事情我试过了——
在摇晃的油灯下剥花生壳
起初一边剥一边吃
渐渐地，我感到指尖疼痛
拇指和食指成了身体多出的一截
而油灯仍然将熄未熄
事实上它也一夜未熄
我在睡梦中见过母亲的生活

那些能当作引火的事物

松针是最好的引火
读过的报纸，看过的书
写给暗恋者的信以及
那些活死人的讣告都是易燃物
当我意识到这个世界的贫乏后
生活竟然变得丰富起来
无用之物即将将我活埋
焚毁的冲动时刻都存在
尤其是雨后，在我惊讶地发现
我已经活到了欲哭无泪之年
不远处的烟囱在冒烟
手持吹筒蹲在灶膛门前的人
从前是一个少年，现在什么也不是
现在我身边再无可燃之物
唯有写下这首诗
折断身体里的一根根枯枝

忠　告

你要坚持做一个不雅的人
沉醉在你一个人的感官世界中
你要常常想起记忆里的那个孩子
一边吮吸母乳，一边警觉地
留意着试图凑近的人，蹬踢他们
用哭喊声喝止那些爱抚你的人
贪婪，自私——你要这样
长久地保持哺乳动物残余的本性
你要总以为这个世界能被你含在嘴里
至少有一部分能这样
给予你甘甜和回味时的战栗

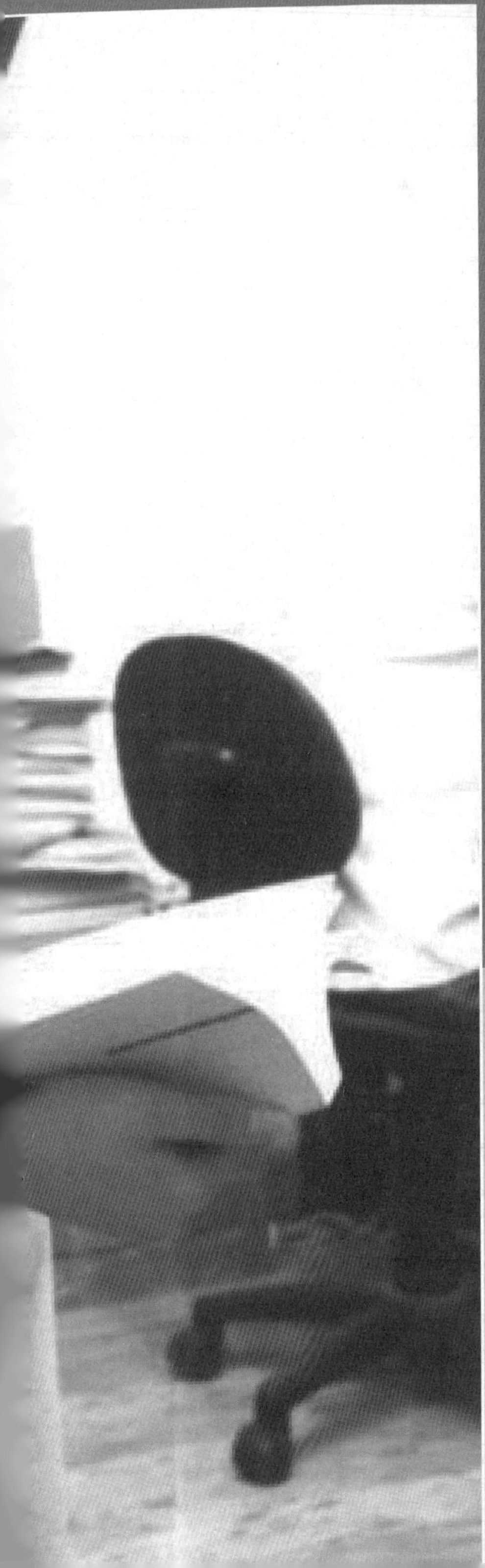

胡坚卷

衣帽侦探

如果说衣帽界也有侦探的话，小弟该当是世界级的。

弗洛伊德说过，没有一个凡人能守住秘密；即使双唇紧闭，指尖也会交谈——衣着上的一切信息，故意显摆或是存心误导，高手都能读取并剖析，退一步我们讲品位，进一步我们聊社工（Social Engineering）。

世界上，哪有两片完全相同的树叶？

问题永远是那古老的三个：你是谁？你从哪里来？你到哪里去？

解题条件是把一个男人的正装拆散摊开，接着你会发现这样一些特点：手表携带的信息是最少的；其次是皮鞋；然后是外套，衬衫；最后是长裤。

长裤受身体条件限制最大，市场选择最窄，因此，最能透露一个人的底；外套选择范围最广，最能体现他的心；皮鞋和手表两个行业已经高度产品化，除非特别小众，否则一般都是东西牵着人走，能唬外行，却也最浅显易读；而衬衫，悬挂在身与心之间撕扯，最容易读到当事人的灵魂。

你越用力，我便看得越清。

如果说生活中有太多人面目模糊，那是因为他们不讲究。这很正常，一套方法有局限才正常，包打天下肯定有问题，就算是指纹识别又怎么样？我们也是没有全民指纹库的啊。

这篇文章打算讲讲男装衬衫和它的伙伴，如前所叙，你可以当它是文玩，也可以当它是兵器。

国人买成衣衬衫常见的问题之一是尺码，成衣的领围和胸围捆绑，头大脖子粗（普遍现象）的群众会比较困扰，常见的做法是就胸围弃领围。如果差得不太远，建议把最上面一颗扣子剪了，扎领带的时候用领带束紧领口，不扎领带的时候也用不上第一颗扣子。

长短问题自己容易掌握；有些牌子的袖长是有不同尺寸可选的；再就是正装衬衫衣长别太短，如果你拿不准，就比你觉得合适的长度再长一点。

近年国内流行“定制”，可以说除了极少极少的面料之外，衬衫成本是很低的，对店家来说，衬衫的利润率肯定高于西装，所以整体上不要对定制衬衫寄太高希望，不要想穿了一下就很靓仔很厉害，这个东西对店家来说是利润增长点，对你来说不可能是形象提升利器，不拖后腿就好。

合理的做法是，想定自己希望达到的几个目的，然后抓大放小，比如尺码准确，比如面料颜色和质感的精确筛选，在性价比和工艺上（什么手工）提要求没太大意义，建议直接放弃。

多说一句，有些朋友衬衫弄得太fit了，不好看的，不知道为啥，越是四肢纤细肚子圆鼓的青年才俊越喜欢fit的衬衫。以前看过一个MBA讲课的大哥，穿白衬衫，绷紧紧的，肚子倒是不大，可俩nipples都透出来了，惨不忍睹。

接下来是面料质感，亦舒光和你说白衬衫了，但谨慎又谨慎地讲，就是白衬衫，依面料质感划分，至少也有个3-5种好说，有薄脆高支面料的，有粗糙纹理的，有带绒的，还有真丝的，搭配不同质感外套，其中的门道一二三几句话也难说清楚，但是搭得好不好在老手眼里就是一秒可辨的事。

然后说个细节，这个诸位应该大概率能用上——绝大多数成衣衬衫的扣子都是机器缝的，根据机器和工艺的不同，其中又有一部分倒霉催的一拽线头扣子就掉了。少数意大利牌子是手缝扣子，没有这个隐患；多数人是掉了缝，但是和剩下的扣子露出的线迹会不一样，所以也有人把扣子拆了手缝一遍，这是强迫症，看见了小心点。

手工拱针——从Kiton到Luigi Borrelli，明确地说，纯装饰，因为里面的结构缝线都是机器缝的。

领形可能有很多网文教你了，其实没那么玄。胖的脸大的，领子就选大点，刀条脸就选窄点的。要细讲这个的话，记住问题的抓手在头部的几何轮廓上：发际线，前额，颧骨，鼻子，下颌线条，认真起来没完没了，天生丽质者要物尽其用，多数平庸者更要扬长避短，在本钱、精力和追求之间求个均衡。穿上西装以后，头面、颈肩、胸前V区三者匹配协调，往下才是胸围。

（有点跑题，但是忍不住不说：头面和V区的整理，都是以尽量突出层次感和高度差为要；肩颈主要是脖子粗的做宽肩，脖子细的做窄肩，长得像伙夫就尽量别做拿波里袖，或是吃透这一点，把拿波里做宽，兼顾美观同时开一个嘲讽，这是高级技巧了）

还有领带，不讲宽窄和颜色了，本来这个问题想直接跳过的，但是刚好看到一个特别的例子说一下，1997年裘德洛和伊桑霍克的《Gattaca》，裘德洛在里面演一个类似残疾贵公子的角色，领带结特别显功力。我查过演员本人的照片，非常确认这个电影里的领带结的水准是高于他日常均值的。

这个结说穿了就是松散皱巴的横褶，搭配特定的风格非常合适，且需要特定的材质和手法搭配。如同武功一样，再厉害的武功一旦流行开也就没意思了，但这个没有，可能是因为材质手法难以模仿，可能是因为懒散潇洒的风格难于模仿，更有可能两者皆是。

说来不好意思，小弟当年无聊，对着视频学过两个特别复杂的领带结，最后剩个几寸的小尾巴要塞到领子下面，打好了像个层层叠叠的洋葱那种，和上面这种比起来，高下立现了。

最后说点零碎，袖圈、领针、袖扣什么的。

领针参考前面说V区那一段，袖圈你要在贝克汉姆和酒保之间找个平衡。中国西北有传统武术门派选弟子，按身体条划成三型六类：龙、虎、鹞三个正型，分别对应高大、健壮和短小敏捷三种型格，每种之下再弱一点的归入亚型。衬衫上袖圈按用途说，是为胳膊短袖子长的鹞型人士设计，但短胳膊再被勒两截，视觉上只会更惨，所以真要用这个一般都是不露出来的，正龙型可以作为纯装饰露出，仅适合可以显摆的场合。

最后说袖扣，多说一点，并不是因为它重要，而是喜欢看的人多，后台点播好多次了。川普年轻的时候自己戴金袖扣，年纪大了以后拿钻石袖扣当商务纪念品到处送人，结果还被网上好多人说不会穿衣服，此事我不做评价，就把这个消费观写在前面，供你们参考。

说点实在的（不一定对），好点的袖扣加好点的衬衫，结果就是衣主自己戴不上。曾经有人满怀心机地在网上提问，袖扣适合什么样的人？小弟的回答是：适合家里有帮工的人/家里有全职主妇的人。

好点的袖扣，准确地说，传统的珠宝级袖扣（这和品牌没关系，别看Montblanc柜台里都是钢的，他们其实也有18k+宝石的，这玩意其实材料都不贵，18k金+宝石居多，连青金石都算宝石，但是价格是钢的银的若干倍；特别强调，银算实用级，不算珠宝级），反面应该也是带装饰造型的，一般和正面一样，可以稍微小点方便戴上；而且基本都是固定死的，不太可能出现片状弹簧卡子。

（题外话，常见的珠宝袖扣都是两个大的三个小的套装，是配晚礼服衬衫的，大的cufflinks用在袖口，小的studs用在礼服衬衫门襟上，对，就三颗，下边是普通的平扣，被马甲或者腰封盖住）

这种玩法其实只有一个理由——为了袖扣的正反面都好看，副作用就是，一个人戴不上去。

有那个片状弹簧卡子的袖扣，别管什么牌子，目的只有一个，就是方便一个孤独的虚荣者在没人的地方，自己默默地把袖扣装上，然后出去强颜欢笑谈笑风生的……

我见过一套18k金+青金石，有点ArtDeco的袖扣，牌子很少见，亦舒写过的，《喜宝》里的辜青斯基，厉害不厉害？但没用的，弹簧扣，戴上以后正面满堂花醉，背面寂寞如雪，放在战后50—60年代，那个劳动上升资本下降的年代还算凑合；放一战前就不行了，会遭白眼；就算放今天也不行：泡沫时期嫌不够炫，泡沫破了又当不了几个钱。

顺便说一句，其实那种便宜的两片小银板加一根小银链，也是自己装不上去的，日本人写的段子里，一个落魄的意大利世家子已经很惨了，戴着这种廉价的袖扣，依然说明是有管家跟着的。

有人会说死袖扣也能装上去，除了你手指灵巧，你更要检讨一下自己的衬衫了，冗余给得太足，袖口俩眼的距离太大了，下次做可以试着弄小点。

这个时代里，除了极少极少的tuxedo情况下（严格地讲，晚礼服用袖扣的衬衫袖口最好是单层的），普通衬衫袖完全没问题，那么是谁在平时用着低配的弹簧袖扣，孤独地完成着不必要，同时也是不完整的仪式感呢？

世间浮华之事，皆与虚荣有关；唯独虚荣本身例外，虚荣是有关孤独的。

世界上当然没有两片相同的树叶。

秋冬问暖

如果我们活得足够久，三十年后，会如何评价今日的自己和周遭？

是一声叹息，还是一拍大腿：×，傻×了！

——纪念一位相识多年的伙伴

小弟少时穿棉裤过冬，一大块盖过胸口，连着两根肩带那种——当年的幼小心灵对明日世界有无数想象，却一定猜不到三十年后的冬天，男人穿秋裤会成为一种罪恶。

对于这种时代的洪流，绝大多数时刻（如果不是所有），我们都选择了屈从。

这篇主要聊聊最近十年的秋冬男装心得，大家看的时候可以坐下喝杯热茶，把脑子里的时间线拉得长一点，只要足够长，就一定会发生题记里的那件事。

先讲一讲职场着装，这样硬切有点突兀，没办法，上班这个事情本身性质决定的，文笔再好也混不过去。有些朋友上班有着装要求要穿套装，键盘上的品位大咖会让你招呼大衣风衣，不要听他们的，人生已经如此艰难了，套个长羽绒服就可以了，下摆长过上衣，拉链可以拉到头把脖子挡严的那种。穿羽绒服的时候，西装外套尽量丢在单位或者塞包里，能不穿就不要穿，秋冬出门挎个大包很方便的。如果群众需要，我下次教你们出门在外怎么叠西装这种心酸技巧。

为什么不让你穿大衣风衣？原因很简单，在外套外面套大衣和风衣是好几十年前的穿法，当年上至汽车普及程度、室内采暖状况，下至男装面料厚度重量、裁剪结构，都和今天有很大不同，更不要说随之而来的人们的日常生活轨迹和习惯的变化了。

简单点说，今天给你件几十年前的传统风格羊毛大衣，穿上半天你会觉得肩和背疼，更不要说周围人会觉得你穿得像个僵硬的门板。

但是今天各品牌还是会有大衣风衣卖，料子轻薄许多，更有羊绒真丝草泥马（我没骂人，草泥马就是骆马）混进来炫富……是的，但请仔细看看，今天这些衣服设计出来几乎都是给你直接当外套穿的，而非像当初那样穿在外套外面的，这些东西也能卖得很好，却不是为有着装要求的职场人士而制。看看Burberry官网吧朋友，模特们里面穿个薄T就套风衣了，卡萨布兰卡的时代一去不复返了。如果你一定要找出个传统（过时）的款式坚持，并且google出元首出访下飞机的图片来和我扳杠，请记住一点，不论川普还是普京，都已经是70岁的人了，你真要跟这个年龄段的人一起混吗?

所以轻松一点，朋友们，出于男人的虚荣，我们理应serious，理应穿西装外套或者大衣，但是玩法要变。技巧要用在别人一眼看不出的地方才是技巧，否则只能是形式——而后者在男装高阶体系里，基本不是一个好词。

先从最里面说起，不建议你们在衬衫下穿各种内衣，即使不露出领子也不要穿，因为不够坦荡。把这个问题掰开说，其实是一条不见经传，但高手可以瞬间意会的心法：一项功能，只用一项单品完成。

正确的做法是内衣亲肤，中间保暖，外层抗风——如果额外在内衣层里添加保暖层，会将衬衫置于一个尴尬无用的境地。不要觉得不是高手看不出来，即使是一般人的感官也是很挑剔的，他们不一定能说出问题出在哪，但一定能觉察出不协调。

很多群众印象里的衬衫就只有高支棉一种，薄、硬、透，春夏也是它，秋冬也是它，用它穿无里衬亚麻外套，也用它穿400克羊绒——想想就知道行不通，衬衫也分冬夏，冬天应该穿厚而软的衬衫：灯芯绒或者一些稀软蓬松的织法都行，当然还有高领羊绒衫。

贴身羊绒衫不用太厚，因为“内衣负责亲肤，中间负责保暖”，你甚至可以买真丝和羊绒混纺的。还有一种玩法是光膀子直接穿个一斤半两斤的厚羊绒衫套风衣出门，原理是省略了内衣，直接穿中间保暖层。

同样，也不要以为所有叫外套（jacket）的都是挡风层，实际上大多数时候我们在冬天穿的那些厚而蓬的外套也是锁住空气的保暖层，室外只能意思一下，真有风根本挡不住。由此可以引申：纯羊绒外套或大衣最好薄里薄衬甚至无里无衬，穿羊绒外套的最高境界就是穿出针织毛衫的感觉来。

至于裤子，同是厚实的毛料，相对上衣的蓬松来说，应该选更硬更实一些的，这是裤子的形变特点决定的，什么shetland做衣服、donegal做裤子，不摸一摸光听菜名始终差一层。哪怕再迟钝的人去了店里摸一把料子，也该知道怎么选了。预算有限的朋友甚至可以选羊毛混化纤面料的裤子，选对性能是第一步的。

如果是去裁缝店做裤子，可以加个过膝的挂里。

如果依然冷（*几乎是必然的*），冒着被苏芒女士鄙视的风险，穿个秋裤吧，全棉即可，请记住的是穿了秋裤切莫再穿内裤，要把秋裤理解成加长的内裤，你穿两个内裤是不是有点怪？

如果还扛不住，再送一条作者私家秘籍，秋裤外加个薄护膝，不可以再多了，毛裤绝对不可以。不要和我说特别冷什么的，去特别冷的地方穿滑雪裤，理性装×，不要走极端。

最后，选一双厚的羊毛袜子加一双好看的靴子，不是一定让你穿带毛的靴子，单靴也可以了，冬天里，靴子比皮鞋多的一点点靴腰，可以给人很大安慰。

袜子大概2—300就够了，靴子会贵一点，因为靴子要放下裤腿还很好看，好看得像正装鞋，Carmina，C&C不可以再低了，好点的是Vass、Lobb、Green等等，报菜名的环节我略过了。我没提Alden和Tricker's这些，自然是有道理的，你就不要再追着问了。这里还涉及到一些款式细节问题，比如Chukka和Jodhpur都是很常见的短靴款，特别是后者因为有个特别的绑带深受初哥青睐，但这俩鞋从历史上说都是英国人在中东中亚的沙漠里穿的，从款式上看前脸大面积光板，冬天穿搭起来难度不小……讲这个的意思是说细节之处陷阱很多，如果仔细讲究款式的话，冬靴穿深棕色荔纹皮cap toe（*头上的皮绷平发亮，擦得深一些*）比较保险，脚背够低尽量内耳，不行外耳。

因为可能会踩雪，靴子可以买胶底的，鞋界崇英，所以用dainite的很多，它家常见一种小圆圈纹的款，江湖人称“奶头底”，非常滑，穿的时候要小心。冬天选胶底一方面是踩水实用，另一方面是因为质感和季节服装更搭配。

从实操层面来说，秋冬衣面料的质感要比春夏粗厚一些，所以很多皮面油光水滑的靴子更适合春夏精仿面料，而秋冬靴的皮质则应粗糙一些（*这要求你准备两个体系的衣物*），这也是前面推荐荔纹的原因。除了鞋底材料和皮料质感以外，楦型也和质感相关，今天的一流品牌喜欢做比较尖的楦型，大概是认为这样更具精致感，但可能造成和秋冬衣物的质感不搭；三流厂牌倒是做大圆头楦，但往往太扁，缺乏高级感。

如果你的衣物质感特别粗糙，奶头底都不能搭配，可以用commando底，这个底是二战突击队员用的。今天人们觉得皮底高贵胶底廉价，讲品位格调之类的，这是近则不恭，要知道胶底在不久之前的二战里还是先进科技，英国军队里普通大头兵的ammo boots是皮底打铁钉，只有少量精锐的突击队员才能穿胶底。穿上几天让你爬山越野，你就知道胶底的好处了。二战英军突击队那种梅花纹cammando底，当年除了用胶粘线缝，还要用螺钉拧到皮中底上。今人再看ammo boots配commando底会觉得口味过重，战后美国人用split toe款的靴搭commando做工装靴则顺眼许多。

以上是西装体系，如果你不想这样serious，想换一种serious的方式，穿皮衣也是可以的，基本是两次大战时几个国家的空军飞行夹克款——战败国如日本，除了中田商店这样的少数，基本不太敢翻本国历史，靠复刻英美战胜国款式过活；德国也差不多，Luftwaffe战功赫赫但不好拿出来说，IWC这么一个德语区的表厂都不说自己给德国飞行员供货，皮衣我提个noble house你估计都没听过；至于美国广为人知的A2、B3，其实入门之后稍往里看一眼，就能在英国体系里找到源流，所以讲情怀必须英国，更何况英国的是RAF——Never was so much owed by so many to so few——这是丘吉尔说的，结果The Few这牌子被日本人注册了……

但英国还有剩下的，Eastman，Aero都是，身板弱的朋友别试了，我有个穿38的朋友，上了点年纪，买了个Aero穿不动锁柜子里了。

最后提一句Peacoat，你看图容易被蒙蔽以为是个准正装，其实这玩意是个工作服，料子相当硬，穿起来前撅后翘的，看《处刑人》和《敢死队》找感觉就对了，警察临检重点关照对象，不藏两把枪说不过去。我二十岁上下的时候买的第一件“正装”大衣就是这个，所以上面这些絮絮叨叨，看起来都是衣服，说起来都是泪，这也不是江水，这是二十年流不尽的英雄血。

羊绒德行

娶妻娶德，娶妾娶色。

——中国谚语

格调界有个词，Sprezzatura，出自16世纪一位意大利宫廷侍臣——"要像躲避艰险的暗礁一样，杜绝一切可能的矫揉造作；要做任何事时都有一定的'Sprezzatura'，隐藏一切匠气技巧，让所做所说的一切都看起来毫不经意，好像几乎没有经过深思熟虑一样。"

小心谨慎穿得处处完美毫无破绽是初哥，故意露出几处老手特有的破绽，才能真正显示腔调。

是的，我今天说的是羊绒。

常见的棉毛衣料都是平等的：富人穿海岛棉衬衫，穷人可以穿斜纹布裤子，棉花就是棉花；富人穿高支精纺混金线和钻石粉，穷人可以穿厚呢料裤子，羊毛就是羊毛。但羊绒不是，它是非必需品，被平权厂商忽悠着以低端方式打开，结果大概率钱被坑人露怯。

（我知道你想说什么，优衣库有平价羊绒衫，但坦率讲是不是有几分做作外露？不要用保暖性能来做廉价虚荣心的遮羞布，它未出平价羊绒衫之前，也未见众优衣库豪客冻死不是？）

羊绒主要的特点就是轻，所谓比羊毛暖八倍之类的说法不要当真，不服的话我们去东北室外走走，你穿一件羊绒我穿八件羊毛。真怕冷的话暖气开到28度，舍得买几千的毛衫不舍得烧油电和天然气？就算真要保暖，你们买那些总重二两的羊绒衫统统不够看，半斤起，但愿意做这个的厂商太少，大家都是想装×或者想蒙装×者的钱，搞认真了市场反而不认可；再一个原因就是羊绒轻，半斤的羊绒衫太蓬了，穿了像个球，不美观，卖相（人的）不好。

羊绒原料产地主要在中国，但是中国厂商的审美造成的款式问题，还有防油和水钻这些梗以前写过，不多讲了。这次多强调一点造假，有人听见羊绒这个名字就崇拜，从奇怪的渠道买便宜货，以常见的重量来看，一件国产羊绒衫扣掉渠道成本，售价还低于五百的，就非常可疑了。

以羊绒制品的主要产地来看，除了中国就是苏格兰和意大利，实际上这两地的羊绒特色品牌也经常根据款式和风格交叉下单制造，对于大点的品牌来说，旗下有几种风格和特性的羊绒衣物是基本的要求好吧，所以不能谈某某品牌的羊绒制品特点是耐穿什么的，何况要耐穿你买牛仔布去，看羊绒干啥?

说起品牌历史，Ballantyne的变迁很有代表性，老苏格兰牌子，至今邓小平广安故居里还摆着一件历史遗物，那衣服应该是1949年陈晓送给他的……

扯远了，继续说Ballantyne，作为苏格兰老牌子，产品也有意大利产的（限量版是意大利顶尖厂商Cucinelli代工的），也给意大利牌子代工过，所以你们去比 A 牌如何 B 牌如何，意义不大，在专业厂牌的体系里（时尚品牌要挤出溢价，而且他们一般不找最顶尖的专业厂商），相同level（对于消费者来说就是定价）里区别都不大，对羊绒制品这种高成本的东西，就看重量了。

我并不是在这里推这牌子，过去几十年里他家东西是非常好的，后来赶上不景气倒闭了，网上还卖了一段时间的存货，内行会去专门寻找，结果等找的人多了，货又突然多了起来——倒掉的牌子复活了，但是变成中国制造了（前两年还有罗马尼亚产的）。

中国造也不一定就是不好，但这里还有个心理问题。以美国品牌为例，Brooks&Brothers的羊绒衫有苏格兰产，但Ralph Lauren的紫标纯羊绒有中国产，价格只高不低，这个你怎么办？如果再把中国原料意大利纺织，打折时不到100刀的Jcrew纳入比较视野，体系完全无法自洽，要崩掉了。这属于消费心理问题，要你们自行疏导。

至于历史和传说，我并不愿意在这里讲太多，因为容易被今天的厂商利用和误导。今天的苏格兰羊绒制品和二十年前是两个世界。有一些传说中级别的羊绒衫（现在早死了），如McGeorge这样的，在今天一件二手可以在网络上轻松拍到400美元——这就是Ballantyne十几年前存货走俏的原因，这就是苏格兰羊绒的荣光，曾经的荣光。至今为止，仍有老鸟直接去买二十年前的苏格兰老货，而不是新品。

所谓秋风萧瑟今又是，换了人间。当今羊绒世界里最贵的是Loro Piana和Brunello Cucinelli，往下一点算上Malo之类，高端基本都是意大利，英国John Smedley定位算是最近的也要差一些，而且避开竞争主要做混纺，几乎看不见纯羊绒，再往下才是代工大户Johnstons of Elgin，自己的价格很平，但你见时尚大牌的羊绒制品如果是苏格兰产，一般就是它做的，含马牌。

至于手感其实有点玄，我在Loro Piana里拿着Vicuna和Babycashmere比着摸才能摸出点区别，在外面看见了，就算上手，你也未见得能摸出个啥来，何况厂商的染整工艺要骗一个外行，是很容易的。

至于大家喜闻乐见的“起球”——你只需记住：好羊绒和起球不起球没有任何关系，你可以把毛球剪了，或者干脆不管。如果你实在不喜欢起球又一定要穿羊绒也不是没有办法，你可以穿一次扔一件。

应该去在意的问题是掉毛，羊绒纤维短了容易掉，这是原料等级低造成的，如果对方说生产工艺之类的理由不要理它，掉毛和起球不一样，这是严重影响使用感受的事情，掉毛一定差。

此外，把那些纺织和染整工艺不同造成的影响抛开，唯一在实际使用的鉴定羊绒好坏的标准只有一条——羊绒制品是不是一直很软，越来越软。

现在我们要绕回篇首那句中国古话——娶妻娶德，娶妾娶色。羊绒就是德。

在衣服的世界里，有些衣服是让你好看但未见舒服的，有些是让你舒服未见好看的，这里的变化未必线性，但一定无法兼顾。羊绒属于后者，所以真正上乘的女装羊绒大衣，一定是结构柔软无衬里，穿的时候里面可以尽量穿少一点。至于一件裁剪精美的羊绒大衣，呵呵，如果用羊毛来做，会更加精美。

还记得开头怎么说的吗？棉花就是棉花，羊毛就是羊毛，但，羊绒也就是羊绒。羊绒是真正取悦自己的东西——轻，软，舒适。那些平价羊绒的消费者更看重的是“开司米“这一物料标签，那些迷恋羊绒外套大衣柔软手感的女孩希望得到的是一个高水平的外在形象，但只有你忘了这一切，不在乎什么起球和水洗，才能真正享受羊绒带给你的快乐。

坦率地讲，我认为这快乐并不多，远不及虚荣心被满足时的欢乐之万一。

至于炫耀，羊绒其实做不到，还有掉进陷阱的可能。还记得伍迪艾伦的《赛末点》吗？男主角在Ralph Lauren店外偶见女主，忐忑而又炫耀地拿出自己刚买的羊绒衫：“看，cashmere，汤姆穿的也是这个吧！”

斯嘉丽·约翰逊怎么说？

“不，汤姆穿的是vicuna.”

我没在RL里见过vicuna毛衫，用Loro Piana的价格体系换算的话，vicuna大概是cashmere价格的4倍，考虑到RL价格平些，这个倍数应该是5—8倍。

再说羊绒

“来，杏子，给你看一样东西。”

杏友心惊肉跳，生怕又是一只小盒子，盒内载着一枚求婚指环。

他轻轻取出一个纸包，一层层打开，原来是一条针织羊毛大围巾。

杏友好奇，伸手过去抚摸，她吃惊了，“这是什么料子，如此轻柔？”

他将那张平平无奇的披肩搭在杏友肩上，杏友立刻觉得暖和。

“这是凯斯咪（cashmere）抑或是维孔那(vicuna)羊毛？”

“都不是。”

阿利脱下一只指环，把围巾一角轻轻穿进去，像变魔术一样，整件披肩就这样被他拉着穿过一只戒子。

杏友张大了嘴，“哗。”

试想想，用这个料子做成针织服，何等轻柔舒服暖和，那真使设计人梦想成真。

“这到底是什么？”

阿利答：“想一想。”

“呀，我记起来了。”

阿利点头，“我知道你一定听说过。”

“不是早已绝迹了吗？”

阿利说：“这种料子，叫谢吐许(shahtoosh)，在印度近喜马拉雅高原有一种黔羊，它颈部的毛非常柔软，可以织成衣料，因为羊群濒临绝种，不准猎捕，同鳄鱼皮与象牙一样，成为国际违禁品。”

“啊。”

“趁它还可以买卖，我打算加以利用，你说怎么样？”

“来价太贵。”

"贵买贵卖。"

"那么，只出产大围巾及披肩，越贵越使客人趋之若惊。"

"对，告诉他们，迟些有钱也买不到。"

杏友忽然笑起来，"同客人说，披肩不用的时候，需放进密封塑料袋收在冰箱里储藏。"

"咦，的确是好方法。"

他们大笑起来。

——亦舒《直至海枯石烂》（括号里的英文是我加的）

师太这段报菜名超级经典，细节和逻辑上有小纰漏（vicuna比shahtoosh纤维更细，理论上要更柔），不过又怎样？初哥才喜欢条条明辩，大师错了whatever，这段话也不是让你看三道菜名的，精要是最后那几句对消费心理的拿捏。倘若你觉得不以为然多半是因为今天冰箱便宜了，同样的把戏换个手法，教你用白兰地擦皮鞋，是不是就觉得神秘又高竿？

消费者容易被段子吸引，是因为庸常生活中戏剧性的匮乏；喜欢听报菜名看排行榜，是因为平日里选择的机会太少。

编剧业里有个法则，人物的性格通过他的选择来呈现。雪穗看见亮司坠楼，可以上前大哭也可以转身离开，结果她说我不认识他。就是这一次次大大小小的选择，构成了人物本身。

买衣服又何尝不是如此？换上衣服就变成另一个人，从《窈窕淑女》到《百万英镑》，这种着装变身的故事男女版本都不缺，通过衣服构建一个更好的自己是潜藏在很多人心中的愿望，哪怕他们并不知道该如何选择目标，而只有一个模糊的方向。

只是教人着装的鸡汤大师们对大家不友善，喜欢混淆目标和偶像，比如拿扎克伯格的T-shirt说事，先说成功人士不穿西装，然后又说这Tee是Cucinelli要三百美元；最近一组性质类似的图片是普京在索契的度假村里穿Loro Piana和师弟健身吃烧烤，一套运动服三千多美元。

可普京的选择真的是Loro Piana吗?

并不。

价值观——选择——目标——偶像，这个链条不能从后往前倒推，只能从基础层的价值观往后走。而价值观，就像电影里常说的那样，面对一次抉择的机会，市侩者会问：这有利可图吗？懦弱者会问：这危险吗？勇敢者会问：这么做是对的吗?

真实的价值观比这个还复杂，很难用一个词来概括。某种程度上它就是你自己，穿西装大衣的你，穿羊绒毛衫的你，穿运动服的你，都是一个人。永远不应该让形式感太强的衣服把本人给盖住了，大logo，流行元素，工作服都是此中杀手；穿衣前辈让人穿衣服不要从里到外一个牌子一个系列，也是这个缘故。

初哥都爱穿西装，因为不自信，想用西装的轮廓把自己藏起来，但这样的心态穿再好的衣服，也就是个僵硬的人台。想穿好衣，首先把自己给找到，有条学习的捷径就是穿羊绒，因为它软而薄，不藏拙；并且穿起来可供依赖的规则条框少，需要你动脑子。

羊绒的牌子以前讲过，上有小扎的Cucinelli、普京的Loro Piana；下有快销品牌卖几百九十九的Pure Cashmere；前者之一每年春天能把内蒙古的顶级原料拿走一半（11微米的“super white”在整个地区产量中就占1%）；而后者除了挂个“凯斯咪”的名不知道还能提供啥——两极之间的消费者固然可以选择各大成衣品牌的羊绒制品，更应该考虑专业的羊绒品牌，比如苏格兰老牌Johnstons of Elgin——其实你在很多成衣品牌里能看见的苏格兰产的纯羊绒制品，基本可以认定就是它家给代工的。

插点话，今天人们习惯用价格论英雄，最贵的羊绒品牌都在意大利，往往忽视另一羊绒重镇苏格兰，其实早期他们的产品声名更加显赫，只是当年的羊绒处理习惯不像今天这么柔软，偏硬甚至扎手，当然也要耐用很多，今天大家抱怨羊绒起球啥的，而当年苏格兰的羊绒衫穿几十年都能“like new”，也正因为如此，今天还有硬核爱好者在网上搜寻和探讨老派苏格兰羊绒衫，二手的价格都能卖上数百刀——这样的东西在今天苏格兰自己都不产了，当年他们一方面是很多厂商经营不好，Ballantyne、Barrie、Pringle要么被收购要么倒闭；另一方面市场口味转型，老派硬汉风格没人要了，风流总被雨打风吹去。不过毕竟传承在此，有些东西还是悄悄继承了一点——你什么时候看见羊绒制品宣传耐用度的？Johnstons of Elgin就有。柔软的触感和耐用度这两者在羊绒制品上就是个非此即彼的关系，虽然整体处理风格向大时代市场口味跟进了，但还总想做得更结实更耐用一点。他们自己并没有意识到这点，更加乐于宣传它们的水质柔软，赋予了羊绒面料如何特殊的触感；喜欢夸耀他们从纤维到异物的全生产线能力，但这些都不如“耐用”一点打动我，或许年轻一代的从业者自己都忘记了半个世纪前，苏格兰羊绒制品的荣光，但基因并未死去，今天依旧在品牌的一角闪耀传承，成为少数人独享的密码。

羊绒因其本身的特性导致它很难同时穿几件在身上。首先，因为它强度不够，做得再结实都不适合做裤子，就算不破，膝盖也太容易鼓包了；其次，因为它毛茸茸的特性，你要里外叠着穿两层的话，毛面对毛面，摩擦力会很大，也不好穿，所以搭配的主要问题就是要注意裤子的质感匹配，太光滑或者太粗糙的都不合适——你可以说这是挑裤子，也可以说是挑衣服，细的毛衫配牛仔裤都不合适，但是换粗针毛衣问题就不大。当然，也有万能搭配——女的穿厚羊绒大衣露俩光腿，没人会有意见。

多提一句，如果用上好的羊绒面料（**特别是厚料**）做外套或者大衣，最好别做丝质内里和胸衬结构，这不是个公认的准则，是少数人心得——以1000g的羊绒厚料为例，每码卖到近500英镑还是良心价，再加上罕见程度，如果就用来做个街款的大衣，实在是有些糟蹋东西。

然后就是颜色，特别好的羊绒原料一般都不会过渡染整，处理成鲜亮的颜色，极端的例子就是vicuna，很多地方就只有原色和黑色俩颜色。羊绒稍微好一点，等级不是特别高的话，大红大绿也做，但是买的人不多，平日里还是黑白灰最常见，再加上一个驼色——做贴身毛衫的话，这个颜色要求人皮肤白，这点亚洲人不占优，需要自己视情况决定。

剩下的就是一些通行的标准，江湖儿女穿衣，要到登堂入室这个水准，把消费心理和行为拆开揉碎讲，不过以下五个方面：1.品牌；2.排他性；3.尺码；4.做工精细；5.可支持批量及持续采购。

先讲品牌，不用报菜名，这个问题的核心是一个人群导流，早年大家喜欢张扬喜欢logo，后来出现逆流，冒出很多来历不明的“定制”或“小众”，这两种都不好，过于在意品牌或过于回避品牌，都会显得当事人在衣服的浅层问题上太mean，《格调》里说有人去古堡里做客，看见一张古董椅子巨有品位，拉着老夫妻主人一顿夸，你以为是高山流水遇知音吗？并不，当时主人就不高兴了，觉得这客人是傻子。

正确的做法是，选择一个正经的品牌，这是个保证也是个标签，可以在精细选择以及人群社交中节省你大量时间和精力。对“正经”的含义不强求统一，本意是让你不要去寻找些曲径通幽的货色花时间趟地雷，直接找成熟可靠的工业品牌解决战斗，但快销品牌不算，“快销”两字既快又销，唯独和好没有关系；另一方面，Hermes这样的品牌当然很好，虽然也是Johnstons of Elgin给做的，除非你非要品牌独有的款式，否则是否支付品牌溢价就全看你的预算了。

排他性好理解，别管贵的便宜的，你选的衣服太常见了，回头遇见阿猫阿狗和你穿一样的，开心吗？这倒不是说人分三六九等，大家都在外面混，总有几个特别讨厌的人吧，你就想想他，和你穿个一样的，开心吗？

解决方案：选不那么容易买到的，最好不是人人都知道的，选没有那么街知巷闻的牌子，最好不是英语发音，而且名字巨长的那种，三五年之内，你不喜欢的三脚猫们未必记得住。

尺码合身是两方面，自己的身形不能太过分，得有所控制；厂商那边，如果成衣标准不合体，起码应该提供MTM，这服务不应该是坑钱的花招，应该是刚需服务，可以加点价，在25%以内都算合理。

这一块的隐藏环节是，你要多试试，甚至买几件回来穿一段时间，才能对尺码问题有准确把握。针织毛衫这条不算大问题，记下来以后买西装衬衫时可以用。

至于做工，不用多说，坦率讲，这个时代的成衣制造工艺基本都够用了，但是你的选择应该要比大众消费品更好一点，这是个心理上的安慰，值得购买。

同时，这也是区分正经品牌和仅是售价昂贵但不提供制造加成的炒牌的一个界限。比如日本岛精的设备，著名的一根线从头织到尾“天衣无缝”就是岛精弄的，穿上有啥区别，说实话我感觉不出来，但这肯定算个比较硬性的附加值。

写到这儿再插入实用tips:

①羊绒就该贴身穿。贴身穿只有一个坏处，就是洗的次数增加，容易坏。所以我的建议是多买以便日用。不仅羊绒衫，即使是大衣，也可以做无结构无衬里的，搭配较小的贴身衣物，而不一定是领袖全长的衬衫，这样也会增加和身体的接触，增加洗涤次数。说白了就是个使用成本的问题。

②羊绒分等级的。我提到的11微米那种纤维就特别细特别贵，贴身穿也特别好。很多人说某些贵牌感觉好，一部分是心理作用，一部分是原料确实高级。粗点的，有人可能就会觉得扎，当然这个也和染整工艺有关。

同时，纤维越短越柔软不扎，也容易起球，这种成本比较低。一个羊绒以外的例子是羊仔毛（lambswool），并不贵，因为纤维短所以很软，容易起球，但不扎。回到羊绒上，所以贵、柔软、不扎、好看、不起球等这些方面，并不是所有好事都能集中在一起，要看你喜欢什么，作出取舍和牺牲。

③据江湖传说，几十年前的老派苏格兰羊绒衫，是硬，扎，不起球，使用寿命长的。隐含的意思是，原料纤维长，但是较粗。和同等级羊毛比起来，它的好处是轻，同等重量下保暖好，兼耐用。这种衣服能不能贴身穿？今人的口味可能接受不了，但我想在那个二战离去未远的年代，人们的宽容度可能会高些。对当时的人来说，这未必是个奢侈品，大概更像一种高级日用品。

④羊绒作为高档消费品进军美国和中国市场，依仗的口碑是轻、软、保暖性强。这一部分是老苏格兰货在那个年代和羊毛对比得出的口碑，另一方面，也促成了羊绒本身的市场口味发酵形成，进而影响厂商，选材和处理上变得更柔更软，最终诞生出一个和老派苏格兰羊绒不同的意大利派羊绒风格。

最后的批量和持续采购，是一个主义与实践结合的问题——Loro Piana的vicuna和Hermes的鳄鱼好不好？都挺好的，去看存款的话，很多人都买得起，但问题是，现金流能支撑你买几件？用Diesel搭Birkin不是不可以，只是，似乎，还可以更好一点吧？

个人着装level是要一定数量维持的，前面说一身从里到外都一个牌子会把人淹了，和悬殊过大的明显不和谐搭配，其实都说明一个潜在的问题：数量不够。

所以对于衬衫毛衫之类易耗品，是可以考虑批量购买的。东一件西一件可能导致个人风格和水平波动过大，不是什么好主意。“百变”是很高竿的技巧，对于绝大多数凡人来说，找准一个最适合的风格，撑满四十年，就已经是最大的胜利了。

至于持续采购，也是一般道理——前面提到的Ballantyne、Barrie、Pringle同为苏格兰老牌子，现在就已经沧海桑田了。有时候讲起来蛮有资历感，但具体到自己常用的物件，还是希望它越长命越好。每当说起“××××现在再也买不到了”，其实是一件挺伤感的事情，一方面是惜物，另一方面是你也变老了。

那么现在，遵照以上诸多标准，选中了一件毛衫穿上，然后你变成了什么？

希望你没有变成任何人，你还是你自己。一定要有变化的话，也许是一个你更喜欢的自己。

你可以直接穿着它去运动，可以在它外面套上一件西装、大衣或者皮衣，它不会给你带来任何麻烦，也不会在任何时候拖你的后腿。这和王室认证、多少微米的羊绒纤维、苏格兰的水质、高地上几百年田园牧歌风格的厂家都没有关系。你只需知道，直到今天为止，它依旧是一个你可以信赖的羊绒织品就够了。

最后说两句，和很多洗涤建议不同，我个人建议羊绒衫冷水机洗，不要甩，摊开晾干。缩水的话，拽一拽就行。还有，开头师太那段话是开嘲讽的，衣服再贵也不用装冰箱里防霉防虫，如果运气不好刮破了虫蛀了，还记得第五条吗？

批量买。

皮装英豪

小弟学生时代，最潮的皮衣是B3；那是量化宽松以前的世界，商业版B3产地是阿根廷，说不上好，但也算真材实料，年轻人买上一件并不轻松，多半爱护有加，我还见过有人上网发帖请教皮毛一体的领子脏了怎么清洗的。

到了后来全球变暖，B3的江湖地位就被A2取代了。

这俩皮衣都是二战军机上用的，那时飞机密封不严，机舱里温度常在零度以下，不穿厚点实在扛不住，飞行员穿个马皮A2就凑合了，机枪手坐一个大洞后面开枪，风顶头吹着，非得带毛羊皮（shearling）的B3不可，同样场合，英国人也有类似的，叫“Irvin”，从不列颠上空的鹰到敌后炸水坝穿的都是这个，之间改过版，因为战争越打越穷，皮版子越裁越小。

1980年以前出生的人，童年多少都尝过物资匮乏之苦，看货的评价标准是“猛”而不是“精”，相比常见的棉麻毛，对成本更高的皮衣有天然的向往，而皮毛一体的shearling大衣扎实厚重，是皮衣中的豪杰。这个门类里，最早出现的市场是韩产二手洋垃圾；后来是苏军剩余物资，几百块钱的长大衣上身就有穿越回东线作战的感觉；再往后有互联网了，但不发达，三四千块钱的三流美国商业版已经算神器。伴随着市场经济的试错，中间也出现过一些邪路，比如油光水滑貂皮领的绵羊皮褛子，曾是1990年油腻中年人的标志物，今天他们自己也不提了。

（电影《The Fourth Protocol》是根据福赛斯的小说改的，这电影开头有个片段是KGB的领导在林中小屋密谋，就穿苏军那种皮大衣，不过电影里的重点是苏联特务布鲁斯南在英国行动时穿的机车皮衣。）

“85后”到“00后”的童年幸福得多，等他们穿皮衣的时候开始流行vintage，最流行的款是A2，不用牛皮，一定要和二战时代一样用马皮，皮子不结实就罢了，价格还要翻一个跟头。

这里不想说啥A2、G1，相比这些，飞行夹克里有一个更有特点的流派，即德国空军夹克。德国飞行员从1940年开始得到授权，可以自己找裁缝做短皮衣，不限定款式，所以他们没有英美那种固定的形制，彼时正逢法国沦陷，很多人的衣服都是找法国裁缝做的，模板就是民用的骑行夹克。由于衣服的成本是自己决定的，所以做工用料也常能胜过同时期英美的工厂量产货。其中复杂点的是传统裁剪的双排扣短夹克，有点像早年的骑兵军装裁了下摆，Hans Joachim Marseill就喜欢这种，但多数人如Hartmann还是喜欢简单点的裁剪加拉链的搭配。

现在人觉得德国飞行夹克政治上不硬气，大众市场上不如英美流行，但有一项例外，就是一战红男爵那款双排扣皮衣。这种长及大腿的双排扣短皮衣产自德国，成名却因为苏联，当初为了给敌对的沙俄添乱，德国人提供的军援物资里就包括这种飞行员皮衣。只是列宁没有空军，这种包住屁股，还有条外腰带的黑色皮衣就发给了“契卡”，就是后来群众喜闻乐见的克格勃。

前些年我看俄罗斯电视剧《伊萨耶夫》，想找一件这样的皮衣用来骑摩托，结果找到个英国Eastman的复刻版，但又是德国又是马皮的，市场上最时兴的两把宰人刀自是磨得飞快，一看就是照着“哈德门”的头上砍。

其实人们穿皮夹克的历史并不长，把飞行夹克的脉络梳理一遍，再看今天民用市场上的产品，设计元素和来历，都能在历史上找到影子。当年阻燃材料不发达，皮子是最易得的，挡风，拒火，还不容易长虱子，看着酷只是一个最不重要的附加项。

最初的选项是牛羊皮，还有海豹皮（现在被禁了，大概十年前还能看见老铺用存料做鞋的），后来物资匮乏，才开始用马皮，因为马皮疏松，性能不行，做不了承重的背包和载具，也就能做件上衣了（唯一例外的是马屁股上两片巴掌大的特别坚韧，但太小，也就能做双鞋），不过现在人追逐原味感，重新用马皮做复刻版，卖得还特别贵。

战争结束后，原料渐渐缓过劲来，但化工业也开始蓬勃发展了，同时机舱里的环境越来越好，于是开始普及防火面料，《壮志凌云》里有情怀闪现，但大的趋势是皮飞行服越来越少，这些年新闻里最常见的情景，大概就是总统下基层时穿一件了。在奥巴马那几年里皮夹克还经常能看见，但到了川普基本都穿化纤了。不一定是真的变化这么快，我觉得个人取向也占了很大因素，也许和大家固有印象不同，至少在这个小问题上，美国人民的前任比现任更mean一些。

反恐战争时代，美国人用直升机多，和此前加压的机舱环境又不同了，普通阻燃面料的化纤夹克受不了，急需防风挡雨又能防火的飞行夹克，你以为皮夹克能复活？并没有，美国人给nomex贴了一层gore-tex，做了cwu-106p。倒腾军剩物资的贩子说这个多高科技高成本，其实根本不至于，油料兵穿的连体服一早就是这么做的了。

美国人的这个选择是相当有意思的，其实从性能上看，皮衣就相当于当年人们防风挡雨的gore-tex冲锋衣，或者更细分一点，更接近今天的软壳“soft-shell”，当初人们用皮毛一体，现在软壳里也有栽绒的了。网上老嘲笑程序员的穿衣品味，其中一条就是冲锋衣，那么换上冲锋衣的古旧版本——皮衣——以后，舆论情况是不是会好点？

前提是，程序员别嫌重。

当今世界皮衣日益衰微，一个重要的原因就是重量。英国的几家皮衣厂Eastman和Aero都以做得像几十年前的原品为标准，轻了就是偷工减料；日本人崇英搞的几个牌子更不用说，生怕别人说他们不西洋，比英国人还执着复刻；美国人倒是随便一点，但物产丰厚的底子不能丢，Schott和Gibson-Barnes做个摩托夹克也是死沉死沉的；德国人在皮衣方面欠缺德味，不是没有牌子，只是Noble-House这样的同款式总要比英国人便宜一截，上面提到的几个偏门点的德国空军夹克英国人不爱做，就只有德国人自己捣鼓，定位决定了他们用料扎实就不错了，用户体验上不去的。

要划重点的是法国（还记得二战德国飞行员的夹克是谁做的吗？）——飞马Pegasus——和上面的相比，并不轻，但是好看——如果你不嫌沉，不嫌贵，对RAF和The Few，没有特殊的感情，可以忘了上述牌子，买这个。它的创始人凯文是个美国皮衣发烧友，但飞马的基地在法国（不过有部分夹克在韩国做）。如果你觉得它还不够法，纯法国本土品牌还有Chapal，始自1832年，说二战就给美军和法军做衣服了，那么你猜他们给不给德军做？

如果你对军装没有感情，法国也有Seraphine这样的民用品牌，我不太善于描述这类民用品有多好，只能简单地说，它是给顶级品牌代工皮衣的。和前面说的一堆相比，他要轻很多，但还是不如冲锋衣，这点重量换取的好处就是，它会好看一点。

法国电影《触不可及》里那个黑人护工老穿皮衣，与之相对的是他的护理对象总穿羊绒，这事情容易让人产生个直观的感受，穿皮衣不小心就成了力工，我仔细想过这个问题，如果那个瘫痪的家伙能穿皮衣的话，也只能是Seraphine了。

这样讲并不是在诋毁此前提到的那些品牌，就像每个人看《触不可及》都会想到的一个问题：拿羊绒、Seraphine，乃至全部身家，和穿100美元皮夹克的你换一个健康的身体，你换不换?

在快销服饰之前的世界里，很多衣服都是有生命力的，在漫长的穿着过程中，它会形成独特的轮廓和感觉，皮衣的这个特征更加明显。因为它的厚重，才能在漫长的岁月里和你的生命力融合。很多朋友都会说，皮衣穿穿就变大了，其实多半是更合身了。

坦率地讲，很多军用飞行夹克是不适合日常穿着的，以前文德军那两个小小窄窄的夹克为例，当时飞行员在底下是配大裤子大靴子的，今天日常那么穿就会显得奇怪。因为特殊的功能需求，飞行夹克的衣长普遍短，袖子普遍偏窄偏小，别说皮夹克了，就连现在美军飞行员的massif防火夹克，同样的号码，也比其他衣服小一大圈。有些厂商在复产老飞行夹克的时候，会针对这一点做调整，爱好者们会兴致勃勃地讨论，认为真正orginal的皮飞行夹克是要像件紧身的皮衬衫似的穿着，但小弟却以为，这都是审美取向，你可以自由选择，而消费者在这个过程中谨守自信和活力，才是最重要的。

是的，Segasus、Chapal这样的品牌都可以提供量体裁衣，就像当初飞行员找裁缝做衣服那样，尺寸风格上你可以随心所欲，但有一样，皮衣做好交付客户，只是完成了它生产的一半，另一半得你自己来。和其他衣服相比，皮衣因为其自重和性能，天生就需要当事人有充沛的生命力（活力）和意志力（自信）去支撑。所以你看其他的衣服宣传都说什么生活什么品味，男的觥筹交错运筹帷幄成功人士，女的自信得体雍容奢华人生赢家，唯独皮衣不是，基本荧幕形象就是英雄，成功失败不要紧，不是英雄也要是硬汉。

也有人问起女性如何穿皮衣的问题，其实正确的问题本身即是答案，那就是，你为什么想穿皮衣？

如果仅仅是需要一个软壳去遮风挡雨，当今世上远有比它更合适的选择。

最后说一下开篇那个问题的答案，即皮毛一体的大衣，毛领子如何清洗。据我一位哈尔滨的朋友说，有一个传统办法是找块干净的雪，把带毛羊皮盖上去反复拍打，用雪把脏东西带下来。

大衣殊途

近年来互联网文艺界讲大衣喜欢从款式谈起，柴斯特、考米亚、达夫、舰桥……浇头上满是种种异国奇情专有名词，有一种五分钟不花钱穷游历史地理的划算感，不好说这是精神鸦片，毕竟倘若历史考证无误，划入精致的文学读物是没啥问题的。

但是这和你身上穿的没啥关系。

直接点进入实质性问题——秋冬男装大衣，不管款式细节如何，从视觉上划分只有两类，关键点就是有无轮廓线条（silhouette）。

无轮廓的大衣现在很少了，因为这种结构不讨喜。（对大衣感兴趣的读者基本都是对有轮廓感兴趣）但为了把这个问题讲清楚，还是要多提两句。

无轮廓的意思就是让你鼓鼓囊囊地穿在外套外面增强保暖性的，相比有轮廓，优势有两个：一是保暖性强，二是舒适。坏处只有一个，就是没有后者好看，因为这个，它现在基本被判死刑了。

有轮廓的意思就是，用外套的做法来做一件大衣，增加长度和厚度（说句不好听的，前些年台资及伪台资婚纱影楼里，最喜欢弄些3 quarter的半长西装外套，就是这种东西），等于你穿两件外套，没有那么鼓鼓囊囊，但保暖性差一点，最关键的，西装外套的结构都是从肩部建立的，大部分重量也都压在这里，穿上两层，其中一层还加厚了，肩膀负担会比较重。过去人习惯了，今天人是受不了的，所以今天人穿这种大衣，首先是面料大幅减重，其次基本都是用来换掉薄而短的西装外套，只穿大衣一层，而非两层都套上（实在要穿两层不拦你，不要来抬杠）。

历史上很多大衣的款式和元素，其实是为无轮廓设计的，比如duffle，比如插肩。但是在今天，这些东西统统被有轮廓的当作设计元素拿走了，失去了原本的功能性——李光耀的回忆录《风雨独立路》里写他1946年去剑桥读书，买了件“连帽粗呢风雪大衣，是海军部剩余物资”，李穿着它骑二手脚踏车出去玩，风雨无阻。换个有轮廓的大衣你试试？

所以你要买无轮廓的大衣，一定得买贵的买好的，否则很容易搞成运动员退场后穿的那种长款棉服的感觉，穿这种衣服追求的是一种由内而外的整体X（不雅字隐去）感，武当少林，玄门正宗，我不在这篇文章里多讲。为什么？我们这是网络函授五虎断门刀，遇上天赋好的朋友，顺这个练到小无相功顶天了，不是一个路线的，讲多了没意义；至于有轮廓的剑宗，把它当成加长外套看就行了，下摆盖屁股还是到膝盖没所谓（反正开车都不方便，得脱），看个人喜欢，总体来说是越短越方便；袖子也长一点，盖住半个手掌，太短了不会显得精干，会很抠缩。

穿大衣和室内外工作环境有很大关系，这里不展开说了，把握一条核心，别为了装×给自己增添太多麻烦，你自己觉得帅，别人看了心酸。在势利者眼中，有关虚荣心的笑话最好笑。

最好不要穿那种四季皆宜的正装衬衫真丝领带配个厚外套，像是窗口行业或零售部门的冬季制服，比这两者更糟的是一种正装初哥的感觉，小弟当年搞过一阵，每次回想起来万分尴尬，很想这一切从没发生过。

大衣里最好搭配毛衫，高领套头或者拉链都行，没有纯毛纯绒的，功能性保暖衣物也可以，Polartec什么没所谓的，关键是要厚点，大衣和里边这两层衣物厚薄不要太悬殊，冰火两重天的感觉。一定穿衬衫系领带也请选冬季毛绒款，这样自己没那么冷，旁人看着也舒服。

正装大衣是不好搭配裤子的，这里有面料厚薄和表面质感的问题，一般人更容易体会到的是上下身裁剪的肥瘦匹配度——常见的一种错误是，大衣再有轮廓，也不适合搭配紧身西裤（恰恰是这几年流行的）；而另一个极端，我让你穿个到小腿肚子的大衣，再配个外公级的肥西裤，cosplay70岁的普京，虽然说不上错，但你肯定不乐意穿。韩国前些年流行用露脚踝的运动裤配大衣，下面再穿个运动鞋，匹配他们多山的城市地貌，其实是个挺成功的搭配（后来发展出一些奇怪的外延不算）。

在搭配上，正确的答案不是唯一的（但无脑照搬也有可能出现错误外延），但明显的错误却是可见的，所以上面只举几个分析案例，具体答案留待众位自己去摸索。这里再多提供一条搭配上的高级心法：无轮廓大衣的搭配要在活泼中找严肃，而有轮廓大衣要在严肃中找活泼。

怎么样，是不是一种阴阳鱼的感觉?

最后说几句购买建议：男装大衣比较靠谱的渠道是意大利传统西装厂家，选自己喜欢的款式就行。国内买衫群众总结了“意大利四小天鹅”，意思是各大城市商场一楼常见的四个品牌：Zegna，Canali，Corneliani，Pal Zileri——这些年其中有些牌子走了下坡路搬走了，裁剪也有紧凑化的趋势，但基本品质还能保证。

需要强调的是，按品牌买衣服的时候不要图便宜买副线，以上品牌里，

Zegna的Z Zegna，Corneliani的ID，Pal Zileri的Lab，以及其他可能类似的情况，都是低价年轻市场的副线，正常情况下不要去踩。

在产地上，买衫众有个迷信问题，意大利第一，东欧第二，中国香港及其他国家地区嘿嘿嘿。这是个迷信问题，你信不信都好，不构成建议。此外，涉及其他品牌，产地还有英法和美日，不是主流产区，迷信的群众一般将其划入一类或超一类。

和四小天鹅结伴出现的，还有香港利丰的几个英国品牌，如果对其品牌价值有不解的话，可以参考上述产地一栏，同样不构成建议。

除了上述几家，最近这些年出现的还有Kiton，Brioni，Zilli，Ricci等贵价货，主要风格是意大利手工向或法式贵货向，这个看各人钱包了，穿这种要注意其他单品的搭配吻合度问题。

还要再报菜名的话，就是Lardini、Isaia等意大利品牌，潮流+经典，做工质量持平甚至胜出的前提下，细节风格比四小天鹅活泼一些，存在更高的搭配风险，所以只建议衣服多的群众买，入门时请忍一忍，暂绕行，初哥不要一上来就练乾坤大挪移+蛤蟆功，一旦入魔就救不回来了。

西装以西

从本篇第二自然段起，谈论话题将会超出你看到这个标题之前的预期，在作者绕回来以前，你不必怀疑印错了。没有耐心看的话，可以直接翻到篇末看速成技，但说实话，看了也白看，勿谓言之不预也。

1954年3月，美国在太平洋进行的“Castle Bravo”热核试验，爆炸威力失控，结果是预期的三倍。一颗氢弹是这样，那么几十颗，几百颗，甚至几千颗，结果又是什么样？面对这个历史上从未出现过的问题，所有当面遭遇它的人，不论出身和成长背景，都得出了相同的答案。

原子弹唤醒的是科学家奥本海默和外交官乔治·凯南，氢弹唤醒的是苏联官僚乔治·马林科夫，英国首相丘吉尔，以及掌握世界两极的艾森豪威尔和赫鲁晓夫。面对一件可以毁灭世界的武器，所有人都相信了克劳维塞茨：“战争是手段，政治目标是目的……军事行动不应毁灭它本该保卫的东西本身。”

——手段不应毁灭目的。

艾森豪威尔在20世纪20年代还是一个年轻军官时就数次研读过克劳维塞茨，而赫鲁晓夫并没有受到良好的教育，当过农民、煤矿工人和工厂工人，再加上此前的杜鲁门和丘吉尔，在奥本海默和乔治·凯南先知先觉的时候，政治家们并不是这样想的，他们都曾考虑有限的核战争，这其中有诸多战争经验和政治心理博弈的考量，但当武力升级让推导过程再进一步，所有的真理都沉默了。

沿着推导链条每向后推进一环，终极真理就变得愈发显眼，直到让视力最差的一个人看见。

氢弹是第一次让人们真正看到，手段是可以吞噬目的的。

让我们说回西装。

几乎所有的时尚媒体都在教男人们穿西装，你以为他们是想向你推销衣服？错了，他们贩卖的东西其实是一种虚妄的“得矣得矣”的收获知识和提升视野的满足感，他们根本不想从你的兜里骗一毛钱出来买衣服，他们只骗你一次点击三十秒阅读。是的，他们真的不是强奸犯，他们只是来抢鸡蛋的。

接下来用十秒钟论证，为什么本文不是抢鸡蛋的，请回顾第一自然段最后一句话，论证完毕。

现在说说穿西装和氢弹之间的关联——应该能想到了，它们都是手段，而非目的。每一个进来看怎么买西装怎么穿西装的人，其目的都不仅仅是一件衣服，而是要向后延伸几步——通常是希望自己能通过穿着变帅点。但关键问题在于，多数时候你们求助于西装，反而妨碍了你们变帅。

就像一个国家为了“安全”玩起了氢弹，结果导致全面核战争地球毁灭大家没得玩。人类发明一件武器，就一定要在战争中用上它——这个规则到了核武器出现后，第一次被打破，因为人们发现，手段是可以颠覆目的的。

西装就是这样一种手段，通常人们认为穿西装会导致当事人变帅，这个假想是没有逻辑的，更常见的情况是初哥穿了西装反而变得拘谨，看起来更傻。在非环境必须的前提下，自己喜欢穿西装，但是穿不好看，或者担心自己穿不好看——一个重要原因是：被西装的形式掩盖住了个人风格（或者说气质）。

西装当然有形式，甚至很大一部分是，比如在让你必须穿西装的场合，从银行&保险&销售精英必需的西装领带，到Ritz酒店下午茶的dress code——都是形式。形式的意思就是大概有个外形就可以，其他的都不重要。

我在北京曾把穿不下的意大利某牌套装送给住地下室的小朋友，他是最初级的推销员，穿着去敲客户门，没人在乎他穿什么；同理，去Ritz下午茶如果没有西装外套，可以找服务员借一件，谈不上好，也就售价200镑的便宜货，可能还没有你的牛仔裤贵，就是糊弄一下——这就是形式。

那么当形式成为非必需的时候，是什么支撑着你依然穿着套装?

a. 喜欢这种形式感，哪怕非必需?

b. 觉得这样自己比较好看，比实际的自己好看，比裸体的自己好看，比运动装的自己好看?

等等吧，多想想这个问题，这种时候，你应该更多地表现西装非形式的一面，大家都说西装千人一面，但这个时候恰恰就是要求你展现出自己特点，从人群中脱颖而出。

这种时候，并不是要你生造出一个“穿西装的你”出来，因为这个形象的主体“你”反而被“西装”压住了，就算你按照某种灵感捏出来了一个形象也会很奇怪，旁观者未必能认识你西装的牌子，但能敏感地觉察出这种不协调。

你应该把西装当成一套日常穿的衣服，来完成你所有的日常生活，尽可能地忘掉它给你带来的，形式上的拘束。

鸡汤界有个“一万小时”的段子，请允许我照搬一下——某个档次的西装皮鞋之类的，穿够一万小时，完成自己的日常生活（运动员、搬运工等明显不合适的体力劳动例外），应该就可以达到和谐效果了。

具体举例：某个档次的西装，正经点的，不管是Lampo，Suitsupply，还是

Zegna，Canali或者更贵之类的，观奇也行，G2000不行……

一天穿8—10小时，穿个2—3年，遇节假日空窗期顺延，约莫穿1万小时，除非你资质太差，一般就应该会比较协调了。

至于数量，一身肯定不够，穿一天挂两天起，有条件最好穿一天挂一周，这就需要3—6套，至少是这么多。考虑季节因素导致的款式差异，需要再加一些，如果考虑颜色结构风格，再加。

超预算了？很正常，所以你看一般基层业务人员都穿不好，一不为也，二不能也。

但请注意，这一切的落脚点，都是基于你的生活习惯。用一句很俗的话，就是“做你自己”，也许你对此前自己的形象不满意，那么就要“重做一个你自己”——后一个“你自己”可能是适合穿西装的，但你不应该将适合穿西装作为建立你自己的主要条件，既不是充分条件，也不是必要条件——衣服永远只是附属品，是手段。

网络上的穿衣炮文分原教旨和世俗派，后者和你说什么贝克汉姆、吴秀波，你要是喜欢看这种就当我没来过，前者的话咱们可以聊聊。这派传道的前几年喜欢说布鲁梅尔、温莎公爵，最近几年喜欢说pitti uomo、Lapo elkann，但要讲起穿衣服，你不能说是和他们学的，这样太流于表象了。在这一方面，你的老师应该是克劳维塞茨和艾森豪威尔，前者划定了大前提，后者则在此前提下把心理战玩到了极致。

最后，简单谈谈速成技巧，掌握了心法之后，它们才可能派上用场，否则的话，每一个字你都认识，但每一个字，都和你毫无关系。

1． 根据个人情况，制定一笔预算，用于购买至少2套西装，6—12件衬衫，2双皮鞋；

2． 2双鞋和2套西装其实都少了点，换下来休息时间太少，5—6比较宽裕；衬衫反而无所谓，洗了烫平，第二天就能穿，顶着穿都行，只是坏得快点而已；

3． 西装颜色，蓝、灰就挺好，条纹放在纯色之后考虑；

4． 衬衫纯白或浅蓝，不要想袖扣的事情；

5. 鞋子买黑色和棕色的oxford。

以上几条建议其实是隐含了价格因素的，具体展开就是西装和衬衫考虑意大利及美国品牌，选择意大利产或美产；可以选四小天鹅，但最好Zegna、Canali，剩下两个保险系数略低；美国品牌以BB为例，并不是说他多好，而是它比较容易建立一种稳定的体系，前面说了，衣服是手段，稳定的体系属于个人，是目的。

不要再问我更便宜的选择，我还能给你挤出来一个Lampo，一个Suitsupply，再多真的不知道了，作为一个服务型的作者，给人问得词穷很没面子的。你可以考虑打折的，西装打折很厉害，但不要去买那些奇怪的你自己以为能“驾驭”（愚蠢的服装文最喜欢用这词）的花色，它们折扣这么低是有原因的，那就是没人穿，不要以为全价买衣服的人都是傻子，你买打折的是因为你穷，不是因为你比别人聪明。

鞋子方面如果条件允许，可以买Lobb的经典款，一步到位，不是说Green和CJ不行，脑子里想太多这些挺麻烦，又便宜不了太多。更多的那些牌子，记忆力好的群众不要和我报菜名讨论了，小弟高考三四百分的智力水平，记不住的。

为什么鞋子比衣服档次高，原因也很简单，并不是因为一些吹嘘鞋子重过衣服的扯淡势利之言，而是因为衣服已经妥协了，你总要找些自己的亮点，况且，好的鞋子比好的衣服更容易找到和搭配。

肥瘦裁剪什么的，我不想多说，你要不知道肥好瘦好，就各买一身试试，不爽了自己找土裁缝改改，穿穿，有了想法再去改，废了也就那么回事，再买就行了。相比你从中得到的经验，这两身衣服的价格真的不算啥了，给自己一点时间和一点预算，收获的经验是最宝贵的，这些年各阶段的西装爱好者我见得不少，为了穿衣服去健身的也大有人在，没见过头几身衣服就穿得特别好的人，过几年你再看今天千挑万选视若珍宝的这几身衣服，只会想扔。

当然，必须承认，一个人所能达到的最高境界，受他的天赋和所处环境双重锁死。只要你持续向前且路径正确，上升就不会停止，直至遇到这两重天花板。所以想穿好了，还得多看看书，多出去走走，看看乔治·凯南、拉里·萨默斯比你收藏几个时尚微信号更有用，很多人生活在一群审美低下的朋友同事之间，你首先要把自己和他们区分开，再把自己从中间摘出来，永远不要回去，记住，99%的人在审美上是平庸而恶俗的。

最后，亲爱的朋友，一切理论都是灰色的，唯生命之树常青。

默菲斯特这句话当然不是结尾，结尾是这句：

我穿任何衣服，都感到局促人生的痛苦。让我一味玩耍，我未免太老，但要我清心寡欲，我又太年轻。

作为一个时尚/着装类散文作者，本人一直感到愧对编辑，一再让我写浅显易懂能上手的，最好还能有点图，结果写成这样。

真的不能再写了。

顶上功夫

2009年夏天，肖邦在巴黎旺多姆广场的店被人拿枪抢走了12件珠宝，货值900万美元。我能记得这个事情是因为新闻里对这个劫匪的描述——五十来岁，衣着光鲜，戴着一顶“Borsalino-style hat”。

博尔萨利诺是个一百好几十年前就有的意大利老牌子，最开始只做南欧风格的软呢帽，牌子本身也成为一种风格的代称，到后来厂子开始软的硬的毛的草的啥帽子都做了，这个名词形容的风格也就更加宽泛，我举个例子不一定恰当，有些土锤见了黑人就叫科比，差不多就是这种感觉。

从这个事情你能看出来，文化信息在大众传播中都得向下兼容，不委婉的讲法就是dumbing down，所以在文章里讲帽子的形状款式没啥用，实战中用不上的东西讲完你们就忘，但做服务的，即使快餐也还要给点仪式感，不然读者感觉没学到东西吃了亏。

Fedora，最初起源于奥地利的Tyrol地区，法国剧作家萨尔都（Victorien Sardou）有个戏叫“Fedora”，里面Fedora Romanoff公主就戴这个样子的帽子，所以就用她的名字命名了。

这种帽子有个往前下垂还带点弹性的沿，帽顶上有一道从前往后的折痕，通常正面还有两个窝。

今天潮人拗造型的那些个缩水版的Fedora根本不能算——当年是用海狸兔绒

擀毡子，现在是拿破布给你拼，后者渔夫帽的做法——罗曼诺夫公主要是看到了得气得从棺材里坐起来。

寻常群众见了Fedora就叫礼帽，其实这玩意是软的，戴着谈个生意还凑合，真出大场面还是怯。更正式的是Homburg，源于德国一个泡澡的地方Bad Homburg。早年有些翻译小说叫“汉堡帽”，地理上错了500来公里，巴特洪堡都快到法兰克福了。

洪堡帽已经是20世纪初赛马会和外交场合的标准装备了，再往上就是Bowler、Derby，礼仪等级太高，还分日用夜用型，彻底告别今天一般人生活。不怕暴露年龄我可以提醒你，前者在《花仙子》里能看到，后者得去阿斯科特赛马&帽子大会看了。

从这里你能看出来个规律——帽子越早越高，越早越硬，有一个重要的原因是排枪打仗的时代里半米高的帽子列队走近放枪看起来会比较威，后来枪炮火力进化分分钟教会这些战场装×的学做人，不论军队还是民间，帽子都越来越矮越来越软，二战过后，老百姓就渐渐不戴帽子了，一个代表性的事件就是JFK在演说中把帽子给扔了。军队呢？以以色列国防军为例，用的荷叶帽，从以前的怕你看不见变成怕你看见。

今天要想搞个好点的帽子戴是很难的，前几年我问过《让子弹飞》管服画道的副导演，片中的帽子都是上哪儿买的，对方告诉我都是香港买的道具，而其中比较好的两顶是张叔平自己的私藏。

可就算这样，陈坤他们抬轿子给姜文送来的那顶也都不是“礼帽”，要是你看过《印第安纳琼斯》或《血战柯柯达》就该知道，这是个带有劳保性质的遮阳毡帽，适应人群乃是澳洲矿工和美国牛仔——顺便说一句，《让子弹飞》里周润发在晚上穿晨礼服，《非诚勿扰2》里葛优在白天穿晚礼服——讲这些的意思是，帽子的事情不要较真，会很累的。颜色厚薄软硬不提，帽子可不是只有头围一个号的，帽筒多深，帽檐多宽，非得自己试了觉得好看才行。衣服鞋子可以海淘，手套和帽子必须试着买。在店里试帽子不容易配衣服看效果，以前的人也有这个问题，办法就是多买几个，回家慢慢搭。

有一年冬天，我从汉口景明大楼出来溜达到旁边的老年人用品商店，随手翻检了一下摆在外面的各色呢帽，结果不用说，和之前在别地看过的盛锡福马聚源结果一样，都是失望。老板无奈地和我说起，帽子现在卖不动了，好一点的，贵一点的，他也不敢进。

我说也未必，小弟在大栅栏还见过一万一顶的海龙（海獭）皮帽子，密集的黑毛里藏着长毫银针，特征鲜明，很是漂亮。老板闭上眼睛想了一会儿，问，是不是张学良溥仪戴的那种?

我点头：正是。海龙只生在日俄美加，但环北太平洋四国皆立法禁捕杀交易，唯中国没有任何限制，且有使用传统；若非长江流域冬天用不上，倒真值得买上一顶。

老板笑，拿起一顶粗糙的Fedora整理上面的帽带花，不无遗憾地叹息，只是皮帽不够绅士。我也笑，突然想以前学击剑的时候，教练问我知道不知道男人帽子上的花在哪边？这是典型的设问，知道也要当不知道，就等对方得意地告诉我，是左边，因为这里曾是女人们给出征的情人插花的位置，之所以在左边，那是因为右边的花太容易被敌人的剑给挑掉了。

婚礼破坏者

九年前，小弟做了个男人们聊西装的中文论坛，期间不断有新人walk in，绝大多数都没能留下，很多人是发了一个提问帖就再也没出现过。

出现频率最高的，就是下面这个问题：

“本人x月举办婚礼，预算xx k，请各位推荐该如何置办衣物。”

从这个意义上讲，本稿大约拖了九年，比微信的历史还长。

从问题的根源来讲，西式男装礼服分两个派别，日间派和晚间派。日间体系里，正式程度由高到低分别是：晨礼服，董事套装（director's suit，也叫Stresemann，德国人带起来的），深色套装……晚间体系里这个排名则是：燕尾服，小礼服（tuxedo），深色套装……

你可以发现到了深色套装这里开始就不在乎日夜了，所以再往下走，平日里其他活动，单件的blazer，jacket配裤子（所谓business casual）就更无所谓了。

你可以根据你婚礼的场面和宾客的重视程度来决定你穿哪个级别的衣服，在两派最正式的两个等级里，还有很多固定的搭配和细节，比如领带领结的选择，皮鞋的款式，都有说头，但是这里不打算展开了，因为小弟这么多年来只见过一次新郎穿director's suit，上身黑西装下身灰条纹裤子（一些酒店和餐馆服务员还这么穿），我交红包的时候恭维新郎穿得好，结果新郎根本不知道我说啥，估计是裁缝店自己捣鼓定的方案。

如果你决定选择高级别的晨礼服和燕尾服，最好找成熟的店家提供全套解决方案，同时自己了解一下各项细节，啥都不知道也不好。

要多嘴的是三件事：

1. 不要把日间礼服和夜间礼服的典型元素用混，比如领结、皮鞋、外套扣子；

2. 觉得麻烦的细节，如果略去不太奇怪，就略掉好了，不要太原教旨，处处合规反而显得不自信；

3. 这年代晨礼服已经很少见了，外国首相也就在就职认证式的时候穿，所以如果想玩，可以多找几个伴郎一起穿，你会自在一点。

特别强调一点：资料会告诉你日间和晚间的分野，是以晚上六点为界，这个划分既对也不对，因为它光讲了时间，忽略了室内和室外。

简单点说，白天室外婚礼，garden wedding，beach wedding，肯定是日间礼服，你甚至可以穿浅色套装；但是如果是白天室内（这种情况占了大多数），还是那种婚庆公司经常熄灯的室内，你可以考虑一下晚间礼服，个人认为，燕尾服用在这种时候是有点奇怪的，但tuxedo问题不大。

总的来说，对绝大多数朋友来说，穿深色套装比较保险（本句宣布，此前白看了）。

选深色套装的另一项理由是预算。因为高礼仪等级的礼服穿着频率太低，购买成本几乎就等于单次使用成本了——不要以为还可以用于出席其他人的婚礼，别人结婚，新郎穿个套装里面搭个羊毛衫，你穿个晨礼服，你是新娘前男友吗？

就算是我前面提到的，多个伴郎穿晨礼服，组团给新郎壮胆的情况，大家的晨礼服也是要分出主次的，你只有一套肯定玩不转。

燕尾服、董事套装同理，不要以为tuxedo可以例外，小弟十年前就买过（准备走红毯领奖的，结果没我事），直到今天为止，你猜猜小弟穿了几次？喜欢买衣服的人有两大迷思，一个是旅行的时候带多衣服，回来还有好多没穿的；另一个就是买的时候想了好多能穿的场合和机会，结果买回来并没有。这还是喜欢买衫喜欢穿的人，换个没兴趣的，你猜猜礼服使用频率会更高还是更低？

但是换个思路，买一套带有礼服元素的套装，你穿着的机会将多很多，单次使用成本大大降低，穿一次的衣服不想弄太贵，那么穿十次，甚至五十次呢？预算高一些很合理是不是，这也能让你去弄更高级的衣服。

举例，但不限于：

a. 深色枪领单排扣套装（最多2颗扣，1颗也好）+浅色双排扣马甲；

b. 深色枪领双排扣套装（小个子慎入）。

这里本质上是个表里平衡的问题，是要便宜的炫，还是要贵的朴实，小弟的建议是后者，年轻的时候玩超短关系，可以形式追随功能；但若是到了结婚的年纪，不妨对自己好一些，你可以不必再讨好很多人，更何况，真正虚荣心岂是小小的衣装炫耀可以满足的？

最后讲一下品牌。近十年里，小弟目送多位爱穿衣服的朋友结婚，平时都聊Savile Row，Kiton，Brioni的，到了结婚时，猜猜用什么牌子最多？

Zegna。（此处应有广告费）

也不知道为什么，到了这种时候，穿衣者日常看重的历史文化和工匠精神都藏起来了，这可能就是当代的社会性。

是的，就是你们平时常说的那个“社会”。

不要问我结婚穿的啥，我穿的美国牌子，不是群众喜闻乐见的名牌，就算写出来，还会有人以为我拼错了。

长靴上马难

马特达蒙在《命运规划局》里演一个参议员，他说政客们为了让皮鞋的光亮程度既被工人阶层所接受，又不引起律师和银行家的反感，需要花7000美元的咨询费，来找到旧得恰到好处的鞋。

鞋才多少钱?

2008年，法国社会党的重量级人物朱立安·德雷（Julien Dray）被曝光挪用公款消费奢侈品：1700欧元的Berluti皮鞋位列其中，和豪华酒店账单、爱马仕发票一起，统统成为罪状。这哥们是个购物狂（买表买了20万欧），自称有精神科证明那种。

再往前几年，2001年法国的世纪审判“迪马弊案”中，荣古夫人即曝光她的情人——社会党的领袖、密特朗的亲信、抵抗组织的英雄，法国外交部长迪马（Roland Dumas）——穿着她赠送的Berluti皮鞋（时价一万法郎），震惊法国朝野，按照1999年法国加入欧元区时确定的6.5多点汇率来算，一万法郎大概也是近1600欧元。

2010年，美国伊利诺伊州州长布拉戈耶维奇(Rod Blagojevich)失事，七年里买衣服鞋子花了40万刀，其中一半买了美国老牌Oxxford，剩下的也都花在了Neiman Marcus和Saks Fifth Avenue上。哥们不光腐败，被抓的时候信用卡还欠了9万，经常上着班就跑去Oxxford做衣服了，一混好几个小时。人家泡夜总会他泡裁缝店，想想真是酸楚又温暖。我们批判中年油腻男说什么气质，分分钟被一个异国腐败分子教做人，不让你学他腐败（也得有机会），让你看看人还是要有点精神的。

喜欢买衣服鞋子的人看这些案例会觉得充满感慨（主角不出事也没机会知道），沧海桑田。从迪马到德雷，欧元兑美元刚好从历史最低走到历史高点，今天看起来犹豫犹豫就买了的衣服和鞋子，在当年看起来真的是遥不可及——这不是汇率波动，甚至无关“那时候我们还年轻”，从本世纪初到现在，中间可是隔了好几个美国QE和中国四万亿。

在之前聊西装那篇里，我给新入坑的朋友推荐了一种思路，即二流成衣搭配一流成鞋，举个具体的例子就是Brooks Brothers衬衫西装+John Lobb1/Edward Green皮鞋（具体点说还有衣服选意大利产和美产，鞋子里JL可以选好点的线Prestige，EG无所谓因为top drawer不好买）……

这背后的逻辑有点像是在说，人生有些事情可以改变可以提高（比如衣服），有些事情不妨认命（比如鞋子）——人生苦短，很多时候你以为来日方长，其实也只能走到这里了，往后几十年都是原地踏步或者转圈，我为什么不和你说Bespoke，其实也是认命之一种。

你要实在是个胖脚，买个Vass的布达佩斯大圆头也可以了，棱角硬汉想有点性格可以买它家U楦或者K楦，如果你是个受不得委屈的娇嫩胖子，可以选Berluti，我出道晚了几年，不知道迪马那时候的Berluti啥样，反正前两年它家的鞋是看起来秀气实际空间够肥很能装脚，加上皮子薄而软，即使是不常穿皮鞋的人也能接受——在皮鞋爱好者眼里这是功力不够的缺点，但对普通人要求不必那么高，唯一要注意的是数量，如果说其他皮鞋穿一天用撑子撑上晾两天，那Berluti最好晾四天——每个人使用情况不同，我说的就是个概数，掌握大意即可，反正条件允许的情况下，轮换休息时间长点好。

别觉得我鸡贼，我也就穿一天撑两天这点要求了，其余的你看皮鞋界哪个不教你镜面抛光patina的？我是觉得这个必要不大，随便擦擦可以了，以前军队里喜欢搞这个和拿个牙刷刷厕所性质差不多，青壮年的精力不耗掉就容易打架，更何况绝大多数初哥太上心擦鞋的结果都是把油上多了，还得往下洗。

而且时代已经不同了，以前的鞋再好，皮子都不会处理得很花哨，所谓的patina也不是擦色，而是留待鞋主一次次打油和岁月的磨损而成，简单说，就是穿旧了才知道好。不过眼下是快销年代，新人们要一开始就看上去很酷炫，那就只能像Berluti这样把擦色在出厂前做好了。这种事情我觉得没啥高低之分，烈士和小丑从来就走在同一条路上互道傻X，根本不用去教，是谁终究就是谁。

最后提一句款式，穿西装的人选三接头（cap toe）就行，鞋头拼缝那里可以打一排花眼，以JL的Philip II为代表；脚背不高的人尽量穿内耳，脚背高的人可以选外耳——有责任感的厂商认为正式的cap toe不适合做外耳，所以可以选split toe，以EG的dover为代表。燕尾wing tip啥的，等皮鞋足够多了时随意，永远不买也没啥。

颜色自己看着办，我建议尽量选深色，全买黑色也没人说你品味不行，浅棕色只在夏天穿白套装的时候好用。

最后再说一句，衣服鞋子穿得好的人，并不是说买的货多高端多有技术含量，东西要和生活结合起来才好——上班和下班穿的鞋子不同，去海边和去赏雪穿的鞋子也不同，一双单鞋可以适应绝大多数场合，但人生还有好多时候是在绝大多数场合以外的，可以买几双浅口loafers和挪威缝以及靴子以备万一，这个款式比较杂，就不具体推荐了。

我还是那句话，皮鞋的发展变化很有限，可以尽量买好的，人一辈子好的时候没多少，几十双鞋能穿到头，再贵能有多少钱？从2000年到现在，我们每个人都能感到生活和消费发生的变化，或许未来二十年还能继续发展，但也有可能是就这样了，原地踏步或者更糟。

当年我刚工作挪窝勤，有一次穿着EG去新单位上班，领导鼓励我好好干，一个月能拿到一万多块钱（正好能买我脚上的鞋），然后就派我去泥水横流的地方去做田野调查了。那份工作小弟干了三个月就落荒而逃，现在回头看，行业调整风雨飘摇，当年眼见他起高楼眼见他宴宾客的一个单位，还没我脚上那双EG的命长。

写这篇时想起了王雪冰和pp5041，打听了一下近年行情，去年香港拍卖一块成交价不过43万港币，对平常人消费是个大数，但就表论是往下走了的。真是起起落落沧海桑田，一人命运啊，很难走出康德拉捷夫周期，穿什么鞋走，想开了，也就随意了。

夏鞋一脚蹬

穿皮鞋的道友最常遇到的问题之一：你大夏天穿皮鞋不热吗？

要是当着面问我一般就支吾过去，但在写文章没所谓，可以不用给面子直接说实话：不热，但是有俩前提，一得鞋好，二得鞋多。

鞋好的意思不是价钱高牌子响，是说要用植鞣皮，而且还得够厚，不能有乱七八糟的压膜、无纺布和胶水层，这样做出来的鞋子吸湿性好。皮鞋不存在透气性（除非鞋底打洞鞋帮镂空），只有吸湿性——你滴两滴水在鞋子内里，马上吸进去并且变色了，这就是好皮子做的鞋。我还认识人在柜台买鞋时趁服务员不注意偷偷用舌头舔里子测试的，这种事情你们知道就行了，别去学。

不过现实世界里，皮子一般都是混合鞣的，很少有纯粹的植鞣，特别是用来做皮鞋，用量大，拉力高，好鞋还要绷出锋利的楦形，皮子上多少都会有让步，指南文只能告诉你个大概心法，具体感受得多穿几双才能知道。

第二个前提鞋多的意思就是天天换，量大的人一天两换，这样完全可以不穿袜子了，吸湿性好的皮鞋就是你的袜子。对了，要是有人两双轮着穿，穿臭了别找我，穿一天至少歇一周。

以上两条讲完了，谁赞成谁反对？赞成的继续往下看。

下面主要聊乐福——loafers，是个泛称，更泛的叫法是“一脚蹬”。初哥喜欢和你掰扯什么bass、ivy、莫卡辛、船鞋、penny等等，开中药铺多到你记不住，其实这些东西的时间和地域有影响有重叠，条理分析的意义不大，就算从制造工艺上来讲也有绝对的划分方式：有皮子从上往下包和从下往上包两。但是你摸着良心说，你知道这些有啥用?

我给读者介绍使用另一种分类：软和硬。

软一脚蹬好处是舒服，坏处是没有支撑走路累，以及不容易出形不好看。后面两条坏处，群众喜闻乐见的豆豆鞋能占全了，而第一条好处它又差点，原因就是皮子吸湿性较差。

软一脚蹬里Berluti有个做得不错，不是最常见的Andy，Andy是硬的，是一种看着像Andy的Lorenzo，用花花绿绿的单层皮子做的，毛面款的是小牛皮，光面款的是袋鼠皮。

其实不是和袋鼠过不去，这款用羊皮牛皮都行，但它家就用袋鼠做了，而且这款还比其他款便宜几千块钱，吸湿性弱一点，但比豆豆鞋有型多了，马马虎虎也可以一荐。

至于硬一脚蹬必须英国鞋，而且必须浅色。Bally和Lobb这些牌子也做过穿西装套装的一脚蹬，而且Lobb在2011年还开过地图炮，做了一系列城市鞋，北京、纽约和台北都是一脚蹬，北京、纽约都是配套装的风格，还算好看，但都不是什么不可替代的款。

夏天穿硬一脚蹬的实用性要高很多，tan色、圆头，不宜太精细，Crockett&Jones这个档次是最好的选择，再贵的牌子如Edward Green不愿意做圆头鞋，觉得难看，追求锋利线条的话，皮子必然更薄，楦型必然更窄，舒适度就要打折扣了。

Ivy群众喜欢追捧Alden的马屁股皮也有这款，并且算是经典，不过那个质感看起来像塑料，夏天恐怕观感不好。而且他家材料做工都有点那个啥，我不反感橡胶鞋根，相反我一直认为复合材料用得好是功力，但拆下橡胶后跟露出Made in China，未免有点让冲着阿美咔叽去的消费者有点不好想。

夏天还有一个流派，拼白帆布的皮鞋，从Bally到CJ到EG还有Berluti，我都买过，但穿得很少，所以不推荐。武汉的夏天很长，久病成医，选夏天的皮鞋，小弟有个标准：如果不能配短裤，甚至是RRL这种短裤，那么可穿性就很差，一季下来穿不了几天。

所以你看，夏天穿短裤皮鞋的，本质还是十几岁的少年心态。J.M·Weston有个经典款的乐福也是值得推荐的，它们的广告里总是少年穿着这鞋爬房顶，但是实际上你去店里问，营业员会告诉你体制内上了年纪的人喜欢买这鞋，一个是有牌子但不太贵（和Lobb、Berluti比），二个是楦宽舒服，三个是可以搭配西装并且有点土，比较不引人注意（这是优点）。

不过我告诉你，这鞋选个浅咖啡色，夏天穿个短裤，也挺合适的，万一有幸遇见穿着同款的长者，没准还可以虚心获取一些人生的经验。

牛仔不老

二十年前老夫上初中，一心想做个不良少年，穿牛仔裤——不要觉得逗号前后的两个分句没有逻辑联系，这就是当时的少年情怀。

那时牛仔裤没有Levis、Wrangler、Lee；没有Diesel、Replay、Energie；至于日货，呵呵呵，小弟只知日立和皇冠。

在上世纪90年代城市少年的欲望清单里，牛仔裤里最靠前的两个牌子是积牌和苹果，要去城里最hardcore的精品店买，老板必须带有一种柯受良的气息，带有一种仪式感，南方亲戚带的不行，兄弟们能闻出这种裤子里隐藏的软脚虾气息，类似今天买个小贸混跑车圈的耻辱。

价格在任何年代都是个问题，当年的香港牛仔裤要人民币400元，江湖铁汉没有打出一片天地之前，穿起来会比较辛苦，广大初哥更是不可能，只能去找广东产渣寨作心理代替——大裤裆大裤腿、合金铸造镀铬大链条、红绿线在蓝黑底上绣出飞鹰猛虎……这些奇异的审美因子熏陶下葫芦娃也受不了，小弟就是被它们坑为一枚野生寨逼的，至今看见Etro之类的牌子依然觉得血仍未冷。

那时我相信学校外的牛仔裤江湖才是现实世界，课堂上的英雄在8小时之外就是白痴，因为我发现学习好对班上漂亮女生毫无吸引力；而同辈的三好少年则坚信未来属于自己，那些放学后飞扬跋扈的家伙最终会去扫大街，因为他们在厕所后面见了我们就得把酷炫的皮带和运动鞋乖乖交出来……

人们都有这样的心理：喜欢把自己略知一二的，误当成自己擅长的，喜欢把自己擅长的，当成世界上重要的——所谓沉没成本。

其实沉掉的只是每个人的青春，在旁人眼里轻若鸿毛。也不知是从哪一天开始，一觉醒来，世间就换了玩法，牛仔裤上的飞鹰走兽铆钉链条就换成了猫须水洗窄幅布，从津巴布韦到冈山……恍惚间，从当初充满黑社会仪式感的精品店穿越到淘宝，看美国和意大利的牛仔裤代购，价格又和当年的积牌、苹果持平，二十年里通货膨胀过眼烟云，什么叫沧海桑田，什么叫山中人间?

遥想公瑾当年，黄金时代，大叔们挣着价格闯关和软着陆的工资，买着四百块往上的苹果梦特娇，这份豪爽，而今逛快销店的“食草族”们该不该自惭形秽?

其实对购物品位伤害最大的还不是在优衣库里买二百块钱日产原牛的食草族，毕竟他们经常穿格子衬衫，在穿衣问题上带有很大程度的通勤需求，不好要求过于严苛——相比之下真正要命的是那些喜欢上购物经验交流网站聊海淘经验的朋友们，是的，我就是在说在座的各位。

在座的各位中有多喜欢海淘网购的，买美牛日牛体现性格，佐以red wing和alden，这些年随着信息整合的深化，又开始出现五六百镑的英国鞋配日本牛的搭配方式了，总是跑不掉几大强国伺候一个人的感觉。

不讲文化心理个人气质的问题，单说一点：质感。

牛仔裤搭配最麻烦的一点就是质感太粗且没有线条，这让它很难和其他服饰兼容（白T恤是少有的例外，但你是马龙·白兰度吗？）

特别是这几年大家又喜欢穿西装外套配牛仔裤彰显自己的“雅痞气质”(有一种当年的“折翼天使”变身今天的“诗和远方苟且”的感觉)，就更难办了，很少有西装外套或者衬衫能和牛仔裤完美搭配的。

这件事情的难度有多大？我说两个人就知道了，泰山北斗的Ralph Lauren和东邪西毒的Tom Ford都做不好。

表面过于光滑细嫩的精仿羊毛西装外套搭配粗糙的牛仔裤是失败的；表面粗糙但线条硬挺的花呢外套搭配柔软无形的牛仔裤同样是失败的；再考虑到颜色搭

配以及内穿的衬衫，难度又要向上提升一个数量级。

但老江湖还是有内功，同样是RL和TF两位，同样是搭配牛仔裤，除了特别失败的，也有稍微好些的，但仅仅是略好些，意思是还能更好。这和你们当初在学校里做卷子不一样，牛仔裤是一道永远没有正确答案，永远没有满分的题。

你以为这是个励志句？错了，这句话隐藏起来的一个题支是：你却很容易不及格。

考场上的聪明人一般绕过这种题，直接放弃以免浪费时间，对于大多数人来说这样做是明智的，因为你根本不具备答题所需的百十件不同质感颜色的衣服。

就算你偶尔一次答出高分，第二天起床又面临再来一遍的困境——昨天成功的经验不是不可以照抄，但是你的好奇心不会允许。能答出高分的人，在穿衣上不可能没有好奇心。

Ralph Lauren就是个这样的人，所以才有RRL，所以你去翻他的画册，看看他几十年的留影里，有多少是穿着牛仔照的？

能穿好牛仔的人真的很少，比你想象的还要少。

我不是，你也不是。

丑就丑点吧，反正也不罚款，只能这样想了。

不是什么问题都有个正面答案的。

花花公子

小弟早年间在某后勤机关里当喽啰，男同事穿衣水平就是辣鸡，外出交际也很难遇到像样的对手值得掏出名片（这梗你要看《美国精神病人》），偶尔碰到穿得好的全是异性。一回活动，单位来了几位盛装打扮的女公关——鲜艳的真丝印花长裙，一眼看去就知道是意大利的印染技术，内行人甚至知道意大利乃至整个欧洲的真丝印染加工业基本都集中在科莫湖区（不要和我说马牌，你不能光穿丝巾吧）……至于包，从几千块的尼龙款起跳，到几万块的羊皮衍缝，没看见异类皮，但外人都能感到其间深深的peer pressure……

是她们没有鳄鱼鸵鸟吗？恐怕未必——女青年们的着装都是很有效率的，她们会在适当的场合进行炫耀，这和岗位分工关系不大，甚至和经济收入都没有必然联系，女青年们穿什么永远取决于她打算见到什么人。同一名女青年，在出席相同性质不同级别的活动时着装也会有所差异——几乎和出场人士的重量级成线性关系。

就像一名战士，会根据战场目标自行选择武器搭配，没有人会用反坦克武器去打散兵。

这就是新千年前后发展出的一门穿衣学问，男女分卷比试，女卷比男卷难上百倍，纤毫之处的拿捏近于玄妙，要让懂行的同侪如遭雷击，又要让不懂行的目标如沐春风，什么叫纳须弥于芥子，什么叫拈花一笑万山横；相比之下男卷就弱爆了，两字可概括：低调。不说喽啰，就是大佬们去了澳门八佰伴下边的精品店，西装是Brioni和Belvest，皮鞋是Artioli，衬衫和领带是Stefano Ricci，皮衣和手套是Zill，大开领，皮毛内胆，脖子袖口是柔软的针织羊绒，款式低调保守，想从新闻图片上认出老夫穿的啥？呵呵。

放在历史长河里看，这其实是中国男装历史上延绵千年路线斗争的一个断面——甚至可以简单划分：中国男人自古分污衣净衣两派，两军之间既有审美风尚之臧否，更有社会资源之争夺，千年之前就有人托名苏洵讽刺王安石“衣臣虏之衣…而谈诗书…鲜不为大奸佞”——你以为是在说衣服？

低调朴素之风在今天被视作圭臬，却并非古来如此，之所以这么以为，是因为净衣派在浪潮之争中失势太久，以至淡出年轻人的视界周期了。

如果你生在朴素当道的康德捷拉夫周期里，又偏偏喜欢锦衣华服，青春是不会为你等上六十年的，唯一的选择只能是当一个世人眼中的花花公子。

花花公子也分段位，先说level 1——托Pitti Uomo的福，憋不住尿的男装骚包元素已经开始默默从网上朝网下渗透了，不用小弟进一步详解：窄扣位的双排扣西装，大围巾加不扣好的扣子；复杂裤腰的紧身七分裤，花袜子加擦色皮鞋(*夏天不穿袜子*)，拎个包，戴个帽……这就是人民群众们对花花公子最朴实的理解。

但这里有个皇后娘娘金扁担的问题，街拍基本都是白天，花花公子主战场在夜晚，所以level 2的关键词是blingbling。

相比白天的衣服，晚装最大的特点就是喜欢整些丝缎装饰，传统礼服或缝在裤子两侧，或者包住扣子和领子；同时那些亮闪闪的金属和宝石扣子更是少不了；就连鞋子也要是漆皮的——所有的所有，一切的一切，都是为了一个目的——在灯下闪闪发亮。

1990年代叛逆少年最喜欢在夜市地摊上买些亮闪闪的人造革皮衣，其上往往镶着成片的镀铬铆钉，或者干脆金属线刺绣的猛兽骷髅，恶俗是恶俗了一点，但这些元素同样是基于"灯下闪耀"这一朴素的审美原则，和今天那些镶满了碎钻和骷髅，我记不过来名字的品牌，其实是一个思路——所谓二十年间，世事浮云，白云苍狗，俄剧《纨绔子弟》里，伊戈尔把顶头上司局长带去夜店见世面，嘈杂的音乐声中老局长老泪纵横——想起了那个穿着人造革皮衣从迪斯科门口一个跟头翻到舞池中央的霹雳舞少年，那是我逝去的青春，我的生涯一片无悔……

如果从blingbling的艳俗中退回一步，又不想退到普通群众中去，可以去掉过分闪耀的钻石和镶边，而选择皮革真丝一类自带光泽的物料，辅以鲜艳的颜色搭配，单看这你可能觉得够媚俗的了，殊不知人家已经踩了刹车收着劲儿了——当你觉得《人民的名义》里赵瑞龙的红色皮西装过分打眼那就对了，因为意大利人做了好多花花绿绿到根本没法穿出街的衬衫和外套，它们原本就不是白天穿上街的——赵瑞龙自己未必知道这一点，但时代和机遇，会推着他做出必然的选择。

（这里可以举个相关例子，RM也是炫对吧，目的和传统的金钻表一样，但具体玩法不同了。）

level 3是加分题，现实生活中几乎遇不到，写一点供有兴趣的同学思考。

花花公子最大的魅力不是刹那间的定妆，而是他和他所处时代的冲突和妥协，做不到这一点始终无法领悟高级别心法。我们讲温莎公爵，讲鲁维罗萨，讲布鲁梅尔，讲迪斯雷利，搜索引擎助力之下，讲其生平经历是低成本口炮，拿几张图出来评点衣装细节也无非是口炮多了个单薄的照片当炮架，只有阅尽其生平时代，体味自己的人生，再来研究这皮相的达盖尔切片，方能有几丝片羽吉光。

安德鲁·米勒写《卡萨诺瓦》的时候，把故事的起点定在了38岁，一个已经打算淡出花丛的老花花公子——当流光溢彩的迷醉春华已逝，流星划过夜空的宁静暮年没来，你困顿在邋遢窝囊焦躁黄昏里一张破旧的床上，感受到衰老和病痛开始侵袭你原本精力无限的身躯，你是否还愿意做一个游戏人间的花花公子？你是否后悔年轻时荒唐的选择？

历史上的花花公子，年轻时总以为长乐未央，但时间从不为他们怜悯，墙上的字早已写下。今天的年轻人踏上这条少有人走，却也不乏人走过的路，是否已做好精神准备？

也许这个调子过分悲伤，对于诸多年轻的花花公子来说，眼前至少还有一道难以逾越的障碍，他们的衣服太新，时代的印记太整齐，就算去买vintage搭配，都能让人嗅出物件后面隐藏的互联网攻略气息——这不是东西的缘故，多半是因为人物的成长太迅速。

日本有本书叫《金魂卷》，本身乏善可陈，但其中不断提到“场所”问题——放宽一些来看，一件原本隐含着精力的东西（昂贵的精品），出现在了一个不应该出现的地方，这不仅仅是穿搭失误，更暴露了当事人的行为心理。以前物资匮乏的时代，办案有一个技巧叫做“以物找人”，东西的来历相对比较好辨认，××省××市××工厂做的，在全国哪几个地方哪几个供销社销售，如果是洋货更简单了，去友谊商店找或排查海外关系就行，直到后来东西多了杂了，这一套才不好用了。

而在今天，大家希望高级，希望出挑，造成的结果是越好的越少的越偏门的东西，越容易找到东西背后的人。你穿Zegna不一定知道你是什么情况，穿Kiton就能模模糊糊看见个影子了，穿个Ambrosi的裤子，几乎就能确定我们有共同认识的人。

所以这件事情旁人也没啥好指导的，只能共勉，愿有志者更进一步了。

最后小弟讲两件事，一好一坏。

好的事情是，热播剧《人民的名义》里，反贪局长穿皮衣瘦腿裤，省委书记穿紧身西装了——当初我刚在电视上看见这个反贪局长的时候，毒枭女儿也只能开个R170的小跑而已，这是偶尔的巧合，还是历史波浪的拐点即将到来？因为穿高尔夫T恤和深色夹克的被抓了，我更希望是后者，就算不是60年一遇的康波，中间几个反复的小浪也够大家玩几年了。

坏的事情是，我觉得有必要提醒诸位，小弟研究过上一个小周期的男装潮流，所以拥有很多和年龄不符的知识，比如知道的当年裤子叫恺撒、夹克称伊尼，同期大牌还有两个“小鸟”；“班尼路”那时还叫“宾奴”，同样是位列仙班一等一的大牌子，再有皮鞋或3A或伊斯高（ESKO），但最酷的鞋牌是“迪多”，买到手第一件事就是想方设法把鞋底弄黄，显得资历较深；还有梦特娇T恤衫要用硬币垫着火烧鉴定真伪，金盾西装1980，衬衫要买水钻扣……

这些雕虫小技就像唱《沙家浜》一样，和穿越上一个冰期的幸存前辈们谈笑风生都没浪费，但是大佬们都知道的没我多没我全，而为我详解这些江湖春点的老花花公子们，反倒是开口问我借过几次钱。

用周星驰的话讲，穿衣穿得好要饭要到老，所以我觉得这个人生经验有必要写在最后，本文打开是存在风险的，特此提示。

水银偶像

海史密斯的《天才瑞普利》讲了一个穷鬼和高帅富的故事，先后在1960年和1999年拍了两个版本的电影（其实这个故事也不是原创，枝干来自亨利·詹姆斯的《奉使记》）。

聊电影里穿得好的男人，这是绕不过去的梗——我曾组织群众评选电影中穿得最帅的10个男人，这一故事中有两人胜出，其一是1999年版裘德·洛扮演的高帅富，另一个是1960年版阿兰·德隆演的穷鬼。

海史密斯的小说改的电影里衣服穿得都不错，希区柯克和马尔科维奇不用说，最近的《亡命地中海》电影怎么样不好说，美术是很到位的，当然最经典的还是《天才瑞普利》，故事和角色扮相都很经典，场景是意大利的艳阳下。今天的男装咖们喜欢和你聊什么《教父》《西北偏北》，用法兰绒忽悠你，在5月搞这些飞机是不人道的，必须海史密斯!

裘德·洛在南意的针织短袖（估计是纯化纤，那个年代最潮最IN的高科技），在罗马的blazer和柞蚕丝套装，穿越到今天当高帅富也就差一块Richard Mille了；至于阿兰，穷的时候白衬衫往小腰里一扎，贼的时候色彩鲁莽的红黑条纹的俱乐部夹克一套，什么叫独善其身，什么叫兼济天下，都有了。

这种帅哥（美女）就像是一面镜子，主要作用是让身边人自惭形秽。现实生活中，女青年都喜欢和长得不如自己的闺蜜同行，人生如戏，同理，你也很难想象在同一部电影中出现两个主角，并且穿得一样帅——你想时光退回40年，看裘德·洛和阿兰·德隆演对手戏对吧？但这违反了最基本的戏剧规律。

两男相遇，该谁胜？上面的例子已经证明了，出身论虽然常常奏效，但是遇上了阿兰·德隆这样有野心有动力的挑战者就会悲剧；穷鬼虽然偶尔能逆袭，但就算马特·达蒙拍死了裘德·洛在下半集一个人当主角，也完全生活在别人的阴影之下。

难道是演员决定论？也不对——裘德·洛又怎么样，在《阿尔菲》（这也是个翻拍剧）里演一个到曼哈顿混世的英国穷鬼，职业是司机，爱好是买打折西装和泡女人，虽然偶尔能得手个把富婆，但当他决定付出真心，才发现人家只是玩玩，生活之于他不要太艰辛好不好？虽然电影里他总blahblah衣服品味啥的，其实只能算凑合，掩饰不住的寒酸气息扑面而来，和《天才瑞普利》比弱爆了。还有一个例子是《千钧一发》，他在里边演个残疾高帅富，领带结打得相当到位，以至于让小弟疑惑地去求证，这到底是演员的功夫还是剧组服化道组有高人，搜了好多图片，发现裘德·洛除了这个电影，再也没有这种水平的领带结。

作为半个编剧，小弟一直有个判断，看一个戏是不是真正成功，要看红的是角色还是演员；看这些银幕偶像的着装水平也可以用这个标准。

举一个例子，金融界的着装风格，最近这些年，准确地说，股灾前后这两年，这种金融精英风格的套装（从华尔街继承来的，但是瘦）在国内蛮流行，虽然因为瘦，头大的人穿其实不好看。

不过贝尔在《美国精神病人》里穿蛮好，但你也看见电影里他锻炼控制体重多刻苦了，所以大家说他穿得好，是指的演员本身脸和身材好，以及“妈的这孙子的名片比我好”这种心理刻画，美术方面并不算成功。什么《华尔街之狼》什么《商海通牒》，这类电影，乃至华尔街本身，都是在吃麦克·道格拉斯《华尔街》的老本。大家说Grodon Gekko，说Greed is good的时候，已经说明了一切。

再举一个例子，不讲具体的人，讲款式，trenchcoat，战壕风衣，总有人喜欢说卡萨布兰卡说鲍嘉，你摸着良心讲，这个雨衣穿得好看？

必须《独行杀手》阿兰·德隆好吧！看脸的好吧，真的不一样！

题外话，《窃听风云》我忘了第几部里，吴彦祖的偶像就是独行杀手，不过他穿的是猛犸象。

你们要觉得法国佬穿风衣太做作了，也可以看皮尔斯·布鲁斯南，我不会和你讲007的，你去看电视剧《望族》，布鲁斯南在里面演怡和洋行大班，开场就雨夜飙车，穿bbr雨衣走进银行大楼。

我们讲电影啊穿衣啊偶像啊，这些事情要和自己的经验有关联才有意义，你要是个经历过动荡年代的长者，喜欢《卡萨布兰卡》没问题的，看这个会想起那天夕阳下的奔跑，是我逝去的青春，我的生涯一片无悔。但你要是个年轻人，喜欢这个就很可疑，或者说僭越。

同理，中国人聊布鲁斯南，说《望族》就好过《007》系列，说起对那个年代香港风情的眷恋（一定要比亦舒早），有种莫名其妙的老成感。港剧多年配角宋本中大概是用尽了多年的人脉拍了《反黑》，囿于预算有限拍得很粗糙，被今天年轻的观众看不起，MI5和Special Branch的梗在这个百度百科的年代里也不算新鲜了，但看过詹姆斯·克拉维尔，看过罗亚回忆录的人再看，还是会生出几分感慨——大家今天在股票和学区房讨论之余衍生的阶层固化云云，其实太阳底下无新事，早已有人感受过了。

腕前推下水晶珠

“在最坏时间，懂得吃，舍得穿，不会乱。”

——《小团圆》

今年大家开始调侃中年男人的油腻感了，其实针对手串的diss早在几年前就已经四处发声了，作为对比，网路KOL对手表是宽容的，甚至认为相比手串，手表要有品很多。

但我们都知道，事情并不是这样。不说那些传统老牌，如果说小青蛙MB&F还是良工匠心，那么FM的基本款卖到十万美元，只能是通货膨胀了，泡沫每一个人都能看见，这次不一样?

呵呵。

说点题外话，手表里一直有一个“斩富”的细分市场，早在几十年前百达翡丽独霸高端市场的时候，就有前辈在摩纳哥高级餐厅发现FM渐渐多了起来，而PP在逐渐减少；如今FM的潮水退却应者寥寥，RM却换了个玩法重新崛起了，其实早在RM之前，也有Hublot在这个细分市场征战一圈了，而AP也是早就看这块肥肉不忍落下，弄了个offshore一直混在其中捡钱。技术流派的手表爱好者也许会觉得这是智商税，但人们买东西很多时候要考虑的并不只是东西本身。

其实机械手表本身就不该谈什么性价比，大家常说这个年代我们还去买机械表是因为情怀云云，但请拍胸脯想一想，今天的人讨论买iPhoneX的时候，和四十年前人们讨论三转一响，区别很大吗?

秋风萧瑟今又是，换了人间。

虚荣的原罪永远都在人间，只是不停地更换介质。手表依然还在战场，只是没有当年那么大的份额而已。名利场中人，表有一多半是戴给别人看的，别人的眼光不会在意你内心情感多丰富，多么喜欢哪个品牌的设计，一眼扫去就给你分出个三六九等。

这篇讲入门表，在这个手机看时间的时代，机械表本身就已经天生带有虚荣感了，跨入这扇大门，尚有一扇势利眼的小门，我们就从这个小门开始讲起，不打算从天梭浪琴讲到百达翡丽和飞利浦杜佛，只摘选一个最窄的，也是竞争最激烈的区间开讲。

如果是在没有同轴机芯的时代，入门表是很简单的——钢表选Omega（1120机芯，从ETA2892改的），金表选Rolex（全金间金皆可），简称“钢欧金劳”——这是关乎价值观的顺口溜，请和“无金无钻不成劳”之类警世恒言一同铭刻入骨，“一劳永逸”就算了，原因后面讲。

要知道，尽管钢R比钢O贵，但还是一个级别的东西，904不锈钢比316不锈钢，3135机芯比1120机芯，实际使用时区别很小（使用中最明显的感觉也就是Omega上链效率差点，但也足够用了）。

当年的海马，防水壳便宜耐用，1120芯好戴好修，还有007的话题感，真的是很好的入门表。至今为止我还觉得O的钢壳配1120是很好的入门货——不是说它级别低，而是指买了这个级别的表，在表的问题上就算是“门槛中人”。（曾经看过一块1120芯，皮带铂金壳的Omega纪念款，价钱不到一个间金水鬼钱，而铂金壳是很少见的，问的时候已经没货了）

选Omega是它比同级的Tudor（2824成本略低于2892，而且本身是个副牌）、IWC（贵）性价比都要好，比天梭浪琴品牌价值高。

说到品牌价值，虽然O历史一般（历史上小表厂，以前做铜壳表的，二战订单救了他），但是它在全世界的推广力度、认知度、对瑞士手表业的拓展都不差——这里是和Rolex、IWC相比。

至于级别，指的是实用和非实用的临界点，也就是我说的“门槛”：再往上，性能提升有限，更多就是为外观和喜好花钱了。

而且既然买这个级别的钢表，就应考虑下价钱，多花1—2万，把钢Omega换Rolex意义不大，除非表很多，或者认定自己要买很多，各种都有；或者干脆对价钱不敏感，买个O买个R和买个鹦鹉螺感觉差不多，此外，还有实在喜欢的人，说什么都没用。

总而言之，Omega的1120海马日用很好，好修好带好认，从消费等级上看，和买钢劳并无本质区别。

但问题是，Omega换同轴机芯以后，涨价同时质量变得不稳定，性价比变低了，完蛋了。所以钢表也基本只能在IWC、Tudor甚至Rolex里选自己喜欢的了。

至于门槛以外，原本不想说，但是闭着眼睛都能想到一众钱少时间多内心还无比丰富的家伙拽着你掰扯什么耐操、实用、机械，既然如此，作者就要流氓和你们讲讲。

有人讲什么喜欢机械表，然后弄个精工五号，其实这机械表被你爱好了也挺惨的，还没有个像样的石英表贵，而且也不准，也不耐操。

就不和你掰扯这机芯零件省得都不能手上弦，把活人用户当振动棒使，你就记住，精工自己都不把这玩意往日本国内卖，在本土买得去卖破烂的小店买“逆输入”，其中的格调，自己感受一下。

不是说便宜就不要戴表了，如果你真的需要或者喜欢戴表，选个合适的石英表没什么不好的——别“作”就是了——预算有限，又要去弄个廉价机械表或者花哨的石英表或者假表，就是“作”。

同理，天梭米度什么的，人概是这个道理（也许有人因为都用ETA2824之类机芯的缘故，把它们划入Omega、IWC、Tudor那个门槛里，这是你们的自由，这里更多考虑的是社会眼光下的品牌认同度）。

再回头说说钢表和金表的问题。遇到人和你掰扯劳力士机芯好过Omega，因为1120机芯的游丝会掉桩，一般都是初级消费者，金劳表主不看这个——我买了金劳，你就和我说这个？至于铂金冰蓝面表主，你要是夸人机芯好，他不能保证不打死你，真的。

有个初哥朋友喜欢在表坛潜水，打算买个劳的水鬼配夏天的衣服，我叫他买间金的。他问原因，我截了一张图，上面是表坛有个人说出钢水鬼，问价的人有30页，我用这个小图问朋友：“你想和这三十几页的id‘喜欢’一样的表么？”

间金水鬼性价比很低，只有圈和链的一部分是K金，本质上还是钢表，但既然要配衣服，要和30多页人拉开档次，只能选这个，原因有两条：

1. 一眼可见间金，与钢表不同；

2. 贵，钢劳众升级一下下会买绿鬼，但不太会买“性价比低”的间金。

请记住，涉及价值观另一条准则：刚进门槛买钢表讲讲性价比，买间金和全金可以讲喜欢。

正文之外，一些补充的概念阐释：

1. 门槛：

要问手表品牌入门的门槛在哪里，人人都能感觉到，但是要具体说清还不容易。

试着举个例子，在www.chrono24.com这样的网站上搜表，品牌都是按照字母排列的，但是有几个例外：Rolex，Omega，IWC，PP，Ap，Jlc，Beritling，Panerai，不到10个。

看看这个默认的排名，再看看最左边的搜索热点，感受一下现实世界的力量。

Panerai是这几年炒的，Beritling是美国人喜欢，但是没有VC，没有GO，甚至没有LANGE——不是说GO这些不好，但是不是特别喜欢表，有一定数量的表，买一个这种表挺奇怪的，并不能说明主人的好品味和懂行。

2. 浪琴等：

说什么“劳欧帝浪”，怕什么戒律清规——其实“帝浪“完全可以被“劳欧”覆盖，选择后两者没有其他原因，唯一就是钱紧。

请记住，浪已经完蛋了，很可惜地衰败了，70年前做得再好也没有用。

如果真讲历史地位的话，当年汉密尔顿也曾经是一等一的表，特别是怀表，当年上海滩最酷炫的表就是这个美国牌子（去看看陈存仁的《银元时代生活史》，汉密尔顿怀表加翡翠梗，上海滩大哥，炸裂的感觉），但是今天，你想买吗？卡其军魂？喷了。

多说一句，当年的钟表业，很长一段时期里，阿美利加是先进生产力的代表，还记得IWC的创始人琼斯是哪里来的不？

3. 老OMEGA和IWC：

为什么开始讲了一大堆O，然后又说同轴不行了？

把IWC和老的O做对比是很自然的——2824对2892，都加一点自己的改造和打磨。这一点上IWC看不出来比O强多少，2892成本高点。

其实老欧不算老，老万国都是什么鲨鱼鳍什么cal.89的，两位数的机芯编号一提起来就有一种资历感+陈腐感，什么2892什么3135都too young。老表的玩法很奇怪，一样的机芯，一样的品牌，破破烂烂的钢马克卖得比好品金表还贵，这是狂热爱好者的事，理智的群众遇见要绕着走，你说不过他们。

IWC厂家技术是很强的，帮助LANGE重新起家，提供技术支持，但是它不用在基础表款上怎么办？

这样的入门钢表和老欧比确实没有优势嘛。不过现在你不用纠结了，没有老欧了，没有办法的事情。

4. 904钢和316钢：

904钢比316钢好多少，这个估计只有钢劳表主在意。人们总是喜欢把自己拥有的擅长的当成重要的，每个圈子和阶层都是如此。

也有人把IWC和R比，而IWC是316的，对吧？

对多数观众和金表表主来说，金壳和钢壳的差异，要远远大于904和316的差异。你不和普罗大众的价值观接轨，也不向上面的人见贤思齐，成天就和一个level的人窝里斗，有意思吗?

计算机芯成本，2892一千块，3135一万块，看起来很聪明，但其实道理讲不通的，成本和产量关系更大。

5万的Rolex，机芯成本1万看起来很合理对吧，那几十万的金劳也是这个机芯怎么办? 难道值得买的只有钢劳?

这么说恐怕Rolex自己不答应，他们卖得最好的是间金DJ；而且4万的IWC，一条钢链1万多，机芯1—2千块（没有算改磨成本），这个又怎么算?

表这行生意讲到今天，很多道理正反都能讲通，就看你选什么角度了。说表的文章都言必称PP，其实都逃不过performance和price，作为掏钱的消费者，钱少时性差不多就行了（别想歪了），更多看价，钱多点的时候两个P都可以抛开，主要讲个腔调。

但请注意，表只是生活中很小的一部分，太注意技术上的细节，特别是考虑问题的角度被引入偏狭的角度，忽略了社会学上的价值意义，腔调可能就没了。

不管略知一二，还是不太懂的普通群众，都不太觉得904比316、3135比2892、R比O的差距有多大，如果你纠结于这些，最终做出的选择，那么品味确实有点跑偏了。

举个例子，如果有一天在一个非表友场合遇见一个钢劳表主，话匣子打开就给我吹3135、904，一劳永逸如何如何，那么我可能会觉得他品味不太行；其实戴什么都不是个事儿，随便买买的，你的眼睛放在哪里，哪里才是暴露品味的地方。

当然，每个人都可以说做自己，但是每个人都无法避免被周遭人评判。但是，这些“做自己”里，又有多少是被商家和小圈子洗脑的效果呢?

如何在主流的角度里取得平衡是重要的，而不是一个人闭门造车，小圈子里互相吹捧到高潮。

暂时想到这些，只是一些初级的想法。很多群众对风格有不同的、更深的理解，我不听也会认为很有道理，这不在此文论述范围内。

砖家

汶川地震那一年，我在北京的学习班进修，奥运前匆匆结业，然后决定改行，转去东北重新求学。

回头看线图就会发现，就是那几个月里，北京的房价被金融危机打下一个缺口，外籍人士批量抛售北京房产回笼资金救命，构成十多年里一个罕见的上车机会。

当时的我根本不关心这些，租住在东北一栋老旧的砖混宿舍里，不考虑楼道环境，那房子还不算差。以当时英国新建的集合住宅做对比，后者2居室，全部暗厨暗卫，大走廊入户，卧室开间才11英尺，后来几年里大家都说北上广不相信眼泪什么的，其实环球同此凉热，英国人民也在蜗居。

我租的那套房采光好，空间开阔，墙刚刚刷过，房主本有些讨好年轻人的奇怪想法，但我只是临时落脚，无需装饰点缀，房间空空荡荡放点生产力工具，所谓性冷淡风，差不多也都是这么回事——如果你这么干了，看起来却不够高档，多半只是因为当地房价不够贵。

直到有一天，我那间1950年代东德风格的卫生间地面漏水（我们这代人童年生活的印象里，苏东风格审美占了极大比重，当年常见的无电梯4层、6层单元住宅，即是从东德和苏联承袭而来的建造标准），楼下的中年夫妻找来，带我去看一层之隔，同样户型同样面积同样层高的事发现场。

第一感觉是时间停滞了。

房子是有时间印记的，刻意营造的复古仅仅是一方面，隈研吾借《金魂卷》谈“场所”，其实场所本身也由一点一滴的信息堆砌构成。外滩WA的老楼是什么年代的风格？套房客厅里的椅子翻过来，下面写着“东风饭店”，这也是房间真实的年轮。

我楼下那间房里的时间就停在上世纪80年代末，大概是房主入住的时间，也是最后一次装修翻新它的时间，不知道当时他们的经济条件是否宽裕，结合历史大环境来看，此后的很长一段时间一定是不太好的，墙上陈旧的挂历过期了多时，记下了这段城市生活的惨淡岁月。自制的隔断，看不出本色的窗帘，堆砌窘迫的大件的家具侵蚀着光线和空间，连空气都变得黏滞起来。一间卧室仍保留着一个孩子学习生活的痕迹，现在这个孩子已经在外地读书数年了。

在诸多城市里，这是一座发展步伐缓慢的城市；而这个家庭，走得又比城市更慢一点，像一个在漫长的阵地对峙中被大军遗忘的小小掩体，保护着主人免受外部世界风雨的侵袭，听起来还不错。可这种“安全”的代价多半是牺牲阳光、空气、外部的新科技以及信息换来的。

意大利的业者研究Housing Evolution，把屋子分成“掩体”“壁炉”“沙龙”“办公室”“剧院”等等，都是很容易望文生义的，对主人主要生活场景的概述——这种“掩体之家”在我们的社会生活中并不罕见，特别是上了年纪的住户，囿于金钱和精力，多数人在夕阳岁月里，家具内饰几乎不会再有改变的可能了，而我当时那个临时的落脚点，大概介于“办公室”和“帐篷”之间。

老派的家居杂志乐于展示“沙龙之家”，全职在家的女主人社交组织能力是配合房子特点的必要能力；新媒体喜欢接地气一些的“壁炉之家”，一一介绍各家庭成员的日常生活方式和相关空间；至于“办公室之家”，最典型的例子是男主人的书房——《美国谍梦》里，间谍扮作上门看房的买房者去主人书房偷东西，被回来取文件的男主人碰个正着。男主人家庭生活破裂，失魂落魄，遇见间谍，后者尴尬地赞美书房的装修，男主人却沮丧地说，千万别在家里设一个书房，这样你就会忍不住把事情带回家里做，然后你就没有家了。

至于“剧院之家”，在早年间更加流行，现在连明星的家里都很少这样装饰了，但这却是大家关注最多的方向，人们往往热衷于讨论特别具有品味的家居单品或元素风格，并期望将其带回自己的各种“之家”里（除了“帐篷之家”和“掩体之家”，前者经常搬家而后者窘迫保守）增光添彩——那么问题来了，当所有皇冠上的宝石汇聚于一处时，我们将看到什么?

英国作家Peter York做过这项研究，他搜集了许多资料照片，包括但不限于马科斯夫人的电影房（镀金面盆和几千套衣服不算什么了）；博卡萨和齐奥塞斯库的豪华宫殿，当然还有萨达姆和卡扎菲的百十套豪宅……是的，他研究的方向是食物链顶端的大哥大姐之家。此种家居完美诠释了“剧院之家”的含意——这里无需私密空间，也无须掩饰和引导，主要的设计目的即是给人留下深刻印象乃至恐吓，告诉来访者：主人拥有无上权力并掌握无尽资源，看客只是一条“可怜虫”——这是卡扎菲对敌人的昵称。

这种家居上的美学恐吓不是用枪来完成的，相反，此类“武力”在我们的日常生活中司空见惯：最常见的就是“黄金子弹”，给目之所及的一切物品镀上金，川普大厦金光灿灿的内饰不必提了，卡扎菲女儿Ayesha那张用自己的头像做成的贵妃榻也是个典型的例子；再比如法式家具，食物链顶端的人不喜欢像追逐品味的普通人一样买古董，他们喜欢新货，曲线优美且金碧辉煌的法式家具，要实用，又要炫耀；又比如酒店一样的超大公共空间，大面积大理石和玻璃应用（无需考虑轰炸的风险，题外话，建筑师常兼职轰炸顾问，以贝聿铭为例，二战时就职于国防研究委员会，就是研究炸房子的）；此外还有狮子和飞鹰雕塑，以及主人自己的大幅照片……

也许你觉得这太老派而腐朽，不足以唤起你的尊重和追随，但他们后代的品味也在进化，他们上过Harvard或LSE，房间的主色调从金色变成了白色（我真的不是针对Ivanka公主），飞鹰和猛兽变成了高科技声光系统和现代艺术作品，法式家具变成了B&B Italia、Cassina、Poltrona Frau，加上屋外必不可少的法拉利，屋里喜闻乐见的范思哲——从骑士桥到梅菲儿，以上两种风格并行存在，并或多或少地影响着他们的邻居——这一套美学体系听起来，用今天的话讲，是否高大上得让你心生向往?

Peter York这项研究的本意是揭示带有压迫者意味的腐朽陈旧的审美会改头换面地延续生长，并侵袭更大范围的人群，但换一个角度，也可以说这些元素存在于我们每一个人心里。不是每一个人都愿意去区分American country和Colonial style哪个更美式，就连虚荣浮夸的法式家具爱好者都没有耐心去辨析French Directoire和Napoleonic regime的区别，当人们从纯粹的功能性向外走出一步（这已经是很高的门槛了，大家公认的德国式样家电及家居风格即是此类典范），去尝试着进行一些冗余的美学或是生活方式的追求，那么陈旧乃至谬误的历史倒影将不可避免地出现，只是不要走得太远就行——比如Chippendale，还是留给拍卖会好了。

以十年一次的房屋装修翻新为一次迭代周期来看，家居美学进步应该是很快的，但这些年我们看到的却不是这样——别说室内了，看看室外的例子，匈牙利人Hudec在老上海盖了六十多座楼，从何东私邸（今天的上海辞书出版社）、爱神花园（今天的上海市作协），到国际饭店和绿房子之间的差异，记录了时代风云潮流和个人审美的双重变化。今天的人们都说时代的脚步快、生活的节奏紧云云，但看看十年、十五年前开的楼盘和今天比，除了车位，从功能到美学，又有多大变化呢? 从第一代商品房至今，建筑美学上的迭代不过两三代而已，而且越到后期越缺乏与时代相应的进步性，这可能有超大城市向下吸纳人口的倾斜影响，但消费者和业者的随意性实在功不可没。Hudec那个年代或许是个特例，但我们的居住美学，囿于一个更大的“掩体”里，任时代风雨吹过，停滞发展太久了。

屋子里面也是一样。如果要功能和便利，今天的我们有小米智能家居也有MIELE；如果要西方流行的点缀，我们有达·芬奇（说山寨有些冤枉了，其实B&B Italia里边什么都有）；嫌独栋别墅的生活方式有些老派，现在也有大平层顶复（只是前者要挖出回填重做地下室防水，而后者的层高相对大进深都有点矮了）；由此再往下看，更有无数田园山寨系列占据诸多价格档次，任君按需索取……但一个基本的问题是，我是谁，我从哪里来——这个答案无法从异族、异国、异时代之中寻找与自己信仰、经历，甚至于遗传信息毫无关系的肤浅的文化符号，而只能从事物的本质上进行原创，和大多数人想象的不同，这样做风险很低，甚至无需太多底蕴积累。

不久前一位朋友去看房，中介超级健谈，得知朋友喜欢英式老房子的感觉，中介有段介绍是这样的，你们感受一下：” 221B Baker Street，Sherlock Holmes博物馆，面宽4.9m，进深7.8m，不及我们的客厅大；Holmes的房间，长3.75m，宽3m，而且角上是个壁炉，比我们最小的房子里最小的房间还小……“

此即当下房地产热中长出的一种“面积美学”，和朋友认为它简单粗鄙不同，我认为这是一个好的趋势，代表着美学上自信的开始，找到这一个锚点，哪怕是浅显直白的“砖块水泥崇拜”，只需再往下走一步，长出安藤忠雄风来很容易；后面的第二步和第三步，也很轻松了。

家具

梦想总是越来越小。

小学六年，我和小朋友最爱聊星舰航母；初中的兴趣就降了一个数量级，不过还算在海军的巨舰大炮上苟且；高中时代，品味眼看着往下摔，拉都拉不住，喜欢美国电影里的F14；到了大学彻底堕落，上课在草稿纸上画车……

后来我连车都不琢磨了，没事就去看房，后者不过是水泥盒子而已，技术指标比主战坦克简单多了，就是把城建规划和城市发展（《美国大城市的生与死》）考虑进去，也不会比一场班排级战斗更复杂；房看得多了甚至实地都不必去，可以在网上云看；再后来，山川沟壑自在心中，熟悉的城市报方位就知道个大概；子弹打完的时间里，就逛市场看建材，窜家具店研究桌椅板凳。

人们的审美水平有赖于后天各自的学习和培养，但价值体系多半形成自童年生活，在伟大的上世纪80年代末90初，现实生活陈旧但庞大，更精益的标准很多时候是来自于电影、电视、书报。熟悉广告和市场的朋友都知道，这几个来源也是有等级差异的，对于普通受众来说，80年代之前译制片熏陶下的眼光是最正宗的（专业人士及资料不在此列，如《Abitare》的中文版的出版人就是原驻意大利外交官的儿子，基本是在意大利长大的）。

电影和生活时尚之间的联系不是从今天才有，只不过今天更加明显化了，所以植入广告才会被当成一种养活电影的方式被利用起来，但境界和予求是有差异的，好看的衣服和家饰，其实是在电影里让我们怦然心动的那个角色所恰好裹着的那块皮和所处的那个场景，它们和电影的其他气氛一起裹挟着让我们喜欢上了。那件衣服那个场景上有我们想象的世界，它会有一些细节，会有特定标准，但更重要的是那种氛围——

维斯康蒂《豹》中的西西里庄园，《布达佩斯大饭店》里逝去的老欧洲，乃至《闻香识女人》里看上去并不出彩但一再强调直指人心的华尔道夫，《美国精神病人》里分分钟教你什么叫“mean”的金童公寓，《魔鬼代言人》里带有魔幻色彩的纽约高楼天台……

这些都是让人一见难忘的建筑场景，但画虎画皮难画骨，生活方式的差异使得普通人远没有那些戏剧性的人生际遇，再加上碎片式传递和具体条件的偏差——导致我们在追寻影像中的实物和场景时，很难完全落实想象中的犒赏感。

更多的时候是妥协和山寨，如果触碰不到那个世界，就自己搭建一个次一些的吧。

房子的建筑风格很难改变，但全世界都有山寨家具的营生——Knoll的钢架椅皮垫子要缝100多块皮子；正牌的蛋椅底座是一个复杂的注铝；这些东西长的近百年，短的也有几十年了，原品依然要几千欧，但山寨品只要百十欧，二者就算在欧洲，版权官司打起来也是互有胜负，但只看表面效果的话，远一点你肯定看不出区别。

毕竟，电影和情怀不是人生的全部，就连家居也只占很小的一部分，对多数人来说，这两者都没有现金流重要。

我从21世纪头几年开始逛家具店，那时就发现国内好些北美家具的代理商干脆就是代工厂出身，多年来靠着东亚的劳动力做订单，几十年下来略有积累，手头宽裕点的，干脆就把商标买下自己干。

但当时的国内消费力还是欠点，正经的出口标准成本普遍得不到认可，逼得厂商再上一个和本地实践相结合的、山寨感更强的便宜副牌，这生意才算好做。

反正对于某些消费者来说，认识产品本身很难，但认识一个高档的购物环境则简单得多。况且都在一家店里卖，“本土化”的“副牌”要便宜一截，这是实实在在的“省钱”。

感受过日不落霸权的消费者在全世界范围里都渐渐老去，类似的还有法式；上世纪80年代和90年代基本是浸润在美式文化里度过的，如果你不是想花特别多的钱怀古（类似怀古也包括了新制的中式硬木家具），新千年后主导国内市场的家居风格就是各种美式及赛美——纯美式的风格很容易识别：除开直接仿英国的不算，美国在独立战争以后强调“政治正确”，在那以后诞生的大批家具摈弃了传统英式家具的弧线轮廓和兽足，并借鉴了后来考古大发现时流行的古希腊建筑风格，很“见棱见角”；又比如，传统家具的立柜都不算高，一米八左右而已，超过这个高度太多都是后人没有依据的臆想。当然还有社会工程学的办法，直接去问营业员：你们这儿哪几件产品是美国原产的？答案肯定是一年比一年少。其中有市场选择，也有原料减产，总体来说，就是做工和材料的同步下滑。

这不是一个从A到B的过程，而是从C到D，相比影片中流光溢彩的品位之选，我们到手的货品至少已经经过两到三次折损——美国在承袭发展法式风格时已经做了简化，进行了第一次折损；而国内常见的这么几个美国家具品牌，在海外市场更多定位于中产阶级家庭，从其用料和制作工艺出发，尽管部分选取了北美硬木和欧洲高品质金属铰链，但仍然属一两个10年周期就应进行更新淘汰的产品，其厚重程度并不足以作为家庭传承，这是第二次折损，如果想看第二个打折之前的美国货，白宫里的都不一定靠谱，伯纳德·麦道夫在曼哈顿高级公寓里的樱桃木家具可供参考……后面才是我们熟悉的第三次本土化打折。

想知道历史上未经打折的真家伙值多少，有一个例子可以参考：1670年美国人制造的一张仿英国Chippendale风格牌桌，2008年估价25—35万美元，如果这张桌子的表面没有被抛光过，价钱还能再高一半。扣掉其中的文玩因素，光制造成本也得占几折。

所以说，和中国古代一样，木制材料由于自然生长的限制，先天带有阶级性，什么品级用什么材料用什么营造，都是可以写进律法的，在平权（至少看起来）的时代里，木制家具开始衰落是大家都眼见正在发生的——欧洲市场已经是新潮设计师和新材料的天下，意大利的制造和北欧的设计各自占据一角，并深深影响着全世界；英国当年为了造船种下的橡木今天依然好好地长在那儿，对追求硬木的审美表示呵呵；全世界范围内，此类尴尬的木制“古典”家具最主要的市场曾经是美国，但在渐渐萎缩，如果能在此时打开中国市场，对于厂商来说，不会有比这更大的惊喜了——这是一个时间错位的打法，在文化代际倾销面前，产品成本是无所谓的，上世纪80年代末的中国大饭店，一罐可乐卖十几块钱，但当这种打法走到降成本的阶段，就已经是音乐渐近尾声了。

取代木制品的是不锈钢——可以大量生产的现代工业品，骨子里写着“平等”二字，以此为代表的现代家居在材质和性能上完胜，只需收下品味一城，即可全面碾压。

即使是传统的玩法，不锈钢也在角逐中逐渐胜出，二十几年前Ron Arad出品的“先锋”不锈钢沙发能在拍卖上卖到七八万美元，Paul Evans的钢腿咖啡桌十年翻几倍也很常见，绝对数和木制古董家具没得比，但是想象一个趋势——当热衷木制古董家具的老派消费者都凋零了呢?

今天这个时代里，在Hugo Boss这样的时装店里，试鞋的时候可以坐坐Knoll为Valentino集团定做的沙发和桌子；百盛里的Ralph Lauren，两张沙发干脆就是Ralph Lauren自己的，两张在美国定价5000多美元的皮面不锈钢腿沙发，扔在直营店里给疲惫的陪妻逛街老公歇息，已经好过许多消费者自家的装备了。

业内宣传者谈及钢制家具喜欢谈材料的“混搭”性，Shaker成了万能词汇，但我始终认为，美国人在太空时代的先锋艺术设计那一阵过去之后，仍然热衷于使用不锈钢制作家具是为了显摆他们工业实力——太多细节简直是为了炫耀技术而存在，激光焊接很是常见。就以百盛里的Ralph Lauren为例，激光焊接也就罢了，焊活儿还做得不漂亮——宁要炫耀技术的草，不要传统和美观的苗。

实际上，钢板的结合远有比焊接更为经济的做法——1960年代中期，东德山寨Mies的巴塞罗纳椅，就把底下的 X 形交叉腿改成了 Z 字形钢板腿，一边用两组螺杆铆接，直接绕过了焊这道工序，且强度足够使用。若是在今天，把那些不锈钢腿的沙发交给精巧的意大利的家具制造厂，也一定会这么做，并且会想方设法把螺杆做得很巧妙且美观，但是美国人依旧选择了笨拙的焊接——这和用数千兆帕的水刀切割屈服度只有700兆帕的钢板一样，源自一种对自身工业生产力量的执着炫耀。

其实他们原本就可以焊得更好，只要找到合适的加工厂——要知道，从内外双向同时使用激光焊接异性构件的技术，早在焊接潜艇外壳上就有着成熟的运用了。

人们日常的家具永远只有两个倾向，一个便宜，另一个昂贵。新的时代里，可以确定的是，不论哪一种，都是和以前不一样的方式了。影像记忆和情怀的加成，在过去的岁月里常混进产品溢价里，但今后会越来越少。

电影和生活越分越开，喜欢前者的话买个手办即可，让它渗入后者越来越难。悲观主义者会认为这是我们的生活越来越不堪，但我以为是现实的复杂性，已逐渐超过了艺术从业者的概括能力。

没有人能概括新的时代。

图书在版编目（CIP）数据

替我生活：武汉文学院作家年度（2017）作品选/吕兵主编. -- 武汉 : 长江文艺出版社，2018.6
ISBN 978-7-5702-0376-5

Ⅰ. ①替… Ⅱ. ①吕… Ⅲ. ①中国文学 - 当代文学—作品综合集 Ⅳ. ①I217.1

中国版本图书馆CIP数据核字(2018)第082981号

责任编辑：沉 河　　责任校对：陈 琪
封面设计：祁泽娟　　责任印制：邱 莉 王光兴

出版：长江出版传媒 | 长江文艺出版社
地址：武汉市雄楚大街268号　　邮编：430070
发行：长江文艺出版社
电话：027—87679360
http://www.cjlap.com
印刷：武汉新鸿业印务有限公司

开本：720毫米×1020毫米　1/16　印张：24.125
版次：2018年6月第1版　　2018年6月第1次印刷
字数：308千字

定价：36.00元